À Monsieur Burnouf, Traducteur de Tacite,
hommage de son ancien élève.

Exemplaire corrigé de la main de l'auteur

# PÉTRONE.

PARIS. — TYPOGRAPHIE DE FIRMIN DIDOT FRÈRES, RUE JACOB, 56.

# OEUVRES

COMPLÈTES

# DE PÉTRONE,

AVEC

## LA TRADUCTION EN FRANÇAIS,

## PAR M. BAILLARD.

# PARIS,

J. J. DUBOCHET ET COMPAGNIE, ÉDITEURS,
RUE DE SEINE, N° 33.

1842.

Monsieur,

Permettez-moi, comme à un de vos anciens élèves qui n'a même jamais cessé de l'être, de vous faire hommage d'un livre qui vous doit, *Si quid est in hoc ingenii*, le peu de mérite littéraire qu'il y peut trouver. C'est à l'école de votre Tacite, Cicéron, Salluste, Pline le jeune que j'ai puisé les principes et l'exemple d'un art dont vous êtes le rénovateur chez les français. Pardonnez-moi le choix de l'auteur que j'ai pris pour original: je n'ai pas consenti à perdre un travail commencé dès les bancs du collège: *delicta juventutis meae ne meminoveris*. J'ai aussi ma faute en traduisant tout Sénèque. Sénèque dont une partie, comme vous savez, a paru dans le Panckoucke et entr'autres dans le N... sur S. Seneca, plaise que je vous envoie ne contient pas ma notice sur Pétrone, parce qu'il a été tiré avant l'impression de cette notice. Vous avez peut-être vu déjà, lors de l'apparition du volume de Pétrone, quelles sont celles que le passage de Tacite cité dans la notice est de Dureau de Lamalle? Et elle aux exigences de M. Nisard qui n'a pas voulu que j'eusse ma version, vu, disait-il, que ce serait jeter du blâme sur le traducteur du Tacite de sa collection: il a donc ainsi remplacé ma version par le mauvais. On a aussi supprimé dans mes notes votre nom que je rappelais à propos d'une note que je vous empruntais sur les juifs. Au reste, M. Nisard le montrait; et conséquemment lui qui prétend qu'on ne saurait mieux traduire les lettres de Sénèque mot à mot intitulé, ou plutôt là où ce même que N'aiglat devrais vous préférer Dureau. *Qui Bavium non odit.*

Lors de votre dernier voyage à Nancy, où j'ai eu l'honneur de vous voir, vous aviez désiré avoir communication de ma version du passage de Tacite sur Pétrone. Je l'avais égarée; l'ayant retrouvée depuis, je vous l'envoie comme copie d'élève qui pourra, non pas vous fournir, mais vous suggérer peut-être quelque minime changement, pour une

Monsieur Ernoul, Inspecteur honoraire des Études.

St. Maur, près Nancy 6 8bre 1872.

...est le travail. Cet éternel besoin de faire mieux m'aurait dès longtemps désespéré et fait quitter la partie, si je n'avais eu, comme idéal, sous mes yeux et à ma pensée la perfection que vous avez su atteindre, et que pourtant j'étais tenté de croire irréalisable. Je compte, dans quelques années, publier une seconde édition plus complète sous le rapport des notes philologiques, critiques, etc, et des rapprochements littéraires, toutes choses que j'ai en portefeuille et qui devront faire de ce livre une composition toute sérieuse, un variorum complet. Mais là sans doute j'aurai encore bien des corrections à faire si j'osais vous prier, Monsieur, au cas où vous daigneriez me lire, de me faire part, courante calame, des scrupules, critiques, observations, des moindres choses enfin que vous suggérerait cette lecture. N'y aurait-il que 3 ou 4 sens contestés, quelques phrases, quelques mots, non pas même corrigés par vous, mais indiqués comme étant à corriger, ce seraient pour moi autant de bonnes fortunes. Des corrections réelles me rendraient encore plus heureux.

Je travaille en ce moment à une traduction de morceaux choisis de S. Jean Chrysostôme, l'œuvre complète serait trop fastidieuse à lire, mais l'embarras de la faire imprimer autrement qu'à ses frais me décourage. Quand donc publiera-t-on sérieusement une série de Classiques Grecs-français? J'y prendrais bien volontiers une part quelle qu'elle fût. Si vous aviez ions de quelque chose d'analogue, grec ou latin, à faire, je vous serais bien reconnaissant me présenter comme votre travailleur, soit de m'indiquer à [...] des moyens de me présenter. Comme je jouis de tout mon...

Soyez assez bon pour me rappeler au souvenir de mon vieux camarade Eugène.

r Burnouf, Inspecteur honoraire des Études,

S.t Max près Nancy 6 8bre 1842.

c'est le travail. Cet éternel besoin de fa[i]
désespéré et fait quitter la partie, si je
mes yeux et à ma pensée la perfection
et que souvent j'étais tenté de croire ir
quelques années, publier une seconde e
le rapport des notes philologiques, c[om]
ments littéraires, toutes choses que j'ai
devront faire de ce livre une comp[os]
variorum complet. Il y a là sans dou
corrections à faire: si j'osais vous prie[r]
daigneriez me lire, de me faire part,
critiques, observations, des moindres cho[s]
cette lecture? N'y eût-il que 3 ou 4
quelques mots, non pas même corrigés
comme étant à corriger, ce seraient
fortunes. Des corrections réelles me
heureux.

Je travaille en ce moment à une [é]
de Dion Chrysostôme, l'œuvre complète [je]
mais l'embarras de le faire imprimer
me décourage. Quand donc publiera-
de Classiques Grecs-français? J'y pre[nds]
part quelque qu'elle fût. Si vous avie[z]
loque, Grec ou latin, à faire, je vous
fait de me présenter m'indiquer comme cela trav
moi les moyens de me présenter.

# LE SATYRICON

DE

# T. PÉTRONE, DIT ARBITER,

## CHEVALIER ROMAIN.

I. [Je vous ai depuis si longtemps promis le récit de mes aventures, que j'ai résolu de tenir aujourd'hui parole, puisque nous voici à propos réunis pour mêler aux sciences qui nous occupent des entretiens enjoués, des histoires plaisantes et récréatives. Fabricius Veïento nous parlait tout à l'heure avec sagacité des préjugés de la superstition ; il démasquait la fourberie des prêtres, leur manie de prophétiser et de débiter effrontément des mystères qu'eux-mêmes souvent ne comprennent point.] Ne sont-ils pas travaillés d'une frénésie du même genre les déclamateurs qui s'écrient : « Ces blessures, c'est pour votre liberté à tous que je les ai reçues ; cet œil, c'est pour vous que je l'ai perdu. Donnez-moi un guide qui me ramène à mes enfants, car mes jarrets mutilés ne me soutiennent plus. » Encore ces amplifications seraient-elles tolérables, si elles frayaient la route aux disciples de l'éloquence ; mais à ces thèmes ambitieux, à ces sentences vides et retentissantes, tout ce qu'ils gagnent c'est, lorsqu'ils débutent au barreau, de se croire tombés dans un autre monde. Et les jeunes gens, je m'imagine, ne deviennent si absurdes dans les écoles que parce que rien des faits usuels de la vie n'y frappe leurs yeux ni leurs oreilles : ce ne sont que pirates embusqués avec des chaînes sur le rivage ; que tyrans traçant des édits qui prescrivent aux fils de trancher la tête à leurs pères ; que réponses d'oracles pour chasser la peste en immolant soit trois vierges, soit plus ; là se pétrissent de jolies périodes emmiellées : paroles et faits, tout est comme saupoudré de sésame et de pavot.

II. Avec une telle nourriture, il n'est pas plus possible d'acquérir du goût, qu'une bonne odeur quand on habite les cuisines. Maîtres ! ne vous en déplaise, vous tout les premiers vous avez tué l'éloquence. Oui : vos puérils cliquetis de mots, vos jeux de phrase artificiels ont eu pour effet d'énerver ce corps vigoureux, et de l'abattre. On n'enchaînait pas encore la jeunesse à des déclamations, au temps où Sophocle et Euripide trouvaient les paroles et la langue qu'il leur fallait. Jamais poudreux rhéteur n'avait encore perdu les intelligences, quand Pindare, quand les neuf lyriques craignirent de chanter sur le même rhythme qu'Homère. Et sans même citer les poëtes en témoignage, certes je ne vois point que Platon ou Démosthène aient essayé de ce genre d'exercice. La noblesse et, si je puis dire, la pudeur du discours n'admettent ni fard ni bouffissure : sa seule beauté naturelle fait son élévation. C'est depuis peu que ce déluge de phrases ronflantes et hyperboliques a de l'Asie débordé dans Athènes, et que les jeunes esprits,

## TITI PETRONII ARBITRI,

### EQUITIS ROMANI,

# SATYRICON.

I..... Num alio genere furiarum declamatores inquietantur? qui clamant : Hæc vulnera pro libertate publica excepi, hunc oculum pro vobis impendi : date mihi ducem, qui me ducat ad liberos meos, nam succisi poplites membra non sustinent. Hæc ipsa tolerabilia essent, si ad eloquentiam ituris viam facerent : nunc, et rerum tumore, et sententiarum vanissimo strepitu, hoc tantum proficiunt, ut, cum in forum venerint, putent se in alium terrarum orbem delatos. Et ideo ego adolescentulos existimo in scholis stultissimos fieri, quia nihil ex iis, quæ in usu habemus, aut audiunt, aut vident; sed piratas cum catenis in littore stantes; sed tyrannos edicta scribentes, quibus imperent filiis, ut patrum suorum capita præcidant; sed responsa in pestilentiam data, ut virgines tres aut plures immolentur; sed mellitos verborum globulos, et omnia dicta, factaque quasi papavere et sesamo sparsa.

II. Qui inter hæc nutriuntur, non magis sapere possunt, quam bene olere, qui in culina habitant. Pace vestra liceat dixisse, primi omnium eloquentiam perdidistis. Levibus enim atque inanibus sonis ludibria quædam excitando effecistis, ut corpus orationis enervaretur, et caderet. Nondum juvenes declamationibus continebantur, cum Sophocles atque Euripides invenerunt verba, quibus deberent loqui. Nondum umbraticus doctor ingenia deleverat, cum Pindarus, novemque lyrici Homericis versibus canere timuerunt. Et ne poëtas quidem ad testimonium citem, certe neque Platona, neque Demosthenem ad hoc genus exercitationis accessisse video. Grandis, et, ut ita dicam, pudica oratio non est maculosa, nec turgida, sed naturali pulchritudine exsurgit. Nuper ventosa isthæc et enormis loquacitas Athenas ex Asia commigravit, animosque juvenum ad magna surgentes, veluti pestilenti quodam sidere, adflavit, simulque corrupta eloquentiæ regula stetit, et obmutuit. Quis postea ad summam Thucydidis, quis

dont l'élan se portait au beau, ont été comme glacés par l'influence d'un astre malfaisant. Paralysé du même coup, le génie oratoire s'arrêta et se tut. Qui vit-on depuis approcher de la hauteur de Thucydide, de la gloire d'Hypéride? Pour la poésie même, plus de coloris pur et frais; tout, comme repu du même venin, mourut avant d'être couronné par le temps. La peinture aussi ne fit pas meilleure fin, depuis que la présomptueuse Égypte imagina pour un si grand art ses méthodes expéditives. [Ces réflexions et d'autres pareilles, je les faisais un jour en présence d'un nombreux auditoire, lorsque Agamemnon s'approcha de nous, curieux d'examiner qui l'on écoutait si attentivement.]

III. Il ne put souffrir de m'entendre pérorer sous le portique plus longtemps que lui-même ne s'était époumonné dans l'école. — Jeune homme, me dit-il, comme votre langage ne respire pas le goût dominant, et que vous êtes, chose bien rare, ami du sens commun, je ne vous tairai pas le secret du métier. Il n'y a nullement dans ces exercices de la faute des maîtres, obligés qu'ils sont d'extravaguer avec des fous. S'ils ne disaient en effet de ces choses qu'un peuple imberbe doit applaudir, *ils professeraient*, comme dit Cicéron, *dans le désert*. De même que les souples flatteurs qui quêtent des soupers chez les riches se préoccupent avant tout de ce qu'ils pensent devoir le mieux plaire à leur auditoire, car ils n'attraperont ce qu'ils convoitent qu'au moyen de quelque piége tendu aux oreilles; ainsi le maitre d'éloquence, le pêcheur d'écoliers, qui n'a point garni ses hameçons de l'appât dont il faut savoir que le petit poisson est friand, perd l'espoir de rien prendre, et se morfond sur son rocher.

IV. A qui donc la faute? C'est aux parents que le blâme est dû de ne pas vouloir le **progrès de** leurs fils sous un sévère enseignement. D'abord, comme tout le reste, ces chères espérances sont immolées par eux à l'ambition; puis, dans l'impatience de leurs vœux, ils poussent au barreau des intelligences qui n'ont rien digéré; et cette robe d'orateur, pour laquelle ils avouent qu'il n'est point de taille trop haute, ils en affublent des enfants qui achèvent de naître. S'ils les laissaient dans leurs travaux avancer pas à pas, et que la jeunesse studieuse pût mûrir par de solides lectures l'âpreté de sa séve, régler son cœur sur les préceptes de la philosophie, épurer ses phrases au stylet d'une critique incisive, écouter longtemps ce qu'elle voudrait imiter, ne s'éblouir d'aucun des faux brillants qui captivent cet âge, bientôt notre noble éloquence reprendrait sa majestueuse autorité. Mais l'adolescent ne voit qu'un jeu dans les écoles; jeune homme, on le siffle au barreau, et, chose plus honteuse que tout cela, ces études faites à contre-sens, vieux il ne veut pas en convenir. Toutefois, pour que vous ne pensiez pas que je condamne l'impromptu satirique à la façon de Lucilius, je vais, comme lui, esquisser en vers mes idées :

> **V.**   Veux-tu nous rendre, ami d'un art sévère,
> Ses grands effets et sa mâle beauté?
> De nos aïeux garde la *règle* austère,
> Chéris leurs mœurs et leur frugalité.
> Fuis loin des cours où ton front s'humilie;
> Crains de t'asseoir à la table des grands;
> Crains de Bacchus les dangereux présents,
> Il flétrit l'âme, il éteint le génie;
> Et ne va pas aux suppôts de Thalie
> Prostituer tes applaudissements.
> *A* ~~Mais soit qu'Athène, ou soit qu'aux champs de l'Hespérie~~
> ~~Naples, fille de Sparte, avant tout te sourie,~~
> Près des Muses d'abord, qui doivent t'élever,
> Cours du divin Homère à longs traits t'abreuver.
> De Socrate à son tour que la raison t'éclaire;

---

Hyperidis ad famam processit? Ac ne carmen quidem sani coloris enituit : sed omnia, quasi eodem cibo pasta, non potuerunt usque ad senectutem canescere. Pictura quoque non alium exitum fecit, postquam Ægyptiorum audacia tam magnæ artis compendiariam invenit ........

III. Non est passus Agamemnon, me diutius declamare in portico, quam ipse in schola sudaverat : sed, Adolescens, inquit, quoniam sermonem habes non publici saporis, et, quod rarissimum est, amas bonam mentem, non fraudabo te arte secreta. Minimum in his exercitationibus doctores peccant, qui necesse habent cum insanientibus furere. Nam ni dixerint, quæ adolescentuli probent, ut ait Cicero, SOLI IN SCHOLIS RELINQUENTUR. Sicut ficti adulatores, cum cœnas divitum captant, nihil prius meditantur, quam id, quod putant gratissimum auditoribus fore, (nec enim aliter impetrabunt quod petunt, nisi quasdam insidias auribus fecerint :) sic eloquentiæ magister, nisi, tanquam piscator, eam imposuerit hamis escam, quam scierit appetituros esse pisciculos, sine spe prædæ moratur in scopulo.

IV. Quid ergo est? Parentes objurgatione digni sunt, qui nolunt liberos suos severa lege proficere. Primum enim, sicut omnia, spes quoque suas ambitioni donant : deinde, cum ad vota properant, cruda adhuc studia in forum impellunt, et eloquentiam, qua nihil esse majus confitentur, pueris induunt adhuc nascentibus. Quod si paterentur laborum gradus fieri, ut studiosi juvenes lectione severa mitigarentur, ut sapientiæ præceptis animos componerent, ut verba atroci stylo effoderent, ut, quod vellent imitari, diu audirent : sibi nihil esset magnificum, quod pueris placeret; jam illa grandis oratio haberet majestatis suæ pondus. Nunc pueri in scholis ludunt, juvenes rident in foro, et, quod utroque turpius est, quod quisque perperam didicit, in senectute confiteri non vult. Sed ne me putes improbasse schedium Lucilianæ improbitatis, quod sentio, et ipse carmine effingam :

> V. Artis severæ si quis hamat effectus,
> Mentemque magnis applicat, prius — more
> Frugalitatis lege polleat exacta :
> Nec curet alto regiam trucem vultu,
> Clensve cœnas impotentium captet :
> Nec perditis addictus obruat vino
> Mentis calorem, neve plausor in scena
> Se det redemtis histrioniæ addictus.

A ton libre génie ouvre ainsi la carrière
Ose de Démosthène emprunter les accents,
Et tente de brandir ses foudres tout-puissants.
Quitte les Grecs alors : que notre Melpomène
Parfois t'inspire aux jeux de la tragique scène,
Courts moments dérobés aux soucis du barreau.
Lis des fastes guerriers l'énergique tableau,
Et ce grand Tullius dont la voix indomptée,
Poursuit la trahison, qui fuit épouvantée.
Puise à tous ces trésors; et, poète-orateur,
~~Ton discours va jaillir comme un torrent vainqueur.~~
*L'éloquence à grands flots va jaillir de son cœur.*

VI. J'écoutais fort attentivement, sans m'apercevoir qu'Ascylte avait fui; et je marchais dans les jardins plein du feu de la conversation, lorsqu'une bande nombreuse d'étudiants vint sous le portique. Selon toute apparence, ils sortaient d'entendre je ne sais quel improvisateur qui avait réfuté le plaidoyer d'Agamemnon. Je les laisse rire des sentences et saper le plan de tout le discours, et, saisissant l'instant de m'évader, je cours à la poursuite d'Ascylte. Mais je ne savais pas bien quelle route tenir, ni où était notre logement. Partout où je venais de passer, j'y repassais encore; las enfin de courir, et déjà baigné de sueur, j'aborde une petite vieille qui vendait de grossiers légumes.

VII. — Dites-moi, la mère, ne sauriez-vous pas où je loge? — Charmée d'une gentillesse si naïve : — Pourquoi non? répondit-elle. — Et aussitôt elle se lève, et marche devant moi. Je la prenais pour une devineresse; peu après, arrivée dans une ruelle assez reculée, l'obligeante vieille écarta le rideau d'une porte, et me dit : c'est là que vous devez loger. — Comme j'affirmais ne pas connaître la maison, j'aperçus, entre deux rangs de cellules à écriteaux et au milieu de courtisanes nues, certains promeneurs

mystérieux. Bien tard alors, et quand il n'était plus temps, je reconnus qu'on m'avait mené dans un lieu de prostitution. Pestant contre la traîtresse, je me couvre la tête d'un pan de ma robe, je m'enfuis au travers du séjour maudit jusqu'à l'issue opposée, et voilà que sur le seuil même s'offre à moi Ascylte aussi exténué, aussi mourant que je l'étais : on eût cru qu'il avait suivi la même conductrice. Je lui tire en riant ma révérence, et lui demande ce qu'il fait dans un lieu si infâme.

VIII. Il essuie à deux mains la sueur qui couvrait son front; puis : — Si tu savais, me dit-il, ce qui m'est arrivé? — Hé quoi donc? — Il reprit d'une voix défaillante : J'errais par toute la ville, sans découvrir où j'avais laissé notre logement, quand je fus abordé par un homme à mine respectable, qui s'offrit très-civilement à me montrer le chemin. Il m'engagea dans de petites rues étroites et fort obscures, et me conduisit jusqu'ici, où, *la pièce à la main*, il sollicita de moi la courtoisie. Déjà la loueuse avait perçu le prix de la chambre, déjà cet homme venait de me saisir; et si je n'eusse été le plus fort, il m'en aurait cuit. [ Je me sauvai à toutes jambes, craignant, à chaque promeneur que je rencontrais, de retomber dans le même péril, ] tant il me semblait que tous les gens de ce lieu-là étaient ivres de satyrion. — [ Poursuivant donc notre retraite Ascylte et moi, nous fûmes encore obsédés par son persécuteur; ] mais nous unîmes nos forces, et nous pûmes braver ses attaques. [ Ascylte, après cela, me laissa seul, et se dirigea précipitamment je ne sais où; moi je ne songeai plus qu'à trouver notre logement. ]

IX. Je finis par découvrir comme à travers

---

Sed sive armigeræ rident Tritonidis arces,

Seu Lacedæmonio tellus habitata colono,     10

Sirenumque domus, det primos versibus annos,
Mæoniumque bibat felici pectore fontem;
Mox, et Socratico plenus grege mittat habenas
Liber, et ingentis quatiat Demosthenis arma.
Hinc Romana manus circumfluat, et modo Graio   15
Exonerata sono, mutet suffusa saporem.
Interdum subducta foro det pagina cursum,
Et cortina sonet celeri distincta meatu.
Dent epulas et bella truci memorata canore :
Grandiaque indomiti Ciceronis verba minentur.   20
His animum succinge bonis, sic flumine largo
Plenus, Pierio defundes pectore verba.

VI. Dum hæc diligentius audio, non notavi mihi Ascylti fugam : et dum in hoc dictorum æstu in hortis incedo, ingens scholasticorum turba in porticum venit, ut apparebat, ab extemporali declamatione nescio cujus, qui Agamemnonis suasoriam exceperat. Dum ergo juvenes sententias rident, ordinemque totius dictionis infamant, opportune subduxi me, et cursim Ascylton persequi cœpi. Sed nec viam diligenter tenebam, nec, quo loco stabulum esset, sciebam. Itaque quocumque ieram, eodem revertebar, donec et cursu fatigatus, et sudore jam madens, accedo aniculam quamdam, quæ agreste olus vendebat.

VII. Te rogo, inquam, mater, numquid scis, ubi ego

habitem? Delectata illa urbanitate tam stulta, et, Quidni sciam? inquit; consurrexitque, et cœpit me præcedere. Divinam ego putabam : at subinde, ut in locum secretiorem venimus, centonem anus urbana rejecit : et, Hic, inquit, debes habitare. Cum ego negarem me cognoscere domum, video quosdam, inter titulos nudasque meretrices furtim conspatiantes. Tarde, imo jam sero, intellexi, me in fornicem esse deductum : exsecratus itaque aniculæ insidias, operui caput, et per medium lupanar fugere cœpi in aliam partem : cum ecce in ipso aditu occurrit mihi æque lassus, ac moriens Ascyltos, putares ab eadem anicula esse deductum. Itaque ut ridens eum consalutavi, quid in loco tam deformi faceret? quæsivi.

VIII. Sudorem ille manibus detersit, et, Si scires, inquit, quæ mihi acciderunt. Quid novi? inquam ego. At ille deficiens, Cum errarem, inquit, per totam civitatem, nec invenirem, quo loco stabulum reliquissem, accessit ad me paterfamilias, et ducem se itineris humanissime promisit. Per amfractus deinde obscurissimos egressus, in hunc locum me perduxit, prolatoque peculio cœpit rogare stuprum. Jam pro cella meretrix assem exegerat, jam ille mihi injecerat manum; et, nisi valentior fuissem, pœnas dedissem..... Adeo ubique omnes mihi videbantur satyrion bibisse.... Junctis viribus molestum contempsimus.....

IX. Quasi per caliginem vidi Gitona in crepidine semi-

un brouillard Giton, debout au coin d'une ruelle [sur la porte de notre hôtellerie,] et je m'élançai dans la maison. Je lui demande s'il nous a préparé quelque chose pour dîner. Le pauvre enfant s'assied sur son lit, et essuie de son pouce les larmes qui lui coulent des yeux. Tout troublé de l'état où je le voyais, je voulus savoir quel malheur était survenu. Ce ne fut qu'après une longue répugnance, après que j'eus mêlé aux prières les menaces, qu'il me dit : — Votre camarade de lit, ou compagnon que voilà, est venu ici tout courant peu avant vous, et s'est mis en devoir de me faire violence. J'ai crié, il a tiré un poignard en disant : Si tu fais la Lucrèce, tu as trouvé un Tarquin. — A cette révélation, portant les poings sous les yeux d'Ascylte : Qu'as-tu à répondre? lui dis-je, Ganymède plus complaisant qu'une courtisane, et chez qui la bouche même n'est pas plus pure que le reste ? — Ascylte feignit l'indignation, et, copiant mon geste avec plus d'énergie, cria plus fort encore que moi : Te tairas-tu, toi que l'adultère a fait gladiateur, [qui as tué ton hôte,] toi l'échappé d'un amphithéâtre écroulé? Te tairas-tu, nocturne assassin, qui même aux jours de ta vigueur ne fus jamais aux prises avec une femme pure des horreurs que tu me reproches? toi qui dans un verger m'as souillé jadis comme tu souilles aujourd'hui cet enfant dans une taverne? — Pourquoi t'être esquivé, interrompis-je, lorsque je causais avec Agamemnon?

X. — Imbécile que tu es, que devais-je faire, quand je mourais de faim? Écouter des sentences, n'est-ce pas, qui me font l'effet de verres en éclats et d'interprétations de songes? Tu es bien plus vil que moi, par Hercule! Pour souper en ville, tu as flagorné un poëte. — Alors aux ignobles querelles succède un fou rire, notre ton se calme,

et nous passons à autre chose. Mais l'attentat de mon rival me revenant toujours à l'esprit : — Ascylte, lui dis-je, je vois que nous ne pouvons nous convenir ; ainsi, partageons notre petite communauté, et tàchons par nos profits séparés de chasser le besoin qui nous assiége. Vous êtes lettré, moi aussi : pour ne pas vous faire concurrence, je prendrai quelque autre enseigne; autrement, mille sujets nous mettraient tous les jours en lutte, et nous perdraient de réputation dans toute la ville. — Ascylte ne s'y refusa point : — Aujourd'hui, dit-il, comme nous avons, en qualité de gens d'école , pris un engagement à souper, il ne faut pas perdre notre nuit; mais demain, puisque vous le voulez, je me pourvoirai d'un logement et d'un camarade de lit. — Il en coûte trop, répliquai-je, de remettre un projet qui plaît. — Ce qui me faisait précipiter la séparation, c'est qu'en proie au feu du désir, dès longtemps j'aspirais à écarter un surveillant jaloux, pour renouer d'anciens rapports avec mon cher Giton. [Ascylte, blessé au vif, sort impétueusement sans mot dire. Un si brusque départ était de mauvais augure : je connaissais son caractère emporté et la violence de ses passions. Je le suivis, dans sa retraite pour éclairer ses démarches et en prévenir l'effet; mais je le perdis de vue, et fus longtemps à le chercher en vain.]

XI. Quand j'eus parcouru du regard toute la ville, je revins dans ma chambrette; et, après maint baiser qu'à bon escient je savoure enfin, j'enlace mon jeune ami des plus étroits embrassements , mes vœux se réalisent, et mon bonheur devient digne d'envie. Le mystère n'était point encore accompli, lorsqu'Ascylte, s'approchant à petit bruit de la porte, dont il enfonce violemment la clôture, me trouve fraternisant

---

ta... stantem, et in eundem locum me conjeci. Cum quærerem, num quid nobis in prandium frater parasset ? consedit puer super lectum, et manantes lacrimas pollice extersit. Perturbatus ego habitu fratris, quid accidisset? quæsivi. At ille tarde quidem et invitus, sed postquam precibus et iracundiam miscui : Tuus, inquit, iste frater, seu comes, paulo ante in conductum accucurrit, cœpitque mihi velle pudorem extorquere. Cum ego proclamarem, gladium strinxit; et, Si Lucretia es, inquit, Tarquinium invenisti. Quibus ego auditis, intentavi in oculos Ascylti manus : et, Quid dicis, inquam, muliebris patientiæ scortum, cujus ne spiritus purus est? Inhorrescere se, finxit Ascyltos ; mox , sublatis fortius manibus, longe majore nisu clamavit : Non taces, inquit, gladiator obscœne, quem..... de ruina arena dimisit? Non taces, nocturne percussor, qui, ne tum quidem, quum fortiter faceres, cum pura muliere pugnasti ? Cujus eadem ratione in viridario frater fui, qua nunc in deversorio puer es? Subduxisti te , inquam , a præceptoris colloquio?

X. Quid ego, homo stultissime , facere debui, quum fame morerer? an videlicet audirem sententias, id est, vitrea fracta, et somniorum interpretamenta? Multo me turpior es tu, Hercule, qui, ut foris cœnares, poetam

laudasti. Itaque ex turpissima lite in risum diffusi, pacatius ad reliqua secessimus. Rursus in memoriam revocatus injuriæ, Ascylte, inquam, intelligo nobis convenire non posse; itaque communes sarcinulas partiamur, ac paupertatem nostram privatis quæstibus tentemus expellere. Et tu litteras scis, et ego ; ne quæstibus tuis obstem, aliquid aliud promittam ; alioqui mille caussæ nos quotidie collident, et per totam urbem rumoribus different. Non recusavit Ascyltos, et, Hodie, inquit, quia tanquam scholastici ad cœnam promisimus, non perdamus noctem : cras autem , quia hoc libet, et habitationem mihi prospiciam, et aliquem fratrem. Tardum est, inquam , differre, quod placet. Hanc tam præcipitem divisionem libido faciebat. Jamdudum enim cupiebam amoliri custodem molestum, ut veterem cum Gitone meo rationem deducerem....

XI. Postquam lustravi oculis totam urbem, in cellulam redii, osculisque tandem bona fide exactis, alligo arctissimis complexibus puerum, fruorque votis usque ad invidiam felicibus. Nec adhuc quidem omnia erant facta, cum Ascyltos furtim se foribus admovit, discussisque fortissime claustris, invenit me cum fratre ludentem : risu itaque plausuque cellulam implevit, opertum me amiculo evol-

avec Giton. Ses éclats de rire, ses battements
de mains ébranlent la cellule. Il écarte le manteau qui nous enveloppe, et s'écrie : Que faisiez-
vous, saint homme? Quoi! logés à deux sous le
même vêtement! — Et il ne s'en tint pas aux
simples paroles ; il détacha la courroie de sa valise, et me flagella, mais non pas de main morte,
assaisonnant ses coups d'obscènes équivoques :
— Entrer de la sorte en partage de communauté !
Ne t'en avise pas ! —

[Feignant de prendre la chose en plaisanterie, j'a-
paisai Ascylte et le fis même sourire. — Hé quoi !
Encolpe, me dit-il, plongé comme tu l'es dans les
plaisirs, tu ne réfléchis pas que l'argent nous manque, et qu'il ne nous reste que des objets de nulle
valeur. Allons chez nos amis. — J'approuvai son idée ;
la nécessité m'y forçait, comme de dévorer mon ressentiment. Giton se charge de notre mince bagage,
nous sortons de la ville, et prenons le chemin de la
maison de plaisance de Lycurgue, chevalier romain. En mémoire de son ancienne confraternité
avec Ascylte, il nous fit très-bon accueil ; et nous
vîmes là Tryphène, femme d'une rare beauté, venue
avec Lycas, propriétaire d'un vaisseau et de quelques
domaines dans le voisinage de la mer.

Déjà régnait l'automne, et la nuit plus obscure
Fraîchissait ; à l'aspect de la triste froidure,
Phébus amortissait le feu de ses rayons ;
Et le pampre émondé, courant dans les vallons,
Laissait voir de Bacchus les nombreuses richesses ;
Et Pomone de Flore acquittait les promesses.

Il faut vous dire qu'à peine arrivés nous formâmes
tous d'amoureux engagements. La belle Tryphène
me plut, et se rendit volontiers à mes vœux. Mais
à peine fut-elle à moi que Lycas, dépité de se voir
voler sa maîtresse, prétendit que personnellement
je l'indemnisasse de la perte de ses anciennes amours.
Il m'attaqua donc gaillardement ; mon refus redoubla
son ardeur. Il trouva sans doute que la maison de
Lycurgue n'était pas propice à ses desseins, car il
voulut me persuader de venir m'établir chez lui. Se
voyant remercié, il eut recours à l'entremise de
Tryphène, qui me pria d'autant plus volontiers de
consentir à la demande de Lycas, qu'elle espérait
jouir chez lui d'une plus grande liberté. Je fis ce
que voulut ma chère Tryphène ; mais Lycurgue avait
renoué d'anciens rapports avec Ascylte, et ne souf-
frit pas qu'il partît. Il fut donc accordé qu'il reste-
rait, et que nous irions sans lui chez Lycas. Celui-ci
avait si bien disposé les choses, que pendant la route
il se trouva placé près de moi, et Tryphène aux cô-

vit, et Quid agebas, inquit, frater sanctissime? quid?
Vesticontubernium facis? Nec se solum intra verba conti-
nuit, sed lorum de pera solvit, et me cœpit non perfunc-
torie verberare, adjectis etiam petulantibus dictis : Sic
dividere cum fratre nolito...

Jam nunc ardentes auctumnus fregerat umbras,
Atque hiemem tepidis spectabat Phœbus habenis :
Jam platanus jactare comas, jam cœperat uvas
Annumerare suas, desecto palmite, vitis ;
Ante oculos stabat, quidquid promiserat annus......

* *Ici dividere a aussi le sens de pædicare.*

tés de Giton. Il avait dressé son plan d'après la connaissance qu'il avait de l'humeur changeante de la
coquette, qui, en effet, se passionna soudain pour
l'aimable enfant, ce dont je m'aperçus sans peine.
Voici sur quel pied nous étions chez Lycas. Tryphène
se mourait d'amour pour Giton ; Giton était tout à
Tryphène : double infidélité que je ne voyais pas
de très bon œil. Lycas, soigneux de me plaire,
inventait chaque jour de nouvelles parties de plaisir
auxquelles son épouse, la belle Doris, contribuait de
la meilleure grâce. Cette aimable personne eut bientôt chassé Tryphène de mon cœur. L'expression de
mes yeux instruisit Doris de mes sentiments ; ses yeux
passionnés me répondirent de la même façon, et ce
langage muet, devançant nos paroles, nous apprit à
la dérobée ce qu'un seul moment nous avait fait éprouver l'un pour l'autre. Le caractère jaloux de Lycas,
déjà connu de moi, nous imposait cette réserve, et
la passion toute seule avait découvert à la femme
les vues de son mari sur moi. Dans le premier tête-
à-tête que nous pûmes nous ménager, elle me fit part
de sa découverte. Je lui avouai franchement la vérité, et lui dis avec quelle froideur je l'avais toujours
reçu. La rusée me répondit qu'il nous fallait un peu
de politique : je la compris, et, suivant son conseil,
j'écoutai le mari pour posséder la femme. Dans l'un
de ces intervalles où Giton réparait sa vigueur épui-
sée par Tryphène, celle-ci voulut revenir à moi et
fut repoussée ; son amour alors se changea en rage.
Elle s'acharna à ma poursuite, et mes relations avec
les deux époux ne lui échappèrent point. Comme le
penchant du mari pour moi ne lui faisait à elle aucun tort, elle ne s'y arrêta pas : toute sa fureur
tomba sur Doris et sur nos furtifs rendez-vous. Elle
en informe Lycas, qui, moins amoureux que jaloux,
médite une vengeance éclatante. Mais Doris, avertie
par une des femmes de sa rivale, détourna l'orage
en rompant le cours de nos tête-à-tête. Moi, voyant
tout cela, et la perfidie de Thryphène et l'ingratitude de Lycas, je pris, tout en maugréant, le parti de
quitter la place. La veille, par un heureux hasard,
un vaisseau chargé de riches offrandes pour la fête
d'Isis venait d'échouer sur des rochers voisins. M'é-
tant donc consulté avec Giton, il consentit de grand
cœur à me suivre, vu que Tryphène, après l'avoir exténué, faisait mine de le négliger. Nous gagnâmes de
grand matin le rivage et montâmes à bord du navire,
d'autant plus facilement que les gardiens, tous valets de Lycas, nous connaissaient. Mais comme, par
considération pour nous, ils nous accompagnaient
toujours et nous empêchaient par là de faire notre
main, je laisse Giton avec eux, je m'éclipse à propos, je
me glisse vers la poupe, où était la statue de la déesse,
que je débarrasse de sa riche robe et de son sistre
d'argent ; j'enlève encore d'autres objets précieux
de la cabine du pilote, et me laisse furtivement couler le long d'un câble, sans être aperçu que du seul
Giton. Il parvient à s'évader lui-même et à me suivre.
Dès que je le vis, je lui montrai ma proie, et nous
nous décidâmes à rejoindre Ascylte au plus vite.
Nous n'arrivâmes que le lendemain chez Lycurgue.
Là j'abordai Ascylte, et lui racontai en peu de mots et

notre heureuse équipée et nos disgrâces amoureuses.
Il nous conseilla de prévenir Lycurgue en notre faveur, et de lui donner pour motif de notre évasion
précipitée quelque nouvelle sottise de Lycas. Lycurgue prêta l'oreille à nos raisons, et jura de nous
protéger désormais contre tous nos ennemis. Notre
disparition ne fut connue chez Lycas qu'après que
les deux belles furent levées : car, galants scrupu-
leux, nous assistions tous les jours à leur toilette
du matin. Cette absence si insolite bien constatée,
Lycas envoya explorer les environs, et principalement
les bords de la mer. Il apprit que nous avions visité
le vaisseau; mais du vol, nulles nouvelles : on ne le
connaissait point encore, parce que la poupe était
tournée vers la mer, et que le pilote n'était pas encore remonté sur le bâtiment. Notre départ se trouvant enfin incontestable, Lycas, qu'il n'accommo-
dait guère, s'emporta fort contre Doris, qu'il soup-
connait d'en être la cause. Je ne dirai rien des in-
jures grossières ni des voies de fait auxquelles il se
porta, j'en ignore les détails; ce que je sais, c'est
que Tryphène, l'auteur même de tout ce boulever-
sement, conseilla à Lycas d'aller réclamer les fugitifs chez Lycurgue, où apparemment ils devaient
se trouver : elle voulut être de la partie, pour nous
accabler d'outrages que nous méritions si bien. Le
lendemain on part, on arrive au château. Nous
étions absents : Lycurgue nous avait conduits aux
fêtes d'Hercule, qui se célébraient dans un bourg
voisin. Ils l'apprennent, courent au-devant de nous,
et nous trouvent sous le portique du temple. Leur
subite apparition nous jeta dans un trouble extrême :
Lycas se plaignit vivement à Lycurgue de notre es-
capade; mais on l'accueillit d'un air si sévère et
avec un dédain si marqué, que, sentant renaître
mon courage, je le couvris de confusion, en publiant
hautement ses infâmes tentatives sur moi tant chez
Lycurgue que chez lui-même. Tryphène eut beau
faire, elle eut aussi son compte. Je dévoilai sa tur-
pitude au peuple qu'avaient assemblé nos cris; et,
pour preuve de ce que j'avançais, je montrai à quel
état d'épuisement nous avait réduits, Giton et moi,
la luxure de cette prostituée. Les rires de l'assemblée
coupèrent la parole à nos accusateurs, qui se retirèrent confus et méditant des projets de vengeance.
S'étant bien aperçus que nous avions prévenu l'esprit de Lycurgue, ils voulurent l'attendre chez lui
pour le désabuser. La fête avait fini tard : nous ne
pûmes nous rendre au château. Lycurgue nous
conduisit dans une *villa* qu'il avait à moitié chemin.
Le lendemain, il nous laissa encore endormis, pour
aller au château, où l'appelaient ses affaires. Il y
trouva Lycas et Tryphène qui l'attendaient, et qui
surent si bien le circonvenir qu'ils le déterminèrent
à nous livrer entre leurs mains. Lycurgue d'ailleurs, méchant de caractère et ne sachant ce que
c'est que garder sa parole, réfléchit aux moyens de
nous livrer, et dit à Lycas d'aller chercher main-
forte, tandis que lui-même nous tiendrait consignés
dans sa *villa*. Il y vint en personne, et nous fit aussi
mauvais visage que Lycas nous l'aurait pu faire.
Il nous reprocha, en serrant convulsivement ses
mains l'une contre l'autre, nos calomnies envers

Lycurgue, et nous fit enfermer, à l'exception d'Ascylte, dans notre chambre à coucher, sans vouloir
même écouter ce dernier, qui tentait de nous justifier.
Il l'emmena au château, et établit des gardes pour
nous surveiller jusqu'à son retour. Pendant la route
Ascylte s'efforça, mais en vain, d'ébranler la résolution de Lycurgue : prières, larmes, caresses, rien
ne put l'émouvoir. Ce fut alors qu'il conçut le projet
de nous faire évader. Irrité de l'entêtement de Lycurgue, il refusa de partager sa couche, ce qui fa-
cilita l'exécution de son dessein. Comme tous les
habitants du château étaient dans le premier sommeil, Ascylte charge nos effets sur ses épaules,
s'échappe par une brèche qu'il a remarquée à la muraille, et arrive au point du jour à la *villa*. Il y
pénètre sans obstacle, et gagne notre chambre, que
nos surveillants avaient eu soin de fermer. Mais
il la trouva facile à ouvrir : le ressort de la serrure, qui était de bois, céda à l'introduction d'un
morceau de fer, et la chute du verrou nous ré-
veilla, car nous ronflions en dépit du sort. Fati-
gués d'une longue veille, nos gardes étaient ensevelis
dans un profond sommeil : nous fûmes donc les
seuls réveillés. Ascylte entre, et nous dit en peu de
mots ce qu'il a fait pour nous. Nous ne demandâ-
mes pas de plus longs détails; et comme nous nous
habillions à la hâte, il me vint dans l'idée de tuer
nos gardes et de mettre la maison au pillage. Je
consultai Ascylte : le pillage lui sourit, et il nous
fournit, sans effusion de sang, tous les moyens
de succès. Il connaissait les êtres du logis : il nous
mena droit au garde-meuble, qu'il ouvrit, et dont
nous enlevâmes les objets les plus précieux. Du plus
grand matin nous décampâmes, et, évitant les routes
fréquentées, nous ne fîmes halte qu'au moment où
nous nous crûmes en sûreté. Alors Ascylte, après
avoir repris haleine, nous peignit vivement la joie
qu'il venait d'éprouver à piller Lycurgue, le plus
avare des hommes, et dont la parcimonie l'indignait
avec raison; car toutes les nuits qu'il lui consacrait
n'avaient eu d'autre loyer qu'un maigre et méchant
ordinaire, à peine suffisant pour le soutenir. Telle
était la lésine du personnage, qu'avec ses immenses
richesses il se refusait jusqu'au nécessaire.

> Tantale au sein d'un fleuve essaye en vain de boire;
> L'onde échappe à sa bouche, et les fruits à sa main.
> De l'avare opulent c'est la fidèle histoire :
>    Dans son abondance illusoire
> Toujours il mâche à vide; il ne sent que la faim.

Ascylte voulait arriver à Naples le même jour;
mais je représentai qu'il serait peu sage de s'y rendre;
que, selon toute apparence, on nous y chercherait. —
Courons quelque temps la campagne, disais-je; nous
avons de quoi bien passer le temps. — Mon avis est
approuvé; et nous prenons le chemin d'un hameau
embelli de riantes maisons de plaisance, où nombre
de nos amis goûtaient les charmes de la belle saison. Mais nous étions à peine à mi-chemin, qu'un

---

> .....Nec bibit inter aquas, nec poma patentia carpit,
>    Tantalus infelix, quem sua vota premunt.
> Divitis hæc magni facies erit, omnia late
>    Qui tenet, et sicco concoquit ore famem......

nuage vint à crever sur nos têtes, et à faire pleuvoir l'eau par torrents. Nous nous sauvons au plus prochain village, dans une auberge où une foule de monde était venue chercher un abri. On ne pouvait nous observer au milieu de la cohue, et nous en avions plus de facilité pour guetter des yeux quelque butin à faire. Tout à coup, sans être vu, Ascylte ramasse de terre un petit sac où il trouve plusieurs pièces d'or. Cette heureuse aubaine nous comble de joie; mais, de peur des réclamations, nous nous éclipsons par une porte de derrière. Tout en fuyant nous apercevons un esclave qui selle des chevaux, et qui, ayant oublié quelque chose, les quitte pour rentrer à la maison. Je mets à profit sa disparition pour délier les courroies d'une selle, d'où j'enlève un superbe manteau; puis nous nous glissons le long des bâtiments, et nous voilà dans le bois voisin. Arrivés dans un endroit écarté du taillis où nous étions plus en sûreté, il fut longtemps question des moyens de cacher notre or, afin qu'on ne pût nous accuser de vol, ni nous voler à notre tour. Nous résolûmes de le coudre dans la doublure d'une vieille tunique que je mis sur mes épaules. Ascylte se charge du manteau et nous prenons des chemins détournés pour gagner la ville. Quand nous fûmes à la lisière du bois, nous entendîmes crier à notre gauche: — Ils n'échapperont pas; ils sont entrés dans le bois: séparons-nous pour les chercher et les prendre plus facilement! — Ces paroles nous jettent dans une frayeur extrême. Ascylte et Giton se sauvent le long des buissons jusqu'à la ville. Et moi, je rentre dans le bois si précipitamment, que, sans m'en apercevoir, je laisse tomber la précieuse tunique. Après avoir couru longtemps, harassé et n'en pouvant plus, je me couche au pied d'un arbre et là seulement je vois quelle perte j'ai faite. Le désespoir me rend des forces; je me lève, et de tous côtés je cherche longtemps et en vain mon trésor. Je me rencontrai face à face avec un villageois. Ce fut alors que j'eus besoin de toute ma présence d'esprit: elle ne m'abandonna pas. J'aborde effrontément mon homme: je lui demande le chemin de la ville, en me plaignant d'être égaré depuis longtemps dans la forêt. Il eut pitié de l'état où il me vit: j'étais en effet plus pâle que la mort, et crotté des pieds à la tête. Il me demanda si j'avais vu quelqu'un dans le bois; je lui répondis que non, et il eut la bonté de me conduire sur la grande route. Là il rencontra deux de ses amis qui lui dirent qu'après avoir battu jusqu'aux moindres sentiers, ils n'avaient trouvé qu'une tunique, qu'ils lui montrèrent. Mon audace n'alla pas jusqu'à la réclamer, comme bien vous pensez, quoique sa valeur me fût trop connue. J'arrivai tard à la ville. A mon entrée dans la première auberge, je trouvai Ascylte demi-mort et étendu sur un grabat: je me laissai tomber sur un autre lit, sans pouvoir dire un mot. Ascylte, troublé de ne pas voir la tunique qui m'avait été confiée, me la demanda précipitamment. J'étais dans un état d'épuisement tel, que je ne pus lui répondre; au défaut de ma voix, mes regards abattus lui en dirent assez. Cependant, ayant retrouvé peu à peu quelque force, je lui racontai ma disgrâce. Il s'imagina que je plai-

santais, et enfin refusa absolument de me croire, se figurant sans doute que je voulais retenir sa part des pièces d'or. Après mille plaintes et mille reproches de sa part aussi peu fondés qu'inutiles, n'ayant plus d'argent, il nous fallut déloger plus tôt que nous ne l'avions décidé, et vendre de notre butin pour subvenir à nos besoins.]

XII. Nous arrivions au marché quand déjà le jour finissait. Là nous remarquâmes une foule d'objets à vendre qui certes n'avaient pas grand prix, mais dont le colportage suspect trouvait dans l'obscurité du soir une facile protection. Comme nous avions, nous aussi, apporté le manteau capturé, nous profitâmes de suite d'une occasion si propice, et, postés dans un coin, nous secouâmes un pan de l'étoffe, dont à tout hasard l'éclat pouvait attirer quelque amateur. Nous n'attendîmes pas trop: certain villageois, dont les traits ne m'étaient pas inconnus, et qu'une petite femme accompagnait, s'approcha, et se mit à examiner le manteau avec un soin particulier. De son côté Ascylte fixe un œil attentif sur les épaules du rustique acheteur, et soudain la respiration et la voix lui manquent. Moi, à mon tour, ce ne fut pas sans quelque émotion que j'envisageai cet individu: il me semblait que c'était là l'homme qui avait trouvé ma tunique dans le fourré; et en effet c'était bien lui. Mais Ascylte n'osait s'en rapporter à ses yeux: afin de ne rien donner au hasard, il s'approcha d'abord, comme pour acheter lui-même, un peu plus près, et tira à lui la bordure, qu'il palpa soigneusement.

XIII. O coup de fortune! ô miracle! jusque-là le villageois n'avait pas eu la curiosité de tâter les coutures: on eût dit une défroque de mendiant qu'il dédaignait presque de vous proposer. Ascylte voyant notre dépôt intact, et que le vendeur était de mince considération, me tira un

XII. Veniebamus in forum, deficiente jam die, in quo notavimus frequentiam rerum venalium, non quidem pretiosarum, sed tamen, quarum fidem male ambulantem obscuritas temporis facillime tegeret. Cum ergo et ipsi raptum latrocinio pallium detulissemus, uti occasione opportunissima cœpimus, atque in quodam angulo laciniam extremam concutere, si quem forte emtorem splendida vestis posset adducere. Nec diu moratus rusticus quidam, familiaris oculis meis, cum muliercula comite propius accessit, ac diligentius considerare pallium cœpit. Invicem Ascyltos injecit contemplationem super humeros rustici emtoris, ac subito exanimatus conticuit. Ac ne ipse quidem sine aliquo motu hominem conspexi: nam videbatur ille mihi esse, qui tuniculam in solitudine invenerat; plane is ipse erat. Sed cum Ascyltos timeret fidem oculorum, ne quid temere faceret, prius tanquam emtor propius accessit, detraxitque humeris laciniam, et diligentius tenuit.

XIII. O lusum Fortunæ mirabilem! Nam adhuc nec suturæ quidem attulerat rusticus curiosas manus, sed tanquam mendici spolium etiam fastidiose venditabat. Ascyltos, postquam depositum esse inviolatum vidit,

peu à l'écart, et me dit : — Sais-tu, camarade, qu'il nous est revenu, le trésor dont je pleurais la perte? Ceci est notre tunique, encore garnie, à ce qu'il paraît, de toutes ses pièces d'or. Comment donc faire? à quel titre revendiquer notre bien? — Moi, enchanté, non-seulement de revoir notre butin, mais de ce que le hasard venait de m'absoudre du plus honteux soupçon, je soutins que, sans agir par voie détournée, il fallait franchement combattre avec les armes du droit, et, si notre homme ne voulait pas rendre ce qui ne lui appartenait pas, le citer en justice.

XIV. Ascylte, lui, craignait les voies légales : — De qui, disait-il, sommes-nous connus ici? Qui nous croira sur parole? Je suis tout à fait d'avis qu'on achète, bien qu'il soit à nous, l'objet que voilà retrouvé, et qu'on recupère un trésor au prix de quelques as, plutôt que de s'embarquer dans un procès chanceux.

> Que ferait la Justice, où l'argent seul est roi,
> Où le pauvre toujours a tort devant la loi?
> Nos cyniques si purs, nos héros d'abstinence
> Trop souvent à prix d'or vendent leur éloquence ;
> Et Thémis, marchandée à la face des cieux,
> S'abandonne au client qui l'achète le mieux.

— Mais, hormis deux pièces de grosse monnaie destinées à l'achat de pois chiches et de lupins, nous n'avions pas d'argent comptant. En conséquence, et pour ne pas laisser partir notre proie, fallût-il livrer à plus bas prix le manteau, nous nous y résignâmes; la valeur bien plus grande de l'une rendait comparativement légère la perte qu'on ferait sur l'autre. A peine donc avions-nous déployé notre marchandise, que la femme voilée qui se tenait devant nous avec le villageois, s'étant bien assurée de ce qui la lui faisait recon-

naître, jeta ses deux mains sur l'étoffe, en criant à tue-tête : Je tiens mes voleurs ! Tout étourdis de l'incident, mais ne voulant pas être en reste, nous saisissons à notre tour les sales lambeaux de la tunique, et, usant de récrimination, nous protestons que ce sont nos dépouilles qu'ils ont entre leurs mains. Mais la partie n'était nullement égale ; et les groupes que nos clameurs avaient amassés riaient, comme de raison, de nos prétentions à nous, en voyant d'une part revendiquer un vêtement des plus riches, de l'autre une tunique déchirée qui ne valait pas même de bons morceaux pour la rapiécer. Ascylte sut partir de là pour faire cesser les rires; et quand le silence s'établit :

XV. — Nous voyons, dit-il, par le fait, que chacun tient fort à ce qui est à lui qu'ils nous rendent notre tunique, et ils reprendront leur manteau. — En dépit du villageois et de la femme, qui acceptaient l'échange, des gens de loi, ressemblant presque à des voleurs de nuit, et qui voulaient faire profit du manteau, réclamaient le dépôt des deux vêtements entre leurs mains. — Demain, disaient-ils, le magistrat connaîtra du différend. Il ne s'agit pas seulement d'une enquête sur les objets qui paraissent en litige; il s'agit de bien mieux, savoir sur laquelle des parties le soupçon de vol incombera. — Déjà on était pour le séquestre, quand du milieu des groupes s'avance un quidam au crâne chauve et tout bossué de protubérances, qui par état et dans l'occasion était solliciteur de procès. Il s'empare du manteau, et promet de le représenter le lendemain. Mais évidemment il ne s'agissait d'autre chose, le vêtement une fois déposé aux mains des pillards, que de l'escamoter; et nous, par peur d'être ac-

---

et personam vendentis contemplatam, seduxit me paullulum a turba : et Scis, inquit, frater, rediisse ad nos thesaurum, de quo querebar? Illa est tunicula adhuc, ut apparet, intactis aureis plena. Quid igitur facimus; aut quo jure rem nostram vindicamus? Exhilaratus ego, non tantum quia praedam videbam, sed etiam, quod fortuna me a turpissima suspicione dimiserat, negavi circuitu agendum, sed plane jure civili dimicandum, ut, si nollet alienam rem domino reddere, ad interdictum veniret.

XIV. Contra Ascyltos leges timebat : et, Quis, aiebat, hoc loco nos novit? aut quis habebit dicentibus fidem? Mihi plane placet emere, quamvis nostrum sit, quod agnoscimus, et parvo aere recuperare potius thesaurum, quam in ambiguam litem descendere.

> Quid faciant leges, ubi sola pecunia regnat,
> Aut ubi paupertas vincere nulla potest?
> Ipsi, qui cynica traducunt tempora coena,
> Nonnumquam nummis vendere verba solent.
> Ergo judicium nihil est, nisi publica merces,
> Atque eques, in caussa qui sedet, emta probat.

Sed praeter unum dupondium, quo cicer lupinosque destinaveramus mercari, nihil ad manum erat. Itaque ne interim praeda discederet, vel minoris pallium addicere placuit, ut pretium majoris compendii leviorem faceret

jacturam. Cum primum ergo explicuimus mercem, mulier operto capite, quae cum rustico steterat, inspectis diligentius signis, injecit utramque laciniae manum, magnaque vociferatione latrones tenere clamavit. Contra, nos perturbati, ne videremur nihil agere, et ipsi scissam et sordidam tenere coepimus tunicam, atque eadem invidia proclamare, nostra esse spolia, quae illi possiderent. Sed nullo genere par erat caussa nostra, et conciones, quae ad clamorem confluxerant, nostram, scilicet de more, ridebant invidiam; quod pro illa parte vindicabant pretiosissimam vestem, pro hac pecuniam ne centonibus quidem bonis dignam. Hinc Ascyltos bene risum discussit, qui, silentio facto:

XV. Videmus, inquit, suam cuique rem esse carissimam, reddant nobis tunicam nostram, et pallium suum recipiant. Etsi rustico mulierique placebat permutatio, advocati tamen, jam paene nocturni, qui volebant pallium lucrifacere, flagitabant, uti apud se utraque deponerentur, ac postero die judex querelam inspiceret. Neque enim res tantum, quae viderentur in controversiam esse, sed longe aliud quaeri, in utra parte scilicet latrocinii suspicio haberetur. Jam sequestri placebant, et nescio quis ex concionibus, calvus, tuberosissimae frontis, qui solebat aliquando et caussas agere, invaserat pallium, exhibiturumque crastino die, affirmabat. Ceterum apparebat nihil

cusés, nous n'oserions point comparaître. Telle était bien aussi notre intention. Or le hasard seconda le vœu des deux parties. Le villageois, outré de nous voir exiger la représentation d'une guenille, jette la tunique au nez d'Ascylte, et nous somme, désintéressés que nous voilà sur ce point, de déposer en main tierce le manteau, qui seul offrait matière à procès. Rentrés ainsi, nous en étions sûrs, dans la possession de notre trésor, nous retournons bien vite à l'hôtellerie. Là nous pûmes rire à huis-clos et de notre subtil auditoire, et de nos accusateurs qui avaient eu la merveilleuse adresse de nous rendre nos écus.

> Tant il n'est rien qui parfois n'ait son prix !
> Ce que j'ai dédaigné peut m'ouvrir un asile.
> D'un vaisseau qui se perd tout l'or est bien stérile,
> Et ne vaut pas une rame, un débris.
> Quand le glaive est tiré, quand la trompette sonne,
> Les haillons bravent tout, et le riche frissonne.

[Comme nous voulions éviter les rues fréquentées, nous prîmes par les quartiers déserts ; et vers le soir, dans un endroit écarté, nous fûmes rencontre de deux femmes voilées, d'assez bonne tournure, que nous suivîmes en ralentissant le pas jusqu'à une chapelle où elles entrèrent. De là sortait, comme du fond d'un antre, un bruit extraordinaire pareil à celui d'une multitude de voix. La curiosité nous poussa jusque dans l'intérieur, et nous distinguâmes grand nombre de femmes, vraies bacchantes, armées de phallus monstrueux. Nous n'en pûmes voir davantage ; car dès qu'elles nous aperçurent, elles poussèrent un si grand cri que la voûte de l'édifice en trembla. Elles eussent bien voulu nous saisir ; mais nous nous échappâmes à temps, et regagnâmes notre hôtellerie.]

XVI. A peine nous étions-nous restaurés avec le souper préparé par les soins de Giton, qu'on vint heurter à notre porte pour ainsi dire en maître, et fort bruyamment. Pâles de frayeur, nous demandons qui est là : — Ouvrez, répond-on, vous l'allez savoir. — Durant ce dialogue, la barre sort d'elle-même de sa gâche et tombe, et la porte brusquement ouverte laisse entrer une femme. Elle était voilée : c'était celle justement qui tout à l'heure accompagnait le villageois. — Pensiez-vous donc, dit-elle, vous être joués de moi ? Je suis l'une des femmes de Quartilla, dont vous venez de troubler les mystères aux portes de la grotte. La voici qui vient en personne à l'hôtellerie, pour vous parler tout à son aise : ne vous alarmez pas ; elle n'entend point vous faire un crime d'une méprise, ni vous en punir ; elle est au contraire enchantée que le ciel ait conduit dans son voisinage des jeunes gens aussi bien élevés. —

XVII. Nous gardions encore le silence, et ne savions dans quel sens tourner notre réponse, lorsque nous vîmes la dame entrer, accompagnée seulement d'une petite fille, s'asseoir sur mon lit et pleurer longtemps. Nous, toujours sans mot dire, nous restons là, témoins stupéfaits de ces larmes, étalage d'une douleur factice. Or, après que le magnifique orage eut fait explosion, le capuchon qui couvrait cette tête impérieuse se haussa ; et la dame, tordant ses mains jointes à en faire craquer les articulations : — Comment qualifier, s'écria-t-elle, une pareille audace ? Qui vous a instruits à des brigandages qui dépasseraient ceux même de nos fables ? J'ai en vérité pitié de vous, car nul n'a vu impunément ce qu'il lui était interdit de voir. Et, au fait, notre pays offre une telle *assistance* de divinités, qu'un dieu peut s'y rencontrer plus facilement qu'un homme. Mais ne croyez pas que ce soit la vengeance qui m'amène : votre jeunesse me touche plus que mon offense. C'est par étourderie, du moins je le crois, que vous avez commis un attentat inex-

---

aliud quæri, nisi ut semel deposita vestis inter prædones strangularetur, et nos metu criminis non veniremus ad constitutum. Idem plane et nos volebamus. Itaque utriusque partis votum casus adjuvit. Indignatus enim rusticus, quod nos centonem exhibendum postularemus, misit in faciem Ascylti tunicam, et liberatos querela jussit pallium deponere, quod solum litem faciebat. Ergo recuperato, ut putabamus, thesauro, in deversorium præcipites abimus, præclusisque foribus, ridere acumen non minus concionum, quam calumniantium, cœpimus, quod nobis ingenti calliditate pecuniam reddidissent.

> Nam nihil est quod non mortalibus afferat usum.
> Rebus in adversis, quæ jacuere, juvant.
> Sic, rate demersa, fulvum deponderat aurum ;
> Remorum levitas naufraga membra vehit.
> Cum sonuere tubæ, jugulo stat divite ferrum ;    5
> Barbara contemtu prælia pannus habet......

XVI. Sed ut primum beneficio Gitonis præparata nos implevimus cœna, ostium satis audaci strepitu impulsum exsonuit. Cum ipsi ergo pallidi rogaremus, Quis esset : Aperi, inquit, jam scies. Dumque loquimur, sera sua sponte delapsa cecidit, remissæque subito fores admiserunt intrantem. Mulier autem erat operto capite, illa scilicet, quæ paullo ante cum rustico steterat, et, Me derisisse, inquit, vos putabatis ? Ego sum ancilla Quartillæ, cujus vos sacra ante cryptam turbastis. Ecce ipsa venit ad stabulum, petitque, ut vobiscum liceat loqui : nolite perturbari ; nec accusat errorem vestrum, nec punit : imo potius miratur, quis Deus juvenes tam urbanos in suam regionem detulerit ?

XVII. Tacentibus adhuc nobis, et ad neutram partem assentationem flectentibus, intravit ipsa una comitata virgine, sedensque super torum meum, diu flevit. Ac ne tunc quidem nos ullum adjecimus verbum, sed attoniti exspectavimus lacrymas ad ostentationem doloris paratas. Ut ergo tam ambitiosus detonuit imber, retexit superbum pallio caput, et manibus inter se usque ad articulorum strepitum constrictis, Quænam est, inquit, hæc audacia ? aut ubi fabulas etiam antecessura latrocinia didicistis ? Misereor, me Dius Fidius, vestri : neque enim impune quisquam, quod non licuit, adspexit. Utique nostra regio tam præsentibus plena est Numinibus, ut facilius possis Deum,

piable. Moi qui vous parle, cette nuit m'a bouleversée : il m'a pris un frisson glacial si dangereux, que j'eus peur vraiment d'un accès de fièvre tierce. Je demandai aux inspirations du sommeil un remède ; et il me fut prescrit de me mettre à votre recherche, pour opposer à l'invasion du mal certaine recette révélée comme calmant. Mais tel n'est pas le soin qui me travaille le plus : non, une plus grande inquiétude me ronge le cœur, et, quoi que j'y fasse, me conduit au tombeau. Je crains, voyez-vous, que par entraînement, par indiscrétion de jeunesse, ce que vous avez vu dans la chapelle de Priape ne soit divulgué par vous, et les secrets de la divinité livrés au vulgaire. Me voici donc à vos genoux, je tends vers vous mes mains suppliantes, et vous conjure avec instance de ne pas faire de nos nocturnes cérémonies un jeu et une risée, de ne pas traduire au grand jour les mystères de tant de siècles, qu'à peine tous leurs initiés connurent-ils. —

XVIII. Ces supplications sont suivies d'un nouveau torrent de larmes ; elle éclate en violents sanglots, et tombe sur mon lit, qu'elle presse de son visage et de sa poitrine. Ému tout à la fois de compassion et de crainte, je lui dis de se rassurer, et à l'égard de nous deux d'être bien tranquille. Aucun ne divulguerait ses mystères ; et de plus, si le Dieu lui avait indiqué quelque autre remède pour sa fièvre, nous seconderions la divine providence, dût-il y avoir danger pour nous. Toute joyeuse après cette promesse, voilà une femme qui me crible de baisers, qui tout d'un bond passe des larmes au rire ; et, s'amusant à diviser entre ses doigts les cheveux qui flottent derrière mon oreille : — La trêve, dit-elle, est conclue entre nous, et je vous tiens quitte de l'accusation que j'avais dressée. Si vous n'aviez consenti à m'administrer ce que je demande, j'avais main-forte toute prête pour demain, et mon injure eût été vengée dignement.

Le mépris est affreux ; commander est sublime.
J'aime à voir en tous lieux le respect que j'imprime.
Car le dédain du sage écrase l'offenseur ;
Qui triomphe et pardonne est doublement vainqueur.

Puis battant des mains, elle poussa tout à coup des éclats de rire tels qu'elle nous effraya. Ainsi fit de son côté la suivante, qui était venue la première ; ainsi fit la petite fille entrée avec la dame.

XIX. Toute la maison retentissait de ces rires de comédie ; et nous, ignorant d'où venait un si brusque changement d'humeur, nous nous entre-regardions, nous regardions ces femmes alternativement. [ Enfin Quartilla nous dit : ] — Mes ordres sont qu'aujourd'hui âme qui vive ne soit admise dans cette auberge, afin que je reçoive de vous le fébrifuge sans être dérangée. — A ces paroles, Ascylte resta quelque temps interdit ; je devins plus froid qu'un hiver des Gaules, et ne pus proférer un seul mot. Cependant qu'avions-nous de si fâcheux à craindre ? nous étions en force. Trois femmelettes, si elles tentaient quelque chose, étaient bien faibles contre nous, qui, même à défaut de mieux, eussions eu notre vigueur d'hommes. Et certes nous étions tout prêts à la défensive : j'avais même assigné à chacun son antagoniste ; en cas d'attaque, j'aurais tenu tête à Quartilla, Ascylte à la suivante, et Giton à la petite fille. [Quartilla s'approche de moi pour être médicamentée. Trompée dans son attente, elle sort furieuse, revient peu après, et par son ordre des inconnus nous saisissent et nous

---

quam hominem invenire. Ac ne me putetis ultionis caussa huc venisse, ætate magis vestra commoveor, quam injuria mea. Imprudentes enim, ut adhuc puto, admisistis inexpiabile scelus. Ipsa quidem illa nocte vexata, tam periculoso inhorrui frigore, ut tertianæ etiam impetum timerem : et ideo medicinam somno petii, jussaque sum vos perquirere, atque impetum morbi, monstrata subtilitate, lenire. Sed de remedio non tam valde laboro : major enim in præcordiis dolor sævit, qui me usque ad necessitatem mortis deducit : ne scilicet juvenili impulsi licentia, quod in sacello Priapi vidistis, vulgetis, Deorumque consilia proferatis in populum. Protendo igitur ad genua vestra supinas manus, petoque et oro, ne nocturnas religiones jocum risumque faciatis, neve traducere velitis tot annorum secreta, quæ mystæ vix omnes noverunt.

XVIII. Secundum hanc deprecationem lacrymas rursus effudit, gemitibusque largis concussa, tota facie ac pectore torum meum pressit. Ego eodem tempore et misericordia turbatus, et metu, bonum animum habere eam jussi, et de utroque esse securam. Nam neque sacra quemquam vulgaturum, et, si quod præterea aliud remedium ad tertianam Deus illi monstrasset, adjuvaturos nos divinam providentiam, vel periculo nostro. Hilarior post hanc pollicitationem facta mulier, basiavit me spissius, et ex lacrymis in risum mota, descendentes ab aure capillos meos dentata manu duxit : et, Facio, inquit, inducias vobiscum, et a constituta lite dimitto. Quod si non annuissetis, de hac medicina, quam peto, jam parata erat in crastinum turba, quæ et injuriam meam vindicaret, et dignitatem.

Contemni turpe est ; legem donare, superbum ;
Hoc amo, quod possum qua libet ire via.
Nam sane et sapiens contemptu jurgia flectit :
Et, qui non jugulat, victor abire solet.

Complosis deinde manibus in tantum repente risum effusa est, ut timeremus. Idem ex altera parte et ancilla fecit, quæ prior venerat. Idem virguncula, quæ una intraverat.

XIX. Omnia minico risu exsonuerant : cum interim nos, quæ tam repentina esset mutatio animorum facta, ignoraremus, ac modo nosmet ipsos, modo mulieres, intueremur.... Ideo vetui, hodie in hoc deversorio quemquam mortalium admitti, ut remedium tertianæ, sine interpellatione, a vobis acciperem. Ut hæc dixit Quartilla, Ascyltos quidem paullisper obstupuit : ego autem frigidior hieme Gallica factus, nullum potui verbum emittere. Sed ne quid tristius exspectarem, comitatus faciebat. Tres enim erant mulierculæ, si quid vellent conari, infirmissimæ, scilicet contra nos, quibus, si nihil aliud, virilis sexus esset. Et præcincti certe altius eramus : imo ego sic jam paria composueram,

transportent dans un palais des plus somptueux.] Ce dernier coup fit évanouir toute notre constance, et nous attéra, et une mort qui semblait certaine voilait déjà de son ombre nos yeux éperdus.

XX. — De grâce! m'écriai-je, madame, si c'est notre vie qu'il vous faut, achevez-nous sur l'heure. Nous n'avons pas commis d'assez grand crime pour devoir périr au sein des tortures. — Cependant Psyché (c'était le nom de la suivante) a couvert soigneusement le parquet d'un tapis, et veut ressusciter en moi un organe que mille morts avaient glacé. Ascylte s'était voilé la tête de son manteau, convaincu qu'il était du danger qu'on court à intervenir dans les secrets d'autrui. Psyché alors tira de son sein deux rubans, et de l'un nous lia les pieds, de l'autre les mains. [Quand elle m'eut bien garrotté, je lui dis que ce n'était pas de cette manière que sa maîtresse verrait ses désirs satisfaits. — Il est vrai, répliqua-t-elle; mais j'ai sous la main d'autres spécifiques plus efficaces. — Et elle apporta un vase rempli de satyrion, et fit tant par les plaisanteries et les folies qu'elle me débita, que j'avalai presque toute la liqueur. Pour se venger du mépris qu'Ascylte venait de faire de ses avances, elle lui arrosa le dos, sans qu'il s'en aperçût, du reste de la boisson.] Comme le tissu de ses fadaises s'épuisait : — Et moi donc, dit Ascylte, est-ce que je ne mérite pas de boire? — Psyché, trahie par mon sourire, se met à battre des mains : — Je vous en ai donné, jeune homme; à vous seul vraiment vous avez pris jusqu'à la dernière goutte. — Est-ce possible? dit Quartilla; tout ce qu'il y avait de satyrion, n'est-ce pas Encolpe qui l'a bu? — Et elle riait à se tenir les côtes, ce qui ne lui allait pas mal. Giton lui-même à la fin ne put garder son sérieux, surtout quand la petite fille se jetant à son cou vint lui donner mille baisers dont il ne se défendait guère.

XXI. Nous eussions voulu, dans notre détresse, crier à l'aide, mais nul secours n'était à portée; et d'ailleurs Psyché, armée d'une aiguille à friser, si je faisais mine d'invoquer l'assistance des citoyens, me piquait les joues, tandis que la petite fille, avec un pinceau trempé de satyrion, obsédait cruellement Ascylte. Pour dernier trait, un danseur cynique se présenta, vêtu d'une robe couleur de myrthe et relevée jusqu'à la ceinture, lequel tantôt nous éreinta de ses violents assauts, tantôt nous souilla de ses baisers infects; tant qu'enfin Quartilla, une baguette de baleine à la main, et la robe également relevée, fit signe heureusement qu'on nous donnât quartier. Ascylte et moi nous jurons, dans les termes les plus solennels, que tout ce mystère d'infamie mourra entre nous. Alors parut une troupe de lutteurs qui nous frottèrent d'huile à dose convenable, et nous ranimèrent. Délivrés donc ou à peu près de nos fatigues, nous prîmes des habits de table, et l'on nous fit passer dans une pièce voisine, où trois lits se trouvaient dressés, avec l'appareil complet d'un repas splendidement ordonné. Invités, nous prenons place : une entrée magnifique ouvre le banquet, et l'on nous abreuve à longs traits de vrai falerne, ma foi! On nous fit aussi l'honneur de maint autre service, après quoi le sommeil nous gagnait. — Comment! s'écria Quartilla, songeriez-vous bien à dormir, quand vous savez que cette nuit est due tout entière au culte de Priape? —

XXII. Comme Ascylte, excédé de persécutions, se laissait aller à l'assoupissement, Psyché, qu'il avait injurieusement rebutée, lui barbouilla tout le visage avec de la suie, et, sans qu'il le sentît,

---

ut, si depugnandum foret, ipse cum Quartilla consisterem, Ascyltos cum ancilla, Giton cum virgine..... Tunc vero excidit omnis constantia attonitis, et mors non dubia miserorum oculos cœpit obducere.

XX. Rogo, inquam, Domina, si quid tristius paras, celerius confice : neque enim tam magnum facinus admisimus, ut debeamus torti perire. Ancilla, quæ Psyche vocabatur, lodiculam in pavimento diligenter extendit. Sollicitavit inguina mea, mille jam mortibus frigida. Operuerat Ascyltos pallio caput, admonitus scilicet, periculosum esse alienis intervenire secretis. Duas instias ancilla protulit de sinu : alteraque pedes nostros alligavit, altera manus.... Ascyltos, jam deficiente fabularum contextu, Quid ergo? inquit, non sum dignus, qui bibam? Ancilla risu meo prodita, complosit manus, et, Apposui quidem, inquit, adolescens : solus tamen medicamentum ebibisti. Itane est, inquit Quartilla, quidquid satyrii fuit, Encolpius ebibit? non indecenti risu latera commovit. Ac ne Giton quidem ultimo risum tenuit, utique postquam virguncula cervicem ejus invasit, et non repugnanti puero innumerabilia oscula dedit.

XXI. Volebamus miseri exclamare, sed nec in auxilio erat quisquam, et hinc Psyche acu comatoria, cupienti mihi invocare Quiritum fidem, malas pungebat; illinc puella penicillo, quod et ipsum satyrio tinxerat, Ascylton opprimebat. Ultimo cinædus supervenit, myrtea subornatus gausapina, cinguloque succinctus, modo extortis nos clunibus cecidit, modo basiis olidissimis inquinavit; donec Quartilla balænatam tenens virgam, alteque succincta, jussit infelicibus dari missionem. Uterque nostrum religiosissimis juravit verbis, inter nos periturum esse tam horribile secretum. Intraverunt palæstritæ quam plures, et nos legitimo perfusos oleo refecerunt. Utcumque igitur lassitudine abjecta, cœnatoria repetimus, et in proximam cellam ducti sumus; in qua tres lecti strati erant, et reliquus lautitiarum apparatus splendidissime expositus. Jussi ergo discubuimus, et gustatione mirifica initiati, vino etiam falerno inundamur. Excepti etiam pluribus ferculis cum laberemur in somnum, Itane est? inquit Quartilla, etiam dormire vobis in mente est, cum sciatis Priapi genio pervigilium deberi?

XXII. Cum Ascyltos gravatus tot malis in somnum laberetur, illa, quæ injuria depulsa fuerat, ancilla totam faciem ejus fuligine longa perfricuit, et non sentientis labra

lui charbonna les lèvres et les épaules. Moi-même, aussi accablé que lui, je savourais comme un avant-goût des douceurs du repos ; toute la valetaille, dans la salle comme au dehors, en faisait autant, les uns gisant çà et là aux pieds des convives, d'autres adossés aux murailles ; quelques-uns, sur le seuil même de la porte, s'assoupissaient tête contre tête. Les lampes, comme les gens, étaient épuisées, et ne jetaient plus qu'une faible et mourante lueur, quand deux valets syriens, qui voulaient voler une bouteille, entrèrent dans la salle. Tandis qu'ils se la disputent avidement au milieu de l'argenterie, et que chacun tire à lui, elle se casse ; la table tombe avec la vaisselle, une servante, qui sommeillait sur le lit d'un convive, reçoit une coupe lancée probablement *par malheur* plus fort que le reste, et en a la tête brisée. La violence du choc lui arrache un cri, qui du même temps trahit les voleurs et réveille une partie de nos ivrognes. Les Syriens, venus pour faire leur coup qu'ils voient éventé, se laissent tous deux ensemble tomber le long d'un lit, à faire croire que le hasard seul les avait rapprochés, et se mettent à ronfler comme s'ils dormaient là depuis longtemps. Le chef de service, réveillé en sursaut, vient verser de l'huile dans les lampes qui s'éteignaient ; les esclaves, après s'être un peu frotté les yeux, retournent à leurs fonctions ; et l'entrée d'une joueuse de cymbales avec sa bruyante musique achève de nous réveiller tous.

XXIII. Voilà donc le festin qui recommence, et Quartilla qui de plus belle nous provoque à boire, stimulée elle-même à une gaieté toute bachique par le son des cymbales. [Elle me promet à moi ce qu'elle nomme un Embasicète ; celui-là devait faire circuler la joie.] Arrive alors un baladin, personnage des plus insipides, et digne en tout d'une telle maison ; il bat des mains pour préluder, puis entonne de la sorte son récitatif :

> Venez, courez, volez, folle jeunesse,
>     Ganymèdes au teint de lis,
> A la croupe mobile, aux membres assouplis ;
> Et vous qui du plaisir éternisez l'ivresse,
> Eunuques indomptés, vétérans de Cypris.

Le couplet débité, il me cracha le plus immonde baiser sur la face, se campa jusque sur mon lit, et, employant toute sa vigueur, releva malgré nous nos tuniques. Il me broya longtemps et à mainte reprise, toujours au-dessous de son but. Sur son front baigné de sueur coulaient des ruisseaux de fard ; et dans les rides de ses joues il y avait une telle épaisseur de craie, qu'on eût dit un mur décrépi que sillonne la pluie.

XXIV. Je ne pus retenir plus longtemps mes larmes ; j'étais réduit au désespoir : — De grâce ! m'écriai-je, madame, est-ce bien là l'Embasicète que vous m'aviez promis ? — Elle applaudit avec un air de douce moquerie : — O l'habile homme ! la bonne tête à espiégleries ! Quoi ! tu n'as pas compris qu'Embasicète veut dire un incube ? — Pour lors, ne voulant pas que mon camarade passât son temps mieux que moi : — Mais il y a conscience ! dis-je ; Ascylte sera-t-il ici le seul à chômer ? — Va pour Ascylte, répliqua-t-elle ; à son tour maintenant. — A ce mot l'infâme change de monture, et passe à mon voisin, qui se sent moulu de ses étreintes et de ses accolades. Debout au milieu de cette scène, Giton riait à se tordre les entrailles. Quartilla le remarque : A qui est ce garçon ? demanda-t-elle avec une vive cu-

---

humerosque sopitis titionibus pinxit. Jam ego etiam tot malis fatigatus, minimum veluti gustum hauseram somni : idem et tota intra forisque familia fecerat : atque alii circa pedes discumbentium sparsi jacebant, alii parietibus appliciti, quidam in ipso limine conjunctis marcebant capitibus. Lucernæ quoque humore defectæ, tenue et extremum lumen spargebant, cum duo Syri, expilaturi lagenam, triclinium intraverunt : domque inter argentum avidius rixantur, diductam fregerunt lagenam. Cecidit etiam mensa cum argento, et ancillæ, super torum marcentis, excussum forte altius poculum caput fregit : ad quem ictum exclamavit illa, pariterque et fures prodidit, et partem ebriorum excitavit. Syri illi, qui venerant ad prædam, postquam se deprehensos intellexerunt, pariter secundum lectum conciderunt, ut putares hoc convenisse, et stertere, tanquam olim dormientes, cœperunt. Jam et tricliniarches expergectus lucernis occidentibus oleum infuderat, et pueri, detersis paullisper oculis, redierant ad ministerium, cum intrans Cymbalistria, et concrepans æra, omnes excitavit.

XXIII. Refectum igitur est convivium, et rursus Quartilla ad bibendum revocavit. Adjuvit hilaritatem commissantis Cymbalistria..... Intrat Cinædus, homo omnium insulsissimus, et plane illa domo dignus, qui ut infractis manibus congemuit, ejusmodi carmina effudit :

> Huc, huc convenite nunc, Spatalocinædi,
> Pede tendite, cursum addite, convolate planta,
> Femore facili, clune agili, et manu procaces,
> Molles, veteres, Deliaci manu recisi.

Consumtis versibus suis, immundissimo me basio conspuit : mox et super lectum venit, atque omni vi detexit recusantes. Super inguina mea diu multumque frustra moluit. Perfluebant per frontem sudantis acaciæ rivi, et inter rugas malarum tantum erat cretæ, ut putares detectum parietem nimbo laborare.

XXIV. Non tenui ego diutius lacrymas : sed ad ultimam perductus tristitiam, Quæso, inquam, Domina, certe Embasicœtam jusseras dari. Complosit illa tenerius manus, et, O, inquit, hominem acutum, atque urbanitatis vernulæ fontem ! Quid ? tu non intellexeras cinædum Embasicœtam vocari ? Deinde, ne contubernali meo melius succœderet : Per fidem, inquam, vestram, Ascyltos in hoc triclinio solus ferias agit ? Ita ? inquit Quartilla, et Ascylto Embasicœtas detur. Ab hac voce equum cinædus mutavit, transituque ad comitem meum facto, clunibus eum basiisque distrivit. Stabat inter hæc Giton, et risu dissolvebat ilia sua. Itaque, conspicata cum Quartilla, cujus esset puer ? diligentissima sciscitatione quæsivit. Cum ego fratrem meum esse dixissem, Quare ergo, inquit, me non

riosité. Quand j'eus dit que c'était mon favori : — Pourquoi donc, reprit-elle, ne m'a-t-il pas embrassée ? — Et elle l'appelle, et colle ses lèvres sur les siennes. Elle lui glisse même une main sous la robe, et mettant au jour certain objet fort novice : — Ceci, dit-elle, sera charmant demain comme avant-goût de nos plaisirs, et pour s'escrimer ; aujourd'hui que j'ai tâté d'un service plus solide, ce mince ordinaire n'est point mon fait. —

XXV. Elle en était là, quand Psyché s'approcha d'elle en riant, et lui dit à l'oreille je ne sais quoi : — Bravo ! bravo ! s'écria la maitresse ; la bonne idée que tu me donnes! Pourquoi non? L'occasion est superbe : débarrassons de son pucelage cette chère Pannychis. — De suite on introduisit une petite fille assez gentille, qui ne paraissait pas avoir plus de sept ans, celle-là même qui déjà était venue dans notre logis avec Quartilla. Et ce fut à la demande et aux applaudissements universels que ces enfants se prirent pour époux. Moi, j'étais stupéfait, et j'alléguais que ni Giton, vu son extrême pudeur, ne se prêterait à l'œuvre obscène, ni Pannychis n'était d'âge à subir la loi que l'hymen impose à son sexe. — Bah ! dit Quartilla, est-elle plus jeune que je n'étais quand je me vis pour la première fois dans les bras d'un homme? Que mon bon génie me confonde, si je me souviens d'avoir jamais été pucelle ! Tout enfant, j'ai polissonné avec des garçons de mon âge; et insensiblement, selon le progrès des années, je me suis mesurée avec de plus grands, jusqu'à l'époque où je suis parvenue. C'est même de là, je crois, qu'est né le proverbe :

> Qui l'a pu porter veau
> Peut le porter taureau.

— Craignant donc qu'il n'arrivât pis à mon cher Giton hors de ma présence, je me levai aussi pour prendre part à la cérémonie.

XXVI. Déjà Psyché avait couvert la tête de la petite du voile des mariées ; l'Embasicète ouvrant la marche portait le flambeau ; une longue haie de femmes ivres battait des mains, et la couche nuptiale venait d'être ornée par elles de son tapis. Alors Quartilla, qu'enflamme encore cette lubrique parodie, se lève à son tour, et saisit Giton, qu'elle entraîne vers la chambre à coucher. C'est qu'en vérité il ne faisait point résistance ; et Pannychis, sans alarme aucune, n'avait point pâli au mot de mariage. Les voilà donc clos et dans le même lit; tout le monde se tient sur le seuil de la porte, et en première ligne Quartilla, près d'une ouverture perfidement pratiquée, où, appliquant son œil indiscret, elle contemple avec une lascive curiosité l'enfantillage des deux acteurs. Pour me faire, moi aussi, jouir du même spectacle, elle me tira doucement par la main; or, dans cette position nos visages se touchaient, nos yeux seuls étaient occupés ; elle avançait obliquement les lèvres, et comme à la dérobée becquetait les miennes par intervalles.

[Durant ce manége un grand bruit se fait entendre à la porte de la maison. On s'étonne, on se demande ce que nous annonce ce fracas inattendu. C'était un des soldats de la garde nocturne, qui, l'épée nue et suivi d'une troupe de jeunes gens, paraît au milieu de la salle. Il promène autour de lui des regards farouches, accompagnés de gestes menaçants, et enfin apostrophe Quartilla : — Qu'est ceci, impudente coquine ? Tu as faussé ta parole, et tu te joues de moi en me volant la nuit que tu m'as promise. Mais tu n'en es pas quitte; toi et ton galant je vous ferai voir que je suis un homme. — Dociles à son ordre, ses compagnons nous saisissent Quartilla et moi, et nous lient des plus étroitement bouche contre bouche, poitrine contre poitrine, et ainsi du reste, non sans rire aux éclats. Puis en outre, à pareil signal, le cavalier incube s'en vint me souiller encore de ses méphitiques et repoussantes embrassades, que je ne pouvais fuir ni parer aucunement. Il arriva cette fois au but; il assouvit plei-

---

basiavit? Vocatumque ad se in osculum applicuit. Mox manum etiam demisit in sinum, et protracto vasculo tam rudi, Hoc, inquit, belle cras in promulside libidinis nostræ militabit : hodie enim post asellum diaria non sumo.

XXV. Cum hæc diceret, ad aurem ejus Psyche ridens accessit, et cum dixisset nescio quid, Ita, ita, inquit Quartilla, bene admonuisti : cur non, quia bellissima occasio est, devirginetur Pannychis nostra? Continuoque producta est puella, satis bella, et quæ non plus quam septem annos habere videbatur, et ea ipsa, quæ primum cum Quartilla in cellam venerat nostram. Plaudentibus ergo universis, et postulantibus, nuptias fecerunt. Obstupui ego, et, nec Gitona, verecundissimum puerum, sufficere huic petulantiæ, affirmavi; nec puellam ejus ætatis esse, ut muliebris patientiæ legem possit accipere. Ita? inquit Quartilla, minor est ista, quam ego fui, cum primum virum passa sum? Junonem meam iratam habeam, si unquam me meminerim virginem fuisse. Nam et infans cum paribus inquinata sum, et subinde prodeuntibus annis,

majoribus me pueris applicui, donec ad hanc ætatem perveni. Hinc etiam puto proverbium natum illud, ut dicatur POSSE TAURUM TOLLERE, QUÆ VITULUM SUSTULERIT. Igitur ne majorem injuriam in secreto frater acciperet, consurrexi ad officium nuptiale.

XXVI. Jam Psyche puellæ caput involverat flammeo; jam Embasicœtas præferebat facem; jam ebriæ mulieres longum agmen plaudentes fecerant, thalamumque ingesta exornaverant veste. Tum Quartilla, jocantium quoque libidine accensa, et ipsa surrexit, correptumque Gitona in cubiculum traxit. Sine dubio non repugnaverat puer, ac ne puella quidem tristis expaverat nuptiarum nomen. Itaque, cum inclusi jacerent, consedimus ante limen thalami, et in primis Quartilla, per rimam improbe diductam, applicaverat oculum curiosum, lusumque puerilem libidinosa speculabatur diligentia. Me quoque ad idem spectaculum lenta manu traxit : et quia considerantium hæserant vultus, quidquid a spectaculo vacabat, commovebat valgiter labra, et me tanquam furtivis subinde osculis verberabat.

nement sa brutale passion. En ce moment Pannychis, peu mûre encore pour être sacrifiée à Vénus,
pousse un cri aigu, qui réveille soudain l'attention
du soldat. Et en effet la pauvre enfant devenait
femme, et Giton vainqueur avait remporté le sanglant trophée. Tout ému de cette découverte, le
soldat s'élance brusquement, et court enlacer de ses
bras nerveux tantôt l'épousée, tantôt l'époux, tantôt l'un et l'autre à la fois. La petite se prend à pleurer : elle objecte son âge, elle crie merci. Inutile
prière! Le bourreau s'obstinait, quand tout à coup
une vieille, celle-là même qui m'avait joué un si vi-
lain tour le jour où je ne pouvais trouver mon logement, arrive comme envoyée du ciel au secours
de la malheureuse Pannychis. Cette femme se précipite avec de grands cris dans la salle : elle annonce que des voleurs rôdent partout dans le voisinage. — Les citoyens, dit-elle, ont beau crier à
l'aide; la garde, endormie ou occupée à boire, ne se
présente pas. — Notre soldat tout troublé détale au plus
vite, ses amis le suivent; Pannychis est délivrée du
plus pressant des dangers, et nous tous de nos craintes personnelles. Pour lors Ascylte, Giton et moi,
trouvant à la faveur du tumulte l'occasion de nous
enfuir, nous la saisissons avec empressement, et vo-
lons à notre hôtellerie, où,] jetés chacun sur notre
couchette, nous passons tranquillement le reste
de la nuit. Le lendemain, l'heure était venue de
certain souper d'affranchissement que nous at-
tendions depuis trois jours; mais, criblés de tant
d'atteintes, nous étions plus tentés de déguerpir
que de rester en ville. Fort tristement donc nous
tenions conseil sur les moyens d'éviter l'orage
qui grondait encore, lorsqu'un valet d'Agamemnon vint faire diversion à nos perplexités :—
Comment! nous dit-il, ne savez-vous pas chez
qui l'on soupe aujourd'hui? C'est chez Trimalchion le magnifique, qui a dans sa salle à manger une horloge, et un trompette gagé pour lui
apprendre à chaque instant quelle portion il vient
de perdre de son existence. —— Pour le coup, nous
faisons toilette avec soin, nous oublions toutes

nos disgrâces; et Giton, qui très volontiers remplissait jusqu'alors l'office de serviteur, reçoit
l'ordre de nous suivre au bain.

XXVII. Avec notre costume de table nous
marchions un peu au hasard, ou plutôt ne fai-
sions que muser et nous approcher des cercles de
joueurs, quand tout à coup nous aperçûmes un
vieillard chauve, en tunique aurore, jouant à la
paume avec de jeunes esclaves aux longs cheveux. Cette belle jeunesse, quoiqu'elle en valût
bien la peine, attirait moins notre curiosité que
le maître lui-même, barbon qui jouait en sandales, avec des balles vertes; et il ne voulait plus
de celles qui touchaient terre : un esclave en
avait un sac plein, qui fournissait à la consom-
mation. Nous vîmes là encore d'autres nouveautés :
deux eunuques stationnaient en face l'un de
l'autre dans le champ-clos; le premier tenait un
pot de chambre d'argent, le second comptait les
balles, non pas celles qui selon le jeu volaient
d'une main vers l'autre, chassées à tour de bras,
mais celles qui tombaient par terre. Comme nous
admirions ces raffinements, arrive Ménélas, qui
nous dit : — C'est là l'homme chez qui vous vous
attablerez; et pardieu! vous voyez là le prélude
du souper. — Il allait poursuivre, quand Trimalchion fait claquer ses doigts, auquel signal
l'eunuque lui présente le vase au milieu du jeu.
Le maître soulage sa vessie, demande de l'eau
pour ses mains, et se mouille légèrement les
doigts, qu'il essuie aux cheveux d'un esclave.

XXVIII. Noter chaque détail eût été trop
long; nous prîmes le parti d'entrer dans le bain,
et, trempés de sueur au caldarium, le moment
d'après nous passâmes au rafraîchissoir. Déjà
Trimalchion, ruisselant de parfums, s'y faisait
essuyer, en guise de linge, avec des couvertures
du plus doux molleton. Trois garçons baigneurs
sablaient le falerne en sa présence; et comme ils


.....Abjecti in lectis sine metu reliquam exegimus noctem.
Venerat jam tertius dies, id est, exspectatio liberæ cœnæ :
sed tot vulneribus confossis fuga magis placebat, quam
quies. Itaque cum mœsti deliberaremus, quonam genere
præsentem evitaremus procellam, unus servus Agamemnonis interpellavit trepidantes : et, Quid? vos, inquit,
nescitis, hodie apud quem fiat? Trimalchio, lautissimus
homo, horologium in triclinio, et buccinatorem habet subornatum, uti subinde sciat, quantum de vita perdiderit.
Amicimur ergo diligenter, obliti omnium malorum, et
Gitona, libentissime servile officium tuentem usque hoc,
jubemus in balneo sequi.

XXVII. Nos interim vestiti errare cœpimus, imo jocari
magis, et circulis ludentum accedere; cum subito videmus
senem calvum, tunica vestitum russea, inter pueros ca-
pillatos ludentem pila. Nec tam pueri nos, quamquam erat
operæ pretium, ad spectaculum duxerant, quam ipse pa-
terfamiliæ, qui soleatus pila prasina exercebatur : nec
eam amplius repetebat, quæ terram contigerat, sed follem

plenum habebat servus, sufficiebatque ludentibus. Notavimus etiam inter res novas. Nam duo spadones in diversa parte
circuli stabant, quorum alter matellam tenebat argenteam,
alter numerabat pilas : non quidem eas, quæ inter manus
lusu expellente vibrabant; sed eas, quæ in terram deci-
debant. Cum has miraremur lautitias, accurrit Menelaus :
et, Hic est, inquit, apud quem cubitum ponetis; et quid?
jam principium cœnæ videtis? Etiamnum loquebatur Menelaus, cum Trimalchio digitos concrepuit : ad quod signum
matellam spado ludenti subjecit. Exonerata illa vesica,
aquam poposcit ad manus, digitosque paullulum aspersos
in capite pueri tersit.

XXVIII. Longum erat, singula excipere : itaque intravimus balneum, et sudore calefacti, momento temporis ad
frigidam eximus. Jam Trimalchio unguento perfusus ter-
gebatur, non linteis, sed palliis, ex mollissima lana factis.
Tres interim iatraliptæ in conspectu ejus Falernum pota-
bant : et cum plurimum rixantes effunderent, Trimalchio,
hoc suum propinasse, dicebat. Hinc, involutus coccina

répandaient en se le disputant la plus grande partie du breuvage, Trimalchion de dire que c'étaient des libations en son honneur. Ensuite, enveloppé d'une peluche écarlate, on le plaça sur une litière précédée de quatre valets de pied richement chamarrés, et d'une chaise à roues qui voiturait ses amours, un vieux mignon chassieux, plus laid encore que son maître. Tandis qu'on emportait Trimalchion, un musicien s'approcha de lui avec une petite flûte, et, penché à son oreille comme s'il lui eût dit quelque secret, tout le long du chemin il ne cessa de jouer. Nous suivîmes déjà rassasiés d'admiration, et arrivâmes avec Agamemnon à la porte du palais, sur le fronton duquel était fixé un écriteau ainsi conçu :

TOUT ESCLAVE
QUI SANS ORDRE DU MAÎTRE FRANCHIRA CETTE
PORTE RECEVRA CENT COUPS DE FOUET.

Sous le vestibule même se tenait le portier, habillé de vert, ceint d'une écharpe cerise : il écossait des pois dans un plat d'argent. Au-dessus du seuil était suspendue une cage d'or renfermant une pie au plumage bigarré, qui donnait le bonjour à ceux qui entraient.

XXIX. Or, comme je regardais toutes ces choses avec ébahissement, je faillis tomber à la renverse et me casser les jambes ; voici pourquoi. A la gauche de l'entrée, non loin de la loge du portier, un énorme dogue enchaîné était peint sur le mur, et au-dessus, en lettres capitales, on avait écrit : *Gare, gare le chien!* Ma frayeur fit rire mes compagnons. Pour moi, quand j'eus recueilli mes esprits, je me remis à examiner toutes les fresques de la muraille. On y voyait un marché d'esclaves leurs écriteaux au cou, et Trimal-

chion lui-même, en chevelure flottante, un caducée à la main, et conduit par Minerve, faisait son entrée dans Rome. On y voyait comme quoi il avait appris à tenir les livres, puis était devenu trésorier : le peintre avait eu soin, en homme exact, de tout expliquer au moyen de légendes. A l'extrémité de la galerie, Mercure enlevait le héros par le menton, et le déposait sur le siége le plus élevé d'un tribunal. Près de lui s'empressait la Fortune, avec une immense corne d'abondance ; et les trois Parques filaient ses destins de fils d'or. Je remarquai sous cette même galerie une troupe de valets de pied qui avec leur maître s'exerçaient à la course ; puis dans un angle une vaste armoire, et dans cette armoire une châsse où étaient déposés des Lares d'argent, une Vénus de marbre, et une boîte d'or, non des plus petites, où l'on disait qu'était gardée la première barbe de Trimalchion. Je demandai au concierge quelles étaient les peintures qui occupaient le centre du portique : — L'Iliade et l'Odyssée, dit-il, avec le combat de gladiateurs donné sous Lænas. —

XXX. Je n'eus pas le loisir de considérer cet entassement de merveilles. Nous étions arrivés à la salle du festin. Dans l'antichambre était l'intendant qui recevait des comptes ; mais ce que je vis de plus singulier, c'étaient des faisceaux avec leurs haches plaqués aux jambages de la porte, et finissant comme en éperon de galère, sur l'airain duquel on avait gravé :

A GAÏUS POMPEÏUS
TRIMALCHION SÉVIR AUGUSTAL,
CINNAMUS SON TRÉSORIER.

Au-dessous de cette inscription descendait de la voûte une lampe à deux branches, et se lisaient

---

gausapa, lecticæ impositus est, præcedentibus phaleratis cursoribus quatuor, et chiramaxio, in quo deliciæ ejus vehebantur, puer vetulus, lippus, domino Trimalchione deformior. Cum ergo auferretur, ad caput ejus cum minimis symphoniacus tibiis accessit, et tanquam in aurem aliquid secreto diceret, toto itinere cantavit. Sequimur nos jam admiratione saturi, et cum Agamemnone ad jannam pervenimus, in cujus poste libellus erat, cum hac inscriptione fixus :

QUISQUIS. SERVUS. SINE. DOMINICO. JUSSU. FORAS. EXIERIT.
ACCIPIET. PLAGAS. CENTUM.

In aditu autem ipso stabat ostiarius prasinatus, cerasino succinctus cingulo, atque in lance argentea pisum purgabat. Super limen autem cavea pendebat aurea, in qua pica varia intrantes salutabat.

XXIX. Ceterum ego, dum omnia stupeo, pæne resupinatus crura mea fregi. Ad sinistram enim intrantibus, non longe ab ostiarii cella, canis ingens, catena vinctus, in pariete erat pictus, superque quadrata littera scriptum, CAVE. CAVE. CANEM. Et collegæ quidem mei riserunt. Ego autem, collecto spiritu, non destiti totum parietem persequi. Erat autem venalitium titulis pictum, et ipse Trimalchio capillatus caduceum tenebat, Minervaque ducente, Romam intra-

bat. Hinc quemadmodum ratiocinari didicisset, dein dispensator factus esset, omnia diligenter curiosus pictor cum inscriptione reddiderat. In deficiente vero jam porticu, levatum mento in tribunal excelsum Mercurius rapiebat. Præsto erat Fortuna, cornu abundanti copiosa, et tres Parcæ, aurea pensa torquentes. Notavi etiam in porticu gregem cursorum cum magistro se exercentem. Præterea grande armarium in angulo vidi, in cujus ædicula erant Lares argentei positi, Venerisque signum marmoreum, et pixis aurea non pusilla, in qua barbam ipsius conditam esse dicebant. Interrogare atriensem cœpi : quas in medio picturas haberent? Iliada et Odysseam, inquit, ac Lænatis gladiatorium munus.

XXX. Non licebat multas jam considerare. Nos jam ad triclinium perveneramus, in cujus parte prima procurator rationes accipiebat : et, quod præcipue miratus sum, in postibus triclinii fasces erant cum securibus fixi, quorum imam partem quasi embolum navis æneum finiebat, in quo erat scriptum :

C. POMPEIO. TRIMALCHIONI. VI. VIRO. AUGUSTALI.
CINNAMUS. DISPENSATOR.

Sub eodem titulo, etiam lucerna bilychnis de camara

deux écriteaux à demeure, un pour chaque côté ; le premier, si j'ai bonne mémoire, portait ces mots :

LE III, ET LA VEILLE DES CALENDES DE JANVIER, GAÏUS NOTRE MAÎTRE SOUPE EN VILLE.

L'autre figurait le cours de la lune, les sept planètes, et les bons ainsi que les mauvais jours, marqués par deux sortes de clous à tête ronde. Lorsque, bien repus de ces enchantements, nous nous disposions à entrer dans la salle, un valet, préposé pour cet office, nous cria : — Du pied droit ! — A vrai dire nous tressaillîmes un instant, de peur que l'un de nous ne violât le cérémonial en passant le seuil. Ce n'est pas tout : alors que tous ensemble nous partions du pied droit, un esclave dépouillé de ses vêtements tombe à nos pieds, et nous conjure de le sauver des étrivières. C'était si peu de chose que sa faute pour la peine qui le menaçait ! Il s'était laissé voler au bain des habits du trésorier, qui valaient à peine dix sesterces ! — Faisant donc volte-face, toujours du pied droit, nous allons vers le trésorier qui comptait de l'or à son bureau, et sollicitons pour son esclave remise de la peine. Lui, relevant fièrement la tête, répondit : — C'est moins la perte qui me fâche que la négligence de ce vaurien. Il m'a perdu une robe de table dont un de mes clients m'avait fait hommage à l'anniversaire de ma naissance. Elle était de pourpre tyrienne, oui-dà ! mais elle avait déjà vu l'eau une fois. Quoi qu'il en soit, pour vous je lui fais grâce.

XXXI. Grandement obligés par tant de bonté, nous étions entrés dans la salle, quand ce même esclave pour lequel nous venions d'intercéder accourut, et nous accabla d'une étourdissante grêle de baisers, nous remerciant de notre humanité. — Au reste, ajouta-t-il, vous saurez tout à l'heure à qui vous avez rendu service. Le vin du maître est la reconnaissance du sommelier. —

Enfin pourtant nous prenons place ; de jeunes esclaves, d'Alexandrie, épanchent sur nos mains de l'eau à la neige ; d'autres leur succèdent pour le service des pieds, dont ils nettoient les ongles avec une dextérité singulière ; et, tout en s'acquittant d'une aussi déplaisante fonction, ils ne cessaient de chanter. Je voulus m'assurer si tous les gens de la maison étaient chanteurs, et je demandai à boire. Un valet accourt, et, comme les autres, me régale d'un aigre fausset ; à chaque demande, même façon de servir. C'était à se croire au milieu d'un chœur de pantomimes, plutôt qu'à la table d'un maître de maison.

On apporte un premier service des plus somptueux ; car déjà tous les convives étaient accoudés, excepté un, Trimalchion, à qui, par un usage tout nouveau, on réservait la place d'honneur. Sur un plateau de hors-d'œuvre était en métal de Corinthe un esturgeon, ou asellus, représenté avec un bât, lequel portait des olives, d'un côté les blanches, de l'autre les noires : le tout couronné de deux plats d'argent, au rebord desquels étaient gravés le nom de Trimalchion et le poids du métal. Des arceaux en forme de ponts supportaient des loirs saupoudrés de miel et de pavot. Il y avait aussi des cervelas placés brûlants encore sur un gril d'argent ; et par-dessous, en guise de charbons, des prunes de Syrie et des grains de grenades.

XXXII. Nous en étions à ces magnificences, lorsque Trimalchion lui-même fut apporté au

---

pendebat, et duæ tabulæ in utroque poste defixæ ; quarum altera, si bene memini, hoc habebat inscriptum :

III. ET. PRIDIE. KAL. JAN.
G. NOSTER. FORAS. COENAT.

altera Lunæ cursum, Stellarumque septem imagines pictas ; et, qui dies boni, quique incommodi essent, distinguente bulla, notabantur. His repleti voluptatibus, cum conaremur in triclinium intrare, exclamavit unus ex pueris, qui super hoc officium erat positus : DEXTRO PEDE. Sine dubio paullisper trepidavimus, ne contra præceptum aliquis nostrum transiret. Ceterum, ut pariter movimus dextros gressus, servus nobis despoliatus procubuit ante pedes, et rogare cœpit, ut se pœnæ eriperemus : nec magnum esse peccatum suum, propter quod periclitaretur. Subducta enim sibi vestimenta dispensatoris in balneo, quæ vix fuisset x HS. Retulimus ergo dextros pedes, dispensatoremque in precario aureos numerantem deprecati sumus, ut servo remitteret pœnam. Superbus ille sustulit vultum, et, Non tam jactura me movet, inquit, quam negligentia nequissimi servi. Vestimenta mea cubitoria perdidit, quæ mihi natali meo cliens quidam donaverat, Tyria sine dubio, sed jam semel lota. Quid ergo est ? dono vobis reum.

XXXI. Obligati tam grandi beneficio, cum intrassemus triclinium, occurrit nobis ille idem servus, pro quo rogaveramus, et spississima basia stupentibus impegit, gratias agens humanitati nostræ. Ad summam, statim scietis, ait, cui dederitis beneficium. Vinum dominicum ministratoris gratia est. Tandem ergo discubuimus, pueris Alexandrinis aquam in manus nivatam infundentibus, aliisque insequentibus ad pedes, ac paronychia cum ingenti subtilitate tollentibus. Ac ne in hoc quidem tam molesto tacebant officio ; sed obiter cantabant. Ego experiri volui, an tota familia cantaret ? Itaque potionem poposci : paratissimus puer non minus me acido cantico excepit : et quisquis aliquid rogatus erat, ut daret. Pantomimi chorum, non patrisfamiliæ triclinium crederes. Allata est tum gustatio valde lauta : nam omnes jam discubuerant præter unum Trimalchionem, cui locus, novo more, primus servabatur. Ceterum in promulsidari asellus erat Corinthius cum bisaccio positus, qui habebat olivas, in altera parte albas, in altera nigras. Tegebant asellum duæ lances, in quarum marginibus nomen Trimalchionis inscriptum erat, et argenti pondus. Ponticuli etiam ferruminati sustinebant glires, melle et papavere sparsos. Fuerunt et tomacula ferventia supra craticulam argenteam posita, et infra craticulam Syriaca pruna cum granis Punici mali.

XXXII. In his eramus lautitiis, cum ipse Trimalchio

bruit d'une symphonie, et déposé sur un amas de petits coussinets. Quelques étourdis éclatèrent de rire. Figurez-vous un capuchon de pourpre d'où s'échappait une tête rase, et autour d'un cou empaqueté une serviette jetée en laticlave, franges pendantes deçà et delà. Il avait aussi au petit doigt de la main gauche une énorme bague dorée, et à la dernière phalange du doigt voisin une plus petite, et, à ce qu'il me parut, tout en or, mais constellée d'acier. Non content d'étaler ces richesses, il mit à nu son bras droit, orné d'un bracelet d'or dont un cercle d'ivoire coupait les lames éblouissantes.

XXXIII. Puis, après s'être fouillé la mâchoire avec un cure-dent d'argent : — Mes amis, nous dit-il, je ne me sentais pas encore en goût de vous rejoindre ; mais mon absence vous eût fait languir, et j'ai coupé court à tout amusement. Vous permettez pourtant que je finisse ma partie ? — A deux pas était un esclave avec un damier de bois de térébinthe et des dés de cristal ; et je vis la chose du monde qui annonçait le meilleur goût : au lieu de dames blanches et noires, il avait des deniers d'or et des deniers d'argent. Tandis qu'en jouant il épuisait le vocabulaire des artisans de la dernière classe, et que le premier service nous occupait encore, un plateau fut apporté avec une corbeille où était une poule de bois sculpté, dont les ailes s'étendaient en cercle, à l'instar des poules couveuses. Aussitôt deux esclaves s'avancent, et au son des instruments se mettent à fureter dans la paille : ils en tirent un à un des œufs de paon qu'ils distribuent aux convives. A ce petit jeu de scène, Trimalchion se retourne : — Mes amis ! ce sont des œufs de paon que j'ai fait mettre sous cette poule. Et, pardieu ! je crains qu'ils ne soient déjà couvis : essayons pourtant s'ils se laissent encore avaler. — Chacun reçoit une cuiller qui ne pesait pas moins qu'une demi-livre, et nous brisons ces œufs figurés en pâtisserie. Pour mon compte, je faillis jeter le mien, pensant déjà y voir le poussin formé. Puis comme j'ouïs dire à un vieux parasite : « Il doit y avoir là-dedans quelque bonne chose ! » j'achevai de casser la coquille, et je trouvai un succulent bec-figue, enveloppé d'une farce de jaunes d'œufs poivrés.

XXXIV. Trimalchion, interrompant son jeu, venait de demander sa part de chaque chose ; il autorisait à haute voix les amateurs à retourner au vin miellé, lorsqu'au brusque signal d'une nouvelle symphonie un chœur de chanteurs enlève en cadence le premier service. Durant cette tumultueuse besogne, il arrive qu'un plat d'argent tombe, et qu'un esclave le ramasse. Il est aperçu par Trimalchion qui le fait souffleter, et commande qu'on rejette le plat à terre. Et de suite un valet de chambre le vint balayer avec les autres ordures.

Tout aussitôt entrèrent deux Éthiopiens à longue chevelure, chargés de petites outres de la forme des arrosoirs qui rafraîchissent le sable de l'amphithéâtre. Ils nous versèrent du vin sur les mains ; car pour de l'eau, il ne s'en offrait pas. Après les compliments que valut cette galanterie au patron : — Un contre un ! s'écria-t-il, cela plait à Mars. — En conséquence il veut que chacun ait sa table à lui seul ; et par parenthèse il ajoute : — Cette puante valetaille, n'étant plus entassée sur le même point, nous suffoquera moins. — A ce moment on apporte des amphores de

ad symphoniam allatus est, positusque inter cervicalia minutissima, expressit imprudentibus risum. Pallio enim coccineo adrasum excluserat caput, circaque oneratas veste cervices laticlaviam immiserat mappam, fimbriis hinc atque illinc pendentibus. Habebat etiam in minimo digito sinistræ manus annulum grandem subauratum; extremo vero articulo digiti sequentis minorem, ut mihi videbatur, totum aureum, sed plane ferreis veluti stellis ferruminatum. Et, ne has tantum ostenderet divitias, dextrum nudavit lacertum, armilla aurea cultum, et eboreo circulo lamina splendente connexum.

XXXIII. Ut deinde spina argentea dentes perfodit, Amici, inquit, nondum mihi suave erat in triclinium venire, sed ne absentivus moræ vobis essem, omnem voluptatem mihi negavi. Permittitis tamen finiri lusum ? Sequebatur puer cum tabula terebinthina, et crystallinis tesseris : notavique rem omnium delicatissimam. Pro calculis enim albis ac nigris, aureos argenteosque habebat denarios. Interim dum ille omnium textorum dicta inter lusum consumit, gustantibus adhuc nobis, repositorium allatum est cum corbe, in qua gallina erat lignea patentibus in orbem alis, quales esse solent, quæ incubant ova. Accessere continuo duo servi, et, symphonia strepente, scrutari paleam cœperunt; erutaque subinde pavonina ova divisere convivis. Convertit ad hanc scenam Trimalchio vultum : et, Amici, ait, pavonis ova gallinæ jussi supponi. Et, me

Hercules, timeo, ne jam concepti sint : tentemus tamen, si adhuc sorbilia sunt. Accipimus nos cochlearia non minus selibras pendentia, ovaque ex farina pingui figurata pertundimus. Ego quidem pæne projeci partem meam : nam videbatur mihi jam in pullum coisse. Deinde ut audivi veterem convivam : hic nescio quid boni debet esse! persecutus putamen manu, pinguissimam ficedulam inveni, piperato vitello circumdatam.

XXXIV. Jam Trimalchio eadem omnia, lusu intermisso, poposcerat; feceratque potestatem, clara voce, si quis nostrum iterum vellet mulsum sumere : cum subito signum symphonia datur, et gustatoria pariter a choro cantante rapiuntur. Ceterum inter tumultum, cum forte parapsis excidisset, et puer jacentem sustulisset, animadvertit Trimalchio, colaphisque objurgari puerum, ac projicere rursus parapsidem jussit. Insecutus est lecticarius, argentumque inter reliqua purgamenta scopis cœpit verrere. Subinde intraverunt duo Æthiopes capillati, cum pusillis utribus, quales solent esse, qui arenam in amphitheatro spargunt, vinumque dedere in manus; aquam enim nemo porrexit. Laudatus propter elegantias dominus, Æquum, inquit, Mars amat : itaque jussit suam cuique mensam assignari; obiter ait : Pædidissimi servi minorem nobis æstum, sublata frequentia, facient. Statim allatæ sunt amphoræ vitreæ diligenter gypsatæ, quarum in cervicibus pittacia erant adfixa cum hoc titulo :

verre soigneusement cachetées, sur le cou desquelles sont fixées des étiquettes ainsi conçues :

FALERNE DU CONSULAT D'OPIMIUS, AGÉ DE CENT ANS.

Comme nous déchiffrions ces étiquettes, Trimalchion frappa ses mains l'une contre l'autre : — Hélas ! hélas ! s'écria-t-il, le vin vit donc plus longtemps que nous autres chétifs ! Eh bien, qu'il arrose nos poumons : le vin, c'est la vie. Je vous le garantis véritable Opimien ; hier je n'en ai pas servi de si bon, et j'avais certes meilleure compagnie à souper. — Et l'on boit, et l'on s'extasie tout au long sur ses munificences. Et un esclave apporte un squelette d'argent si bien exécuté, que les articulations et les vertèbres en étaient flexibles et se tournaient dans tous les sens. Quand il l'eut bien placé et replacé sur la table, et figuré différentes postures au moyen de ses souples ressorts, Trimalchion dit son mot :

O misère ! ô pitié ! que tout l'homme n'est rien !
Qu'elle est fragile, hélas ! la trame de sa vie !
Tel sera chez Pluton votre état et le mien :
Vivons donc, tant que l'âge à jouir nous convie.

XXXV. A l'élégie succéda le second service, dont en vérité la splendeur ne fut pas selon notre attente. Sa nouveauté pourtant attira tous les regards. C'était un surtout en forme de globe, représentant les douze signes du Zodiaque rangés en cercle. Par-dessus chaque signe le maître d'hôtel avait placé le mets analogue et correspondant : sur le Bélier, des pois chiches cornus ; sur le Taureau, une pièce de bœuf ; sur les Gémeaux, des testicules et des rognons ; sur l'Écrevisse, une couronne ; sur le Lion, des figues d'Afrique ; sur la Vierge, une matrice de jeune truie ; sur la Balance, deux bassins couverts, l'un d'une tourte, l'autre d'un gâteau ; sur le Scorpion, un petit poisson de mer de ce nom ; sur le Sagittaire, un lièvre ; sur le Capricorne, une langouste ; sur le Verseau, une oie ; sur les Poissons, deux surmulets. Au centre, une touffe de gazon ciselée se couronnait d'un rayon de miel. Un esclave égyptien portait à la ronde du pain dans un petit four d'argent, en tirant de son rauque gosier un hymne en l'honneur de je ne sais quelle infusion de laser et de vin. Comme nous abordions assez tristement de si pauvres mets : — Croyezmoi, dit Trimalchion, faisons honneur au souper : c'est là *le fin* de notre affaire. —

XXXVI. Dès qu'il eut dit, nouvelle symphonie : quatre danseurs accourent, et la partie supérieure du globe est enlevée par eux. Cela fait, nous vîmes au-dessous, à savoir comme nouveau service, des volailles grasses, des tétines de truie, et un lièvre au milieu, décoré d'une paire d'ailes pour figurer Pégase. Nous remarquâmes aux angles du surtout quatre satyres. De leurs cornemuses jaillissait une sauce de *garum* poivré, sur des poissons qui nageaient dans cet autre Euripe. Tout éclate en applaudissements, à commencer par les valets, et l'on attaque gaîment les mets d'un choix aussi exquis. Trimalchion ne fut pas moins charmé que nous de la surprise : — Coupez ! s'écria-t-il. — Aussitôt s'avance l'écuyer tranchant ; et, mesurant ses gestes sur l'orchestre, il va déchiquetant les morceaux de telle sorte, qu'on eût dit un conducteur de chars qui court dans la lice aux sons de l'orgue hydraulique. Cependant Trimalchion disait toujours en radoucissant sa voix : — Coupez ! coupez ! — Me doutant bien que quelque gentil-

---

FALERNUM. OPIMIANUM. ANNORUM. CENTUM.

Dum titulos perlegimus, complosit Trimalchio manus, et, Heu, heu, inquit, ergo diutius vivit vinum, quam homuncio ! Quare tengo menas faciamus ; vita vinum est. Verum Opimianum præsto : heri non tam bonum posui, et multo honestiores cœnabant. Potantibus ergo, et accuratissime nobis lautitias mirantibus, larvam argenteam attulit servus, sic aptam, ut articuli ejus vertebræque laxatæ in omnem partem flecterentur. Hanc cum super mensam semel iterumque abjecisset, et catenatio mobilis aliquot figuras exprimeret, Trimalchio adjecit :

Heu, heu nos miseros, quam totus homuncio nil est
Quam fragilis tenero stamine vita cadit !
Sic erimus cuncti, postquam nos auferet Orcus.
Ergo vivamus, dum licet esse bene.

XXXV. Laudationem ferculum est insecutum, plane non pro exspectatione magnum. Novitas tamen omnium convertit oculos. Repositorium enim rotundum duodecim habebat signa in orbe disposita, super quæ proprium, convenientemque materiæ, Structor imposuerat cibum. Super Arietem, cicer arietinum : super Taurum, bubulæ frustum : super Geminos, testiculos, ac renes : super Cancrum, coronam : super Leonem, ficum africanam : super Virginem, stericulam ; super Libram, stateram, in cujus altera parte scriblita erat, in altera placenta : super Scorpionem, pisciculum marinum : super Sagittarium, otopetam : super Capricornum, locustam marinam : super Aquarium, anserem : super Pisces, duos mullos. In medio autem cespes cum herbis excisus favum sustinebat. Circumferebat Ægyptius puer clibano argenteo panem, atque ipse etiam teterrima voce, de laserpitiario vino cantioum extorquet. Nos ut tristiores ad tam viles accessimus cibos, Suadeo, inquit Trimalchio, cœnemus ; hoc est jus cœnæ.

XXXVI. Hæc ut dixit, ad symphoniam quatuor tripudiantes procurrerunt, superioremque partem repositorii abstulerunt. Quo facto, videmus infra, scilicet in altero ferculo, altilia, et sumina, leporemque in medio pennis subornatum, ut Pegasus videretur. Notavimus etiam circa angulos repositorii Marsyas quatuor ex quorum utriculis garum piperatum currebat super pisces, qui in Euripo natabant. Damus omnes plausum a familia inceptum, et res electissimas ridentes aggredimur. Non minus et Trimalchio ejusmodi methodo lætus, Carpe, inquit. Processit statim scissor, et ad symphoniam ita gesticulatus laceravit obsonium, ut putares essedarium hydraule cantante pugnare. Ingerebat nihilominus Trimalchio lentissima voce : Carpe ! carpe ! Ego suspicatus, ad aliquam urbanitatem toties iteratam vocem pertinere, non erubui eum, qui su-

lesse se cachait sous ce mot si souvent répété, je pris la liberté de questionner là-dessus le voisin qui me primait immédiatement. Celui-ci, comme s'étant maintefois trouvé à pareilles scènes, me dit : — Voyez-vous cet homme qui découpe? Il se nomme *Coupez*. Ainsi chaque fois que le patron dit : *Coupez*, il appelle et commande d'un seul mot. —

XXXVII. Pour le coup, je n'eus plus la force de toucher à rien ; mais, me tournant tout à fait du côté de mon voisin pour en recueillir le plus de renseignements possibles, je fis remonter fort haut mes questions, et lui demandai quelle était cette femme qui allait et venait avec tant d'activité. — C'est, me dit-il, la femme de Trimalchion, Fortunata, comme on l'appelle, qui mesure les écus au boisseau. — Et avant son mariage qu'était-elle ? — Votre bon génie me le pardonne, vous n'auriez pas voulu prendre du pain de sa main. Aujourd'hui, on ne sait pourquoi ni comment, elle est au haut de la roue ; c'est enfin l'âme de Trimalchion. Pour tout dire, si en plein midi elle lui soutenait qu'il fait nuit, il le croirait. Lui-même ne sait pas ce qu'il possède, tant il est *richissime;* mais cette digne ménagère a l'œil à tout, et se trouve où on ne la devinerait pas. Frugale, sobre, de bon conseil, elle est pourtant mauvaise langue, vraie pie de chevet ; quand elle aime, elle aime bien, quand elle n'aime pas, c'est aussi tout de bon. Pour le mari, il a des terres... à lasser le vol d'un milan ; et les intérêts des intérêts ! Il y a plus d'argent qui chôme dans la loge de son portier que qui que ce soit n'en a pour tout vaillant. Et de l'or ! tout autant. Quant à ses esclaves, bah ! non, par Hercule ! je le crois, pas un sur dix qui connaisse son maître. Que vous dirai-je? cha-

cun de ces pauvres gens se cacherait, à un mot de lui, sous une feuille de rue.

XXXVIII. N'allez pas croire qu'il achète rien : tout croit dans ses domaines, laine, cires, poivre ; du lait de poule, si vous en demandiez, on vous en trouverait. Par exemple, ses laines n'étaient pas des meilleures : il fit acheter des béliers à Tarente pour renouveler ses troupeaux. Pour avoir du miel attique de son cru, il a fait venir d'Athènes des abeilles, vu que celles du pays doivent gagner un peu au croisement de la race grecque. Tenez : ces jours derniers il a écrit dans l'Inde qu'on lui fît passer de la graine de champignons ; bref, il n'a pas une seule mule qui ne soit née d'un onagre. Vous voyez tous ces lits : pas un qui n'ait sa bourre de laine pourpre ou écarlate. Dieux ! l'heureux mortel !

Quant aux autres, ses coaffranchis, gardez-vous de les mépriser. Ils sont des plus cossus. Celui-là, voyez-vous, le dernier du dernier lit, il a aujourd'hui ses 800 mille sesterces ; parti de rien, il a prospéré ; son métier était il n'y a pas longtemps de porter du bois sur son cou. Mais, à ce que content les gens (moi je ne sais rien, je l'ai ouï dire), ayant dernièrement attrapé à un incube son chapeau, il a trouvé un trésor. Je ne suis jaloux de personne, quand on le tient d'un dieu n'importe comment : il n'en est pas moins sous le coup du soufflet ; au surplus, il ne se veut pas de mal ; et, à preuve, ces jours passés, il a fait afficher sur sa porte :

C. POMPÉIUS DIOGENÈS,

A DATER DES CALENDES DE JUILLET,

MET SA CHAMBRE A LOUER, AYANT LUI-MÊME

ACHETÉ LA MAISON.

— Et cet autre, qui tient une place d'affran-

---

pra me accumbebat, hoc ipsum interrogare. At ille, qui sæpius ejusmodi ludos spectaverat, Vides, inquit, illum, qui obsonium carpit? Carpus vocatur. Itaque quotiescunque dicit : Carpe! eodem verbo et vocat, et imperat.

XXXVII. Non potui amplius quidquam gustare; sed conversus ad eum, ut quam plurima exciperem, longe arcessere fabulas cœpi, sciscitarique, quæ esset illa mulier, quæ huc atque illuc discurreret? Uxor, inquit, Trimalchionis, Fortunata appellatur, quæ nummos modio metitur. — Et modo quid fuit? — Ignoscet mihi Genius tuus, noluisses de manu illius panem accipere. Nunc nec quid, nec quare, in cœlum abiit, et Trimalchionis tapanta est. Ad summam, mero meridie si dixerit illi, tenebras esse, credet. Ipse nescit quid habeat? adeo zaplutus est; sed hæc eupatria providet omnia, et, ubi non putes, est. Sicca, sobria, bonorum consiliorum : est tamen malæ linguæ, pica pulvinaris : quem amat, amat ; quem non amat, non amat. Ipse Trimalchio fundos habet, quam milvi volant, et nummorum nummos : argentum in ostiarii illius cella plus jacet, quam quisquam in fortunis habet. Tantum auri vides. Familia vero babæ! babæ! non me Hercules! puto decumam partem esse, quæ dominum suum novit. Ad summam, quemvis ex istis babaeculis in rutæ folium conjiciet.

XXXVIII. Nec est quod putes illum quidquam emere; omnia domi nascuntur : lana, ceræ, piper, lacte gallinaceum, si quæsieris, invenies. Ad summam, parum illi bona lana nascebatur, arietes a Tarento emit ; et eos curavit in gregem. Mel Atticum ut domi nasceretur, apes ab Athenis jussit afferri (obiter et, vernaculæ quæ sunt, meliusculæ a Græculis fient). Ecce intra hos dies scripsit, ut illi ex India semen boletorum mitteretur ; nam mulam quidem nullam habet, quæ non ex onagro nata sit. Vides tot culcitas? Nulla non aut conchyliatum, aut coccineum tomentum habet. Tanta est animi beatitudo! Reliquos autem collibertos ejus, cave contemnas. Valde succosi sunt. Vides illum, qui in imo imus recumbit? hodie sua octingenta possidet ; de nihilo crevit : solebat collo modo suo ligna portare. Sed quomodo dicunt, (ego nihil scio, sed audivi,) quum modo Incuboni pileum rapuisset, thesaurum invenit. Ego nemini invideo, si qua Deus dedit ; est tamen sub alapa, et non vult sibi male. Itaque proxime cum hoc titulo proscripsit :

C. POMPEIUS. DIOGENES. EX. CALENDIS. JULIIS. COENACULUM.

LOCAT. IPSE. ENIM. DOMUM. EMIT.

— Quid ille, qui libertini loco jacet? quam bene se habuit?

chi, quelles bonnes affaires a-t-il faites? — Je ne lui en fais pas reproche : il s'est vu à la tête d'un million de sesterces; mais il a mal mené sa barque. Il n'a, je crois, pas un cheveu libre d'hypothèque; et, par Hercule! ce n'est pas sa faute, car il n'y a pas plus brave homme que lui; mais ses scélérats d'affranchis ont tout tiré à eux. Or, voyez-vous, quand la marmite du camarade ne bout plus, et qu'une fois la chance tourne mal, les amis décampent. — Et quel honnête commerce exerçait-il pour être tombé de la sorte? — Voici : une entreprise de funérailles. Son ordinaire était celui d'un roi : sangliers rôtis dans leurs soies, pièces de four, oiseaux rares, cerfs; ses cuisiniers-pâtissiers répandaient plus de vin sous leur table que tel autre n'en a dans son cellier. — C'est là un rêve, plutôt qu'une vie d'homme! — Et même, ses affaires venant à chanceler, comme il craignait que ses créanciers ne le crussent en déconfiture, il fit afficher cet avis :

JULIUS PROCULUS
FERA UN ENCAN DU SUPERFLU DE SON MOBILIER.

XXXIX. Trimalchion interrompit l'intéressant narrateur. Déjà on avait enlevé le service, et chaque convive en gaieté ne songeait plus qu'à boire et qu'à parler pour tout l'auditoire à la fois. Le patron donc s'accoude fièrement, et dit : — Il faut égayer notre vin; il faut que nos poissons puissent nager. A propos : croyez-vous que je me contente de ces mets que vous venez de voir enfermés comme dans un étui? *Est-ce ainsi que vous jugez Ulysse?* Que dites-vous du mot? Il faut bien même à table savoir sa Philologie. C'est mon patron (ses os reposent en paix!) qui a voulu faire de moi ce qui s'appelle un homme. Aussi ne peut-on rien me présenter qui me soit inconnu, non plus qu'à Ulysse qui, tant soit peu farouche, eut pourtant du savoir-faire. Ce ciel, où habite une douzaine de Dieux, se métamorphose en autant de figures; par exemple, il devient Bélier : c'est pourquoi quiconque naît sous ce signe a beaucoup de troupeaux, beaucoup de laine, la tête dure par-dessus le marché, le front déhonté, la corne pointue. Cette constellation produit la plupart des gens d'école et de chicane. — Nous applaudissons à cette politesse de l'astrologue, et il continue : — Ensuite tout le ciel se fait petit Taureau. Pour lors naissent les récalcitrants, les bouviers, et ceux qui ne songent qu'à se repaître eux-mêmes. Sous les Gémeaux naît tout ce qui va par couples : les bœufs, ceux qui ont le plus de ce que n'ont pas les eunuques, ceux qui en amour tournent volontiers le feuillet. Quant à l'Écrevisse, c'est mon signe : aussi ai-je force pieds pour me tenir, et sur mer et sur terre force possessions; car l'écrevisse va sur les deux exactement : c'est pourquoi j'ai été longtemps à ne rien placer sur ce signe, de peur d'étouffer mon horoscope. Sous le Lion naissent les gros mangeurs et les despotes; sous la Vierge, les femmes, les poltrons et les esclaves; sous la Balance, les bouchers, les parfumeurs, et tous ceux qui vendent au poids; sous le Scorpion, les empoisonneurs et les coupe-jarrets; sous le Sagittaire, ces drôles à l'œil louche qui ont l'air de regarder les légumes et qui décrochent le lard; sous le Capricorne, les crocheteurs, à qui leurs fatigues durcissent la peau comme de la corne; sous le Verseau, les cabaretiers et les têtes de citrouille; sous les Poissons,

---

— Non impropero illi. Sestertium suum vidit decies; sed male vacillavit. Non puto illum capillos liberos habere; nec, me Hercules! sua culpa, ipso enim homo melior non est; sed liberti scelerati, qui omnia ad se fecerunt. Scito autem, socio cum olla male fervet, et ubi semel res inclinata est : amici de medio. — Et quam honestam negotiationem exercuit, quod illum sic vides? — Ecce, Libitinarius fuit. Solebat sic cœnare, quomodo Rex : apros gausapatos, opera pistoria, aves, cervos; pistores plus vini sub mensam effundebant, quam aliquis in cella habet. — Phantasia, non homo. — Inclinatis quoque rebus suis, cum timeret, ne creditores illum conturbare existimarent, hoc titulo auctionem proscripsit :

JULIUS. PROCULUS. AUCTIONEM. FACIET. RERUM. SUPERVACUARUM.

XXXIX. Interpellavit tam dulces fabulas Trimalchio; nam jam sublatum erat ferculum, hilaresque convivæ vino, sermonibusque publicatis operam cœperant dare. Is ergo reclinatus in cubitum, Hoc vinum, inquit, vos oportet suave faciatis : pisces natare oportet. Rogo, me putatis illa cœna esse contentum, quam in theca repositorii videratis? *sic notus Ulyxes?* Quid ergo est? oportet etiam inter cœnandum Philologiam nosse. Patrono meo ossa bene quiescant! qui me hominem inter homines voluit esse. Nam mihi nihil novi potest afferri : sicut ille fericulus tamen habuit praxim. Cœlus hic, in quo duodecim Dii habitant, in totidem se figuras convertit, et modo fit Aries. Itaque quisquis nascitur illo signo, multa pecora habet, multum lanæ : caput præterea durum, frontem expudoratam, cornum acutum. Plurimi hoc signo scholastici nascuntur, et arietilli. Laudamus urbanitatem Mathematici; itaque adjecit : deinde totus cœlus Taurulus fit. Itaque tunc calcitrosi nascuntur, et bubulci, et qui se ipsi pascunt. In Geminis autem nascuntur bigæ, et boves, et colei, et qui utrosque parietes linunt. In Cancro ego natus sum; ideo multis pedibus sto, et in mari, et in terra multa possideo. Nam cancer, et hoc, et illoc quadrat; et ideo jam dudum nihil super illum posui, ne genesim meam premerem. In Leone cataphagæ nascuntur, et imperiosi. In Virgine mulieres, et fugitivi, et compediti. In Libra laniones, et unguentarii, et quicunque aliquid expendunt. In Scorpione venenarii, et percussores. In Sagittario strabones, qui olera spectant, lardum tollunt. In Capricorno ærumnosi, quibus præ mole sua cornua nascuntur. In Aquario caupones, et cucurbitæ. In Piscibus ob onatores, et rhetores. Sic orbis vertitur, tanquam mola; et semper aliquid mali facit, ut homines aut nascantur, aut pereant.

les cuisiniers et les rhéteurs. Ainsi tourne le monde, comme une meule, et toujours pour notre malheur, soit qu'on y vienne, soit qu'on en parte. Si vous voyez ce gazon au milieu, et sur le gazon un rayon de miel, rien n'est fait là sans intention. C'est la terre, notre mère à tous, qui est au centre, ronde comme un œuf, et qui renferme en soi tous les biens, comme ce rayon de miel. —

XL. Bravo! s'écrie-t-on tout d'une voix; et, les bras levés vers le plafond, nous jurons qu'Hipparque et Aratus n'étaient pas comparables à notre hôte. Cela dura jusqu'à l'arrivée des officiers de table, qui étendirent sur nos lits des tapis où étaient figurés en broderie des filets, et des piqueurs armés d'épieux, et tout l'équipage d'une chasse. Nous ne savions encore où porter nos conjectures, lorsqu'en dehors de la salle de grands cris s'élèvent, et tout à coup des chiens de Laconie s'en viennent courir autour de la table. Ils étaient suivis d'un plateau où gisait un sanglier de première grandeur, coiffé du bonnet d'affranchi, et portant accrochées à ses défenses deux petites corbeilles tissues de feuilles de palmier, l'une remplie de dattes de Syrie, l'autre de dattes de la Thébaïde. Il était entouré de marcassins en pâte cuite qui semblaient chercher la mamelle et dire : Prenez que ceci est une laie; les convives qui les eurent purent les emporter. Du reste, pour dépecer cette pièce, ce ne fut point *Coupez*, l'écuyer tranchant des volailles, qui fut appelé, mais une espèce de géant barbu, ceint d'un tablier qui lui allait aux genoux, affublé du costume bariolé et muni du couteau de chasseur. Il tire son arme, en donne un coup furieux

dans le flanc de l'animal; et de la plaie qu'il ouvre part un essaim de grives. Des oiseleurs, apostés avec leurs baguettes, les épient dans leur vol autour de la salle, et en un moment les rattrapent. Puis, en ayant fait remettre une à chacun de nous, Trimalchion ajouta : — Maintenant voyez si ce porc sauvage a mangé tout le gland. — Aussitôt les valets s'approchent des corbeilles suspendues aux défenses, et les deux espèces de dattes sont en nombre égal distribuées aux convives.

XLI. Moi cependant, placé que j'étais un peu à l'écart, je me torturais l'esprit en cent façons pour m'expliquer cette entrée du sanglier avec un bonnet. Quand j'eus épuisé la série des suppositions les plus saugrenues, je pris sur moi d'interroger encore mon interprète sur le point qui me tracassait. — En vérité, me dit-il, votre esclave même pourrait vous l'apprendre; il n'y a pas là d'énigme : la chose est toute claire. Ce sanglier, ayant eu hier à bon droit les honneurs du festin, reçut son congé des convives; et aujourd'hui c'est comme affranchi qu'il fait sa rentrée dans cette salle. — Je maudis ma stupidité, et ne fis plus d'autre question, pour n'avoir pas l'air de ne m'être jamais trouvé à la table de gens comme il faut. Pendant notre colloque, un jeune et bel esclave, couronné de pampre et de lierre, se faisant appeler tantôt Bromius, tantôt Lyæus, ou Évius, portait une corbeille de raisins à la ronde, et déclamait des poésies de son maître d'un ton de fausset des plus aigus. A cette voix Trimalchion se tourne, et dit : — Bacchus, je te fais libre. — L'enfant décoiffe le sanglier, et se met le bonnet sur la tête. Alors son maître reprend : —

---

Quod autem in medio cespitem videtis, et super cespitem favum : nihil sine ratione facto. Terra mater est in medio, quasi ovum, corrotundata : et omnia bona in se habet, tanquam favus.

XL. Sophos universi clamamus, et sublatis manibus ad camaram, juramus, Hipparchum Aratumque comparandos illi homines non fuisse; donec advenerunt ministri, ac toralia proposuerunt toris, in quibus retia erant picta, subsessoresque cum venabulis, et totus venationis apparatus. Necdum sciebamus, quo mitteremus suspiciones nostras, cum extra triclinium clamor sublatus est ingens : et ecce canes Laconici etiam circa mensam discurrere cœperunt. Secutum est hos repositorium, in quo positus erat primæ magnitudinis aper, et quidem pilcatus, e cujus dentibus sportellæ dependebant duæ, palmulis textæ, altera caryotis, altera Thebaicis repleta. Circa autem, minores porcelli, ex coptoplacentis facti, quasi uberibus imminerent, scropham esse positam, significabant : et hi quidem apophoreta fuerunt. Ceterum ad scindendum aprum, non ille Carpus accessit, qui altilia laceraverat; sed barbatus, ingens, fasciis cruralibus alligatus, et alicula subornatus polymita, strictoque venatorio cultro latus apri vehementer percussit, ex cujus plaga turdi evolaverunt. Parati Aucupes cum arundinibus fuerunt, et eos, circa triclinium volitantes, momento exceperunt. Inde,

cum suum cuique jussisset referri Trimalchio, adjecit : Etiam videte, quam porcus ille sylvaticus totam comederit glandem. Statim pueri ad sportellas accesserunt, quæ pendebant e dentibus, Thebaicasque, et caryotas ad numerum divisere cœnantibus.

XLI. Interim ego, qui privatum habebam secessum, in multas cogitationes diductus sum, quare aper pilcatus intrasset? Postquam itaque omnes bacelogias consumsi, duravi interrogare illum interpretem meum, quid me torqueret? At ille : Plane etiam hoc servus tuus indicare potest : non enim ænigma est, sed res aperta. Hic aper, cum heri summam cœnam vindicasset, a convivis dimissus : itaque hodie tanquam libertus in convivium revertitur. Damnavi ego stuporem meum, et nihil amplius interrogavi, ne viderer nunquam inter honestos cœnasse. Dum hæc loquimur, puer speciosus, vitibus hederisque redimitus, modo Bromium, interdum Lyaeum, Eviumque confessus, calathisco uvas circumtulit, et poemata domini sui acutissima voce traduxit. Ad quem sonum conversus Trimalchio : Dionyse, inquit, Liber esto! Puer detraxit pileum apro, capitique suo imposuit. Tum Trimalchio rursus adjecit : Non negabitis, me, inquit, habere Liberum patrem. Laudavimus dictum Trimalchionis, et circumeuntem puerum sane perbasiamus. Ab hoc ferculo Trimalchio ad lasanum surrexit. Nos libertatem sine tyranno nacti,

Vous ne nierez pas que je n'aie sous mes ordres le père de la liberté, moi qui la lui donne. — On applaudit au jeu de mots; et chacun embrasse à son tour de bien bon cœur le beau Bacchus. A la fin du service, le patron se leva pour aller à la garde-robe. Et nous, devenus libres par l'absence du despote, nous nous mîmes à agacer la loquacité des convives. Alors commence un nommé Primus, après avoir demandé du raisin au père de la liberté : — Le jour n'est, ma foi, rien : à peine s'est-on retourné qu'il est nuit. On n'a donc rien de mieux à faire que d'aller droit du lit à la table. Et quel joli froid nous avons eu! A peine le bain m'a-t-il réchauffé; c'est bien boire qui tient chaud, voilà mon manteau à moi. J'ai tant filé de ce coton rouge que j'en suis tout bête : le vin m'est monté au cerveau. —

XLII. Séleucus reprit le thème inachevé : — Ni moi non plus, je ne vais pas tous les jours au bain; c'est là un métier de foulon. L'eau a des dents : le cœur se fond dans l'eau petit à petit; mais quand je me suis cuirassé l'estomac avec de bon vin, je dis au froid : *Va te promener.* D'ailleurs je ne pouvais me baigner aujourd'hui : j'ai été à un enterrement. Un charmant homme, ce bon Chrysante, vient de cracher son âme; il n'y a qu'un instant, qu'un instant, qu'il m'appelait encore; il me semble que je lui parle. Hélas! que sommes-nous? des outres gonflées qui vont sur deux pieds; moins que des mouches; encore les mouches ont-elles quelque vertu : nous, nous ne valons pas plus que des bulles d'eau. Et s'il n'avait pas fait diète? Depuis cinq jours pas une goutte d'eau n'est entrée dans sa bouche, pas une miette de pain : il est parti tout de même. C'est le grand nombre de médecins qui l'a tué, ou plutôt sa mauvaise étoile; car le médecin n'est bon à rien, qu'à tranquilliser le moral. Au reste,

l'enterrement a été bien. Il était sur son lit de table avec de bonnes couvertures; les pleureuses ont fait merveille; il a affranchi quelques esclaves : eh bien, sa femme ne l'a pleuré que d'un œil. Qu'aurait-elle fait, s'il ne l'avait pas si bien traitée? Mais la femme! qu'est-ce que la femme? Race de milan; il ne faut pas lui faire le moindre bien : c'est exactement comme si on le jetait dans un puits; et un vieil attachement est une vraie prison. —

XLIII. A mon grand regret Philéros lui coupa la parole : — Songeons aux vivants, s'écria-t-il. Celui-ci a reçu son compte : il a vécu honorablement, on l'a enterré de même; qu'a-t-il à se plaindre? Il a commencé par un denier; et il était homme à ramasser avec les dents une obole sur un fumier. Aussi s'est-il arrondi, tant qu'il a pu s'arrondir, comme un rayon de miel. Je crois, par Hercule! qu'il a laissé cent mille grands sesterces; et il avait tout en numéraire. Mais je vous conterai la chose au vrai, moi qui ai, comme on dit, mangé de la langue de chien. Il était fort en gueule, chicaneur, la discorde en personne. Son frère était un homme de cœur, aimant qui l'aimait, la main libérale, et bonne table; lui aussi dans le principe a plumé l'oiseau de mauvais augure; mais sa première vendange lui a redressé la taille, car il a vendu son vin tout ce qu'il a voulu; et ce qui lui a fait encore relever le menton, c'est un héritage dont il a su s'approprier plus qu'il ne lui revenait. Puis voilà ma bûche qui, brouillé avec son frère, lègue son avoir à je ne sais quel homme de rien. On va loin quand on fuit les siens. Des valets, qu'il écoutait comme des oracles, l'ont poussé à sa perte. Jamais on n'opérera que de travers si on se livre trop vite, surtout dans le commerce : toujours est-il vrai qu'il a joui tant qu'il a vécu, pour

---

cœpimus invitare convivarum sermones. Clamat itaque Primus, cum patera acina poposcisset, Dies, inquit, nihil est; dum versas te, nox fit : itaque nihil est melius, quam de cubiculo recta in triclinium ire. Et mundum frigus habuimus, vix me balneus calfecit; tamen calda potio vestiarius est. Staminatas duxi, et plane matus sum; vinus mihi in cerebrum abiit.

XLII. Excepit Seleucus fabulæ partem : Et ego, inquit, non cotidie lavor; Baliscus enim Fullo est. Aqua dentes habet, et cor nostrum cotidie liquescit; sed, cum mulsi pultarium obduxi, frigori laecasin dico. Nec sane lavare potui, fui enim hodie in funus. Homo bellus, tam bonus Chrysanthus animam ebulliit : modo, modo me appellavit : videor mihi cum illo loqui. Heu! Utres inflati ambulamus, minoris quam muscæ sumus; quæ tamen aliquam virtutem habent : nos non pluris sumus, quam bullæ. Et quid? si non abstinax fuisset? quinque dies aquam in os suum non conjecit, non micam panis; tamen abiit. At plures Medici illum perdiderunt, imo magis malus fatus; Medicus enim nihil aliud est, quam animi consolatio. Tamen bene elatus est, vitali lecto, stragulis bo-

nis; planctus est optime : manumisit aliquot, etiamsi maligne illum ploravit uxor. Quid? si non illam optime accepisset? sed mulier, quæ mulier, milvinum genus : Feminis nihil boni facere oportet, æque est enim, ac si in puteum conjicias; et antiquus amor carcer est.

XLIII. Molestus fuit Phileros, qui proclamavit : Vivorum meminerimus : ille habet, quod sibi debebatur : honeste vixit, honeste obiit. Quid habet, quod queratur? ab asse crevit, et paratus fuit quadrantem de stercore mordicus tollere. Itaque crevit, quidquid crevit, tanquam favus. Puto, me Hercules! illum reliquisse solida centum; et omnia in nummis habuit. De re tamen ego verum dicam, qui linguam caninam comedi. Duræ buccæ fuit, linguosus, discordia, non homo. Frater ejus fortis fuit, amicus amico, manu uncta, plena mensa; et inter initia malam parram pilavit; sed recorrexit costas illius prima vindemia; vendidit enim vinum, quantum ipse voluit : et, quod illius mentum sustulit, hæreditatem accepit, ex qua plus involavit, quam illi relictum est. Et ille stips, dum fratri suo irascitur, nescio cui terræ filio patrimonium elegavit. Longe fugit, quisquis suos fugit. Habuit autem oracularios ser-

avoir touché ~~plus qu'il ne lui était destiné.~~ Enfant gâté de la fortune, sous sa main le plomb se changeait en or. Et l'on a bien aisé quand tout vient cadrer selon vos vues. Mais savez-vous quelle somme d'années il enterre avec lui? Soixante-dix et plus. Aussi avait-il une santé de fer, portant bien son âge, et noir de poil comme corbeau. Je l'ai dans le temps connu mignon, et vieux il était encore fier gaillard : non, par Hercule! il n'aurait, je crois, pas respecté le chien de la maison. Il aimait aussi la fillette, et faisait flèche de tout bois; non que je l'en blâme, car c'est tout ce qu'il emporte de ce monde. —

XLIV. Ici s'arrêta Philéros; Ganymède reprit : — Vous contez là des choses qui n'intéressent ni ciel ni terre; et personne ne songe à la disette qui nous ronge. Non, pardieu! aujourd'hui je n'ai pas pu me procurer une bouchée de pain. Comment cela? c'est que la sécheresse continue : voilà un an que je n'ai rompu le jeûne. C'est que les édiles (~~mais~~ malheur à eux!) s'entendent avec les boulangers : soutiens-moi, je te soutiendrai. Et le pauvre peuple pâtit, tandis que ces mâchoires privilégiées font tous les jours Saturnales. Oh! si nous avions ces lurons que j'ai trouvés ici à mon arrivée d'Asie! On vivait alors! on était comme en pleine Sicile; et ces masques d'édiles on les souffletait si bien, que Jupiter n'était plus leur ami. Ah! je me rappelle Safinius, qui logeait, dans mon enfance, auprès du vieil arc de triomphe : c'était un salpêtre, ce n'était pas un homme. Il brûlait le pavé sous ses pas : cœur droit, cœur loyal, aimant qui l'aimait : vous auriez hardiment joué avec lui à la mourre sans y voir. Et au forum donc! Il vous pilait ses adversaires comme dans un mortier; il ne parlait point par figures : il nommait tout par son nom, comme à un enrôlement. Sa voix en plaidant résonnait comme une trompette, sans jamais suer ni cracher. Je pense, au fait, qu'il avait quelque chose d'asiatique. Et qu'il était affable! nous rendant nos saluts sans oublier le nom de personne, comme eût fait notre égal. Aussi, dans ce temps-là, le vivre était pour rien. Un pain que vous achetiez un sou, deux hommes affamés n'auraient pas pu le manger : à présent vous l'avez moins gros que l'œil d'un bœuf. Hélas! hélas! c'est tous les jours pis. La Colonie s'en va comme la queue d'un veau, en rétrécissant. Comment ça ne serait-il pas, avec un édile qui ne vaut pas trois figues, et qui aime mieux un sou dans sa poche que notre vie à tous? Aussi fait-il bombance chez lui : il touche en un jour plus d'écus que tel riche n'en a pour tout vaillant. Je sais de bonne part d'où il a reçu mille deniers d'or; ~~mais~~ ah! si nous avions du sang sous les ongles, il ne ferait pas tant le fier. Mais voilà le peuple : vrai lion chez lui, et dehors poltron comme renard. Pour mon compte, j'ai déjà mangé mes nippes; et si la cherté ne cesse pas, je vendrai ma baraque. Car enfin que deviendra-t-on, si ni dieux ni hommes n'ont pitié de la Colonie? Le ciel me sauve moi et les miens, comme je suis sûr que tout ceci nous vient de là-haut! Pourquoi? C'est que personne ne croit que les dieux soient des dieux; personne n'observe le jeûne, et ne fait cas de Jupiter plus que d'un poil de barbe : chacun, aveugle sur tout le reste, ne songe qu'à compter son or. Autrefois les matrones allaient nu-pieds sur la montagne, les cheveux épars et

vos, qui illum pessum dederunt. Nunquam autem recte faciet, qui cito credit; utique homo negotians : tamen verum, quod frunitus est, quamdiu vixit, cui datum est, non cui destinatum. Plane Fortunæ filius, in manu illius plumbum aurum fiebat. Facile est autem, ubi omnia quadrata currunt. Et quot putas illum annos secum tulisse? septuaginta, et supra; sed corneolus fuit, ætatem bene ferebat, niger, tanquam corvus. Noveram hominem olim molliorem, et adhuc salax erat; non me Hercules! illum puto in domo canem reliquisse. Imo etiam puellarius erat; omnis Minervæ homo : nec improbo : hoc enim solum secum tulit.

XLIV. Hæc Phileros dixit; ista Ganymedes : Narratis, quod nec ad cœlum, nec ad terram pertinet; cum interim nemo curat, quid annonam mordet. Non, me Hercules! hodie buccam panis invenire potui. Et quomodo? siccitas perseverat : jam annum esurio fui. Ædiles (male eveniat!) qui cum pistoribus colludunt : serva me, servabo te. Itaque populus minutus laborat; nam isti majores maxillæ semper Saturnalia agunt. O si haberemus illos leones, quos ego hic inveni, cum primum ex Asia veni! Illud erat vivere. Similia Siciliæ interioris; et larvas sic istos percolapabant, ut illis Jupiter iratus esset. Sed memini Safinium; tunc habitabat ad arcum veterem, me puero, piper, non homo. Is, quacumque ibat, terram adurebat; sed rectus, sed certus, amicus amico, cum quo audacter posses in tenebris micare. In curia autem quomodo? singulos vel pilo pertractabat : nec schemas loquebatur, sed directum ceu ageret. Porro, in foro sic illius vox crescebat, tanquam tuba; nec sudavit unquam, nec exspuit. Puto enim, nescio quid asiades habuisse. Et quam benignus? resalutare, nomina omnium reddere, tanquam unus de nobis. Itaque illo tempore annona pro luto erat. Asse panem quem emisses, non potuisses cum altero devorare : nunc oculum bubulum vidi majorem. Heu, heu, quotidie pejus : hæc Colonia retroversus crescit, tanquam coda vituli! Sed quare non? habemus Ædilem trium caunearum : qui sibi mavult assem, quam vitam nostram. Itaque domi gaudet : plus in die nummorum accipit, quam alter patrimonium habet. Jam scio, unde acceperit denarios mille aureos; sed, si nos coleos haberemus, non tantum sibi placeret. Nunc populus est, domi leones, foras vulpes. Quod ad me attinet, jam pannos meos comedi, et, si perseverat hæc annona, casulas meas vendam. Quid enim futurum est, si nec Dii, nec homines, ejus coloniæ miserentur? Ita meos fruniscar, ut ego puto omnia illa a cœlitibus fieri. Nemo enim cœlum cœlum putat, nemo jejunium servat, nemo Jovem pili facit; sed omnes, opertis oculis, bona sua computant. Antea stolatæ ibant, nudis pedibus, in clivum, passis capillis, mentibus puris, et Jo-

l'âme pure, demander de la pluie à Jupiter, et tout de suite il pleuvait à seaux ou ce jour-là, ou jamais; et tous riaient de se voir mouillés comme des rats d'eau. Aujourd'hui les dieux ont les pieds liés pour venir à notre secours : on n'a plus de religion, et la campagne est perdue.

XLV. — Je vous en prie, dit Échion le ravaudeur, tenez de meilleurs propos. Tout n'est qu'heur et malheur, disait ce paysan qui avait perdu son porc bigarré. Aujourd'hui une chose, demain l'autre : c'est le train de la vie. On ne peut, ma foi, pas dire que le pays en irait mieux s'il avait des hommes à sa tête; mais il pâtit pour le moment et ne se ressemble plus. Ne soyons pas trop difficiles : on est partout sous le milieu du ciel. Si vous étiez ailleurs, vous diriez qu'ici les cochons se promènent tout rôtis dans les rues. Et voyez : n'allons-nous pas avoir un combat de première qualité dans trois jours, le jour de la fête? Point de gladiateurs du commun : des affranchis en masse. Et Titus, mon maître, a le cœur grand, la tête chaude : de façon ou d'autre on verra des siennes; et je le connais bien : je suis de sa maison. Avec lui point de quartier; le fer sera de bonne trempe; pas moyen de lâcher pied; les viandes à distribuer au peuple seront au centre, pour que l'amphithéâtre voie : et le patron a de quoi. Il a recueilli trente millions de sesterces; son père vient de mourir. Il en jetterait quatre, cent mille par les fenêtres que sa fortune ne s'en ressentirait pas : on parlera éternellement de celui-là. Il a déjà quelques petits chevaux barbes, une conductrice de chars à la gauloise, et le trésorier de Glycon qui fut surpris comme il fétoyait la femme de son maître. Vous rirez de voir le public prendre parti, ceux-ci pour les jaloux, ceux-là pour les favoris. Donc ce Glycon, qui ne vaut pas un sesterce, a condamné aux bêtes son trésorier. C'est ce qui s'appelle afficher sa honte. En quoi a-t-il manqué, cet esclave? Il a été forcé de faire la chose. C'est elle plutôt, la vilaine, qui méritait d'être encornée par le taureau; mais qui ne peut frapper l'âne frappe le bât. Et puis Glycon pensait-il qu'une mauvaise graine, la fille à Hermogène, donnerait jamais rien de bon? Cet Hermogène vous eût rogné au vol les serres d'un milan. Couleuvre n'engendre pas d'anguille. Glycon! Glycon! tu t'es puni toi-même : aussi toute ta vie en porteras-tu le stigmate, et tu ne l'effaceras que dans l'autre monde. Mais les sottises regardent ceux qui les font.

Je flaire déjà d'ici le festin que va nous donner Mammea : deux deniers d'or à moi et aux miens. S'il fait cela, ma foi qu'il supplante tout à fait Norbanus dans la faveur publique; je réponds qu'il voguera pour lors à pleines voiles. Et, au fond, qu'est-ce que ce Norbanus a fait de bien pour nous? Il nous a donné des gladiateurs à un sesterce pièce, tout décrépits, que d'un souffle on eût jetés bas; j'en ai vu de meilleurs mangés par les bêtes aux flambeaux; enfin on eût dit un combat de coqs. L'un était lourd à ne se pouvoir traîner; l'autre avait des jambes de basset; le troisième, qui était mort d'avance, eut les jarrets coupés. Le seul qui eût un peu de mine était un Thrace : encore ne se battait-il que quand on lui criait de se battre. Tous, en fin de compte, furent passés aux lanières, tant ils s'étaient montrés de purs rebuts de pacotille, de vrais fuyards, là. — Je t'ai pourtant donné un spectacle, me dit notre homme. — Et moi mes applaudissements. Comptez bien : je vous donne mieux que je n'ai reçu. Une main lave l'autre.

XLVI. Vous m'avez l'air, Agamemnon, de

vem aquam exorabant; itaque statim urceatim pluebat, aut tunc, aut nunquam : et omnes ridebant, udi, tanquam mures. Itaque Dii pedes lanatos habent. Quia nos religiosi non sumus, agri jacent.

XLV. Oro te, inquit Echion Centonarius, melius loquere. Modo sic, modo sic, inquit Rusticus; (varium porcum perdiderat.) Quod hodie non est, cras erit : sic vita truditur. Non, me Hercules! patria melior dici posset, si homines haberet : sed laborat hoc tempore; nec hæc sua : non debemus delicati esse : ubique medius cœlus est. Tu, si aliubi fueris, dices hic porcos coctos ambulare. Et ecce habituri sumus munus excellente in triduo, die festa, familia non lanistitia, sed plurimi liberti. Et Titus noster magnum animum habet, et est calidi cerebri, aut hoc, aut illud erit : notus utique : nam illi domesticus sum. Non est mittix : ferrum optimum daturus est, sine fuga; carnarium in medio, ut amphitheatrum videat : et habet unde. Relictum est illi sestertium tricenties, (decessit illius pater.) Male ut quadringenta impendat : non sentiet patrimonium illius, et sempiterno nominabitur. Jam mannos aliquot habet, et mulierem essedariam, et Dispensatorem Glyconis, qui deprehensus est, cum dominam suam delectaretur. Videbis populi rixam inter zelotypos, et amasiunculos. Glyco autem, Sestertiarius homo, Dispensatorem ad hestias dedit. Hoc est, se ipsum traducere. Quid servus peccavit, qui coactus est facere? magis illa matella digna fuit, quam taurus jactaret. Sed qui asinum non potest, stratum cædit. Quid autem Glycon putabat, Hermogenis filicem unquam bonum exitum facturam? Ille milvo volanti poterat ungues resecare. Colubra restem non parit. Glyco, Glyco dedit suas : itaque, quamdiu vixerit, habebit stigmam, nec illam nisi Orcus delebit : sed sibi quisque peccat.

Sed subolfacio, quod nobis epulum daturus est Mammea; binos denarios mihi, et meis. Quod si hoc fecerit, eripiat Norbano totum favorem : scias oportet plenis velis hunc vecturum. Et revera, quid ille nobis boni fecit? Dedit gladiatores sestertiarios, jam decrepitos; quos si sufflasses, cecidissent : jam meliores bestiarios vidi occidi de lucerna; et quidem putares eos gallos gallinaceos. Alter gurdus, atta, alter loripes : tertiarius mortuus pro mortuo, qui habuit nervia præcisa. Unus alicujus staturæ fuit Threx, qui et ipse ad dictata pugnavit; ad summam, omnes postea secti sunt, adeo de magna turba ac hebete accesserant, plane fugæ meræ. Munus tamen, inquit, tibi dedi : et ego tibi plodo. Computa : et tibi plus do, quam accepi. Manus manum lavat.

dire : A quel propos ce bavard nous assourdit-il ? C'est que vous, qui pourriez parler, n'ouvrez pas la bouche. Vous ne logez pas à notre enseigne ; et ce que disent les pauvres gens vous fait rire. Nous savons que vous êtes bouffi de... littérature : eh bien ! après? L'un de ces jours je vous déciderai à venir à la campagne voir nos petits pénates; nous trouverons de quoi manger : un poulet, des œufs. Nous serons gentiment, quoique cette année, vu les intempéries de la saison, la campagne soit tout en deuil. Oui, oui, nous trouverons à nous rassasier. Je vous élève aussi un disciple, mon petit Cicaro, qui dit déjà les quatre divisions de l'as; s'il vit, vous aurez là un petit serviteur toujours à vos côtés. C'est que, dès qu'il a un moment, il ne lève pas la tête de dessus ses tablettes. Il a des moyens, et bon cœur : mais il aime les oiseaux, c'est sa maladie. Je lui ai déjà tué trois chardonnerets, que je lui ai dit que la belette avait mangés : eh bien, il en a trouvé d'autres, apprivoisés. Il a aussi beaucoup de plaisir à peindre. Au reste, il a déjà envoyé promener le grec, et il ne mord pas mal au latin, quoique son maître soit un pédant. Il ne se fixe à rien ; il vient me dire : Donne-moi des livres; puis il ne veut plus travailler. Il a un second maître, pas fort savant, mais fort zélé, qui enseigne même ce qu'il ne sait pas. Les jours de fête il vient à la maison, et, si peu qu'on lui donne, il est content. Je viens d'acheter à l'enfant quelques livres de chicane, parce que je veux, pour le besoin de mes affaires, qu'il tâte un peu du droit (c'est un gagne-pain cela ); car de littérature il en est assez barbouillé. S'il regimbe, mon parti est pris : je lui fais apprendre une bonne profession ou de

barbier, ou de crieur public , ou au moins d'avocat, qu'il ne puisse perdre qu'à la mort. Aussi je lui crie chaque jour : « Mon aîné, crois-moi bien, tout ce que tu apprends c'est pour toi. Vois Philéros l'avocat : s'il n'avait pas étudié, il aurait les dents longues aujourd'hui. Il n'y a qu'un instant, qu'un instant, qu'il portait la balle sur le dos; à présent il va jusqu'à tenir tête à Norbanus. La science est un trésor, et le talent ne meurt jamais de faim. » —

XLVII. Ainsi se décochaient fadaises sur fadaises, lorsque Trimalchion rentra. Il s'essuya le front, se lava les mains avec du parfum, et après une légère pause : — Excusez-moi, dit-il, mes amis; depuis plusieurs jours mon ventre ne m'obéit point, et les médecins ne s'y reconnaissent plus : pourtant je me suis bien trouvé d'une décoction d'écorce de grenade et de sapin au vinaigre, et j'espère que ce méchant valet a déjà honte de sa paresse : autrement, ce sont dans la région de l'estomac des mugissements comme ceux d'un taureau. En conséquence, si quelqu'un de vous désire se procurer quelque soulagement, il peut le faire sans en être confusionner. Nous ne sommes pas de fer. Pour moi, je n'imagine pas de supplice comme de se retenir. C'est la seule chose dont Jupiter même ne soit pas maître. Tu ris, Fortunata, toi qui article-là m'empêches la nuit de fermer l'œil! Au reste, à ma table je n'ai interdit à personne de se mettre tout à fait à l'aise : et les médecins ne défendent-ils pas de se contraindre? Si même quelque chose de plus sérieux vous presse, vous avez tout sous la main à deux pas de la porte, l'eau, la chaise, et autres menues pro-

XLVI. Videris mihi, Agamemnon, dicere : Quid iste argutat molestus? Quia tu , qui potes loquere, non loquis. Non es nostræ fasciæ, et ideo pauperum verba derides. Scimus, te præ litteris fatuum esse. Quid ergo est? Aliqua die te persuadeam, ut ad villam venias, et videas casulas nostras; inveniemus quod manducemus : pullum, ova. Belle erit ; etiamsi omnia hoc anno tempestas dispare pullavit. Inveniemus ergo, unde saturi fiamus. Etiam tibi discipulus crescit Cicaro meus, jam quatuor partes dicit; si vixerit, habebis ad latus servulum. Nam, quidquid illi vacat, caput de tabula non tollit : ingeniosus est, et bono filo, etiamsi in aves morbosus est. Ego illi jam tres cardueles occidi, et dixi, quod mustela comedit; invenit tamen alias vernas; et libentissime pingit. Ceterum jam Græculis calcem impingit. Et Latinas cœpit non male appetere, etiamsi magister ejus sibi placens sit. Nec uno loco consistit, sed venit, sed non vult laborare. Est et alter, non quidem doctus, sed curiosus, qui plus docet, quam scit. Itaque feriatis diebus solet domum venire, et, quidquid dederis , contentus est. Emi ergo nunc puero aliquot libra rubricata, quia volo, illum, ad domus usionem, aliquid de jure gustare, (habet hæc res panem,) nam litteris satis inquinatus est. Quod si resilierit, destinavi illum artificium docere aut tonstrinum, aut præconem, aut certe caussidicum, quod illi auferre non possit, nisi Or-

cus. Ideo illi quotidie clamo : Primigeni, crede mihi, quidquid discis, tibi discis. Vides Phileronem caussidicum, si non didicisset, hodie famem a labris non abigeret. Modo, modo collo suo circumferebat onera venalia : nunc etiam adversus Norbanum se extendit. Litteræ thesaurum est, et artificium nunquam moritur.

XLVII. Ejusmodi fabulæ vibrabant, cum Trimalchio intravit, et, detersa fronte, unguento manus lavit, spatioque minimo interposito : Ignoscite mihi , (inquit ,) amici, multis jam diebus venter mihi non respondit : nec Medici se inveniunt; profuit mihi tamen malicorium, et tæda ex aceto. Spero tamen, jam ventrem pudorem sibi imponere ; alioquin circa stomachum mihi sonat , putes taurum. Itaque , si quis vestrum voluerit suæ rei caussa facere, non est, quod illum pudeatur. Nemo nostrum solide natus est. Ego nullum puto tam magnum tormentum esse, quam continere. Hoc solum vetare ne Jovis potest. Rides, Fortunata? quæ soles me nocte desomnem facere. Nec tamen in triclinio ullum vetui facere, quod se juvet : et medici vetant continere ; vel, si quid plus venit, omnia foras parata sunt : aqua, lasanum , et cetera minutalia. Credite mihi, anathymiasis si in cerebrum it, in toto corpore fluctum facit. Multos scio sic periisse, dum nolunt sibi verum dicere. Gratias agimus liberalitati , indulgentiæque ejus , et subinde castigamus crebris potiunculis risum. Nec adhuc

pretés. Croyez-moi : ces vapeurs gastriques, quand elles montent au cerveau, refluent sur tout le reste du corps. Beaucoup sont morts, à ma connaissance, faute de s'être ainsi parlé franc. — Nous lui rendons grâce de tant d'honnêteté et de courtoisie, et buvons coup sur coup à petites gorgées, pour étouffer nos rires.

Mais nous ne savions pas encore que dans ce pays de merveilles nous n'étions, comme on dit, qu'à mi-côte. En effet, nos tables desservies au son des instruments, trois cochons blancs sont amenés dans la salle, ornés de jolies muselières et de grelots. — Le premier a deux ans, nous dit leur introducteur ; le second, trois ; le dernier est déjà vieux. — Moi je pensais que c'étaient des porcs acrobates, et que ces animaux, comme on en voit aux cirques, allaient faire quelques tours surprenants. Trimalchion mit fin à notre attente : — Lequel voulez-vous, nous dit-il, qu'on vous apprête sur-le-champ ? Un malappris vous servira un coq, un faisan, quelques misères pareilles : mes cuisiniers à moi font cuire des veaux entiers dans leurs chaudières. — Et il fait de suite appeler un cuisinier, et, sans attendre notre choix, il lui ordonne de tuer le plus vieux de ces porcs. Puis, haussant la voix : — De quelle décurie es-tu ? — De la quarantième, dit l'esclave. — Es-tu né chez moi, ou acheté ? — Ni l'un ni l'autre. Je vous ai été légué par le testament de Pansa. — Vois donc à nous servir bien vite ; sinon, je te fais reléguer dans la décurie des valets de ferme. — Et l'autre, à cet avertissement souverain, ~~se sauve dans~~ la cuisine où sa bête le conduit.

XLVIII. Trimalchion, radoucissant pour nous son visage, dit alors : — Si vous n'êtes pas contents du vin, je le changerai ; mais non, rendez-le bon, en y faisant honneur. Grâce aux Dieux,

je ne l'achète pas ; et tout ce qui à ma table fait venir l'eau à la bouche est le produit d'un bien que j'ai près de la ville, et que je ne connais pas encore. On le dit limitrophe de Terracine et de Tarente. A présent je veux joindre la Sicile à mes petites possessions, pour que, si l'envie me prend de voir l'Afrique, la traversée se fasse par mes domaines.

Mais contez-moi, Agamemnon, quelle controverse vous avez déclamée aujourd'hui. Moi, voyez-vous, si je ne plaide pas de causes, je n'en ai pas moins fait mes études dans la division du discours ; non, ne croyez pas que j'aie dédaigné la littérature : j'ai trois bibliothèques, une grecque, l'autre, latine. Allons, faites-moi l'amitié de me dire l'argument de votre déclamation. — Agamemnon ayant commencé : — Un pauvre et un riche étaient ennemis... — Trimalchion demanda : — Qu'est-ce qu'un pauvre ? — Ah ! charmant ! reprit l'orateur ; et il développe je ne sais quelle controverse. De suite Trimalchion conclut : « Si le fait existe, il n'y a pas de controverse ; s'il n'existe pas, il n'y a rien. » Voyant ce dilemme et le reste accueilli par un torrent d'acclamations, il poursuit : — De grâce, Agamemnon, mon cher ami, les douze travaux d'Hercule, les savez-vous ? et l'aventure d'Ulysse, comme quoi le Cyclope lui enleva sa maîtresse changée en pourceau ? J'ai si souvent lu cela dans Homère quand j'étais petit ! Et la Sibylle donc ! A Cumes je l'ai moi-même vue, de mes propres yeux, suspendue dans une fiole ; et quand les enfants lui disaient : Sibylle, que veux-tu ? Elle répondait : Je veux mourir. —

XLIX. Il n'avait pas craché toutes ses sottises, lorsqu'un plateau chargé d'un énorme porc parut sur la table envahie. Chacun d'admirer tant de

<hr>

sciebamus, nos in medio lautitiarum, quod aiunt, clivo laborare. Nam, commundatis ad symphoniam mensis, tres albi sues in triclinium adducti sunt, capistris et tintinnabulis culti, quorum unum bimum Nomenculator esse dicebat, alterum trimum, tertium vero jam senem. Ego putabam, petauristarios intrasse, et porcos, sicut in circulis mos est, portenta aliqua facturos. Sed Trimalchio, exspectatione discussa, Quem, inquit, ex eis vultis in cœnam statim fieri ? Gallum enim gallinaceum, phasiacum, et ejusmodi nænias Rustici faciunt : mei Coci etiam vitulos, æno coctos, solent facere. Continuoque Cocum vocari jussit, et, non expectata electione nostra, maximum natu jussit occidi : et clara voce : Ex quota decuria es ? cum ille : ex quadragesima : respondisset : Emtitius, an, inquit, domi natus es ? Neutrum, inquit Cocus, sed testamento Pansæ tibi relictus sum. Vide ergo, ait, ut diligenter ponas ; si non, te jubebo in decuriam villicorum conjici. Et quidem Cocum, potentiæ admonitum, in culinam obsonium duxit.

XLVIII. Trimalchio autem miti ad nos vultu respexit : Et vinum, inquit, si non placet, mutabo ; vos illud, oportet, bonum faciatis. Deorum beneficio non emo, sed nunc, quidquid ad salivam facit, in suburbano nascitur meo, quod

ego adhuc non novi. Dicitur confine esse Tarracinensibus, et Tarentinis. Nunc conjungere agellis Siciliam volo, ut, cum Africam libuerit ire, per meos fines navigem. Sed narra tu mihi, Agamemnon : quam controversiam hodie declamasti ? (Ego autem si causas non ago in divisione, tamen litteras didici ; et, ne me putes studia fastiditum : tres bibliothecas habeo, unam Græcam, alteram Latinam.) Dic ergo, si me amas, peristasin declamationis tuæ. Cum dixisset Agamemnon : Pauper, et dives inimici erant : ait Trimalchio, Quid est pauper ? Urbane, inquit Agamemnon, et nescio quam controversiam exposuit. Statim Trimalchio : Hoc, inquit, si factum est, controversia non est ; si factum non est, nihil est. Hæc aliaque cum effusissimis prosequeremur laudationibus, Rogo, inquit, Agamemnon, mihi carissime, nunquid duodecim ærumnas Herculis tenes, aut de Ulyxe fabulam, quemadmodum illi Cyclops pollicem porcino extorsit ? Solebam hæc ego puer apud Homerum legere. Nam Sibyllam quidem, Cumis ego ipse oculis meis vidi, in ampulla pendere ; et cum illi pueri dicerent, Σίβυλλα, τί θέλεις ; respondebat illa, ἀποθανεῖν θέλω.

XLIX. Nondum efflaverat omnia, cum repositorium cum sue ingenti mensam occupavit. Mirari nos celeritatem cœpimus, et jurare, ne gallum quidem gallinaceum tam

diligence, et de jurer qu'un poulet n'aurait pu être sitôt cuit; d'autant mieux que le porc nous paraissait bien plus gros que tout à l'heure le sanglier. Cependant Trimalchion, qui l'examinait de plus en plus attentivement, s'écria : — Comment! comment! ce porc n'est pas vidé? Non, par Hercule! il ne l'est pas. Faites, faites comparaître le cuisinier. — Et voilà l'esclave debout devant la table et penaud, qui dit qu'il a oublié. — Comment! oublié! Ne dirait-on pas qu'il n'y manque que le poivre ou le cumin? Dépouillez-moi ce maraud. — Aussitôt fait que dit : on met tout nu le cuisinier, qui se tient d'un air piteux entre ses deux exécuteurs. L'assemblée intercède : — C'est une faute ordinaire; nous vous en prions, faites-lui grâce; s'il y retombe, aucun de nous ne sollicitera pour lui. — J'étais, moi, d'une sévérité implacable; je n'y tenais plus, et, me penchant vers l'oreille d'Agamemnon : — Certes, lui dis-je, il faut que ce valet soit un fier vaurien : est-ce qu'on oublie de vider un porc? Non, pardieu! je ne lui ferais pas grâce, ne s'agît-il que d'un poisson. — Trimalchion ne pensa pas de même; et, déridant son visage tout épanoui de gaieté : — Eh bien, puisque tu as si mauvaise mémoire, vide-le devant nous. — Le cuisinier remet sa tunique, saisit un coutelas, entame parci par-là d'une main circonspecte le ventre de l'animal ; et soudain, par les ouvertures élargies sous le poids qui les presse, boudins et saucisses s'échappent par monceaux.

L. A ce coup de théâtre toute la valetaille applaudit, et cria en chœur : Vive Gaïus! Le cuisinier fut gratifié d'une rasade, voire d'une couronne d'argent; et la coupe où il but était sur soucoupe corinthienne. Comme Agamemnon la considérait de près, Trimalchion dit : — Je suis le seul qui possède de véritables corinthes. — Je m'attendais qu'il allait dire, avec son impertinence ordinaire, qu'on lui apportait sa vaisselle de Corinthe même. Il fit mieux : — Et peut-être voulez-vous savoir, ajouta-t-il, comment je suis seul possesseur du vrai corinthe? C'est que le fabricant qui me fournit s'appelle Corinthe; or qu'y a-t-il de plus corinthien que d'avoir Corinthe à ses ordres? Et n'allez pas me prendre pour un ignorant : je sais parfaitement bien l'origine première de ce métal. A la prise de Troie, Annibal, fin matois et maître fripon, fit jeter toutes les statues d'airain, d'or et d'argent sur un seul bûcher, et y mit le feu. Il s'opéra un alliage où l'airain dominait. Et de cette masse les fabricants prirent pour faire des plats, des bassins, des statuettes. De là le corinthe, métal unique né de trois métaux, qui n'est pas plus l'un que l'autre. Vous me permettrez de vous dire que pour mon compte j'aime mieux le verre : beaucoup n'en veulent point. S'il ne se cassait pas, je le préférerais à l'or; tel qu'il est, il n'a pas de valeur.

LI. Il y eut pourtant un ouvrier qui fabriqua une fiole de verre laquelle ne se cassait point. Il fut admis à en faire hommage à César; après quoi, l'ayant reprise des mains de l'empereur, il la lança sur le pavé. Le prince effrayé comme on ne peut l'être davantage, l'ouvrier ramasse sa fiole : elle était bossuée, tout comme un vase d'airain. Cet homme alors tire un petit marteau de sa ceinture, et tranquillement et fort joliment remet la fiole en état. Cela fait, il pensait déjà

cito percoqui potuisse; tanto quidem magis, quod longe major nobis porcus videbatur esse, quam paullo ante aper fuerat. Deinde magis magisque Trimalchio intuens eum : Quid? quid? inquit, porcus hic non est exenteratus? Non, me Hercules! est. Voca, voca Cocum in medio. Cum constitisset ad mensam Cocus tristis, et diceret, se oblitum esse exenterare : Quid oblitus? Trimalchio exclamat : Putes illum piper et cuminum non conjecisse? despolia. Non fit mora : despoliatur Cocus, atque inter duos tortores mœstus consistit. Deprecari tamen omnes cœperunt, et dicere : Solet fieri, rogamus, mittas; postea si fecerit, nemo nostrum pro illo rogabit. Ego, crudelissimæ severitatis, non potui me tenere, sed inclinatus ad aurem Agamemnonis : Plane, inquam, hic debet servus esse nequissimus; aliquis obliviceretur porcum exenterare? non, me Hercules! illi ignoscerem, si piscem præterisset. At non Trimalchio, qui relaxato in hilaritatem vultu : Ergo, inquit, quia tam malæ memoriæ es, palam nobis illum exentera. Recepta Cocus tunica, cultrum arripuit, porcique ventrem hinc, atque illinc, timida manu secuit. Nec mora, ex plagis, ponderis inclinatione crescentibus, tomacula cum botulis effusa sunt.

L. Plausum post hoc automatum familia dedit, et Gaio, feliciter! conclamavit : nec non Cocus potione oneratus est, etiam argentea corona, poculumque in lance accepit Corinthia. Quam cum Agamemnon propius consideraret, ait Trimalchio : Solus sum, qui vera Corinthia habeam. Exspectabam, ut pro reliqua insolentia diceret, sibi vasa Corintho afferri. Sed ille melius : Et forsitan, inquit, quæris, quare solus Corinthia vera possideam? Quia scilicet ærarius, a quo emo, Corinthus vocatur; quid est autem Corinthium, nisi quis Corinthum habeat? Et, ne me putetis nesapium esse : valde bene scio, unde primum Corinthia nata sint. Cum Ilium captum est, Annibal, homo vafer, et magnus scelio, omnes statuas æneas, et aureas, et argenteas in unum rogum congessit, et eas incendit; facta sunt in unum æra miscellanea. Ita ex hac massa fabri sustulerunt, et fecerunt catilla et parapsides statuncula. Sic Corinthia nata sunt, ex omnibus unum, nec hoc, nec illud. Ignoscetis mihi, quod dixero : ego malo mihi vitrea; certi nolunt. Quod si non frangerentur, mallem mihi, quam aurum; nunc autem vilia sunt.

LI. Fuit tamen faber, qui fecit fialam vitream, quæ non frangebatur. Admissus ergo Cæsarem est cum suo munere; deinde fecit reporrigere Cæsarem, et illam in pavimentum projecit. Cæsar non pote validius, quam expaverit; at ille sustulit fialam de terra : collisa erat, tanquam vasum æneum. Deinde martiolum de sinu protulit; et fialam otio belle correxit. Hoc facto, putabat se cœlum Jovis tenere; utique, postquam illi dixit : Numquid

tenir Jupiter par les pieds, surtout quand l'empereur lui demanda : — Quelque autre que toi at-il le secret de cette composition? Pèse bien ta réponse. — Sur sa négative, César lui fit trancher la tête; car enfin, si ce secret eût été connu, on ne ferait pas plus de cas de l'or que de la boue.

LII. L'argenterie, voilà ma passion. J'ai des gobelets qui tiennent une urne, un peu plus, un peu moins. On y voit comment Cassandre égorgea ses fils; et leurs cadavres sont si bien jetés qu'on les croirait vivants. J'ai une aiguière que m'a laissée le premier des patrons, qui est le mien, où Dédale enferme Niobé dans le cheval de Troie. J'ai aussi les combats d'Herméros et de Pétracte ciselés sur des coupes : tout cela d'un beau poids; et ce que mon goût pour les arts me procure, je ne le vends à aucun prix. — Comme il en était là, un valet laisse tomber un vase à boire; Trimalchion se retourne : — Vite ! punis-toi toi-même, étourdi que tu es. — Et le valet de marmotter entre ses lèvres une supplication. Mais l'autre : — Que me veux-tu? Est-ce que je suis tracassier avec toi? Je t'invite à prendre sur toi de ne plus faire l'étourdi. — A la fin, imploré par nous, il lui pardonne. L'esclave gracié se met à courir autour de la table, en criant : « Expulsez l'eau, faites place au vin. » On releva ce trait de savoir-vivre et d'imagination; surtout Agamemnon, qui savait comment se gagnait une invitation nouvelle. Trimalchion, qui s'entend louer, rit et boit de plus belle; le voilà ivre ou peu s'en faut : — Comment! dit-il, aucun de vous ne prie ma Fortunata de danser! Je vous assure qu'elle exécute la cordace on ne peut mieux. — Et lui-même élève ses mains par-dessus son front

pour contrefaire le baladin Syrus, et tout son chœur de valets chante: « *Par Jupiter! j'en meurs, j'en meurs de rire.* » Il eût gambadé au milieu de la salle, si Fortunata ne fût venue lui parler à l'oreille, et, je pense, l'avertir qu'il compromettait sa gravité par ces plates bouffonneries. Rien de plus inégal que cet homme : tantôt l'ascendant de sa femme l'arrêtait, tantôt sa nature était la plus forte.

LIII. Mais ce qui fit complète diversion à cette rage de danse, ce fut l'archiviste, qui, du même ton que s'il s'agissait du journal des actes de Rome, vint nous lire : — Le sept des calendes de sextilis, dans le domaine de Cumes, appartenant à Trimalchion, sont nés trente garçons et quarante filles. On a porté des granges dans les greniers cinq cent mille boisseaux de froment; on a accouplé cinq cents bœufs. Dudit jour : mise en croix de l'esclave Mithridate, pour avoir maudit le génie de notre doux maître. Dudit jour : report dans la caisse de ce qui n'a pu être placé, cent mille sesterces. Dudit jour : incendie dans les jardins de Pompée; le feu a pris naissance chez Nasta, le fermier. — Comment! demanda Trimalchion; quand m'a-t-on acheté les jardins de Pompée? — L'an dernier, répond l'annaliste : c'est pourquoi ils ne sont pas encore portés en compte. — Trimalchion, bouillant de colère, s'écrie : — Quels que soient les biens que l'on m'achètera, si dans les six mois je n'en ai pas avis, je défends qu'on me les porte en compte. — Ensuite on lut des ordonnances d'édiles, des testaments de maîtres des forêts qui s'excusaient de ne pas faire Trimalchion leur héritier; puis des rôles de fermiers; et la répudiation par le surveillant d'une affranchie surprise avec un gar-

---

alius scit hanc condituram vitreorum? Vide modo. Postquam negavit, jussit illum Cæsar decollari; quia enim, si scitum esset, aurum pro luto haberemus.

LII. In argento plane studiosus sum. Habeo scyphos urnales plus minus. Quemadmodum Cassandra occidit filios suos! et pueri mortui jacent sic, uti vivere putes. Habeo capidem, quam reliquit patronorum meus, ubi Dædalus Nioben in equum Trojanum includit. Nam Hermerotis pugnas et Petractis in poculis habeo : omnia ponderosa; meum enim intelligere nulla pecunia vendo. Hæc dum refert, puer calicem projecit; ad quem respiciens Trimalchio : Cito, inquit: te ipsum cæde, quia nugax es. Statim puer, demisso labro, orare. At ille, Quid me, inquit, rogas? tanquam ego tibi molestus sim : suadeo a te impetres ne sis nugax. Tandem ergo, exoratus a nobis, missionem dedit puero. Ille dimissus circa mensam percucurrit, et, Aquam foras! vinum intro! clamavit. Excipimus urbanitatem jocantis, et ante omnes Agamemnon, qui sciebat, quibus meritis revocaretur ad cœnam. Ceterum laudatus Trimalchio hilarius bibit. Etiam ebrio proximus, Nemo, inquit, vestrum rogat Fortunatam meam, ut saltet? credite mihi, cordacem nemo melius ducit. Atque ipse, erectis supra frontem manibus, Syrum histrionem exhibebat, concinente tota familia : Μὰ Δία peri, μὰ

Δία. Et prodisset in medium, nisi Fortunata ad aurem accessisset : et, credo, dixerit, non decere gravitatem ejus tam humiles ineptias. Nihil autem tam inæquale erat : nam modo Fortunatam suam reverebatur, modo ad naturam.

LIII. Et plane interpellavit saltationis libidinem Actuarius, qui tanquam Urbis acta recitavit. vii. Kal. Sextiles in prædio Cumano, quod est Trimalchionis, nati sunt pueri xxx. puellæ xl. sublata in horreum, ex area, tritici millia modium quingenta : boves domiti quingenti. Eodem die Mithridates servus in crucem actus est, quia Gaii nostri genio maledixerat. Eodem die in arcam relatum est, quod collocari non potuit, sestertium centies. Eodem die incendium factum est in hortis Pompeianis, ortum ex ædibus Nastæ, villici. Quid? inquit Trimalchio : Quando mihi Pompeiani horti empti sunt? Anno priore, inquit Actuarius; et ideo in rationem nondum venerunt. Excanduit Trimalchio, et : Quicumque, inquit, mihi fundi empti fuerint, nisi intra sextum mensem sciero, in rationes meas inferri veto. Jam etiam edicta Ædilium recitabantur : et Saltuariorum testamenta, quibus Trimalchio cum elogio exheredabatur. Jam nomina villicorum : et repudiata a Circumitore liberta, in Balneatoris contubernio deprehensa : Atriensis Baias relegatus : jam reus factus Dispensator : et

çon de bains ; la rélégation du valet de chambre à Baïes ; la mise en accusation de l'économe, et le jugement intervenu entre les valets de chambre.

Mais les danseurs de corde sont enfin arrivés : un bouffon des plus insipides se campe avec une échelle au milieu de nous ; un bambin, à sa voix, grimpe d'échelon en échelon jusqu'au dernier, chantant, dansant tout à la fois ; il passe à travers des cerceaux enflammés ; il tient une amphore en équilibre sur ses dents. Trimalchion tout seul était dans l'admiration ; il déplorait l'ingratitude du métier, et ajoutait : — Il n'y a que deux choses au monde qui me fassent grand plaisir à voir : les danseurs de corde et les corneilles ; les autres bêtes, chanteurs ou acteurs, sont vraiment des attrape-nigauds. Par exemple, j'avais acheté aussi des comédiens : eh bien, j'ai préféré leur faire représenter des farces atellanes, et j'ai donné ordre à mon chef d'orchestre de ne jouer que des airs latins. —

LIV. Il était en verve l'auguste patron, quand le bambin s'en vint lui tomber sur le bras. Ce ne fut qu'un cri dans toute la valetaille, aussi bien que chez les convives : non par amour de ce dégoûtant individu (tous lui auraient vu rompre le cou avec plaisir), mais par la crainte d'une fin tragique de banquet, qui les obligerait à pleurer un mort étranger. Cependant Trimalchion pousse de profonds gémissements, et se penche sur son bras, comme grièvement blessé ; les médecins accourent, et Fortunata la première, cheveux épars, une potion à la main, criant fort haut qu'elle est bien à plaindre et bien malheureuse. Le malencontreux enfant allait à la ronde se jetant à nos pieds et implorant son pardon. Moi je pestais, dans l'appréhension que ce suppliant en détresse n'amenât quelque autre chan-

gement à vue. Je me rappelais trop bien ce cuisinier qui avait oublié de vider le porc. Et je promenais mes regards tout autour de la salle, craignant de voir sortir de la muraille une nouvelle machine ; surtout lorsque je vis fustiger un esclave pour avoir bandé le bras du maître, le bras malade, avec de la laine blanche, au lieu d'en prendre qui fût pourpre. Je n'avais pas erré de beaucoup dans mon pronostic ; car en place de condamnation intervint un arrêt de Trimalchion qui déclarait le bambin libre, pour qu'il ne fût pas dit qu'un tel personnage avait été *contusionné* par un esclave.

LV. Ce trait ravit tous nos suffrages ; on se récrie sur la fragilité des choses humaines, chacun à sa mode, et l'on ne tarit point. — Voyons, dit Trimalchion, il ne faut pas qu'un pareil accident passe sans un impromptu. — Et vite il demande ses tablettes, et, sans s'être longtemps torturé l'imagination, il nous débite ceci :

> Quand on le craint moins que jamais,
> Le mal accourt sans dire gare ;
> Ainsi le veut là-haut la Fortune bizarre.
> Eh bien donc ! du falerne, esclave, et buvons frais.

Ensuite de ce petit morceau, la conversation tomba sur les poëtes, et longtemps la palme resta à je ne sais quel Mopsus de Thrace. Enfin Trimalchion prenant la parole : — Maître, dit-il à Agamemnon, quelle différence mettez-vous entre Cicéron et Publius ? Cicéron, je pense, est plus beau phraseur ; Publius a meilleur ton. Que peut-on, par exemple, dire de mieux que ces vers ?

> Le luxe a des Romains gangrené la vertu.
> De son plumage d'or vainement revêtu,
> Le paon, royal captif, s'engraisse pour nos tables ;
> La poule numidique abandonne ses sables,
> Et s'en vient rencontrer chez nos Apicius
> Les chapons, de la Gaule envoyés en tributs.

judicium inter Cubicularios actum. Petauristarii autem tandem venerunt : Baro insulsissimus cum scalis constitit, puerumque jussit per gradus, et in summa parte, odaria saltare, circulos deinde ardentes transire, et dentibus amphoram sustinere. Mirabatur hæc solus Trimalchio, dicebatque, ingratum artificium esse. Ceterum duo esse in rebus humanis, quæ libentissime spectaret, Petauristarios et cornices ; reliqua animalia, acroamata, tricas meras esse. Nam et Comœdos, inquit, emeram, et malui illos Atellam facere, et Choraulem meum jussi Latine cantare.

LIV. Cum maxime hæc dicente Gaio, puer in ejus brachium delapsus est. Conclamavit familia, nec minus convivæ, non propter hominem tam putidum, cujus etiam cervices fractas libenter vidissent, sed propter malum exitum cœnæ, ne necesse haberent, alienum mortuum plorare. Ipse Trimalchio cum graviter ingemuisset, superque brachium tanquam læsum incubuisset, concurrere Medici, et inter primos Fortunata, crinibus passis, cum scypho, miseramque se, atque infelicem, proclamavit. Nam puer quidem, qui ceciderat, circumibat jam dudum pedes nostros, et missionem rogabat. Pessime mihi erat, ne his precibus periculo aliquid catastrophæ quæreretur. Nec •nim adhuc exciderat cocus ille, qui oblitus fuerat porcum exenterare. Itaque totum circumspicere triclinium cœpi, ne per parietem automaton aliquod exiret ; utique, postquam servus verberari cœpit, qui brachium domini contusum alba potius, quam conchyliata, involverat lana. Nec longe aberravit suspicio mea ; in vicem enim pœnæ venit decretum Trimalchionis, quo puerum jussit liberum esse, ne quis posset dicere, tantum virum esse a servo lividatum.

LV. Comprobamus nos factum ; et quam in præcipiti res humanæ essent, vario sermone garrimus. Ita, inquit Trimalchio, non oportet hunc casum sine inscriptione transire ; statimque codicillos poposcit, et, non diu cogitatione distorta, hæc recitavit :

> Quod non exspectes, ex transverso fit,
> Et supra nos Fortuna negotia curat.
> Quare da nobis vina Falerna, puer.

Sub hoc epigrammate cœpit Poetarum esse mentio, diuque summa carminis penes Mopsum, Thracem, commorata est, donec Trimalchio : Rogo : inquit, Magister, quid putes inter Ciceronem et Publium interesse ? Ego alterum puto disertiorem fuisse, alterum honestiorem. Quid enim his melius dici potest ?

> Luxuriæ rictu Martis marcent mœnia.
> Tuo palato clausus pavo pascitur,

Quoi ! de ses vieux parents nourrice généreuse,
La cigogne, qui fuit la saison rigoureuse,
Et du haut de nos toits annonce les beaux jours,
Y couve pour tes plats le fruit de ses amours?
Quand ta noble moitié suspend à ses oreilles
Ces perles sur trois rangs, ces coûteuses merveilles,
Tout ce luxe indien est-il fait pour l'époux?
Ne va-t-il pas plutôt, loin de ton œil jaloux,
La jeter effrénée aux bras de l'adultère?
Que lui sert des rubis la splendeur étrangère,
Le vert de l'émeraude aux reflets si charmants?
Les mœurs et la vertu, voilà ses diamants !
Maudits soient ces tissus vaporeux, diaphanes,
Ces nuages de lin, plaisir des yeux profanes,
Dont les plis onduleux marquent ses nudités,
Et montrent au grand jour ses appas effrontés.

LVI. Mais, poursuivit-il, quel est, ce nous semble, après celui des lettres, le plus difficile des métiers? Celui du médecin, je pense, et du changeur : car les médecins savent ce qui se passe dans notre pauvre machine, et quand la fièvre doit venir; ce qui ne m'empêche pas de les haïr à la mort, parce qu'ils me réduisent trop souvent à la boisson des canards. Et le changeur, qui voit le cuivre à travers l'argent! Parmi les bêtes non parlantes les plus laborieuses sont les bœufs et les brebis : les bœufs, auxquels nous sommes redevables du pain que nous mangeons; et les brebis, qui nous habillent de cette laine dont nous sommes si fiers. O comble de l'ingratitude ! on ose manger l'innocente brebis, et l'on tient d'elle sa tunique! Pour les abeilles, je les crois des bêtes célestes, car elles crachent le miel, bien qu'on dise que c'est Jupiter qui nous l'apporte; et si elles piquent, c'est qu'il n'est point de douceur qu'on ne trouve mêlée d'amertume. — Il allait laisser bien loin de lui les philosophes, quand l'urne de loterie commença à circuler. Un jeune esclave, préposé pour cet emploi, lut à haute voix les billets gagnants : *Scélérat d'argent!* Et l'on apporta un jambon (σκέλος) sur lequel était un huilier du susdit métal; *Cravate*, et ce fut une corde de potence; *Fruits de garde* et *Mortification (contumelia)*, ce qui signifiait fraises sauvages confites, et un croc avec une pomme (contus μῆλον); *Porreaux* à longues tiges et *Pêches (persica)* reçut des verges et un couteau de Perse; pour *Passereaux* et *Chasse-mouches*, un raisin sec (passam) et du miel attique; pour *Robe de table* et *Robe de forum*, un gâteau et des tablettes. *Canal* et *Pied à mesurer*, (un lièvre (canem alens) et une pantoufle); *Murène* et *Béta grec* (rat d'eau attaché à une grenouille (mus-rana), et paquet de bettes) provoquèrent de longs rires. Il y eut mille choses de même force, dont j'ai certes perdu le souvenir.

LVII. Cependant Ascylte ne pouvait contenir sa pétulante gaieté; rien n'échappait à ses moqueries; il agitait ses bras en l'air et riait aux larmes, ce qui fâcha tout rouge un des coaffranchis de Trimalchion, celui-là même qu'on avait colloqué au-dessus de moi : — Qu'as-tu à rire, lui cria-t-il, face de mouton? Les magnificences de mon maître ne sont pas de ton goût? Tu es plus riche apparemment, et tu tiens meilleure table? Que les Lares du patron me pardonnent! si j'étais près de toi, il y a longtemps que je t'aurais empêché de bêler. Le bel avorton, pour ridiculiser les autres! un je ne sais quoi sans feu ni lieu, un rôdeur de nuit, qui ne vaut pas l'eau qu'il rend. Au fait, je n'aurais qu'à pisser autour de lui, il ne saurait où se fourrer. Je n'ai, pardieu! pas la tête trop près du bonnet; mais en chair

---

Plumato amictus aureo Babylonico;
Gallina tibi Numidica, tibi gallus spado,
Ciconia etiam grata, peregrina, hospita,                5
Pietaticultrix, gracilipes, crotalistria,
Avis, exsul hiemis, titulus tepidi temporis,
Nequitiæ nidum in cacabo fecit meo.
Quo margarita cara, tribacca, ac Indica?
An ut matrona, ornata phaleris pelaglis,               10
Tollat pedes indomita in strato extraneo?
Smaragdum ad quam rem viridem, pretiosum vitrum?
Quo Carchedonios optas ignes lapideos,
Nisi ut scintillent? Probitas est carbunculus.
Æquum est, induere nuptam ventum textilem?           15
Palam prostare nudam in nebula linea?

LVI. Quod autem, inquit, putamus secundum litteras difficillimum esse artificium? Ego puto Medicum, et Nummularium. Medicus, qui scit, quid homunciones intra præcordia sua habeant, et quando febris veniat. Etiamsi illos odi pessime, qui mihi jubent sæpe anatinam parari. Nummularius, qui per argentum æs videt. Nam mutæ bestiæ laboriosissimæ, boves, et oves : boves, quorum beneficio panem manducamus : oves, quod lana illæ nos gloriosos faciunt. O facinus indignum! aliquis ovillam est, et tunicam habet. Apes enim ego divinas bestias puto, quæ mel vomunt : etiamsi dicitur illud a Jove afferri; ideo autem pungunt, quia, ubicunque dulce est, ibi et acidum invenies. Jam etiam Philosophos de nego- tio dejiciebat, cum pittacia in scypho circumferri cœperunt. Puerque, super hoc positus officium, apophoreta recitavit : Argentum sceleratum! allata est perna, supra quam acetabula erant posita; cervical! offla collaris allata est; scrisapia, et contumelia! agriofragulæ datæ sunt, et contus cum malo. Porri, et persica! flagellum, et cultrum accepit; passeres et muscarium! uvam passam, et mel Atticum; cænatoria, et forensia! offlam, et tabulas accepit. Canalem, et pedalem (lepus et solea est adlata;) murænam, et litteram, murem cum rana alligatum, fascemque betæ diu risimus. Sexcenta hujusmodi fuerunt, quæ jam ceciderunt memoriæ meæ.

LVII. Ceterum Ascyltos, intemperantis licentiæ, cum omnia sublatis manibus eluderet, et usque ad lacrymas rideret : unus ex conlibertis Trimalchionis excanduit, is ipse, qui supra me discumbebat : et, Quid rides, inquit, berbex? An tibi non placent lautitiæ domini mei? tu enim beatior es; et convivare melius soles? Ita tutelam hujus loci habeam propitiam, ut ego, si secundum illum discumberem, jam illi balatu interdixissem. Bellum pomum, qui rideatur alios. Larifuga nescio quis, nocturnus, qui non valet lotium suum. Ad summam, si circumminxero illum, nesciet, qua fugiat. Non, me Hercule! soleo cito fervere, sed in molli carne vermes nascuntur. Ridet : quid habet, quod rideat? Numquid pater fœtum emit

molle les vers se mettent. Il rit : qu'a-t-il à rire? Ton père ne t'a-t-il pas acheté pour un peu de laine? Es-tu chevalier romain? Moi je suis fils de roi. Tu veux savoir pourquoi j'ai été en service? Parce que j'ai bien voulu m'y mettre, et que j'ai mieux aimé être citoyen romain que roi tributaire; et aujourd'hui, j'espère, je tiens mon rang de façon à ce que personne ne se gausse de moi. Libre à l'égal des hommes libres, je marche tête levée, sans devoir un as à qui que ce soit. De ma vie je n'ai reçu d'assignation; jamais on ne m'est venu dire en justice : Paye ce que tu dois. J'ai acheté quelques petits bouts de terre, et mis de côté quelques petits lingots; je nourris vingt bouches et mon chien. J'ai racheté ma camarade de lit, pour que sa gorge ne servît plus d'essuie-main à personne : son rachat m'a coûté mille deniers d'or; le titre de sévir, je l'ai eu gratis; et j'espère mourir de manière à ne pas rougir quand je serai mort. Mais toi, tu as de si mauvaises affaires que tu n'oses pas regarder derrière toi. Tu vois un pou sur ton voisin, et tu ne vois pas sur toi un scorpion. Il n'y a que toi qui nous trouves ridicules. Vois ton précepteur, un homme d'âge : nous lui plaisons à lui; toi, morveux, tu n'articules ni *mu* ni *ma*. Cruche fêlée, cuir mouillé, pour être plus souple tu n'en es pas meilleur. Es-tu plus riche que nous? dîne et soupe deux fois. Moi j'estime ma parole plus que de l'or en barre. Au fait, me suis-je jamais fait tirer l'oreille? J'ai servi quarante ans; et avec cela âme qui vive ne sait si j'étais esclave ou libre. J'étais bien jeune avec ma longue chevelure à mon arrivée dans la colonie : la basilique n'était pas encore bâtie. Mais je fis si bien que je satisfis mon maître, homme *de conséquence* et de dignité, qui valait mieux dans son petit doigt

que toi dans toute ta personne. J'avais bien dans la maison tel et tel qui me voulaient supplanter; mais, grâce à mon bon génie, j'ai surnagé. Il est sûr et certain que naître de parents libres est aussi facile que de faire le chemin que j'ai fait. Hein! Te voilà aussi sot qu'un bouc dans un champ de cicérole! —

LVIII. A ce dernier trait Giton, qui se tenait debout à mes pieds, et qui depuis longtemps comprimait son rire, éclate d'une manière assez immodeste. Il attire l'attention du harangueur qui tourne contre lui ses énergiques apostrophes : — Toi aussi, tu te mêles de rire, tête d'oignon roussi! Quelles Saturnales est-ce donc? Dis-moi, sommes-nous en décembre? Quand as-tu payé ton vingtième? — Qu'attendre de ce gibier de potence, de cette chair à corbeaux? Je veux que Jupiter te confonde, toi et ce benêt qui ne t'impose pas silence! Que je sois sûr de manger du pain tout mon soûl, comme c'est par respect pour mon hôte, mon coaffranchi, que je t'épargne! Sans lui tu me l'aurais payé vite et comptant. Nous nous trouvons traités à merveille, nous; mais non pas ces goinfres qui te laissent faire. Et voilà : tel maître, tel valet. C'est à peine si je me possède; et je suis vif de mon naturel, et du pays des Cicéréiens : quand je m'y mets, ma mère est moins pour moi qu'une obole. C'est bien : je te reverrai dans la rue, ver de terre, mauvais champignon. Que je ne m'étende ni en long ni en large, si je ne réduis ton maître à se cacher dans une touffe d'orties, et si tu ne trouves en moi à qui parler, quand, ma foi, tu appellerais Jupiter Olympien à ton secours! Je te débarrasserai de ta perruque qui vaut bien deux as, et de ton maître qui ne vaut pas plus. C'est bien : tu tomberas sous ma dent; ou je ne me connais pas,

---

lana? Eques Romanus es? et ego Regis filius Quare ergo servivisti? quia ipse me dedi in servitutem; et malui civis Romanus esse, quam tributarius : et nunc spero, me sic vivere, ut nemini jocus sim. Homo inter homines suos, capite aperto ambulo : assem ærarium nemini debeo : Constitutum habui numquam : nemo mihi in foro dixit : Redde quod debes. Glebulas emi, lamellulas paravi : viginti ventres pasco, et canem : contubernalem meam redemi, ne quis sinu illius manus tergeret : mille denarios pro capite solvi : Sevir gratis factus sum : spero, sic moriar, ut mortuus non erubescam. Tu autem tam laboriosus es, ut post te non respicias? in alio pediculum vides, in te ricinum non vides? tibi soli ridiculi videmur? Ecce magister tuus, homo major natus; placemus illi : tu lacticulosus, nec mu, nec ma argutas? vasus fictilis, imo lorus in aqua, lentior, non melior. Tu beatior es? bis prande, bis cœna. Ego fidem meam malo, quam thesauros. Ad summam; quisquam me bis poposcit? Annis quadraginta servivi; nemo tamen scit, utrum servus essem, an liber : et puer capillatus in hanc coloniam veni : adhuc Basilica non erat facta. Dedi tamen operam, ut domino satisfacerem, homini malisto et dignitoso, cujus pluris erat unguis, quam tu totus es : et habebam in

domo, qui mihi pedem opponerent hac, illac : tamen, (Genio gratias!) enatavi. Hæc est vera athla : nam in ingenuum nasci, tam facile est, quam accede istoc. Quid nunc stupes, tanquam hircus in ervilia? LVIII. Post hoc dictum Giton, qui ad pedes stabat, risum, jam diu compressum, etiam indecenter effudit; quod cum animadvertisset adversarius Ascylti, flexit convicium in puerum : et, Tu autem, inquit, etiam tu rides, cepa pyrrhiata? O Saturnalia! Rogo, mensis December est? Quando vicesimam numerasti? Quid faciat crucis offla? corvorum cibaria? Curabo, jam tibi Jovis iratus sit, et isti, qui tibi non imperat. Ita satur pane fiam : ut ego istud contiberto meo dono; alioquin jam tibi de præsentiarum reddidissem. Bene nos habemus; haud isti geugæ, qui tibi non imperant. Plane, qualis dominus, talis et servus. Vix me teneo; et sum natura caldus, cicereius, cum cœpi, matrem meam dupondii non facio. Recte, videbo te in publicum, mus, imo terræ tuber. Nec sursum, nec deorsum non cresco, nisi dominum tuum in rutæ folium non conjecero, nec tibi par ero, licet, me Hercules! Jovem Olympium clames : curabo longe tibi sit comula ista bessalis, et dominus dupondiarius. Recte, venies sub dentem; aut ego non me novi, aut non deridebis, licet

ou tu ne te moqueras plus, tout menton doré que tu sois. Je te recommanderai à Minerve, et à moi qui t'ai redressé le premier. Je n'ai pas étudié les géométries, les critiques, et autres chansons à bercer les enfants; mais je sais la langue lapidaire, la division par centièmes, selon le métal, le poids, la monnaie. Tiens, veux-tu, donne aussi ton petit gage : avance, je te laisse le choix du sujet. Tu vas voir que ton père a payé des maîtres pour toi en pure perte, quoique tu saches la rhétorique. Va, on n'est jamais trop loin de moi; j'ai le bras long. Défie-moi : je te dirai qui de nous deux bat le plus de pays sans bouger de place; qui s'enfle bien fort et se retrouve bien plat. Tu te démènes, tu trottes tout ahuri comme une souris dans un pot de chambre. Que cela t'apprenne à te taire, ou à ne pas molester ceux qui valent mieux que toi, qui ne savent seulement pas que tu sois au monde. Tu te figures peut-être que je fais grand cas de ces bagues de buis que tu as volées à ta maîtresse? Mercure nous soit en aide! viens avec moi sur la place, et empruntons de l'argent : tu verras que ma bague de fer a du crédit. Ah! le joli objet que ce renard mouillé! Je veux perdre tout ce que je possède, et finir si mal que le peuple jure par ma mort, si je ne te pourchasse à outrance jusqu'au bout du monde. Le joli objet aussi que celui qui t'apprend si bien à vivre! C'est un débaucheur, ce n'est pas un maître. Nous avons étudié, va; à preuve que le maître nous faisait répéter : Votre santé est-elle bonne? — Allez droit chez vous, nous disait-il, sans regarder ni par-ci ni par-là; n'insultez pas les grandes personnes; ne vous amusez pas à compter les échoppes. — Pas un de mes camarades n'est sorti de la misère. Moi,

que tu vois en belle passe, je le dois à mon savoir-faire, dont je rends grâce aux Dieux. —

LIX. Ascylte commençait à riposter; mais Trimalchion, qu'avait charmé l'éloquence de son coaffranchi, leur dit : — Mettez les gros mots de côté; soyons plutôt de belle humeur. Et toi, Herméros, ménage le petit jeune homme : le sang bout à cet âge; sois le plus raisonnable.

*Qui cède en pareil cas a toujours l'avantage.*

Quand tu venais d'être chaponné, et qu'on te criait: *Coco, coco,* tu n'avais pas le cœur si haut. Allons, cela vaut mieux, montrons-nous de bonne composition, soyons gais, et attendons les homéristes. — A l'instant même entra toute la bande, frappant de leurs piques sur leurs boucliers. Trimalchion s'assied sur un carreau, et tandis que les homéristes discourent entre eux en vers grecs, selon leurs us et contre tout usage, lui, d'un ton musical, se met à lire un livre latin. Puis soudain, commandant le silence : — Savez-vous quelle scène ils représentent là? Diomède et Ganymède étaient deux frères, lesquels avaient pour sœur Hélène. Agamemnon l'enleva, et à la place de Diane il mit une biche. Ainsi Homère raconte ici la guerre des Troyens et des Parentins. Il se trouve qu'il est vainqueur, et qu'il donne Iphigénie sa fille en mariage à Achille, ce qui fait qu'Ajax devient fou : dans la minute l'argument va vous l'expliquer. — Dès qu'il eut dit, les homéristes poussèrent une acclamation; puis, fendant la presse des valets qui s'agitent pour faire place, un veau sur un grandissime plat est apporté bouilli, et, qui mieux est, le casque en tête. Il est suivi d'Ajax, qui, brandissant son glaive en furieux, tranche sans pitié, joue d'estoc et de

---

barbam auream habeas. Athana tibi irata sit, curabo, et qui te primus de curvo refeci : non didici geometrias, critica et alogias manias, sed lapidarias litteras scio, partes centum dico, ad æs, ad pondus, ad nummum. Ad summam, si quid vis : ergo et da sponsiunculam; exi! defero lemma. Jam scies, patrem tuum mercedes perdidisse; quamvis et Rhetoricam scis. Ecce quidem nobis longe nemo : late venio. Solve me : dicam tibi, qui de nobis currit, et de loco non movetur : qui de nobis crescit, et minor fit. Curris, stupes, satagis, tanquam mus in matella. Ergo aut tace, aut meliorem noli molestare, qui te natum non putat; nisi, si me judicas annulos buxeos curare, quos amicæ tuæ involasti. Occuponem propitium! camus in forum, et pecunias mutuemur. Jam scies, hoc ferrum fidem habere. Vah! bella res est, volpis uda. Ita lucrum faciam; et ita bene moriar, aut populus per exitum meum juret, nisi te, toga ubique perversa, fuero persecutus. Bella res, et iste, qui te hæc docet, mufrius, non Magister. Didicimus; (dicebat enim magister :) sunt vestra salva? recta domum, cave circumspicias, cave majorem maledicas, haud numera mapalia. Nemo dupondium evadit. Ego, quod me sic vides, propter artificium meum Diis gratias ago.

LIX. Cœperat Ascyltos respondere convicio, sed Trimalchio, delectatus Conliberti eloquentia : Agite, inquit, scordalias de medio; suaviter sit potius; et tu, Hermeros, parce adolescentulo : sanguen illi fervet, tu melior esto. SEMPER IN HAC RE QUI VINCITUR, VINCIT. Et tu, cum esses capo : coco, coco, æque cor non habebas. Simus ergo, quod melius est, apprime mites, hilares, et Homeristas speremus. Intravit factio statim, hastisque scuta concrepuit : ipse Trimalchio in pulvino consedit, et cum Homeristæ Græcis versibus colloquerentur, ut insolenter solent : ille canora voce Latine legebat librum. Mox, silentio facto : Scitis, inquit, quam fabulam agant? Diomedes, et Ganymedes duo fratres fuerunt : horum soror erat Helena. Agamemnon illam rapuit, et Dianæ cervam subjecit. Ita nunc Homerus dicit, quemadmodum inter se pugnent Trojani, et Parentini. Vicit scilicet, et Iphigeniam, filiam suam, Achilli dedit uxorem; ob eam rem Ajax insanit, et statim argumentum explicabit. Hæc ut dixit Trimalchio, clamorem Homeristæ sustulerunt, interque familiam discurrentem vitulus, in lance denaria elixus, allatus est, et quidem galeatus. Secutus est Ajax, strictoque gladio, tanquam insaniret, concidit, ac modo versa, modo supina gesticulatus, mucrone frustra collegit, mirantibusque vitulum partitus est.

LX. Nec diu mirari licuit tam elegantes strophas; nam

taille, et ramasse à la pointe du sabre les morceaux qu'il présente aux convives ébahis.

LX. Nous n'eûmes pas le loisir d'admirer longtemps des tours de force de si bon goût, car tout à coup le plafond se mit à craquer, et la salle entière trembla. Tout alarmé je me lève; la peur me prend que quelque funambule ne descende par le toit; et comme moi les autres convives lèvent en l'air des yeux étonnés, attendant de voir quel message nous était dépêché du ciel. Or voilà que du lambris entr'ouvert un cercle aussi vaste que la coupole dont il se détachait s'abaisse sur nos têtes, et offre dans tout son contour des couronnes d'or suspendues, et des vases d'albâtre remplis de parfums. C'étaient les présents d'usage. Comme on nous invite à les prendre, nous reportons nos yeux sur la table : elle était déjà couverte d'un plateau chargé de quelques pièces de four. Au centre s'élevait Priape, en pâtisserie, qui dans son giron assez ample présentait des fruits de toute espèce et des raisins, selon la coutume. Nos mains se portèrent avidement sur ce bel étalage, et un brusque et nouvel intermède ranima tout à fait la gaieté. Pas un gâteau, pas un fruit qui ne fît jaillir à la moindre pression une liqueur safranée dont l'incommode rosée arrivait jusqu'à nous. Persuadés qu'il y avait quelque chose de sacré dans cette aspersion traîtreusement solennelle, nous nous levâmes le plus droit que nous pûmes, et nous criâmes : *A Augustus César, père de la patrie, longue prospérité!* Quelques-uns cependant, même après l'acte religieux, continuant à piller les fruits, nous en remplîmes aussi nos serviettes, moi surtout, qui ne croyais jamais Giton assez abondamment chargé. Sur ces entrefaites trois esclaves, vêtus de tuniques blanches, entrent dans la salle : deux d'entre eux posent sur la table les Lares du logis avec leurs bulles d'or; le troisième, tenant une patère de vin, fait le tour de la table en criant : *Soyez nos Dieux propices!* Or, disait-il, ces Lares s'appelaient, le premier, *Industrie;* le second, *Bonheur;* le troisième, *Profit.* Puis vint le buste authentique de Trimalchion lui-même; et comme chacun le baisait à la ronde, nous aurions eu honte de nous en dispenser.

LXI. Quand tout le monde se fût souhaité réciproquement la santé de l'âme et du corps, Trimalchion se tourna vers Nicéros. — Je t'ai toujours vu, lui dit-il, si divertissant à table! Je ne sais pourquoi aujourd'hui tu te tais, tu ne dis mot. Je t'en prie, tu me feras bien plaisir, raconte-nous quelqu'une de tes aventures. Nicéros, ravi du ton de bonté de son noble ami, lui répond : — Que tout profit me passe devant le nez, s'il n'est pas vrai que depuis longtemps je me gaudis, je pétille d'aise de te voir si heureux! De la gaieté donc et rien autre, malgré que j'aie peur de ces gens d'école et de leurs moqueries. Libre à eux : je vais toujours dire mon histoire; ils ne m'ôtent rien de la poche ceux qui se moquent. Mieux vaut laisser rire de soi que de rire des autres.

Dès qu'il eut dit ces mots.....

il commença son récit de la sorte : — J'étais encore en service; nous habitions une rue étroite, la maison de Gaville aujourd'hui. Là, les Dieux voulurent que je devinsse amoureux de la femme du cabaretier Térentius; vous savez, Melissa la Tarentine, le plus friand nid de baisers! Mais, pardieu! non ce n'était pas charnellement ni pour la bagatelle que je la cultivais : c'était plutôt pour

---

repente lacunaria sonare cœperunt, totumque triclinium intremuit. Consternatus ego exsurrexi, et timui ne per tectum Petauristarius aliquis descenderet : nec minus reliqui convivæ mirantes erexere vultus, exspectantes, quid novi de cœlo nunciaretur. Ecce autem diductis lacunaribus subito circulus ingens, de cupa videlicet grandi excussus, demittitur, cujus per totum orbem coronæ aureæ, cum alabastris unguenti, pendebant. Dum hæc apophoreta jubemur sumere, respicimus ad mensam : jam illic repositorium, cum placentis aliquot, erat positum, quod medium Priapus, a pistore factus, tenebat, gremioque satis amplo omnis generis poma, et uvas sustinebat, more vulgato. Avidius ad pompam manus porreximus, et repente nova ludorum remissio hilaritatem hic refecit. Omnes enim placentæ, omniaque poma, etiam minima vexatione contacta, cœperunt effundere crocum, et usque ad nos molestus humor accedere. Rati ergo, sacrum esse periculum tam religioso apparatu perfusum, consurreximus altius, et Augusto, patri patriæ, Feliciter! diximus : quibusdam tamen, etiam post hanc venerationem, poma rapientibus, et ipsi iis mappas implevimus; ego præcipue, qui nullo satis amplo munere putabam me onerare Gitonis sinum. Inter hæc tres pueri, candidas succincti tunicas, intraverunt : quorum duo Lares bullatos super mensam posuerunt; unus pateram vini circumferens, Dii propitii! clamabat. Aiebat autem, unum Cerdonem, alterum Felicionem, tertium Lucronem vocari. Nos etiam veram imaginem ipsius Trimalchionis, cum jam omnes basiarent, erubuimus præterire.

LXI. Postquam ergo omnes bonam mentem, bonamque valetudinem sibi optarunt, Trimalchio ad Nicerotem respexit : et, Solebas, inquit, suavius esse in convictu; nescio, quid nunc taces, nec mutis? Oro te, sic felicem me videas, narra illud, quod tibi usu venit. Niceros delectatus affabilitate amici : Omne me, inquit, lucrum transeat, nisi jam dudum gaudimonio dissilio, quod te talem video. Itaque hilaria mera sint, et si timeo istos Scholasticos, ne me derideant : viderint. Narrabo tamen, quid enim mihi aufert, qui ridet? Satius est rideri, quam deridere.

Hæc ubi dicta dedit. ...

talem fabulam exorsus est. Cum adhuc servirem : habitabamus in vico angusto, (nunc Gavillæ domus est,) ibi, quomodo Dii volunt, amare cœpi uxorem Terentii cauponis : noveratis Melissam Tarentinam, pulcherrimum basioballum. Sed ego non, me Hercules! corporaliter, aut propter res venerarias curavi, sed magis, quod bene morata fuit. Si quid ab illa petii : nunquam mihi negatum;

sa sagesse. Dans tout ce que je lui demandais, jamais je n'étais refusé : si elle faisait un sou, j'en avais moitié ; je déposais tout dans sa bourse, et jamais je n'ai été trompé. Le mari qui était avec elle à la campagne vient à rendre le dernier soupir. Je m'escrime alors d'estoc et de taille pour me rendre auprès de sa veuve : comme de raison, c'est dans la détresse qu'on connait les amis.

LXII. Par bonheur mon maître était allé à Capoue vendre quelques nippes qui étaient de défaite. Saisissant l'occasion, je détermine notre hôte à m'accompagner l'espace de cinq milles. Il était soldat, intrépide comme Pluton. Nous nous mettons à arpenter vers le chant du coq ; il faisait clair de lune comme en plein midi. En passant par un cimetière, le camarade commence à converser avec les astres ; moi je vais toujours, chantonnant et comptant les étoiles. Ensuite m'étant retourné vers lui, je le vis se déshabiller, et poser toutes ses hardes sur le bord du chemin. Oh ! je ne respire plus, mon nez s'allonge ! je reste là, roide comme un mort. Que fait l'autre ? Il se met à pisser autour de ses habits, et crac ! il est changé en loup. N'allez pas croire que je plaisante : je ne mentirais pas pour la plus belle fortune du monde. Mais où en suis-je ? Ah ! comme je vous disais donc, après que le voilà devenu loup, il se met à hurler, et se sauve dans les bois. D'abord je ne savais où j'étais ; ensuite je m'approchai pour ramasser ses habits : ils étaient changés en pierres. Qui dut mourir de peur, si ce n'est moi ? A tout hasard je tire mon épée, et (mais c'était peine perdue) je pourfends les malins esprits durant tout le chemin jusqu'au logis de ma maîtresse. Dès que j'eus passé le seuil, je faillis rendre l'âme : l'entre-deux de mes cuisses n'était qu'une gouttière de sueur ; j'avais les yeux éteints ; je fus un temps infini à me remettre. Ma chère Melissa s'étonna de me voir courir les champs à une heure aussi indue : — Si du moins, dit-elle, tu étais venu plus tôt, tu nous aurais donné un coup de main : un loup est entré dans la bergerie ; et toutes nos bêtes, non, un boucher ne les aurait pas mieux saignées. Mais il ne s'est pas ri de nous, quoiqu'il se soit sauvé ; car notre esclave lui a donné d'une lance au travers du cou. — Quand j'eus appris cela, il ne me fut plus possible de fermer l'œil ; et au grand jour je m'enfuis chez le camarade, plus leste qu'un marchand détroussé. Arrivé à l'endroit de la métamorphose des habits en pierres, je ne trouve rien que du sang. J'entre dans la maison, et je vois mon soldat étendu sur un lit, comme un bœuf, et à son cou un médecin qui le pansait. Je compris qu'il était loup-garou ; et depuis lors je n'ai pu manger une bouchée de pain avec lui, non, quand vous m'auriez tué. Libre à ceux qui auraient là-dessus opiné autrement ; moi, si je mens, que vos bons génies me confondent ! —

LXIII. Tout l'auditoire demeurait frappé, ébahi : — Sans te démentir, dit Trimalchion, est-il possible ? Les cheveux m'en ont dressé sur la tête. Car je sais que Nicéros ne conte jamais de fariboles ; il est au contraire véridique, et point du tout hâbleur. Eh bien, à mon tour je vais vous narrer une chose aussi effroyable qu'un âne perché sur un toit. Du temps que je portais longue chevelure (car dès mon enfance j'ai mené la vie de sybarite), Iphis, mignon de notre maître, vint à trépasser ; une vraie perle, ma foi ! beau comme une image, ayant tout pour lui. Et comme sa pauvre petite mère sanglottait sur lui, et que nous étions plusieurs auprès d'elle en lamentations, tout d'un coup les Stryges commencent leur

fecit assem : semissem habui ; in illius sinum demandavi ; nec unquam fefellit usum. Hujus contubernalis ad villam supremum diem obiit. Itaque per scutum, per ocream ecraginavi, quemadmodum ad illam pervenirem : attamen in angustiis amici apparent.

LXII. Forte dominus Capuæ exierat ad scruta scita expedienda. Nactus ego occasionem, persuadeo hospitem nostrum, ut mecum ad quintum milliarium veniat : erat autem miles fortis, tanquam Orcus. Apoculamus nos circa gallicinia, (Luna lucebat, tanquam meridie) venimus inter monimenta. Homo meus cœpit ad stellas facere ; sed ego cantabundus, et stellas numero. Deinde ut respexi ad comitem : ille exuit se, et omnia vestimenta secundum viam posuit. Mihi en ! anima in naso esse : stabam, tanquam mortuus. At ille circumminxit vestimenta sua, et subito lupus factus est. Nolite me jocari putare ; ut mentiar, nullius patrimonium tanti facio. Sed quid ? quod cœperam dicere, postquam lupus factus est, ululare cœpit, et in silvas fugit. Ego primitus nesciebam, ubi essem : deinde accessi, ut vestimenta ejus tollerem : illa autem lapidea facta sunt. Qui mori timore, nisi ego ? Gladium tamen strinxi, et matalotatos umbras cecidi, donec ad villam amicæ meæ pervenirem. In lauram intravi ; pæne animam ebullivi : sudor mihi per bifurcum volabat : oculi mortui : vix unquam refectus sum. Melissa mea mirari cœpit, quod tam sero ambularem : et, Si ante, inquit, venisses, saltem nobis adjutasses ; lupus enim villam intravit, et omnia pecora : tanquam Lanius sanguinem illis misit. Nec tamen derisit, etiamsi fugit ; servus enim noster lancea collum ejus trajecit. Hæc ut audivi : operire oculos amplius non potui, sed luce clara hinc nostri domum fugi, tanquam copo compilatus : et, postquam veni in illum locum, in quo lapidea vestimenta erant facta, nihil inveni, nisi sanguinem. Ut vero domum veni, jacebat miles meus in lecto, tanquam bovis, et collum illius Medicus curabat. Intellexi, illum versipellem esse, nec postea cum illo panem gustare potui ; non, si me occidisses. Viderint, qui hoc de aliter exopinassent : ego, si mentior, Genios vestros iratos habeam.

LXIII. Attonitis admiratione universis : Salvo, inquit, tuo sermone, Trimalchio, si qua fides est, ut mihi pili inhorruerunt ; quia scio, Nicerotem nihil nugarum narrare. Imo certus est, et minime linguosus ; nam et ipse vobis rem horribilem narrabo. Asinus in tegulis. Cum adhuc capillatus essem, (nam a puero vitam Chiam gessi) Iphis nostri delicatus decessit, me Hercules ! margaritum, cœritus, et omnium numerum. Cum ergo illum mater misella

vacarme : on eût dit des chiens qui pourchassent un lièvre. Nous avions avec nous un gaillard de la Cappadoce, grand, fièrement hardi, même trop, et qui vous eût détrôné Jupiter foudroyant. Mon brave tire son épée, s'élance hors de la chambre, le manteau roulé autour du bras gauche avec précaution, attrape une des sorcières, et, comme qui dirait ici, (le ciel préserve ce que je touche !) la transperce par le milieu du corps. Nous entendîmes un cri ; mais là, sans mentir, les sorcières, nous ne les vîmes point ! Cependant notre sabreur revient, et se jette sur un lit. Il avait le corps tout livide, comme si on l'eût battu de verges : c'est, voyez-vous, qu'une mauvaise main l'avait touché. Nous fermons la porte, et retournons à notre office de consolateurs ; mais, comme la mère veut serrer dans ses bras le corps de son fils, elle ne touche et ne voit plus qu'un mannequin de paille, qui n'a ni cœur, ni boyaux, ni rien ; les sorcières, voilà, avaient déjà escamoté l'enfant et mis à la place un paquet d'ordures. Qu'en dites-vous ? Il faut croire qu'elles en savent long ces femelles, ces harpies nocturnes qui mettent la nature sens dessus dessous ! Au reste le grand sabreur, depuis cette aventure, ne recouvra jamais sa couleur naturelle ; et même, peu de jours après, il mourut enragé. —

LXIV. Chacun de s'émerveiller et de croire, et de baiser la table, en priant ces oiseaux sinistres de se tenir dans leurs trous pendant que nous reviendrions du festin. Or, ma foi, déjà les lampes me semblaient multiplier leurs lumières, et la salle se renverser toute, quand Trimalchion dit à Plocrimus : — C'est à toi que j'en veux ; tu ne racontes rien, tu ne nous divertis plus. Tu étais

toujours si aimable ! Que tes récitatifs étaient jolis en dialogues, mêlés de couplets ! Hélas ! vous voilà parties, douces friandises de nos desserts ! — Ah ! répond Plocrimus, j'ai dû enrayer mon char, du moment où la goutte m'est venue. C'était autre chose dans ma belle jeunesse : je chantais à me rendre poitrinaire. Et la danse ? et les comédies ? et la pantomime du barbier ? Qui avais-je pour rival ? Personne qu'Apellète. — Puis, appliquant ses doigts sur sa bouche, il pousse je ne sais quel sifflement sauvage qu'il nous affirme ensuite être une gentillesse grecque. Par le même procédé Trimalchion à son tour imite le son des trompettes, et se penche vers son mignon, qu'il appelait Crésus. Ce petit monstre chassieux, qui avait les dents d'un sale à faire peur, emmaillottait d'une écharpe verte une petite chienne noire, dégoûtante d'embonpoint, et mettait sur son lit un pain d'une demi-livre dont il empâtait cette bête, qui, n'en pouvant mais, rendait les morceaux. Ce manège inspire à notre hôte l'idée de faire venir Scylax, le gardien du logis et de ses habitants. A l'instant on amène un chien d'énorme taille qu'on tient par la chaîne : un coup de pied du portier l'avertit de se coucher, et il s'étend devant la table. Trimalchion lui jette un pain blanc, et dit : — Personne dans ma maison ne m'aime plus tendrement que cet animal. — Le mignon, piqué de l'éloge excessif qu'on faisait de Scylax, met sa petite chienne à terre, et l'agace vivement contre lui. Scylax, obéissant comme de raison à l'instinct de sa race, remplit la salle d'horribles aboiements, et peu s'en faut que le précieux roquet ne soit mis en pièces. Le désordre ne se borna pas au bruit : un candélabre aussi

---

plangeret, et nos tum plures in tristimonio essemus : subito strigæ cœperunt ; putares canem leporem persequi. Habebamus tunc hominem Cappadocem, longum, valde audaculum, et qui valebat Jovem iratum tollere. Hic audacter, stricto gladio, extra ostium præcucurrit, involuta manu sinistra curiose, et mulierem, tanquam hoc loco, (salvum sit, quod tango) mediam trajecit. Audimus gemitum ; et, (plane non mentiar,) ipsas non vidimus. Baro autem noster intro versus se projecit in lectum, et corpus totum lividum habebat, quasi flagellis cæsus, quod scilicet illum tetigerat mala manus. Nos, clauso ostio, redimus iterum ad officium ; sed, dum mater amplexaret corpus filii sui, tangit, et videt manuciolum, de stramentis factum : non cor habebat : non intestina : non quicquam : scilicet jam strigæ puerum involaverant, et supposuerant stramentitium vavatonem. Rogo vos, oportet credatis, sunt mulieres plus sciæ, sunt nocturnæ, et quod sursum est, deorsum faciunt. Ceterum Baro ille longus, post hoc factum, nunquam coloris sui fuit ; imo post paucos dies phreneticus periit.

LXIV. Miramur nos, et pariter credimus, osculatique mensam, rogamus nocturnas, ut suis se teneant, dum redimus a cœna. Et sane jam lucernæ mihi plures videbantur ardere, totumque triclinium esse mutatum ; cum Trimalchio : Tibi dico, inquit, Plocrime, nihil narras ?

nihil nos delectaris ? et solebas suavis esse, cantarire belle diverbia, adjicere melicam. Heu, heu ! abistis dulces cariæ. Jam, inquit ille, quadrigæ meæ decucurrerunt, ex quo podagricus factus sum : alioquin, cum essem adolescentulus, cantando pæne phthisicus factus sum. Quid saltare ? quid diverbia ? quid tonstrinum ? quem parem habui, nisi unum Apelletem ? Appositaque ad os manu, nescio quid tetrum exsibilavit, quod postea Græcum esse, affirmabat : nec non Trimalchio ipse, cum tubicines esset imitatus, ad delicias suas respexit, quem Cræsum appellabat. Puer autem lippus, sordidissimus dentibus, catellam nigram atque indecenter pinguem prasina involvebat fascia, panemque semissem ponebat supra torum, atque hac, nausea recusantem, saginabat. Quo admonitus officio Trimalchio, Scylacem jussit adduci, præsidium domus, familiæque. Nec mora, ingentis formæ adductus est canis, catena vinctus ; admonitusque ostiarii calce, ut cubaret, ante mensam se posuit. Tum Trimalchio, jactans candidum panem : Nemo, inquit, in domo mea me plus amat. Indignatus puer, quod Scylacem tam effuse laudaret, catellam in terram deposuit, hortatusque, ut ad rixam properaret : Scylax, canino scilicet usus ingenio, teterrimo latratu triclinium implevit, margaritamque Cræsi pæne laceravit. Nec intra rixam tumultus constitit, sed candelabrum etiam supra mensam eversum, et vasa omnia crys-

fut renversé sur la table, tout le service de crystal fracassé, et plusieurs d'entre nous arrosés d'huile brûlante. Trimalchion, pour ne pas paraître sensible au dommage, baise son Crésus, et lui dit de grimper sur son dos. Sans se faire prier, celui-ci enfourche sa monture, et à poing fermé lui frappe les omoplates coup sur coup, riant, et criant aux convives : — Gloutons! gloutons! combien de tapes là-dedans? — Après s'être fait chevaucher quelque temps, Trimalchion donna l'ordre de remplir de vin une gamelle énorme, et de le partager par rations à tous les esclaves assis à nos pieds : — J'y mets une condition, dit-il : celui qui refusera de boire, qu'on lui en arrose la tête. De jour, soyons sévères ; à cette heure il faut rire. —

LXV. Après cet acte de philanthropie, on servit les mattées, dont le seul souvenir, foi d'honnête homme, me soulève le cœur. Figurez-vous, une pour chacun, des poules de basse-cour, au lieu de grives, qu'on vous donne avec un œuf d'oie chaperonné. — Mangez, je vous prie, disait Trimalchion avec importance ; on a désossé ces volailles. — En ce moment un licteur frappa à la porte, et, vêtu d'une robe blanche et suivi d'un nombreux cortége, un nouveau convive entra dans la salle. Effrayé de cet imposant appareil, je crus que c'était le préteur qui venait. J'essayai donc de me lever, et, quoique nupieds, de descendre sur le carreau. Agamemnon rit de mon agitation : — Tiens-toi tranquille, me dit-il, sot que tu es. C'est Habinnas le Sevir, marbrier par-dessus le marché, qui, à ce qu'il paraît, excelle à fabriquer des tombeaux. — Rassuré par ce peu de mots, je laissai retomber ma tête sur mon coude, et contemplai

avec ébahissement l'entrée du personnage. Celui-ci, déjà ivre, s'avançait les mains appuyées sur les épaules de sa femme ; et, la tête surchargée de couronnes, les parfums lui coulant du front sur les yeux, il s'alla mettre à la place du préteur, et de suite demanda du vin et de l'eau chaude. Enchanté de cette façon joviale, notre hôte à son tour demande une coupe plus profonde, et s'enquiert auprès du Sévir comment on l'a traité dans la maison d'où il vient. — Rien n'y manquait que ta présence, répondit l'autre : car la prunelle de mes yeux était ici ; et, par Hercule! tout a été bien. Scissa fêtait la neuvaine du décès de son esclave Misellus, dont il avait affranchi le cadavre ; et, je pense, il partage là une bonne aubaine avec les percepteurs du vingtième ; car ceux-ci estiment le mort cinquante mille grands sesterces. Au reste, nous fûmes gentiment régalés ; seulement je regrette qu'il nous ait fallu jeter la moitié de notre vin sur les os du défunt.

LXVI. — Mais enfin, reprit Trimalchion, que t'a-t-on servi pour soupé? — Je vais te le dire, si je puis : car j'ai si bonne mémoire qu'il m'arrive souvent d'oublier mon nom. Voici pourtant : En premier, un porc couronné d'un vase à boire ; autour de délicieux petits gâteaux blancs, des gésiers excellemment faits, et... oui, de la poirée ; puis de ce pain bis de ménage que je préfère au blanc, vu qu'il fortifie, et qu'avec ce régime, quand je fais mes affaires c'est sans douleur. Le second service fut une tarte froide, arrosée d'un miel chaud, première qualité d'Espagne : aussi n'ai-je pas touché à la tarte le moins du monde ; du miel, j'en ai pris à m'en barbouiller la moustache. A l'entour pois chiches et lupins, noix à

tallina comminuit, et oleo ferventi aliquot convivas respersit. Trimalchio, ne videretur jactura motus, basiavit puerum, ac jussit supra dorsum ascendere suum. Non moratur ille, usus equo, manuque plena scapulas ejus subinde verberavit, interque risum proclamavit : Buccæ! buccæ! quot sunt hic? Repressus ergo aliquandiu Trimalchio camellam grandem jussit misceri, et potiones dividi omnibus servis, qui ad pedes sedebant, adjecta exceptione : Si quis, inquit, noluerit accipere, caput illi perfunde. Interdiu severa, nunc hilaria.

LXV. Hanc humanitatem insecutæ sunt matteæ, quarum etiam recordatio me, si qua est dicenti fides, offendit. Singulæ enim gallinæ altiles pro turdis circumlatæ sunt, et ova anserina pileata, quæ ut comessemus, ambitiosissime a nobis Trimalchio petiit, dicens, exossatas esse gallinas. Inter hæc triclinii valvas Lictor percussit, amictusque veste alba, cum ingenti frequentia comissator intravit. Ego, majestate conterritus, Prætorem putabam venisse. Itaque tentavi assurgere, et nudos pedes in terram deferre. Risit hanc trepidationem Agamemnon, et : Contine te, inquit, homo stultissime. Habinnas Sevir est, idemque lapidarius, qui videtur monumenta optime facere. Recreatus hoc sermone, reposui cubitum, Habinnamque intrantem cum admiratione ingenti spectabam.

Ille autem, jam ebrius, uxoris suæ humeris imposuerat manus, oneratusque aliquot coronis, et unguento per frontem in oculos fluente, Prætorio loco se posuit, continuoque vinum et caldam poposcit. Delectatus hac Trimalchio hilaritate, et ipse capaciorem poposcit scyphum, quæsivitque, quomodo acceptus esset? Omnia, inquit, habuimus præter te, oculi enim mei hic erant . et, me Hercules! bene fuit. Scissa lautam novendialem servo suo Misello faciebat, quem mortuum manumiserat : et, puto, cum vicesimariis magnam mantissam habet. Quinquaginta enim millibus æstimant mortuum. Sed tamen suaviter fuit, etiamsi coacti sumus dimidias potiones super ossicula ejus effundere.

LXVI. Tamen, inquit Trimalchio, quid habuistis in cœnam? Dicam, inquit, si potuero : nam tam bonæ memoriæ sum, ut frequenter nomen meum obliviscar. Habuimus tamen in primo porcum, poculo coronatum, et circa lucanicam, et gigeria optime facta, et certe betam, et panem autopyrum de suo sibi, quem ego malo, quam candidum ; et vires facit, et, cum meæ rei caussa facio, non ploro. Sequens ferculum fuit scriblita frigida, et supra mel caldum infusum excellente Hispanum : itaque de scriblita quidem non minimum edi ; de melle me usque teligi. Circa cicer et lupinum, calvæ arbitratu, et mala sin-

discrétion, et une pomme par tête : j'en ai cependant pris deux que voici, nouées dans ma serviette ; car si je ne rapportais quelque petite chose à mon esclave favori, j'aurais des sottises. Ah ! tu fais bien de me le rappeler, ma reine : nous avions devant nous un morceau d'oursin ; et Scintilla, en ayant goûté sans savoir ce que c'était, a failli vomir ses entrailles. Moi, j'en ai avalé plus d'une livre : car il avait le vrai fumet de sanglier. Et puis, me disais-je, si les ours mangent les hommes, à plus forte raison les hommes doivent-ils manger les ours. Sur la fin nous avons eu un fromage mou, du vin cuit, un escargot pour chacun, et des tripes hachées, et des foies en boîtes, et des œufs chaperonnés, et des raves, et de la moutarde, et la tasse de six septiers, de l'invention de Palamède, à qui les dieux fassent paix ! On fit aussi circuler dans une petite nacelle des olives marinées, dont quelques grossiers convives nous défendirent l'approche à coups de poings ; quant au jambon, nous lui fîmes grâce.

LXVII. Mais dites-moi, Gaïus, je vous prie, pourquoi Fortunata n'est-elle pas des nôtres ? — Comment ? Vous la connaissez : tant qu'elle n'aura point serré l'argenterie et partagé la desserte aux esclaves, elle n'avalera pas une goutte d'eau. — Eh bien, si elle ne prend place, moi je décampe. — Et il se levait déjà, si, au signal donné, les domestiques n'eussent crié tous ensemble : Fortunata ! quatre fois et plus. Elle arriva donc, la robe retroussée par une ceinture verte, de manière à laisser voir en dessous sa tunique cerise, ses jarretières en torsade d'or, et ses mules dorées. S'essuyant les mains au mouchoir qu'elle portait au cou, elle se campe sur le lit de la femme d'Habinnas, Scintilla, qui bat des mains et qu'elle embrasse : — Est-ce bien toi ? Quel bonheur ! — Et les familiarités vont leur train, et Fortunata détache les bracelets qui entourent ses énormes bras, et les livre à l'admiration de son amie. Elle finit par dénouer même ses jarretières et sa coiffe de réseau, qu'elle assure être de l'or le plus fin. Trimalchion, qui les observe, se fait apporter le tout. — Voyez, disait-il, l'attirail d'une femme ! Qu'y faire ? Et nous, pauvres sots, elles nous ruinent. Six livres de poids et la demie, c'est ce que le bracelet doit avoir ; et moi, nonobstant ce, j'en ai un de dix livres, que j'ai fait faire avec les millièmes de Mercure. — Et enfin, pour prouver qu'il n'en imposait pas, il fit apporter une balance, et chacun dut vérifier le poids. Non moins impertinente, Scintilla ôta de son cou une petite boîte d'or qu'elle appelait son porte-bonheur, et en tira deux pendants d'oreilles qu'elle donna à examiner l'un après l'autre à Fortunata. — C'est un cadeau de mon mari, dit-elle ; on n'en a pas de plus beaux. — Oui ! réplique Habinnas, tu m'as tourmenté comme un remède pour me faire acheter ces fèves de verre. Vraiment, si j'avais une fille, je lui couperais net les oreilles. S'il n'y avait pas de femmes au monde, nous regarderions tout cela comme de la boue. Mais payer si cher pour si peu, c'est pisser chaud et boire froid. — Cependant les deux femmes, quoique piquées, ne font que rire entre elles et confondre leurs baisers avinés ; et Scintilla proclame son amie la ménagère par excellence, et l'autre se plaint des mignons et de l'insouciance maritale. Tandis qu'elles s'étreignent de la sorte, Habinnas se lève en tapinois, saisit Fortunata par les pieds qu'elle tient étendus, et la culbute sur le lit. — Ah ! ah ! s'écrie-t-elle, en sentant sa tunique glisser par-dessus ses

gula ; ego tamen duo sustuli, et ecce in mappa adligata habeo : nam, si aliquid muneris meo vernulæ non tulero, habebo convicium. Bene me admonet domina mea. In prospectu habuimus ursinæ frustum, de quo cum imprudens Scintilla gustasset, pæne intestina sua vomuit. Ego contra plus libram comedi, nam ipsum aprum sapiebat. Et si, inquam, ursus homuncionem comest, quanto magis homuncio debet ursum comesse ? In summo habuimus caseum mollem, et sapam, et cochleas singulas, et chordæ frusta, et hepatia in catillis, et ova pileata, et rapam, et sinapi, et catillum congiarium, pax Palamedes ! etiam in alveo circumlata sunt oxycominia, unde quidam etiam improbiter nos pugno sustulerunt : nam pernæ missionem dedimus.

LXVII. Sed narra mihi, Gai, rogo, Fortunata quare non recumbit ? Quomodo ? nosti illam, inquit Trimalchio, nisi argentum composuerit, nisi reliquias pueris diviserit, aquam in os suum non conjiciet. Atqui, respondit Habinnas, nisi illa discumbit, ego me apoculo. Et cœperat surgere, nisi, signo dato, Fortunata quater amplius a tota familia esset vocata. Venit ergo galbino succincta cingillo, ita, ut infra cerasina appareret tunica, et periscelides tortæ, phœcasiaque inaurata. Tunc sudario manus tergens, quod in collo habebat, applicat se illi toro, in quo Scintilla, Habinnæ discumbebat uxor, osculataque plaudentem : Est te, inquit, videre ? Eo deinde perventum est, ut Fortunata armillas suas crassissimis detraheret lacertis, Scintillæque miranti ostenderet. Ultimo et periscelidas resolvit, et reticulum aureum, quem ex obrussa esse dicebat. Notavit hæc Trimalchio, jussitque afferri omnia : et, Videtis, inquit, mulieris compedes ? Sit. Nos baceli despoliamur. Sex pondo et selibram debet habere, et ipse nihilominus habeo decem pondo armillam, ex millesimis Mercurii factam. Ultimo etiam, ne mentiri videretur, stateram jussit afferri, et circulatim approbari pondus. Nec melior Scintilla ; quæ de cervice sua capsellam detraxit aureolam, quam Felicionem appellabat ; inde duo crotalia protulit, et Fortunatæ in vicem consideranda dedit : et, Domini, inquit, mei beneficio nemo habet meliora. Quid ? inquit Habinnas, excatarassasti me, ut tibi emerem fabam vitream. Plane, si filiam haberem, auriculas illi præciderem. Mulieres si non essent, omnia pro luto haberemus ; nunc hoc est caldum mejere, et frigidum potare. Interim mulieres sauciæ inter se riserunt, ebriæque junxerunt oscula : dum altera diligentiam matrisfamiliæ jactat : altera delicias et indiligentiam viri. Dumque sic cohaerent, Habinnas furtim consurrexit, pedesque Fortunatæ correctos super lectum immisit. Au, au ! illa proclamavit, aberrante

genoux; et se rajustant vite, elle se cache dans le sein de son amie, et couvre de son mouchoir un visage que le rouge de la honte enlaidit encore.

LXVIII. Après une pause de quelques instants, Trimalchion demande le dessert. Les premières tables sont toutes enlevées et remplacées par d'autres, et les valets sèment sur le plancher une sciure de bois teinte en safran et en vermillon, (puis ce que je n'avais jamais vu) de la pierre spéculaire pulvérisée. Alors Trimalchion : — Je pouvais, nous dit-il, m'en tenir à ces planches pour dessert : car vos secondes tables les voilà; mais, si l'on a quelque chose de décent, qu'on l'apporte. — En ce moment un valet égyptien, qui servait de l'eau chaude, se mit à contrefaire le rossignol; Trimalchion de temps en temps criait : Un autre! après quoi la scène changea. Un esclave, assis aux pieds d'Habinnas, averti, je crois, par son maître, déclame brusquement d'une voix glapissante :

> Cependant le héros, loin des murs de Didon,
> Voguait, sûr de lui-même......

Jamais son plus aigre n'avait écorché mes oreilles; car, outre que le barbare faisait des longues et des brèves à contretemps, il entremêlait le tout de lambeaux de farces Atellanes, si bien que pour la première fois Virgile lui-même me fut déplaisant. La lassitude l'ayant obligé enfin de cesser, Habinnas dit pour réflexion : — Et le gaillard n'a jamais fait d'études! Seulement je l'envoyais quelquefois aux bateleurs, où il s'est formé; aussi n'a-t-il pas son pareil pour contrefaire à volonté les muletiers ou les bateleurs. C'est dans les cas désespérés que brille son savoir-faire : il est à la fois cordonnier, cuisinier,

pâtissier, favori de toutes les Muses. Il a pourtant deux petits défauts, sans quoi il serait accompli : il est circoncis, et il ronfle : quant à ce qu'il louche, je ne m'en inquiète pas, c'est le regard de Vénus; voilà pourquoi il ne sait rien taire; l'œil vif presque toujours. Je l'ai acheté trois cents deniers. —

LXIX. Scintilla interrompit le discoureur. — Bah! dit-elle, tu ne racontes pas tous les défauts du mauvais sujet : c'est un mignon; mais je ferai si bien qu'il portera les stigmates. — Trimalchion se prit à rire, et dit : — Je reconnais là le Cappadocien : il ne se sèvre de rien; et, par Hercule! je lui en fais mon compliment, car à sa mort on ne lui en tiendrait pas compte. Et toi, Scintilla, point de jalousie. Croyez-moi, nous vous connaissons aussi, mesdames. Puissiez-vous m'avoir sain et sauf, comme il est vrai que je m'escrimais souvent avec Mammea, oui, la femme de mon maître; au point que celui-ci en eut vent, et me relégua dans une de ses métairies. Mais tais-toi, ma langue, tu auras du gâteau. — Prenant cela pour un éloge, ce vaurien d'esclave tira de sa robe une lanterne d'argile où pendant plus d'une demi-heure il souffla et trompeta, accompagné par Habinnas, qui pressait sous ses doigts sa lèvre inférieure. Pour dernier trait, l'esclave s'avance au milieu de la salle, et tantôt avec des roseaux fendus il parodie les chefs de chœurs, tantôt en casaque et le fouet en main il joue une scène de muletiers. Enfin Habinnas l'appelle à lui, le baise, et lui présente à boire : — A merveille! Massa; je te fais cadeau d'une paire de bottines. — Toutes ces pauvretés n'eussent jamais fini, sans l'arrivée, comme service de clôture, d'une tourte de grives, farcie de raisins

---

tunica super genua. Composita ergo, in gremio Scintillæ, indecentissimam rubore faciem sudario abscondit.

LXVIII. Interposito deinde spatio, cum secundas mensas Trimalchio jussisset afferri, sustulerunt servi omnes mensas, et alias attulerunt, scobemque, croco et minio tinctam, sparserunt, et, quod nunquam ante videram, ex lapide speculari pulverem tritum. Statim Trimalchio : Poteram quidem, inquit, hoc ferculo esse contentus : secundas enim habetis mensas; si quid belli habes, affer. Interim puer Alexandrinus, qui caldam ministrabat, luscinias cœpit imitari, clamante Trimalchione subinde, Muta! Ecce alius ludus! Servus, qui ad pedes Habinnæ sedebat, jussus, credo, a domino suo, proclamavit subito, canora voce :

> Interea medium Æneas jam classe tenebat,
> Certus iter...

Nullus sonus unquam acidior percussit aures meas : nam, præter errantis barbarie aut adjectum, aut diminutum clamorem, miscebat Atellanicos versus; ut tunc primum me et Virgilius offenderit. Lassus tamen cum aliquando desisset, adjecit Habinnas : Et num quid didicit? Sed modo ad circulatores eum mittendo erudiebatur : itaque parem non habet, sive muliones volet, sive circulatores imitari. Desperatus valde ingeniosus est : idem sutor

est, idem cocus, idem pistor, omnis Musæ mancipium. Duo tamen vitia habet, quæ si non haberet, esset omnium nummorum : recutitus est, et stertit; nam quod strabonus est, non curo. Sicut Venus spectat; ideo nihil tacet, vix oculo mortuo unquam : illum emi trecentis denariis.

LXIX. Interpellavit loquentem Scintilla, et : Plane, inquit, non omnia artificia servi nequam narras : agapa est; at curabo stigmam habeat. Risit Trimalchio, et, Adcognosco, inquit Cappadocem : nihil sibi defraudat, et, me Hercules! laudo illum, hoc enim nemo parentat : tu autem, Scintilla, noli zelotypa esse. Crede mihi, et vos novimus. Sic me salvum habeatis, ut ego sic solebam ipsam Mammeam debatuere, ut etiam dominus suspicaretur, et ideo me in villicationem relegavit. Sed tace, lingua, dabo panem. Tanquam laudatus esset nequissimus servus, lucernam de sinu fictilem protulit, et amplius semihora tubicines imitatus est, succinente Habinna, et inferius labrum manu deprimente. Ultimo, et in medium processit, et modo arundinibus quassis choraulas imitatus est, modo lacernatus cum flagello mulionum fata egit; donec vocatum ad se Habinnas basiavit, potionemque illi porrexit, et : Tanto melior, inquit, Massa, dono tibi caligas. Nec ullus tot malorum finis fuisset, nisi epidipnis esset allata,

secs et de noix. Vinrent ensuite des coings lardés de clous de girofle, pour figurer des hérissons. Tout cela était encore supportable, sans un autre mets tellement repoussant, que nous fussions plutôt morts de faim que d'y toucher. Au premier aspect nous le prîmes pour une oie grasse entourée de poissons et de toutes sortes d'oiseaux, jusqu'à ce que Trimalchion nous dit : — Tout ce que vous voyez dans ce plat est fait d'une seule pièce. — Moi, comme on sait, connaisseur des plus fins, j'imaginai tout de suite ce que c'était ; et me tournant vers Agamemnon : — Je suis bien surpris, dis-je, si tout cela n'est composé d'excréments,* ou tout au moins de boue : j'ai vu à Rome, ~~pendant les~~ aux Saturnales, des festins entiers imités de la même manière. —

LXX. Je n'avais pas fini de parler, quand notre hôte reprit : — Je voudrais m'arrondir en fortune, je ne dis pas en embonpoint, comme il est sûr que mon cuisinier a fait tout ceci avec du porc. On ne saurait voir d'homme plus précieux. On n'a qu'à vouloir : d'une vulve de truie il fait un poisson ; du lard, un ramier ; du jambon, une tourterelle ; de l'épaule, une poule. Son talent lui a valu un nom fort joli de mon invention : on l'appelle Dédale. Et comme il est brave garçon, je lui ai apporté de Rome en cadeau des couteaux d'acier de Noricie. — Et sur-le-champ il fait venir ces couteaux, les considère, les admire, et veut bien même nous permettre d'en éprouver le fil sur nos joues. Tout à coup entrèrent deux valets qui paraissaient s'être pris de dispute à la fontaine : du moins ils portaient encore les cruches à leur cou. Comme Trimalchion prononçait sur le point litigieux, ni l'un ni l'autre n'obtempé-

rant à la sentence, ils se cassèrent chacun leur cruche à coups de bâton. Stupéfaits de l'insolence de ces ivrognes, nous contemplions de tous nos yeux la bataille, quand nous vîmes tomber, avec les tessons, des huîtres et des pétoncles qu'un esclave recueillit sur un plat et nous offrit à la ronde. Avec non moins de galanterie l'ingénieux cuisinier apporta sur un gril d'argent des escargots, tout en chantant d'une voix chevrotante et effroyablement rauque. Je rougis de raconter la suite. Chose en effet inouïe dans nos mœurs, de jeunes esclaves à longue chevelure apportèrent des parfums dans un bassin d'argent, et en frottèrent les pieds des convives, après leur avoir entrelacé de guirlandes de fleurs les jambes, les pieds et les talons. Puis ils versèrent de ces mêmes parfums liquéfiés dans le vase où se puisait le vin, et dans les lampes. Cependant Fortunata était en humeur de danser, et Scintilla faisait plus de bruit des mains que de la langue, lorsque Trimalchion dit : — Philargyre, et toi Carrion, tout fameux champion que tu es de la livrée verte, je vous permets de vous mettre à table ; Minophile, dis à ta compagne d'en faire autant. — Bref, peu s'en fallut que nous ne fussions tous débusqués de nos lits, tant la salle se trouva soudain envahie par la valetaille. Pour mon compte, je vis posté au-dessus de moi ce Dédale qui d'un porc avait fait une oie ; il sentait la saumure et les sauces à vous empester. Et, non content de se voir à table, le voilà qui se met à imiter Éphésus le tragédien ; après quoi il veut gager contre son maître qu'aux prochaines courses du cirque la faction verte remportera...

LXXI. — Mes amis ! s'écrie Trimalchion épa-



turdi siligine, uvis passis, nucibusque farsi. Insecuta sunt Cydonia etiam mala, spinis confixa, ut echinos efficerent ; et hæc quidem tolerabilia erant, si non fericulum longe monstruosius effecisset, ut vel fame perire mallemus. Nam cum positus esset, ut nos putabamus, anser altilis, circaque pisces, et omnium genera avium, inquit Trimalchio : Quidquid videtis hic positum, de uno corpore est factum. Ego, scilicet homo prudentissimus, statim intellexi quid esset ; et respiciens Agamemnonem : Mirabor, inquam, nisi omnia ista de ejecto sunt, aut certe de luto : vidi Romæ Saturnalibus ejusmodi cœnarum imaginem fieri.

LXX. Nec dum finieram sermonem, cum Trimalchio ait : Ita crescam patrimonio, non corpore, ut ista cocus meus de porco fecit. Non potest esse pretiosior homo. Volueris : de bulba faciet piscem, de lardo palumbum, de perna turturem, de colo suis gallinam ; et ideo, ingenio meo, impositum est illi nomen bellissimum : nam Dædalus vocatur. Et quia bonam mentem habet, attuli illi Roma munus cultros Norico ferro ; quos statim jussit afferri, inspectosque miratus est, etiam nobis potestatem fecit, ut mucronem ad buccam probaremus. Subito intraverunt duo servi, tanquam qui rixam ad lacum fecissent ; certe in collo adhuc amphoras habebant. Cum ergo Trimalchio jus inter litigantes diceret : neuter sententiam tulit decernen-

tis ; sed alter alterius amphoram fuste percussit. Consternati nos insolentia ebriorum, intentavimus oculos in præliantes, notavimusque ostrea, pectinesque e gastris labentia, quæ collecta puer lance circumtulit. Has lautitias æquavit ingeniosus cocus : in craticula enim argentea cochleas attulit, et tremula, teterrimaque voce cantavit. Pudet referre quæ sequuntur : inaudito enim more, pueri capillati attulerunt ungentum in argentea pelvi, pedesque recumbentium unxerunt, cum ante crura, pedesque, talosque corollis vinxissent. Hinc ex eodem unguento in vinarium, atque lucernam liquatum est infusum. Jam cœperat Fortunata velle saltare : jam Scintilla frequentius plaudebat, quam loquebatur, cum Trimalchio : Permitto, inquit, Philargyre, et Carrio, etsi prasianus es famosus, dic et Minophile, contubernali tuæ, discumbat. Quid multa ? pæne de lectis dejecti sumus, adeo totum triclinium familia occupaverat. Certe ego notavi super me positum cocum, qui de porco anserem fecerat, muria, condimentisque fœtentem. Nec contentus fuit recumbere, sed continuo Ephesum tragœdum cœpit imitari, et subinde dominum suum sponsione provocare. Si prasinus proximis Circensibus primam palmam......

LXXI. Diffusus hac contentione Trimalchio : Amici, inquit, et servi homines sunt, et æque unum lactem biberunt, etiamsi illos malus fatus oppresserit : tamen, me

noui de joie à ce défi, les esclaves aussi sont des hommes; ils ont sucé le même lait que nous, quoiqu'un mauvais destin ait pesé sur eux. Mais de mon vivant, et bientôt, ils boiront l'eau des hommes libres. En un mot, je les affranchis tous dans mon testament. Je lègue en outre à Philargyre un fonds de terre et sa femme; à Carrion, un pâté de maisons avec le vingtième du produit, et un coucher complet. Quant à ma Fortunata, je la fais mon héritière universelle, et je la recommande à tous mes amis. Et tout ceci je le fais à savoir, afin d'être aimé de toute ma maison dès à présent comme si j'étais mort. — Chacun s'épuise en remerciements envers un si bon maître; et lui, ne songeant plus à rire, ordonne que la minute de son testament soit apportée, et la lit d'un bout à l'autre, au milieu des gémissements de toute sa maison. Puis, se tournant vers Habinnas : — Qu'en dis-tu, mon cher ami? t'occupes-tu à bâtir mon tombeau sur le plan que je t'ai prescrit? Je te prie instamment d'y représenter aux pieds de ma statue ma petite chienne, avec des couronnes, et des parfums, et tous les combats du gladiateur Pétracte, afin que, grâce à ton ciseau, j'aie le bonheur de vivre après ma mort. Outre cela, qu'il ait cent pieds de face, et deux cents sur la campagne. Car je veux des arbres fruitiers de toute espèce autour de ma cendre, et force vignes. Il serait du dernier absurde d'avoir pendant sa vie des maisons magnifiquement tenues, et de négliger celles où l'on doit loger si longtemps. Aussi je prétends avant tout qu'on y grave :

CE MONUMENT NE PASSERA POINT A MON<br>HÉRITIER.

De plus j'aurai soin, dans mon testament,

d'empêcher que ma dépouille mortelle n'essuie aucune injure. Je préposerai un de mes affranchis à la garde de mon tombeau, pour que la canaille ne coure pas y faire ses saletés. Je te recommande aussi d'y sculpter des vaisseaux cinglant à pleines voiles, et moi-même siégeant sur un tribunal, en robe prétexte, ayant aux doigts cinq anneaux d'or et versant au peuple un sac d'écus; car tu sais que j'ai donné un festin public et deux deniers d'or à chaque convive. Représente, si bon te semble, les salles à manger, et tout le peuple qui s'en donne à cœur-joie. Place à ma droite la statue de Fortunata tenant une tourterelle, et menant en lesse une petite chienne; et puis mon cher Cicaron, et puis des amphores bien larges, bien cachetées, de peur que le vin n'échappe : tu en sculpteras une cassée, et un enfant qui pleure sur les débris; au centre un cadran, en sorte que le passant, curieux de savoir l'heure, bon gré mal gré, lise mon nom. Quant à l'épitaphe, vois, examine bien si ceci te paraît convenable :

C. POMPEIUS TRIMALCHION, NOUVEAU MÉCÈNE,<br>
REPOSE ICI.<br>
LE TITRE DE SÉVIR LUI FUT DÉCERNÉ<br>
EN SON ABSENCE;<br>
AYANT PU ÊTRE DE TOUTES LES DÉCURIES,<br>
A ROME,<br>
IL NE LE VOULUT PAS.<br>
PIEUX, BRAVE, LOYAL,<br>
PARTI DE RIEN, IL PROSPÉRA,<br>
LAISSA TRENTE MILLIONS DE SESTERCES,<br>
ET N'ASSISTA JAMAIS AUX LEÇONS DES<br>
PHILOSOPHES.<br>
PASSANT, IL TE SOUHAITE PAREILLE CHANCE.

LXXII. Quand il eut dit, il se mit à verser un

---

salvo, cito aquam liberam gustabunt. Ad summam, omnes illos in testamento meo manumitto. Philargyro etiam fundum lego, et contubernalem suam. Carrioni quoque insulam, et vicesimam, et lectum stratum. Nam Fortunatam meam heredem facio, et commendo illam omnibus amicis meis : et hæc omnia publico ideo, ut familia mea jam nunc sic me amet, tanquam mortuum. Gratias agere omnes indulgentiæ cœperant domini, cum ille, oblitus nugarum, exemplar testamenti jussit afferri, et totum a primo ad ultimum, ingemiscente familia, recitavit. Respiciens deinde Habinnam : Quid dicis, inquit, amice carissime? ædificas monumentum meum, quemadmodum te jussi? Valde te rogo, ut secundum pedes statuæ meæ catellam pingas, et coronas, et unguenta, et Petractis omnes pugnas, ut mihi contingat, tuo beneficio post mortem vivere. Præterea, ut sint in fronte pedes centum : in agrum pedes ducenti. Omne genus enim pomorum, volo, sint circa cineres meos, et vinearum largiter. Valde enim falsum est, vivo quidem domos cultas esse : non curari eas, ubi diutius nobis habitandum est, et ideo ante omnia adjici volo :

HOC. MONUMENTUM. HEREDEM. NON. SEQUATUR.

Ceterum erit mihi curæ, ut testamento caveam, ne mortuus injuriam accipiam : præponam enim unum ex

libertis sepulchro meo, custodiæ caussa, ne in monumentum meum populus cacatum currat. Te rogo, ut naves etiam monumenti mei facias, plenis velis euntes : et me in tribunali sedentem prætextatum, cum annulis aureis quinque, et nummos in publico de sacculo effundentem; scis enim, quod epulum dedi, binos denarios. Faciatur, si tibi videtur, et triclinia : facies et totum populum, sibi suaviter facientem. Ad dexteram meam ponas statuam Fortunatæ meæ, columbam tenentem : et catellam, cingulo alligatam, ducat : et Cicaronem meum : et amphoras copiosas, gypsatas, ne effluant vinum : et unam, licet fractam, sculpas, et super eam puerum plorantem : horologium in medio, ut, quisquis horas inspiciet, velit, nolit, nomen meum legat. Inscriptio quoque, vide diligenter, si hæc satis idonea tibi videtur :

C. POMPEIUS. TRIMALCHIO. MAECENATIANUS. HIC.<br>
REQUIESCIT.<br>
HUIC. SEVIRATUS. ABSENTI. DECRETUS. EST.<br>
CUM. POSSET. IN. OMNIBUS. DECURIIS. ROMAE.<br>
ESSE. TAMEN. NOLUIT.<br>
PIUS. FORTIS. FIDELIS.<br>
EX. PARVO. CREVIT.<br>
SESTERTIUM. RELIQUIT. TRECENTIES. NEC. UNQUAM.<br>
PHILOSOPHUM. AUDIVIT.<br>
VALE. ET. TU.

déluge de larmes : Fortunata pleurait, Habinnas pleurait ; tous les valets enfin, comme conviés à de vraies obsèques, remplissaient la salle de lamentations. Moi-même je me surprenais à larmoyer, quand notre homme s'écria : — Eh bien ! puisque nous savons qu'il faut mourir, que ne jouissons-nous de la vie? Pour que la fête soit complète, courons nous jeter dans le bain ! je prends sur moi le risque : vous ne vous en repentirez pas, il y fait chaud comme dans un four. — Vraiment! vraiment! dit Habinnas, d'une journée en faire deux, je ne demande pas mieux. — Et, se levant tout déchaussé, il se mit à suivre Trimalchion enchanté. Je regardai Ascylte : — Qu'en penses-tu? lui dis-je; pour moi, la vue seule du bain va m'asphyxier à l'instant. — Soyons de leur avis, répondit Ascylte; et, tandis qu'ils se rendent au bain, esquivons-nous dans la foule. — J'approuve son idée : Giton nous guide par la galerie jusqu'à la porte, où Scylax enchaîné nous accueille par de si terribles abois, qu'Ascylte va tomber de peur dans un vivier. Moi, qui n'avais pas la tête trop libre, et qu'un dogue en peinture avait effrayé, comme je tends la main au pauvre nageur, je suis entraîné dans le même gouffre. Nous fûmes sauvés heureusement par le concierge, dont l'intervention fit taire le chien, et qui nous tira tout transis sur le bord. Giton avait trouvé un moyen fort ingénieux pour se racheter de l'ennemi : tout ce que nous lui avions donné du festin, il l'avait semé devant l'aboyeur. L'animal, distrait par cette pâture, avait fait trêve à son courroux. Cependant, grelottants de froid, nous priâmes le concierge de nous ouvrir la porte de la rue : — Vous êtes dans l'erreur, nous dit-il, si vous comptez vous en aller par où vous êtes

venus. Chez nous jamais convive n'a repassé par la même porte : ou entre par un côté, ou sort par un autre. —

LXXIII. Que ferons-nous, malheureuses victimes, prisonniers d'un labyrinthe de nouvelle espèce, et réduits à souhaiter le bain après souper? Bien volontiers donc nous demandons à cet homme de nous conduire où l'on se baigne; et jetant bas nos vêtements, que Giton fait sécher à l'entrée, nous pénétrons dans une étuve fort étroite, pareille à une citerne de rafraîchissement. Trimalchion s'y tenait tout debout; et en outre, sans même nous faire grâce de ses rots empestés, il disait : « Je ne sais rien de mieux que de se baigner sans cohue; » et il contait qu'à cette même place il y avait eu une boulangerie. Enfin la lassitude l'ayant forcé de s'asseoir, séduit par la beauté de l'écho, il ouvrit jusqu'au plafond sa bouche d'ivrogne, et se mit à écorcher des airs de Ménécrate, au dire de ceux qui comprenaient son jargon. Le reste des convives courait autour de sa baignoire, se tenant par la main, se chatouillant, et poussant des cris à nous étourdir; ceux-ci, les mains liées, s'efforçaient d'enlever de terre des anneaux; ceux-là, tombant sur leurs genoux, renversaient leur tête en arrière, et baisaient l'extrémité de leurs orteils. Nous, laissant tous ces exclus se distraire comme ils peuvent, nous descendons dans la cuve qu'on préparait pour Trimalchion. Après quoi, les fumées du vin dissipées, on nous fit passer dans une seconde salle à manger, où Fortunata avait à sa façon disposé un splendide repas. Au-dessus de nos têtes pendaient des lustres avec figurines de pêcheurs en bronze; les tables étaient d'argent massif, les coupes à l'entour d'argile

---

LXXII. Hæc ut dixit Trimalchio, flere cœpit ubertim ; flebat et Fortunata ; flebat et Habinnas ; tota denique familia, tanquam in funus rogata, lamentatione triclinium implevit. Imo jam cœperam et ego plorare, cum Trimalchio : Ergo, inquit, cum sciamus nos morituros esse, quare non vivamus? Sic vos felices videam, conjiciamus nos in balneum, meo periculo, non pœnitebit. Sit calet, tanquam furnus. Vero, vero, inquit Habinnas, de una die duas facere, nihil malo ; nudisque consurrexit pedibus, et Trimalchionem gaudentem subsequi. Ego respiciens ad Ascylton : Quid cogitas? inquam ; ego enim, si videro balneum, statim exspirabo. Assentemur, ait ille, et, dum illi balneum petunt, nos in turba exeamus. Cum hæc placuissent, ducente per porticum Gitone, ad januam venimus : ubi canis catenarius tanto nos tumultu excepit, ut Ascyltos etiam in piscinam ceciderit. Nec non ego quoque ebrius, qui etiam pictum timueram canem, dum natanti opem fero, in eundem gurgitem tractus sum. Servavit nos tamen Atriensis, qui, interventu suo, et canem placavit, et nos trementes extraxit in siccum. Et Giton quidem, jam dudum se ratione acutissima redemerat a cane ; quidquid enim a nobis acceperat de cœna, latranti sparserat. At ille, avocatus cibo, furorem suppresserat. Ceterum, cum algentes utique petissemus ab Atriense, ut nos extra januam emitteret : Erras, inquit, si putas te exire hac posse, qua venisti. Nemo unquam convivarum per eandem januam emissus est ; alia intrant, alia exeunt.

LXXIII. Quid faciamus? homines miserrimi, et novi generis labyrintho inclusi, quibus lavari jam cœperat votum esse. Ultro ergo rogavimus, ut nos ad balneum duceret : projectisque vestimentis, quæ Giton in aditu siccare cœpit, balneum intravimus, angustum scilicet, et cisternæ frigidariæ simile, in qua Trimalchio rectus stabat, ac ne sic quidem putidissimam eructationem licuit effugere : nam nihil melius esse dicebat, quam sine turba lavari ; et eo loco ipso aliquando pistrinum fuisse. Deinde, ut lassatus consedit, invitatus balnei sono, diduxit usque ad cameram os ebrium, et cœpit Menecratis cantica lacerare, sicut illi dicebant qui linguam ejus intelligebant. Ceteri convivæ circa labrum, manibus nexis, currebant, gingilipho et ingenti clamore exsonabant : alii autem, aut, restrictis manibus, annulos de pavimento conabantur tollere, aut, posito genu, cervices post terga flectere, et pedum extremos pollices tangere. Nos, dum alii sibi ludos faciunt, in solio, quod Trimalchioni parabatur, descendimus. Ergo, ebrietate discussa, in aliud triclinium deducti sumus, ubi Fortunata disposuerat lautitias suas, ita ut supra, lucernas æneolosque piscatores notaverim : et mensas totas argenteas,

dorée, et sous nos yeux une outre laissait couler des flots de vin. Alors Trimalchion : — Mes amis ! c'est aujourd'hui le jour de première barbe de mon esclave favori, honnête garçon, soit dit sans offenser personne, et que j'aime beaucoup. Arrosons-nous donc les poumons ; et que le jour nous trouve encore à souper. —

LXXIV. Comme il parlait, un coq vint à chanter. Tout déconcerté par l'augure, Trimalchion ordonne une libation de vin sous la table et jusque dans les lampes ; il fait plus, il passe son anneau de la main gauche à la droite, et dit : Ce n'est pas sans raison que ce trompette-là sonne l'alarme : il y aura incendie certainement, ou quelque voisin de ce coq va rendre l'âme. Loin de nous le présage ! Quiconque m'apportera ce prophète de malheur recevra une gratification. — En un clin d'œil un coq est apporté du voisinage ; Trimalchion le condamne à être fricassé. Le voilà donc coupé en morceaux par ce cuisinier si habile qui venait de nous faire et des oiseaux et des poissons, puis il est jeté dans la casserole ; et, tandis que Dédale l'arrose d'eau bouillante, Fortunata broie le poivre dans un égrugeoir de buis. Quand ce mets délicat fut expédié, notre hôte s'adressant aux esclaves : — Comment ! leur dit-il, vous n'avez pas encore soupé ? Allez, que d'autres viennent vous relayer. En conséquence parut une seconde troupe ; et les partants criaient : Adieu, Gaïus ! — les arrivants : Bonjour, Gaïus ! — Or ici commença le trouble-fête. Il se trouvait parmi les nouveaux-venus un esclave d'une figure assez avenante : Trimalchion lui saute au cou et le baise mille fois. Fortunata, qui de son côté avait des droits incontestables à faire valoir, accabla son mari d'invectives, criant

qu'il était bien ordurier, bien infâme de ne pas contenir sa vilaine passion. Elle finit même par l'appeler chien. L'époux confus, exaspéré de l'avanie, envoie sa coupe à la tête de Fortunata, qui crie comme si elle eût eu l'œil crevé, et qui porte ses mains tremblantes à son visage. Toute consternée aussi, Scintilla attire sur son sein l'amie éperdue qu'elle protége, tandis qu'un officieux valet approche de la joue meurtrie un petit vase d'eau fraîche, sur lequel Fortunata s'incline avec explosion de sanglots et de larmes. Et Trimalchion disait : — Comment donc ! cette coureuse ne me passe rien, à moi qui l'ai prise au marché où l'on vend ses pareilles, pour faire d'elle une femme comme il faut. Mais elle s'enfle comme la grenouille ; c'est sur elle-même qu'elle crache : vraie bûche, pas autre chose. Chez moi, quand on est né sur un fumier, on ne rêve point palais. Mon bon génie me soit propice ! je saurai mater cette Cassandre qui prétend chausser mes bottines. Et moi, avec deux sous vaillant, j'ai pu épouser dix millions de sesterces ! Tu sais, toi, que je ne mens pas. Agathon le parfumeur, hier, pas plus tard, me prit à part, et me dit : — Je vous conseille de ne pas laisser votre race s'éteindre. — Et voilà que, voulant agir en homme bien né et ne pas paraître changeant, je me donne moi-même de la cognée dans les jambes. C'est bien : je prétends que de regret tu me déterres avec tes ongles ; et pour que tu sentes dès à présent quel tort tu t'es fait, Habinnas, je vous défends de mettre sa statue sur mon tombeau ; je ne veux point de querelles après ma mort. Enfin, pour la prévenir que je pourrais lui donner du mal, je lui défends de m'embrasser quand je ne serai plus. —

calicesque circa fictiles inauratos : et vinum in conspectu sacco defluens. Tum Trimalchio : Amici, inquit, hodie servus meus barbatoriam fecit, homo, prædiscini, frugi et mi carus. Itaque tengo menas faciamus, et usque in lucem cœnemus.

LXXIV. Hæc dicente eo, gallus gallinaceus cantavit, qua voce confusus Trimalchio vinum sub mensa jussit effundi, lucernamque et mero spargi ; imo annulum trajecit in dexteram manum, et : Non sine caussa, inquit, hic buccinus signum dedit : nam, aut incendium oportet fiat, aut aliquis in vicinia animam abjiciet. Longe a nobis ! Itaque, quisquis hunc indicem attulerit, corollarium accipiet. Dicto citius de vicinia gallus allatus est, quem Trimalchio jussit, ut æno coctus fieret. Laceratus igitur ab illo doctissimo coco, qui paullo ante aves piscesque fecerat, in cacabum est conjectus ; dumque Dædalus potionem ferventissimam haurit, Fortunata mola buxea piper trivit. Sumptis igitur matteis, respiciens ad familiam Trimalchio : Quid vos, inquit, adhuc non cœnastis ? abite, ut alii veniant ad officium. Subiit igitur alia classis, et illi quidem exclamavere : Vale Gai ! hi autem, Ave Gai ! Hinc primum hilaritas nostra turbata est ; nam, cum puer non inspeciosus inter novos intrasset ministros, invasit eum Trimalchio, et osculari diutius cœpit. Itaque Fortunata, ut ex

æquo jus firmum approbaret, maledicere Trimalchionem cœpit, et purgamentum, dedecusque prædicare, qui non contineret libidinem suam. Ultimo etiam adjecit, Canis ! Trimalchio contra confusus, offensus convicio, calicem in faciem Fortunatæ immisit. Illa, tanquam oculum perdidisset, exclamavit, manusque trementes ad faciem suam admovit. Consternata est etiam Scintilla, trepidantemque sinu suo texit : imo puer quoque officiosus urceolum frigidum ad malam ejus admovit, super quem incumbens Fortunata gemere, ac flere cœpit. Contra Trimalchio : Quid enim ? inquit, ambubaja non me misit ? Sed e machina illam sustuli : hominem inter homines feci ; at inflat se, tanquam rana, et in sinum suum conspuit, codex, non mulier. Sed hic, qui in pergula natus est, ædes non somniatur. Ita Genium meum propitium habeam, curabo domata sit Cassandra caligaria. Et ego, homo dupondiarius, sestertium centies accipere potui. Scis tu, me non mentiri. Agatho unguentarius here proxime seduxit me, et, Suadeo, inquit, non patiaris genus tuum interire. At ego, dum bene natus ago, et nolo videri levis, ipse mihi asciam in crus impegi. Recte ; curabo me unguibus quæras : et ut de præsentiarum intelligas, quid tibi feceris : Habinna, nolo statuam ejus in monumento meo ponas, ne mortuus quidem lites habeam ; imo, ut sciat me posse malum dare, nolo me mortuum basiet.

LXXV. Quand il eut ainsi fulminé, Habinnas intercéda, le conjura de se calmer : — Il n'y a personne qui ne fasse des sottises ; nous ne sommes pas des dieux, mais des hommes. — Scintilla tenait en pleurant le même langage ; et par son bon génie, et l'appelant Gaïus, elle le suppliait de se laisser fléchir. Trimalchion pour lors ne put retenir ses larmes : — Je t'en prie, Habinnas, et que ton pécule fructifie d'autant! si j'ai quelque tort, crache-moi au visage. J'ai baisé le garçon le plus sage du monde, non pour sa beauté, mais pour sa sagesse. Il sait les dix parties de l'oraison ; il lit à livre ouvert ; il s'est fait de quoi se racheter sur ses gains journaliers ; il s'est procuré de ses deniers une huche et deux tasses. Ne mérite-t-il pas que je l'aime comme la prunelle de mes yeux? Mais madame s'y oppose! Ah! tu l'entends comme ça, mauvaise bancroche! Je te le conseille, ronge tranquillement ton os, femelle de milan, et ne me fais pas grincer les dents, mon petit cœur, ou tu sentiras à quelle cervelle tu as affaire. Tu me connais : ce que je me suis une fois mis en tête y tient comme un clou dans une poutre. Mais songeons aux vivants. Je vous en prie, mes amis, tenez-vous en joie ; j'ai été aussi gueux que vous l'êtes, et mon mérite m'a conduit où vous voyez. C'est le cœur qui fait l'homme ; tout le reste est moins que rien. J'achète bien, je vends bien ; d'autres vous diront d'autres choses, moi je crève de prospérité. Et toi, marmotte, tu es encore à pleurnicher? J'aurai soin que dans peu tu pleures pour tout de bon. Or, comme je vous disais, cette fortune, c'est ma bonne conduite qui m'y a élevé. J'arrivai d'Asie pas plus haut que ce chandelier. Chaque jour je me mesurais auprès ; et, pour perdre plus vite le nom de blanc-bec, je me frottais les lèvres avec l'huile des lampes. Pourtant j'ai été, tel que vous me voyez, la petite femme de mon maître quatorze ans durant ; et il n'y a pas d'affront quand c'est au maître qu'on obéit, ce qui ne m'empêchait pas de rendre mes devoirs à madame. Vous savez ce que je veux dire ; chut : je ne suis pas de ceux qui se vantent.

LXXVI. Enfin, la volonté des dieux aidant, je me vois maître dans la maison, et, ma foi, je vis pour lors à ma fantaisie. Bref, mon patron me fait cohéritier de l'empereur, et je recueille un vrai patrimoine de sénateur. Mais l'homme n'a jamais assez : la manie du négoce me prit. Pour bréger, vous saurez que je fis construire cinq vaisseaux. Je les charge de vin : c'était de l'or à cette époque ; j'expédie à Rome. Mais, comme si je le leur avais recommandé, ils firent tous naufrage. C'est un fait, je ne vous en conte pas : en un jour Neptune m'a dévoré trente millions de sesterces. Vous croyez que je perdis courage? Non, par Hercule! Cet échec ne fit que m'aiguiser l'appétit ; et, comme si de rien n'était, je construisis d'autres navires plus grands, plus solides, qui furent plus heureux, si bien que chacun me surnommait l'Intrépide. Vous savez que plus un bâtiment est grand, mieux il résiste. J'y chargeai encore du vin, du lard, des fèves, des parfums de Capoue, des esclaves. En cette occasion Fortunata fit une œuvre méritoire : ses bijoux d'or, sa garde-robe, elle vendit tout, et me mit dans la main cent écus d'or : ce fut là le levain de ma petite fortune. Tout va vite, quand les dieux s'en mêlent. Une seule course me valut dix millions de sesterces bien ronds. De suite je rachète toutes les terres qui avaient appartenu à mon maître,

---

LXXV. Post hoc fulmen Habinnas rogare cœpit, ut jam desineret irasci : et, Nemo, inquit, non nostrum peccat. Homines sumus, non Dei. Idem et Scintilla flens dixit ; ac per Genium ejus, Gaium appellando, rogare cœpit, ut se frangeret. Non tenuit ultra lacrymas Trimalchio, et : Rogo, inquit, Habinna, sic peculium tuum fruniscaris, si quid perperam feci, in faciem meam inspue. Puerum basiavi frugalissimum, non propter formam, sed quia frugi est ; decem partes dicit : librum ab oculo legit : pretium sibi de diariis fecit : artiselium de suo paravit, et duas trullas. Non est dignus, quem in oculis feram? sed Fortunata vetat. Ita tibi videtur, fulcipedia? Suadeo, bonum tuum concoquas, milva, et me non facies ringentem, amasiuncula ; aliquando experieris cerebrum meum. Nosti me : quod semel destinavi, clavo tabulari fixum est. Sed vivorum meminerimus. Vos rogo, amici, ut vobis suaviter sit ; nam ego quoque tam fui, quam vos estis ; sed virtute mea ad hoc perveni. Corcillum est, quod homines facit, cetera quisquilia omnia. Bene emo, bene vendo : alius alia vobis dicet ; felicitate dissilio. Tu autem, sterteia, etiamnum ploras? jam curabo, fatum tuum plores. Sed, ut cœperam dicere, ad hanc me fortunam frugalitas mea perduxit. Tam magnus ex Asia veni, quam hic candelabrus est ad summa. Quotidie me solebam ad illum metiri, et, ut celerius rostrum barbatum haberem, labra de lucerna ungebam. Tamen ad delicias femina ipse mei Domini annos quatuordecim fui ; nec turpe est, quod Dominus jubet. Ego tamen, et ipsi meæ Dominæ satisfaciebam. Scitis, quid dicam. Taceo, quia non sum de gloriosis.

LXXVI. Ceterum, quemadmodum Di volunt, dominus in domo factus sum ; et, ecce! cepi ipsi mi cerebellum. Quid multa? coheredem me Cæsari fecit, et accepi patrimonium laticlavium. Nemini tamen nihil satis est : concupivi negotiari. Ne multis vos morer, quinque naves ædificavi : oneravi vinum, et tunc erat contra aurum : misi Romam. Putares, me hoc jussisse : omnes naves naufragarunt. Factum, non fabula : una die Neptunus trecenties sestertium devoravit. Putatis me defecisse? non, me Hercules! mi hæc jactura gusti fuit ; tanquam nihil facti : alteras feci majores, et meliores, et feliciores : ut nemo non me virum fortem diceret. Scis, magna navis magnam fortitudinem habet. Oneravi rursus vinum, lardum, fabam, seplasium, mancipia. Hoc loco Fortunata rem piam fecit ; omne enim aurum suum, omnia vestimenta vendidit, et mi centum aureos in manu posuit : hoc fuit peculii mei fermentum. Cito fit quod Dii volunt. Uno cursu centies sestertium corrotundavi. Statim redemi fundos

Je m'élève un palais; j'achète des bêtes de somme pour les revendre : tout sous ma main croît à vue d'œil comme un rayon de miel. Quand je me vis plus de bien que n'en a tout le pays ensemble, adieu le comptoir! je me retirai du commerce pour prêter aux affranchis. Décidément je ne voulais plus du négoce; ce qui m'y fit rester ce fut un astrologue venu par hasard dans cette colonie, un petit Grec, nommé Sérapa, qui avait entrée au conseil des dieux. Il me rappela même des choses que j'avais oubliées, et de fil en aiguille me remémora tout; cet homme lisait jusque dans mon ventre, et peu s'en fallait qu'il ne me dît ce que j'avais soupé la veille. Vous eussiez cru qu'il avait passé sa vie avec moi.

LXXVII. Et ceci, Habinnas; tu étais là, je crois : « A quoi vous ont servi ces biens? à vous imposer une maîtresse. Vous n'êtes pas heureux en amis : jamais personne ne vous a payé de retour; vous possédez beaucoup en fonds de terre; vous nourrissez une vipère dans votre sein. » Enfin, mes amis, pourquoi vous tairai-je qu'il me reste encore à vivre trente ans, quatre mois et deux jours? De plus, je recueillerai sous peu une succession. Voilà ce que me dit mon étoile; et si j'ai le bonheur de réunir l'Apulie à mes domaines, j'aurai en ce monde fait un assez beau chemin. En attendant, grâce à Mercure qui veillait à mes intérêts, j'ai bâti ce palais-ci : c'était, vous savez, un taudis; c'est un temple à présent. Il renferme quatre salles à manger, vingt chambres à coucher, deux galeries de marbre, et dans l'étage supérieur un autre appartement, ma chambre à moi où je couche, celle où cette vipère fait son gîte, une loge de concierge parfaitement commode : et du logement à loger tous mes hôtes. Et tenez : Scaurus, quand il vint dans ce pays, aima mieux descendre chez moi que partout ailleurs, quoiqu'il ait au bord de la mer un logement chez son père. J'ai encore beaucoup d'autres pièces que tout à l'heure je vous montrerai. Croyez-moi : *un as vous avez, un as vous valez; avoir considérable, homme considéré.* Voilà comme votre ami, *grenouille autrefois, est riche comme un roi.* A propos, Stichus, apporte ici les vêtements dans lesquels je veux sortir de cette vie; apporte aussi les parfums, et un échantillon du vin dont j'exige qu'on fasse prendre un bain à mes os. —

LXXVIII. Sans se faire attendre, Stichus apporta dans la salle une couverture blanche et une prétexte, que notre hôte nous pria de manier pour voir si elles étaient de bonne laine. Puis se mettant à sourire : — Prends bien garde, Stichus, que les rats ou les vers n'y touchent; sinon, je te fais brûler vif avec moi. Je veux être enterré dans toute ma gloire, et que tout le peuple me comble de bénédictions. — Et il débouche une fiole de nard, et nous en frotte le dessous du nez à tous, disant : — J'espère en éprouver, quand je ne serai plus, autant de plaisir que de mon vivant. — Quant au vin, il le fit verser dans l'urne commune, et ajouta : — Figurez-vous que vous êtes invités au banquet de mes funérailles! — Notre dégoût ne pouvait guère aller plus loin, quand Trimalchion, appesanti par son ignoble ivresse, voulut un concert d'espèce nouvelle, des donneurs de cor, qu'il fit venir dans la salle. Alors, soutenu par une pile d'oreillers, et s'étalant comme sur un lit de parade : — Supposez, dit-il, que je suis mort : jouez-moi quelque chose

---

omnes, qui patroni mei fuerant; ædifico domum. Venalitia coemo jumenta; quidquid tangebam, crescebat tanquam favus. Postquam cœpi plus habere, quam tota patria mea habet, manum de tabula, sustuli me de negotiatione, et cœpi libertos fœnerare. Et sane nolente me negotium meum agere, exoravit Mathematicus, qui venerat forte in coloniam nostram, Græculio, Serapa nomine, consiliator Deorum. Hic mihi dixit etiam ea, quæ oblitus eram, ab acia et acu mi omnia exposuit : intestinas meas noverat, tantumque non dixerat, quid pridie cœnaveram. Putasses illum semper mecum habitasse.

LXXVII. Rogo, Habinna, (puto, interfuisti :) « Tu dominam tuam de rebus illis fecisti : tu parum felix in amicos « es : nemo unquam tibi parem gratiam refert : tu latifundia « possides : tu viperam sub ala nutricas. » Et quid? vobis non dixerim, et nunc mi restare vitæ annos triginta, et menses quatuor, et dies duos? Præterea cito accipiam hereditatem. Hoc mihi dicit Fatus meus. Quod si contigerit fundos Apuliæ jungere, satis vivus pervenero. Interim dum Mercurius vigilat, ædificavi hanc domum : ut scitis, casula erat, nunc templum est; habet quatuor cœnationes, cubicula viginti, porticus marmoratas duas, susum cellationem, cubiculum in quo ipse dormio, viperæ hujus sessorium, ostiarii cellam perbonam, hospitium hospites capit. Ad summa, Scaurus, cum huc venit, nusquam mavoluit hospitari, et habet ad mare paternum hospitium : et multa alia sunt, quæ statim vobis ostendam. Credite mihi : assem habeas, assem valeas : habes, habeberis. Sic amicus vester, qui fuit rana, nunc est rex. Interim, Stiche, profer vitalia, in quibus volo me efferri. Profer et unguentum, et ex illa amphora gustum, ex qua jubeo lavari ossa mea.

LXXVIII. Non est moratus Stichus, sed et stragulam albam, et prætextam in triclinium attulit, jussitque nos tentare, an bonis lanis essent confectæ? Tum subridens : Vide tu, inquit, Stiche, ne ista mures tangant, aut tineæ; alioquin te vivum comburam. Ego gloriosus volo efferri, ut totus mihi populus bene imprecetur. Statim ampullam nardi aperuit, omnesque nos unxit; et : Spero, inquit, futurum, ut æque me mortuum juvet, tanquam vivum. Nam vinum quidem in vinarium jussit infundi : et, Putate vos, ait, ad parentalia mea invitatos esse. Ihat res ad summam nauseam, cum Trimalchio, ebrietate turpissima gravis, novum acroama, cornicines, in triclinium jussit adduci, fultusque cervicalibus multis, extendit se supra torum extremum : et, Fingite, me, inquit, mortuum esse; dicite aliquid belli. Consonuere cornicines funebri strepitu. Unus præcipue servus libitinarii illius,

de gentil. — Les noirs musiciens commencent leur funèbre symphonie, et par-dessus tous le valet du croque-mort (de toute la bande le croque-mort était ce qu'il y avait de mieux) se met à corner d'une telle force qu'il réveille en sursaut tout le voisinage. La garde du quartier, pensant que le feu est au palais de Trimalchion, enfonce la porte brusquement, et, munie de seaux d'eau et de haches, use de son privilége pour faire grand vacarme. Nous, à qui l'occasion se présentait si favorable, nous plantons là Agamemnon, et fuyons précipitamment comme d'un véritable incendie.

LXXIX. Nous n'avions pas la ressource du moindre flambeau *pour guider nos pas incertains* et le silence de la nuit au milieu de son cours ne permettait plus de compter sur la lumière des passants. Joignez à cela les fumées du vin et l'ignorance des lieux, qui en plein midi vous aveugle. Après donc nous être traînés près d'une heure entière sur tous les gravois, et sur les pointes de cailloux brisés qui nous mettaient les pieds en sang, nous fûmes enfin tirés d'affaire par l'ingénieuse prévoyance de Giton. La veille en effet, comme il craignait même de jour de se fourvoyer, il avait marqué de craie tous les pilastres et toutes les colonnes; et ces raies blanchâtres, en dépit de la plus épaisse des nuits, nous montrèrent distinctement la voie que nous perdions. Toutefois un embarras non moindre nous attendait à notre arrivée au logis. La vieille hôtesse, à son tour, s'était tellement gorgée de boisson avec ses locataires, qu'on lui eût mis le feu au derrière sans la réveiller; et peut-être eussions-nous passé la nuit sur le seuil, si un commissionnaire de Trimalchion n'était survenu, fier de son train de dix *fourgons* ~~chariots~~. Sans perdre le temps à faire

tapage, il enfonça la porte de l'hôtellerie, et nous fit comme lui entrer par la brèche.

> Dieux, quelle nuit! que de plaisir!
> Quel lit propice aux étreintes brûlantes
> Qui mêlaient nos baisers et nos âmes errantes!
> Adieu soucis, plus de noir souvenir :
> A force de bonheur je me sentais mourir.

Mais j'ai tort de me féliciter. Au moment où, affaissé par l'ivresse, je n'avais plus de mains pour retenir Giton, Ascylte, artisan de toute iniquité, se glissa dans l'ombre, me l'enleva, et le transporta dans son lit. Là, après s'être livré tout à l'aise à ses adultères ébats, sans que la fourbe fût aperçue ou qu'on parût s'en apercevoir, il s'endormit dans ces bras qui ne devaient pas s'ouvrir pour lui, il foula aux pieds tout droit humain. A mon réveil je promenai mes mains sur une couche veuve de mes délices; et, par tout ce que l'amour a de plus saint, j'hésitai si je devais percer les deux coupables et les faire passer du sommeil à la mort. Toutefois prenant un parti plus sûr, je frappai Giton pour le réveiller; puis lançant à l'autre un regard terrible : — Scélérat! puisque tu as forfait à l'honneur et à notre commune amitié, enlève sur-le-champ tes effets, et cherche un autre théâtre à tes infamies. — Ascylte ne s'y refusa pas; mais quand nous eûmes le plus loyalement possible partagé notre butin : — Voyons, dit-il, il s'agit de partager aussi Giton. —

LXXX. Je croyais qu'il voulait plaisanter une dernière fois; mais lui, tirant son épée d'une main fratricide, s'écria : — Tu ne jouiras pas de cette proie que tu prétends couver seul. J'en veux ma part; dussé-je me la faire par le tran-

---

qui inter hos honestissimus erat, tam valde intonuit, ut totam concitaret viciniam. Itaque vigiles, qui custodiebant vicinam regionem, rati ardere Trimalchionis domum, effregerunt januam subito, et cum aqua, securibusque tumultuari suo jure cœperunt. Nos, occasionem opportunissimam nacti, Agamemnoni verba dedimus, raptimque tam plane quam ex incendio fugimus.

LXXIX. Neque fax ulla in præsidio erat, quæ iter aperiret errantibus, nec silentium noctis jam media promittebat occurrentium lumen. Accedebat huc ebrietas, et imprudentia locorum, etiam interdiu obscura. Itaque cum hora pene tota, per omnes scrupos, gastrorumque eminentium fragmenta, traxissemus cruentos pedes, tandem expliciti acumine Gitonis sumus. Prudens enim pridie, cum luce etiam clara timeret errorem, omnes pilas columnasque notaverat creta, quæ lineamenta evicerunt spississimam noctem, et notabili candore ostenderunt errantibus viam. Quamvis non minus sudoris habuimus, etiam postquam ad stabulum pervenimus. Anus enim ipsa, inter deversitores diutius ingurgitata, ne ignem quidem admotum sensisset : et forsitan pernoctassemus in limine, ni tabellarius Trimalchionis intervenisset, decem vehiculis dives. Non diu ergo tumultuatus, stabuli januam effregit, et nos per eandem fenestram admisit.

---

> Qualis nox fuit illa, Di, Deæque!
> Quam mollis torus! hæsimus calentes,
> Et transfudimus hinc et hinc labellis
> Errantes animas. Valete curæ
> Mortales! ego sic perire cœpi.      5

Sine caussa gratulor mihi. Nam cum, solutus mero, amisissem ebrias manus, Ascyltos, omnis injuriæ inventor, subduxit mihi nocte puerum, et in lectum transtulit suum; volutatusque liberius cum fratre, non suo, sive non sentiente injuriam, sive dissimulante, indormivit alienis amplexibus, oblitus juris humani. Itaque ego experrectus, pertrectavi gaudio despoliatum torum; si qua est amantibus fides, ego dubitavi, an utrumque trajicerem gladio, somnumque morti jungerem. Tutius demum secutus consilium, Gitona quidem verberibus excitavi; Ascylton autem truci intuens vultu : Quoniam, inquam, fidem scelere violasti, et communem amicitiam; res tuas ocius tolle, et alium locum, quem polluas, quære. Non repugnavit ille, sed postquam optima fide partiti manubias sumus : Age, inquit, nunc et puerum dividamus.

LXXX. Jocari putabam discedentem; at ille gladium parricidali manu strinxit, et, Non frueris, inquit, hac præda, super quam solus incumbis. Partem meam necesse est, vel hoc gladio contentus, abscindam. Idem

chant du glaive, je serai content. — De mon côté j'imite son action; j'entortille mon bras de mon manteau, et je me mets en posture de combat. Désolé de cette déplorable furie, l'enfant se jette entre nous deux, embrasse nos genoux en pleurant, et nous conjure avec supplication de ne pas renouveler dans cette taverne le spectacle des deux frères Thébains*, de ne pas souiller de notre sang une amitié si sainte et si renommée. — Que si malgré tout il vous faut un crime, s'écriait-il, voici ma gorge : portez-y vos mains meurtrières, plongez-y vos glaives. C'est moi qui dois périr, moi qui ai rompu le pacte sacré de l'amitié. — A cette prière nos épées rentrent dans le fourreau; et Ascylte, prenant l'initiative : — Je vais, dit-il, terminer le différend : que Giton suive qui bon lui semblera, et qu'il soit libre du moins de se choisir impunément un ami. Je pensais, moi, que ma vieille intimité avec Giton était une garantie, une seconde parenté, et sans rien craindre je saisis la proposition avec un vif empressement; je le laissai juge du procès. Il ne délibéra même point; c'eût été paraître hésiter : mais soudain, au dernier mot de ma réponse, il se lève, et choisit pour ami Ascylte. Foudroyé par un tel arrêt, n'ayant plus mon arme, je tombai sur mon lit, et j'aurais porté sur moi-même une main désespérée, sans la jalousie que me laissait le triomphe d'un rival. Il sort, tout fier de sa conquête; et moi, tout à l'heure son plus cher camarade, rapproché de lui en outre par la même fortune, il m'abandonne dans un pays étranger avec le dernier mépris.

Adieu le nom d'ami dès qu'il n'est plus utile!
Voyez d'un roi d'échecs le bataillon mobile :

* Étéocle et Polynice

Tel l'ami qu'après soi la fortune conduit
Nous sourit avec elle, avec elle nous fuit.
L'histrion, sur la scène où tant de vertu brille,
Est riche, libéral, père ou fils de famille;
Mais lorsque du souffleur le cahier s'est fermé,
L'homme vil reparaît, le rôle est déclamé.

LXXXI. Je ne me laissai pas longtemps aller à mes larmes; mais, dans la crainte que Ménélas notre répétiteur ne vînt, pour surcroît d'infortune, à me trouver seul dans l'hôtellerie, je réunis le peu de nippes que j'avais, et m'en fus tristement louer un logement écarté, près de la mer. Là, enfermé trois jours, l'esprit obsédé de mon isolement, de mon humiliation, je frappais ma poitrine déchirée de sanglots, et poussais du fond de l'âme des gémissements sans fin, coupés par mainte exclamation :— La terre n'a donc pu m'engloutir et se refermer sur moi! ni la mer non plus, si terrible même à l'innocent! J'ai échappé à la justice, je me suis sauvé de l'arène, j'ai tué mon hôte, pour aller, avec audace et scandale, mendier le pain de l'exil, et me voir délaissé dans une cité grecque au fond d'une taverne. Et par qui cet abandon m'est-il infligé? Par un jeune homme que toutes les débauches ont souillé, qui de son propre aveu mérite le bannissement; affranchi par la prostitution, citoyen par elle; dont la possession se tirait au sort, et qui se louait pour fille à ceux même qui le croyaient homme. Et cet autre, ô dieux! qui en guise de toge virile prit la robe de femme; qui crut dès le berceau devoir n'être point de son sexe; qui fit œuvre de prostituée dans un bouge d'esclaves; qui, dépositaire infidèle et déserteur de ma tendresse, abjure ce nom d'ami qu'il porta si longtemps, et, infamie! comme fe-

---

ego ex altera parte feci, et, intorto circa brachium pallio, composui ad prœliandum gradum. Inter hanc miserorum dementiam infelicissimus puer tangebat utriusque genua cum fletu, petebatque suppliciter, ne Thebanum par humilis taberna spectaret, neve sanguine mutuo pollueremus familiaritatis clarissimæ sacra. Quod si utique, proclamabat, facinore opus est, nudo, ecce! jugulum, convertite huc manus; imprimite mucrones! Ego mori debeo, qui amicitiæ sacramentum delevi? Inhibuimus ferrum post has preces : et prior Ascyltos, Ego, inquit, finem discordiæ imponam. Puer ipse, quem vult, sequatur, ut sit illi saltem in eligendo fratre salva libertas. Ego vetustissimam consuetudinem putabam in sanguinis pignus transiisse, nihil timui, imo conditionem præcipiti festinatione rapui, commisique judici litem : qui ne deliberavit quidem, ut videretur cunctatus, verum statim, ab extrema parte verbi consurrexit, fratrem Ascylton elegit. Fulminatus hac pronunciatione, sicut eram sine gladio, in lectulum decidi, et attulissem mihi damnatas manus, si non inimici victoriæ invidissem. Egreditur superbus cum præmio Ascyltos, et paullo ante carissimum sibi commilitonem, fortunæque etiam similitudine parem, in loco peregrino destituit abjectum.

Nomen amicitiæ, si quatenus expedit, hæret,
Calculus in tabula mobile ducit opus.
Cum Fortuna manet, vultum servatis, amici :
  Cum cedit, turpi vertitis ora fuga.
Grex agit in scena mimum, Pater ille vocatur,    5
  Filius hic, nomen Divitis ille tenet :
Mox ubi ridendas inclusit pagina partes;
  Vera redit facies, assimulata perit.

LXXXI. Nec diu tum lacrymis indulsi, sed veritus, ne Menelaus etiam Antescholanus, inter cetera mala, solum me in deversorio inveniret, collegi sarcinulas, locumque secretum, et proximum littori, mœstus conduxi. Ibi triduo inclusus, redeunte in animum solitudine, atque contemtu, verberabam ægrum planctibus pectus, et inter tot altissimos gemitus frequenter etiam proclamabam : Ergo me non ruina terra potuit haurire? non iratum etiam innocentibus mare? Effugi judicium, arenae imposui, hospitem occidi, ut inter audaciæ nomina mendicus, exul, in deversorio Græcæ urbis jacerem desertus? Et quis hanc mihi solitudinem imposuit? Adolescens omni libidine impurus, et sua quoque confessione dignus exilio : stupro liber, stupro ingenuus, cujus anni ad tesseram venierunt, quem tanquam puellam conduxit etiam qui virum putavit. Quid ille alter? o Dii! qui, tanquam togam virilem, stolam sumsit; qui, ne vir esset, a matre persuasus est; qui opus muliebre in ergastulo fecit; qui, postquam contur-

rait une vile coureuse, s'est, en une seule nuit d'attentats, vendu corps et âme. Ils passent, ces dignes amants, des nuits entières dans les bras l'un de l'autre, et peut-être, épuisés de leurs mutuelles jouissances, ils rient de mon affreuse solitude. Mais ce ne sera pas impunément : non, je ne suis pas homme et homme libre, ou je laverai mon affront dans le sang des coupables. —

LXXXII. Ce disant, je ceins mon épée; et pour que le manque de forces ne trahisse pas mon ardeur guerrière, je les ranime par une nourriture copieuse; puis je m'élance dans la rue, et parcours en furieux tous les portiques. Tandis que, l'air égaré, l'œil farouche, je ne respire que meurtre et que sang, portant à chaque instant la main au fer chargé de ma vengeance, je fus remarqué par un soldat, un escroc peut-être, ou un détrousseur nocturne. — Holà, camarade, fit-il, de quelle légion es-tu? de quelle centurie? — Je mentis sur ces deux points avec un front imperturbable. — Alors dis-moi, reprit-il, dans ton corps d'armée on porte donc des chaussures à la grecque? — Pour le coup, la couleur de mon visage et mon agitation trahirent l'imposture. Il m'enjoignit de mettre bas les armes et de prendre garde à moi. Dépouillé de la sorte, et les voies de la vengeance m'étant si brusquement coupées, je rétrogradai vers mon logis, peu à peu mes idées belliqueuses tombèrent, et je finis par savoir gré à mon détrousseur de sa hardiesse.

LXXXIII. Sur mon chemin se trouvait une galerie où la peinture étalait ses merveilles en tout genre. Là je vis le pinceau de Zeuxis triomphant encore de l'injure des ans, les esquisses de Protogène qui disputaient de vérité avec la nature elle-même, et que je ne touchai qu'avec une sorte de frissonnement. Les *Monochromes* d'Apelle, comme disent les Grecs, m'émurent aussi d'un saint respect. Les lignes saillantes des figures y étaient tracées avec un fini de ressemblance et de précision tel, qu'on eût cru que l'âme aussi avait trouvé son peintre. Ici un aigle emportait dans l'Olympe le céleste échanson; là l'innocent Hylas repoussait une lascive Naïade; plus loin Apollon maudissait sa main meurtrière, et avec la fleur qui venait de naître il couronnait religieusement sa lyre détendue. Environné de ces peintures, qui, elles aussi, ne respiraient qu'amour, je m'écriai, comme si j'eusse été seul : — Les dieux sont donc blessés des mêmes traits que nous! Jupiter ne trouva pas dans sa cour d'objet qui méritât son choix; mais l'infidèle, venu sur la terre, ne vola du moins son Ganymède à personne. La Nymphe qui ravit Hylas aurait maîtrisé sa passion, si elle eût pensé qu'Hercule devait accourir le lui disputer. Apollon fit revivre en une fleur l'ombre d'Hyacinthe; et l'histoire de nos dieux offre partout l'amour heureux et sans rival. Mais moi, j'ai reçu comme hôte et comme ami un traître plus cruel que Lycurgue. —

Or, tandis que je contais aux vents mes griefs, il entra dans la galerie un vieillard au front chenu, aux traits mobiles et tourmentés, et qui semblait annoncer je ne sais quoi de grandiose : d'une mise au reste peu brillante, à faire aisément deviner qu'il était de cette classe de littérateurs dont les riches d'ordinaire ne sont pas amis. Il s'arrêta à mes côtés : — Je suis poëte,

bavit, et libidinis suæ solum vertit, reliquit veteris amicitiæ nomen, et, proh pudor! tanquam mulier secutuleia, unius noctis tactu omnia vendidit? Jacent nunc amatores obligati noctibus totis, et forsitan mutuis libidinibus attriti, derident solitudinem meam; sed non impune. Nam aut vir ego, liberque non sum, aut noxio sanguine parentabo injuriæ meæ.

LXXXII. Hæc locutus, gladio latus cingor, et, ne infirmitas militiam perderet, largioribus cibis excito vires, mox in publicum prosilio, furentisque more omnes circumeo porticus. — Sed, dum attonito vultu efferatoque nil aliud, quam cædem et sanguinem cogito, frequentiusque manum ad capulum, quem devoveram, refero : notavit me miles, sive ille planus fuit, sive nocturnus grassator : et, Quid tu, inquit, Commilito, ex qua legione es, aut cujus centuriæ? Cum constantissime et Centurionem, et legionem essem ementitus : Age ergo, inquit ille, in exercitu vestro phæcasiati milites ambulant? Cum deinde vultu, atque ipsa trepidatione mendacium prodidissem, ponere jussit arma, et malo cavere. Despoliatus ergo, imo præcisa ultione, retro ad deversorium tendo, paullatimque, temeritate laxata, cœpi grassatoris audaciæ gratias agere.

LXXXIII. In pinacothecam perveni, vario genere tabularum mirabilem; nam et Zeuxidos manus vidi, nondum vetustatis injuria victas : et Protogenis rudimenta, cum ipsius naturæ veritate certantia, non sine quodam horrore tractavi. Jam vero Apellis, quam Græci Monochromon appellant, etiam adoravi. Tanta enim subtilitate extremitates imaginum erant ad similitudinem præcisæ, ut crederes etiam animorum esse picturam. Hinc aquila ferebat cœlo sublimis Deum. Illinc candidus Hylas repellebat improbam Naïda. Damnabat Apollo noxias manus, lyramque resolutam modo nato flore honorabat. Inter quos etiam pictorum amantium vultus, tanquam in solitudine exclamavi : Ergo amor etiam Deos tangit? Jupiter in cœlo suo non invenit quod eligeret, et peccaturus in terris, nemini tamen injuriam fecit. Hylam Nympha prædata, imperasset amori suo, si venturum ad interdictum Herculem credidisset. Apollo pueri umbram revocavit in florem, et omnes fabulæ quoque habuerunt sine æmulo complexus. At ego in societatem recepi hospitem, Lycurgo crudeliorem.

Ecce autem, ego dum cum ventis litigo, intravit pinacothecam senex canus, exercitati vultus, et qui videretur nescio quid magnum promittere; sed cultu non proinde speciosus, ut facile appareret, eum ex hac nota litteratorum esse, quos odisse divites solent. Is ergo, ut ad latus constitit meum : Ego, inquit, poëta sum, et, ut spero, non humillimi spiritus, si modo coronis aliquid credendum

me dit-il, et, je l'espère, poëte à inspirations peu communes ; s'il faut du moins ajouter quelque fois aux couronnes, que souvent aussi la faveur décerne à la sottise. Et pourquoi, m'allez-vous dire, êtes-vous si mal vêtu? Pour cela même : la passion de l'art n'a jamais mené personne à l'opulence.

A
> Le marchand s'enrichit des tributs de Neptune ;
> Le guerrier dans les camps rencontre la fortune ;
> Le vil flatteur, au sein des banquets somptueux,
> Sur la pourpre et sur l'or repose son ivresse ;
> On paye au séducteur sa vénale tendresse :
> Mais le génie!.. hélas! sous des lambeaux affreux
> Il se morfond, s'épuise, et sa voix solitaire
> Des beaux-arts délaissés invoque en vain le père.

LXXXIV. C'est vraiment comme cela ; et quiconque, ennemi de tout ce qui est vice, entreprend de suivre le droit chemin, d'abord se fait haïr par le contraste seul de ses principes, (car peut-on approuver des mœurs qui condamnent les nôtres?) et ensuite ceux qui n'ont souci que de se bâtir une fortune ne veulent pas qu'aux yeux du monde il y ait rien de meilleur que ce qu'eux-mêmes possèdent. On berne donc, de toutes les façons possibles, les amis des lettres, pour faire croire qu'eux aussi ont un mérite inférieur aux écus.

B
> Eh! n'est-ce point assez qu'une indigne mollesse
> Ait perdu sans retour notre noble jeunesse?
> Faut-il qu'un affranchi, d'or et de vin gorgé,
> Dans le bourbier natal encore tout plongé,
> Dévore en un repas les tributs d'un royaume,
> Et qu'en palais changé, le sale abri de chaume
> D'un captif, qu'en nos murs la victoire a conduit,
> Nargue de Romulus le modeste réduit!
> Le juste a contre soi les vents et les étoiles ;
> L'iniquité prospère et vogue à pleines voiles.

— Je ne sais, répondis-je, par quelle fatalité le bel esprit a pour sœur la misère : [et comme en même temps je soupirais : — Vous avez bien raison, reprit-il, de gémir sur notre condition. — Ce n'est point là, dis-je, ce qui me fait gémir ; j'ai

B

*O jeunesse effrénée! O fléau de l'Empire!*
*Sous la honte déjà quand notre gloire expire,*

est, quas etiam ad imperitos deferre gratia solet. Quare ergo, inquis, tam male vestitus es? Propter hoc ipsum : amor ingenii neminem unquam divitem fecit.

> Qui pelago credit, magno se fœnore tollit ;
> Qui pugnas et castra petit, præcingitur auro ;
> Vilis adulator picto jacet ebrius ostro ;
> Et qui sollicitat nuptas, ad præmia peccat :
> Sola pruinosis horret Facundia pannis,     5
> Atque inopi lingua desertas invocat artes.

LXXXIV. Non dubie ita est ; sed qui, vitiorum omnium inimicus, rectum iter vitæ cœpit insistere, primum propter morum differentiam odium habet : (quis enim potest probare diversa?) Deinde, qui solas exstruere divitias curant, nihil volunt inter homines melius credi, quam quod ipsi tenent. Jactantur itaque, quacumque ratione possunt, litterarum amatores, ut videantur illi quoque infra pecuniam positi.

> Non satis est quod nos mergis, furiosa juventus :
> Transversosque rapit fama sepulta probris?
> Anne etiam famuli cognata fæce sepulti,
> In testa mersas luxuriantur opes?
> Vilis servus habet regni bona : cellaque capti     5
> Deridet festram, Romuleamque casam.
> Idcirco virtus medio jacet obruta cœno :

pour m'affliger un motif bien autre et bien plus poignant. — Puis, par ce penchant naturel qui porte l'homme à confier à l'homme le récit de ses peines, je lui exposai mon infortune, je lui peignis surtout le perfide Ascylte des plus noires couleurs, et je m'écriais, au milieu de mes sanglots :] — Ah! si mon ennemi n'était pas si coupable de ma continence forcée! si on pouvait le fléchir! Mais c'est un vétéran du crime, plus retors que tous les courtiers de débauche. [Touché par mon ton de franchise, le vieillard tâcha de me consoler ; et, pour faire diversion à mon chagrin, il me conta cette histoire d'une bonne fortune qu'il avait eue jadis.]

LXXXV. — C'était en Asie, où j'avais suivi les drapeaux de notre questeur ; je me trouvais cantonné à Pergame. Ce qui me plaisait dans ce séjour, c'était non-seulement l'élégance de mon petit logement, mais encore la beauté rare du fils de mon hôte ; et voici quel plan je formai pour ne pas être, aux yeux du père, suspect de séduction. Toutes les fois qu'à table l'entretien tombait sur l'amour des jolis garçons, j'affectais une indignation si vive, je m'opposais avec un sérieux si austère à ce qu'on blessât mon oreille de ces obscènes propos, qu'auprès de la mère surtout je passais pour l'un des sept sages. Déjà donc je commençais à conduire l'adolescent au gymnase : c'était moi qui réglais ses études ; j'étais son gouverneur et son précepteur en même temps, pour fermer l'accès de la maison à tout ravisseur d'un si cher trésor. Une fois, dans le triclinium où nous restâmes couchés (car il était fête, la leçon avait fini tôt, et paresseux de faire retraite, nous subissions l'influence des joies prolongées du festin), je m'aperçus vers le milieu de la nuit que mon élève ne dormait pas. Alors d'une voix bien timide je murmurai cette prière : — O ma souveraine, ô Vénus!

> Nequitiæ classes candida vela ferunt.

Nescio quo modo bonæ mentis soror est paupertas... Vellem, tam innocens esset frugalitatis meæ hostis, ut deliniri posset. Nunc veteranus est latro, et ipsis lenonibus doctior...

LXXXV. In Asiam cum a Quæstore essem stipendio eductus, hospitium Pergami accepi : ubi cum libenter habitarem, non solum propter cultum ædicularum, sed etiam propter hospitis formosissimum filium, excogitavi rationem, qua non essem patrifamiliæ suspectus amator. Quotiescumque enim in convivio de usu formosorum mentio facta est, tam vehementer excandui, tam severa tristitia violari aures meas obscœno sermone nolui, ut me, mater præcipue, tanquam unum ex Philosophis intueretur. Jam ego cœperam ephebum in gymnasium deducere, ego studia ejus ordinare, ego docere, ac præcipere, ne quis prædator corporis admitteretur in domum. Forte cum in triclinio jaceremus, quia dies solemnis ludum arctaverat, pigritiamque recedendi imposuerat hilaritas longior : fere circa mediam noctem intellexi, puerum vigilare. Itaque timidissimo murmure votum feci ; et, Domina, inquam, Venus, si ego hunc puerum basiavero, ita, ut ille non sentiat, cras illi par columbarum donabo.

A
*Soit pirate ou marchand, et la fortune est sûre ;*
*Soldat, l'ennemi vient gonfler la ceinture ;*
*Le vil adulateur à la table des grands*
*Sur la pourpre et sur l'or repose son ivresse ;*

*On paye au séducteur sa vénale tendresse ;*
*Le talent seul, vêtu de lambeaux transparents,*
*Grelotte, et d'une voix qu'un long jeûne a glacée*
*Invoque des beaux-arts la Muse délaissée.*

si j'obtiens de baiser cet enfant, sans toutefois qu'il le sente, demain je lui ferai présent d'une paire de tourterelles. — Voyant de quel salaire je payerais cette faveur, il se met vite à ronfler. Je m'approche donc du petit rusé, et mes entreprises se bornent à quelques baisers furtifs. Satisfait de ce prélude, je me levai de bon matin; je lui rapportai, comme il l'attendait, une paire de tourterelles choisies, et me libérai de mon vœu.

LXXXVI. La nuit suivante, trouvant la même facilité, je fis un souhait différent : — Si je puis, disais-je, promener sur lui une main libertine, et qu'il ne le sente pas, deux coqs, deux chefs de basse-cour des plus belliqueux, seront le prix de son silence. — A cette promesse, le voilà qui de lui-même se rapproche, craignant déjà, je crois, de me trouver endormi. D'amoureuses étreintes le tirèrent d'inquiétude; et toute sa personne, sauf le suprême plaisir, me fut livrée à discrétion. En conséquence, le jour venu, tout ce que j'avais promis fut apporté et joyeusement reçu. La troisième nuit, maître d'oser encore, je me penchai vers l'oreille du faux dormeur, et je dis : — Dieux immortels! si dans son sommeil il me laisse cueillir à souhait les délices d'une pleine jouissance, en échange de tant de bonheur il recevra demain un excellent andalous croisé de race macédonienne, à condition pourtant qu'il ne se doute de rien. Jamais ce cher enfant n'avait dormi d'un plus profond somme. Mes mains s'emparent d'abord de sa blanche poitrine, puis mes lèvres se collent aux siennes, puis enfin s'accomplit le vœu qui résume en soi tous les autres. Le lendemain matin il se tint assis dans sa chambre, comptant, comme d'habitude, sur mon cadeau. Vous savez combien il est plus facile d'acheter une paire de tourterelles ou de coqs

qu'un andalous croisé de race macédonienne; outre cela je craignais que l'importance du présent ne rendît suspecte ma libéralité. Donc, après quelques heures de promenade, je rentrai chez mon hôte, et le fils ne reçut de moi qu'un baiser. Il regarda de tous côtés, puis, passant ses bras autour de mon cou : — Maître, me dit-il, où donc est l'andalous? —

LXXXVII. Bien que ce manque de foi m'eût fermé l'accès que je m'étais ouvert, je risquai une nouvelle tentative. A peu de jours d'intervalle, un hasard tout pareil ayant ramené pour nous la même occasion, sitôt que j'entendis ronfler le père, je priai mon jeune ami de se réconcilier avec moi, c'est-à-dire de se laisser faire plaisir à lui-même; je dis enfin tout ce que le désir le plus intense peut suggérer. Lui, franchement irrité, ne faisait d'autre réponse que celle-ci : — Dormez, ou je vais le dire à mon père. — Mais est-il rien de si difficile que n'arrache la persévérance? Tandis qu'il répète, J'éveillerai mon père, je me glissais toujours, et après une molle résistance mon triomphe fut délicieux. Or ce trait d'audace l'avait si peu désobligé, qu'après s'être longuement plaint que je l'avais trompé et joué, et fait moquer de ses camarades auxquels il avait vanté mes largesses : — Voyez pourtant, ajouta-t-il, je ne veux pas vous ressembler; si vous voulez encore quelque chose, recommencez. — Dès lors, toute rancune oubliée, je rentrai en grâce, et profitai de sa complaisance; après quoi je me laissai aller au sommeil. Mais cette double épreuve n'avait pas satisfait chez mon néophyte, mûr pour le rôle passif, l'ardeur exigeante de son âge. Il me tire donc de mon assoupissement, et : — Ne souhaitez-vous plus rien? dit-il. — L'offre n'était pas tout à fait déplaisante; et tant bien que

---

Audito voluptatis pretio, puer stertere cœpit. Itaque aggressus simulantem aliquot basiolis invasi. Contentus hoc principio, bene mane surrexi, electumque par columbarum attuli exspectanti, ac me voto exsolvi.

LXXXVI. Proxima nocte, cum idem liceret, mutavi optionem : et, Si hunc, inquam, tractavero improba manu, et ille non senserit, gallos gallinaceos pugnacissimos duos donabo patienti. Ad hoc votum Ephebus ultro se admovit, et, puto, vereri cœpit, ne ego obdormissem. Indulsi ergo sollicito, totoque corpore citra summam voluptatem me ingurgitavi. Deinde, ut dies venit, attuli gaudenti quidquid promiseram. Ut tertia nox licentiam dedit, consurrexi ad aurem male dormientis : Dii, inquam, immortales! si ego huic dormienti abstulero coïtum plenum et optabilem, pro hac felicitate cras puero asturconem Macedonicum optimum donabo, cum hac tamen exceptione, si ille non senserit. Nunquam altiore somno Ephebus obdormivit. Itaque primum implevi lactentibus papillis manus, mox basio inhæsi, deinde in unum omnia vota conjunxi. Mane sedere in cubiculo cœpit, atque exspectare consuetudinem meam. Scis, quanto facilius sit, columbas, gallosque gallinaceos emere, quam asturconem; et præter hoc etiam timebam, ne tam grande munus suspectam fa-

ceret humanitatem meam. Ergo aliquot horis spatiatus, in hospitium reverti, nihilque aliud, quam puerum basiavi. At ille circumspiciens, ut cervicem meam junxit amplexui : Rogo, inquit, Domine, ubi est asturco?

LXXXVII. Cum ob hanc offensam præclusissem mihi aditum, quem feceram, iterum ad licentiam redii. Interpositis enim paucis diebus, cum similis nos casus in eandem fortunam retulisset, ut intellexi stertere patrem, rogare cœpi Ephebum, ut reverteretur in gratiam mecum, id est, ut pateretur satisfieri sibi, et cetera, quæ libido distenta dictat. At ille, plane iratus, nihil aliud dicebat, nisi hoc : Aut dormi, aut ego jam dicam patri. Nihil est tam arduum, quod non improbitas extorqueat. Dum dicit, Patrem excitabo, irrepsi tamen, et male repugnanti gaudium extorsi. At ille, non indelectatus nequitia mea, postquam diu questus est, deceptum se, et derisum, traductumque inter condiscipulos, quibus jactasset censum meum : Videris tamen, inquit, non ero tui similis. Si quid vis, fac iterum. Ego vero, deposita omni offensa, cum puero in gratiam redii, ususque beneficio ejus, in somnum delapsus sum. Sed non fuit contentus iteratione Ephebus plenæ maturitatis, et annis ad patiendum gestientibus. Itaque excitavit me sopitum; et, Numquid vis? inquit. Et non plane

mal, comme moi hors d'haleine, baigné de sueur et brisé, il obtint ce qu'il demandait ; puis je me rendormis dans l'épuisement du plaisir. Moins d'une heure après le voilà qui me pince doucement, et me dit : — Pourquoi ne le faisons-nous plus ? — Moi alors, las d'être tant de fois réveillé, je me fâchai tout à fait sérieusement, et je lui rendis sa réponse : — Dormez, ou je vais le dire à votre père. —

LXXXVIII. *Ragaillardi par tous ces propos,* ~~Tiré de mon abattement par ce joyeux récit,~~ je me mis à questionner le vieillard, plus connaisseur que moi, sur l'âge de certains tableaux et sur les sujets que je ne comprenais pas. Je lui demandai ensuite d'où venait l'insouciance du siècle et la mort des beaux-arts, entre autres de la peinture, qui n'avait pas laissé la moindre trace d'elle-même. — La passion de l'argent, répondit-il, a opéré cette révolution. Du temps de nos aïeux, où le mérite indigent était encore apprécié, les arts libéraux florissaient, et il y avait grande émulation entre les hommes pour que toute découverte dont profiterait l'avenir fût sauvée de l'oubli. Alors, n'est-il pas vrai, Démocrite parvenait à extraire les sucs de toutes les herbes ; et, pour qu'aucune propriété du minéral ou de la plante ne lui échappât, il consuma sa vie en expériences. Eudoxe vieillit sur le sommet d'une haute montagne, pour mieux saisir les mouvements des planètes et du ciel ; et Chrysippe, afin de suffire à sa tâche d'inventeur et d'avoir la pensée plus nette, prit jusqu'à trois fois de l'ellébore. Mais revenons à l'art plastique : Lysippe, aux pieds mêmes d'une statue qu'il s'attachait à perfectionner, s'éteignit faute de nourriture ; et Myron, qui semble avoir enfermé dans le bronze des âmes d'hommes et de bêtes, ne put trouver un héritier. Pour nous, ensevelis dans le vin et les femmes, nous n'avons pas même le courage d'étudier des arts dont les modèles sont là : dépréciateurs de l'antiquité, le vice est la seule chose dont on prenne et donne des leçons. Qu'est devenue la Dialectique ? et l'Astronomie ? et la Philosophie, dont les oracles étaient si courus ? Qui voit-on, dites-moi, venir dans un temple, et vouer un sacrifice pour atteindre à l'éloquence ou découvrir les sources de la sagesse ? On n'y demande même pas la santé du corps ; mais avant tout, avant d'effleurer le seuil du Capitole, l'un promet une offrande s'il enterre un riche parent ; l'autre, s'il trouve un trésor ; l'autre, s'il arrive, sans être inquiété, à son trentième million de sesterces. Le sénat lui-même, ce précepteur de justice et de vertu, a coutume de voter mille marcs d'or au dieu du Capitole ; et, pour ôter à la cupidité ses scrupules, il n'est pas jusqu'à Jupiter dont il ne marchande la faveur. Ne vous étonnez plus que la peinture se meure, lorsqu'aux yeux de tous, dieux ou hommes, un lingot d'or est une plus belle chose que tout ce qu'Apelle et Phidias, petits Grecs à tête folle, ont pu faire.

LXXXIX. Mais je vous vois tout absorbé par ce tableau où la ruine de Troie est représentée : je vais donc essayer en vers une démonstration du sujet.

> Les Grecs assiégeaient Troie, et le dixième été
> S'ouvrait plein de terreurs pour la morne cité.
> Mais Calchas n'obtenait qu'une foi chancelante.
> Un dieu seul peut hâter la victoire trop lente :
> Phébus parle, et l'Ida voit tomber ses sapins
> Aux chênes enlacés par de savantes mains,
> Qui bientôt font surgir de cet amas énorme
> D'un cheval monstrueux la gigantesque forme.

jam molestum erat munus. Utcumque igitur, inter anhelitus sudoresque tritus, quod voluerat, accepit, rursusque in somnum decidi, gaudio lassus. Interposita minus hora, pungere me manu cœpit, et dicere : Quare non facimus ? Tum ego, toties excitatus, plane vehementer excandui, et reddidi illi voces suas : Aut dormi, aut ego jam patri dicam.

LXXXVIII. Erectus his sermonibus, consulere prudentiorem cœpi, ætates tabularum, et quædam argumenta, mihi obscura, simulque caussam desidiæ præsentis excutere, quum pulcherrimæ artes periissent, inter quas Pictura ne minimum quidem sui vestigium reliquisset. Tum ille : Pecuniæ, inquit, cupiditas hæc tropica instituit. Priscis enim temporibus, cum adhuc nuda virtus placeret, vigebant artes ingenuæ, summumque certamen inter homines erat, ne quid profuturum seculis diu lateret. Itaque, Hercules! herbarum omnium succos Democritus expressit : et, ne lapidum virgultorumque vis lateret, ætatem inter experimenta consumsit. Eudoxus quidem in cacumine excelsissimi montis consenuit, ut astrorum cœlique motus deprehenderet : et Chrysippus, ut ad inventionem sufficeret, ter helleboro animum detersit. Verum, ut ad plastas convertar, Lysippum, statuæ unius lineamentis inhærentem, inopia extinxit : et Myron, qui pæne hominum animas, ferarumque, ære comprehendit, non invenit heredem. At nos, vino scortisque demersi, ne paratas qui-dem artes audemus cognoscere ; sed, accusatores antiquitatis, vitia tantum docemus, et discimus. Ubi est Dialectica ? ubi Astronomia ? ubi Sapientiæ consultissima via ? Quis, inquam, venit in templum, et votum fecit, si ad Eloquentiam pervenisset ? Quis, si Philosophiæ fontem attigisset ? Ac ne bonam quidem valetudinem petunt : sed statim, antequam limen Capitolii tangant, alius donum promittit, si propinquum divitem extulerit : alius, si thesaurum effoderit : alius, si ad trecenties HS salvus pervenerit. Ipse Senatus, recti bonique præceptor, mille pondo auri Capitolio promittere solet : et, ne quis dubitet pecuniam concupiscere, Jovem quoque peculio exorat. Noli ergo mirari, si Pictura deficit, cum omnibus Diis hominibusque, formosior videatur massa auri, quam quidquid Apelles Phidiasve, Græculi delirantes, fecerunt.

LXXXIX. Sed video te totum in illa hærere tabula, quæ Trojæ halosin ostendit : itaque conabor opus versibus pandere.

> Jam decima mœstos, inter ancipites metos,
> Phrygas obsidebat messis, et vatis fides
> Calchantis atro dubia pendebat metu :
> Cum, Delio profante, cæsi vertices
> Idæ trahuntur, scissaque in molem cadunt
> Robora, minacem quæ figurarent equum.
> Operitur ingens claustrum, et obducti specus,

Des bataillons entiers vont cacher dans ses flancs
D'un courage ulcéré les longs ressentiments.
C'est un vœu, disait-on, pour un retour prospère :
Sinon vient l'attester d'une voix mensongère.
O patrie! et tu crois sur leurs mille vaisseaux
Que Mars avec les Grecs remporte ses fléaux,
Et les vers lus au flanc du colosse perfide
Confirment de Sinon l'imposture homicide.
Le sol enfin est libre, et nos vœux exaucés.
Le Troyen hors des murs s'élance à flots pressés :
Qu'il est heureux! Pour lui plus d'assauts, plus d'alar-
La joie, après la peur, a de si douces larmes!     [mes :
    Mais, les cheveux épars et de cendre couverts,
Accourt Laocoon, prêtre du dieu des mers;
Il s'écrie, il brandit sa lourde javeline :
Lui seul il va frapper la sinistre machine;
La main d'un dieu l'arrête, et le fer repoussé
Le long du bois muet glisse, et tombe émoussé.
Sinon triomphe : en vain une arme plus propice,
La hache vient sonder l'immobile édifice,
Et de tous ces captifs qui vont nous conquérir
Le sourd frémissement en vain s'est fait ouïr;
Le peuple, devant eux abattant ses murailles,
Perd en un jour le fruit de dix ans de batailles.
Écoutez : ô prodige! aux bords où Ténédos
Voit mourir à ses pieds le vain courroux des flots
(Tous les vents sommeillaient), soudain la mer frissonne,
S'ouvre, et le noir abîme en tournoyant bouillonne.
Dans le calme des nuits, ainsi quand l'aviron
Fend la plaine d'azur d'un rapide sillon,
Sous la nef qui s'avance elle courbe ses ondes,
Et Neptune a gémi dans ses grottes profondes.
On regarde, on s'étonne : ainsi que deux vaisseaux
Qui de leur noir poitrail domineraient les eaux,
Deux monstres, deux serpents d'une sanglante écume
Ont fait rougir le flot qui jaillit et qui fume ;
Leurs crêtes, leurs regards lancent d'affreux éclairs,
Et leurs longs sifflements épouvantent les mers.
Tous les cœurs ont frémi : debout sur le rivage,
Tes fils, Laocoon, au printemps de leur âge,
Portaient les saints bandeaux et le lin révéré.

Le couple dévorant, de leur sang altéré,
Les a ceints tout entiers de son étreinte horrible.
Hélas! près d'expirer, pour soi-même insensible,
Chacun songe à son frère, et d'un pieux effort
Voudrait, même en mourant, l'arracher à la mort.
Le père infortuné, vainement magnanime,
Court offrir au trépas sa troisième victime :
Les monstres l'ont saisi; frappé du coup mortel,
Le prêtre en holocauste est tombé sur l'autel;
Et la terre tressaille à ce signal funeste
Des malheurs de Pergame et du courroux céleste.
    Déjà Phébé, montant sur son trône argenté,
Des astres de sa cour éclipsait la clarté;
Les paisibles Troyens dormaient dans le silence :
Le vin et le sommeil les livraient sans défense.
Le colosse aussitôt de ses flancs meurtriers
A vomi dans nos murs ses armes, ses guerriers.
Tels qu'un coursier farouche, enfant de Thessalie,
Tout à coup délivré du joug qui l'humilie,
Court, ses longs crins épars, se mêler aux combats;
Les Grecs, l'épée au poing, le bouclier au bras,
Tandis que l'incendie autour d'eux se déploie,
Contre Troie invoquaient les dieux mêmes de Troie.
Pour les fils d'Ilion il n'est plus de réveil,
Et ce sommeil sera leur éternel sommeil.

XC. Ici des promeneurs de la galerie assailli-
rent de pierres mon improvisateur Eumolpe. Lui,
dont la muse était faite à de tels suffrages, se
couvrit la tête de sa robe, laissa là le temple des
arts, et s'enfuit. J'eus peur, moi aussi, que le titre
de poëte ne me fût appliqué. Suivant donc le fugitif jusqu'au bord de la mer, dès qu'arrivés hors de
portée nous pûmes faire halte : — De grâce, lui
dis-je, que prétendez-vous avec cette maudite
maladie? Il n'y a pas deux heures que nous sommes ensemble, et vous m'avez parlé plus souvent en poëte qu'en homme. Je ne m'étonne pas

---

Qui castra caperent. Huc decenni prælio
Irata virtus abditur : stipant graves
Equi recessus Danaï, et in voto latent.                10
O Patria! pulsas mille credidimus rates,
Solumque bello liberum : hoc titulus fero
Incisus, hoc ad fata compositus Sinon
Firmabat, et mendacium in damnum potens.
Jam turba portis libera, ac bello carens             15
In vota properant : fletibus manant genæ,
Mentisque pavidæ gaudium lacrymas habet,
Quas metus abegit : namque Neptuno sacer,
Crinem solutus, omne Laocoon replet
Clamore vulgus; mox reducta cuspide                   20
Uterum notavit : fata sed tardant manus,
Ictusque resilit, et dolis addit fidem.
Iterum tamen confirmat invalidam manum,
Altaque bipenni latera pertentat. Fremit
Captiva pubes intus, et, dum murmurat               25
Roborea moles spirat alieno metu.
Ibat juventus capta, dum Trojam capit,
Bellumque totum fraude ducebat nova.
Ecce alia monstra! Celsa qua Tenedos mare
Dorso repellit, tumida consurgunt freta,             30
Undaque resultat scissa tranquillo minor,
Qualis silenti nocte remorum sonus
Longe refertur, cum premunt classes mare.
Pulsumque marmor, abiete imposita, gemit.
Respicimus, angues orbibus geminis ferunt           35
Ad saxa fluctus : tumida quorum pectora,
Rates ut altæ, lateribus spumas agunt.
Dat cauda sonitum : liberæ pontum jubæ
Consentiunt luminibus, fulmineum jubar

Incendit æquor, sibilisque undæ tremunt :            40
Stupuere mentes. Infulis stabant Sacri
Phrygioque cultu, gemina nati pignora
Laoconte, quos repente tergoribus ligant
Angues corusci : parvulas illi manus
Ad ora referunt : neuter auxilio sibi,               45
Uterque fratri ; transtulit pietas vices,
Morsque ipsa miseros mutuo perdit metu.
Accumulat, ecce! liberum funus parens,
Infirmus auxiliator; invadunt virum,
Jam morte pasti, membraque ad terram trahunt        50
Jacet sacerdos, inter aras victima,
Terramque plangit. Sic profanatis sacris,
Peritura Troja perdidit primum Deos.
Jam plena Phœbe candidum extulerat jubar,
Minora ducens astra radianti face,                   55
Cum inter sepultos Priamidas nocte et mero,
Danai relaxant claustra, et effundunt viros.
Tentant in armis se duces, ceu, ubi solet
Nodo remissus Thessali quadrupes jugi
Cervicem, et altas quatere ad excursum jubas.        60
Gladios retractant, commovent orbes manus,
Bellumque sumunt. Hic graves alius mero
Obtruncat, et continuat in mortem ultimam
Somnos : ab aris alius accendit faces;
Contraque Troas invocat Trojæ sacra.                 65

XC. Ex his, qui in porticibus spatiabantur, lapides in
Eumolpum recitantem miserunt. At ille, qui plausum ingenii sui noverat, operuit caput, extraque templum pro-
fugit. Timui ego, ne me Poetam vocarent. Itaque subse-
cutus fugientem, ad littus perveni : et, ut primum extra-

si les gens vous poursuivent à coups de pierres.
Moi-même j'en chargerai mes poches, et, au premier accès de poésie qui vous prendra, je vous
rafraîchirai le cerveau d'une saignée. — Il secoua
les oreilles, et répondit : — Ah! mon enfant, je
n'en suis pas aujourd'hui à mon premier début; au
théâtre même, chaque fois que je m'y présente
pour réciter un morceau, tel est l'accueil dont
la foule me salue habituellement. Comme au surplus, avec vous du moins, je ne veux point passer
tout le jour en querelle, je ferai abstinence de
vers. — Eh bien, répliquai-je, si vous abjurez
pour aujourd'hui cette frénésie, je vous fais souper avec moi. — Puis je confiai à la gardienne
de mon chétif logis le soin de mon chétif repas;
et de suite nous allâmes au bain].

XCI. Là j'aperçus Giton, linges et frottoirs en
main, debout contre la muraille, l'air morne et
tout confus. On voyait qu'il servait à contre-cœur.
Pour que le témoignage de mes yeux fût complet,
il tourna vers moi son visage tout épanoui de
joie, et me dit : — Ayez pitié de moi, cher maître!
où je n'ai plus d'armes à craindre, je puis parler.
Sauvez-moi d'un brigand, d'un bourreau; et impo-
sez au repentir de votre juge quelle expiation
vous voudrez. Ce me sera dans mon malheur
une assez grande consolation de ne périr que par
votre arrêt. — Je lui dis de cesser ses plaintes,
pour que personne ne surprenne nos intentions;
et laissant là Eumolpe (il déclamait des vers aux
baigneurs), j'emmène Giton par une issue obscure et fort sale, et en toute hâte je vole à mon
logis. Avant tout j'en ferme la porte, puis je
serre mon jeune ami contre mon sein, et sur son
visage baigné de larmes j'imprime convulsivement mes lèvres. Longtemps nous restâmes sans
voix l'un et l'autre, car cette chère poitrine aussi
était toute brisée de sanglots. — O faiblesse indigne! m'écriai-je; je t'aime après que tu m'as
délaissé; et mon cœur, blessé si cruellement, ne
garde même plus de cicatrice! Comment justi-
fies-tu ton acquiescement à d'adultères amours?
Méritais-je un pareil outrage? — Lui, se sentant
toujours aimé, releva ~~un peu plus fièrement la tête.~~ *quelque peu le sourcil....*

> Mais quereller quand ~~l'amour~~ *le cœur* nous entraîne,
> Qui le pourrait? Hercule y suffirait à peine.
> Tous les procès d'amour, l'amour seul les finit....

Et pourtant, continuai-je, le droit de choisir qui
tu voudrais aimer, je ne l'ai point remis au jugement d'un tiers; mais je ne me plains plus de
rien, je ne me souviens de rien, si c'est un loyal
repentir qui te ramène. — J'accompagnais ces
paroles de soupirs et de larmes. Giton, m'essuyant le visage avec son manteau, me répondit : — De grâce, Encolpe, j'en appelle à tes
propres souvenirs : est-ce moi qui t'ai abandonné,
ou toi qui m'as livré à l'ennemi? Oui, je l'avoue,
et ce sera mon excuse, en vous voyant armés
tous deux, je me suis sauvé vers le plus fort. ~~Je l'embrassai cette tête~~ *je braisai avec effusion cette poitrine.* douée de tant de prudence;
et, lui jetant les bras au cou, pour lui prouver
clairement que je lui rendais mes bonnes grâces,
et que ma tendresse renaissait pour lui plus sin-
cère que jamais, je le serrai étroitement contre
~~ma poitrine,~~ *mon sein.*

XCII. Il était nuit close, et la femme avait ap-
prêté le repas commandé, quand Eumolpe vint
frapper à notre porte. Je lui crie : « Combien êtes-
« vous? » et vite, par une fente de la porte

---

teli conjectum licuit consistere : Rogo, inquam, quid tibi
vis cum isto morbo? Minus quam duabus horis mecum
moraris, et saepius poetice, quam humane, locutus es.
Itaque non miror, si te populus lapidibus prosequitur. Ego
quoque sinum meum saxis onerabo, ut, quotiescumque
coeperis a te exire, sanguinem tibi a capite mittam. Movit
ille vultum, et, O mi, inquit, adolescens, non hodie
primum auspicatus sum : imo quoties theatrum, ut recita-
rem aliquid, intravi, hac me adventitia excipere frequentia solet. Ceterum, ne et tecum quoque habeam rixandum
toto die, me ab hoc cibo abstinebo. Imo, inquam ego, si
ejuras hodiernam bilem, una coenabimus : mando aedicu-
larum custodi coenulae officium....

XCI. Video Gitona, cum linteis et strigilibus parieti ap-
plicitum, tristem confusumque. Scires, non libenter servire. Itaque, ut experimentum oculorum caperem, convertit ille solutum gaudio vultum, et, Miserere, inquit,
frater : ubi arma non sunt, libere loquor. Eripe me latroni
cruento, et qualibet saevitia poenitentiam judicis tui puni.
Satis magnum erit misero solatium, tua voluntate ceci-
disse. Supprimere ego querelam jubeo, ne quis consilia deprehenderet : relictoque Eumolpo, (nam in balneo carmen
recitabat,) per tenebrosum et sordidum egressum extraho
Gitona, raptimque in hospitium meum pervolo. Praeclusis
deinde foribus, invado pectus amplexibus, et perfusum
os lacrymis vultu meo contero. Diu vocem neuter invenit;
nam puer etiam singultibus crebris amabile pectus quas-
saverat. O facinus, inquam, indignum! quod amo te,
quamvis relictus; et in hoc pectore, cum vulnus ingens
fuerit, cicatrix non est. Quid dicis, peregrini amoris con-
cessio? Dignus hac injuria fui? Postquam se amari sensit,
supercilium altius sustulit....

> Accusare et amare tempore uno,
> Ipsi vix fuit Herculi ferendum.
> Dividias mentis conficit omnis amor...

Nec amoris arbitrium ad alium judicem tuli; sed nihil
jam queror; nihil jam memini, si bona fide poenitentiam
emendas. Haec cum inter gemitus lacrymasque fudissem,
detersit ille pallio vultum, et, Quaeso, inquit, Encolpi,
fidem memoriae tuae appello : Ego te reliqui, an tu prodi-
disti? Equidem fateor, et prae me fero, cum duos armatos
viderem, ad fortiorem confugi. Exosculatus pectus sapientia plenum, injeci cervicibus manus : et, ut facile intelli-
geret, rediisse me in gratiam, et optima fide reviviscen-
tem amicitiam, toto pectore adstrinxi.

XCII. Et jam plena nox erat, mulierque coenae mandato
curaverat, cum Eumolpus ostium pulsat. Interrogo ego :
Quot estis? obiterque per rimam foris speculari diligentis-
sime coepi, num Ascyltos una venisset. Demum, ut so-

j'examine avec soin si Ascylte n'est pas avec lui. N'apercevant qu'une seule personne, je me hâte de faire entrer. Eumolpe se laisse aller sur mon grabat ; et, à la vue de mon échanson, il fait certain signe de tête, et dit : — Honneur à Ganymède ! Il faut qu'aujourd'hui la fête soit complète. — Je fus loin de goûter un début aussi indiscret, et j'eus peur d'avoir ouvert ma porte à un second Ascylte. Il poursuit de plus belle ; et comme Giton lui versait à boire : — Tiens, lui dit-il, je t'aime mieux que tout ce que j'ai vu au bain ; — puis vidant d'un trait sa coupe : — Jamais je n'ai subi vexation plus grande. Figurez-vous qu'à peine entré dans l'eau, je faillis être chargé de coups pour avoir essayé de débiter des vers aux gens assis autour du bassin. C'était comme au théâtre ; on me poussa dehors, et j'allai parcourant tous les coins de la salle, et apelant Encolpe à cor et à cri. A l'autre bout un jeune homme tout nu, qui avait perdu ses vêtements, criait non moins haut que moi, et ne cessait de réclamer avec colère un nommé Giton. Quant à moi, des valets, qui me prenaient pour un fou, me contrefaisaient avec l'insolence la plus dérisoire. Mais le jeune homme ! nombre de curieux faisaient cercle autour de lui, battant des mains et dans l'admiration la plus respectueuse. Il étalait en effet un tel volume de virilité, que vous eussiez pris l'homme lui-même pour l'appendice de la partie. O quel athlète infatigable ! Je crois qu'à commencer la veille, il ne finit que le lendemain. Aussi ~~fut il bientôt tiré d'affaire :~~ je ne sais quel chevalier romain, décrié, disait-on, pour ses mœurs, ~~vint au secours de sa détresse, lui jeta son manteau sur les~~ ~~épaules,~~ et l'emmena chez lui, pour jouir seul, je pense, d'une si riche aubaine. Et moi, je n'aurais pas même tiré mes habits des mains de *l'Officieux* [1] qui les gardait, si je n'avais produit un répondant. Tant il vaut mieux, pour se faire des amis, développer un bel engin qu'un beau génie ! —

Le récit d'Eumolpe m'avait fait changer à tout instant de visage : mon front s'éclaircissait au désappointement de mon rival, et se rembrunissait à sa bonne fortune. Faisant toutefois comme si je ne connaissais pas le sujet de l'histoire, je me tus, et me mis à ranger les plats sur la table.

[Mon nouvel hôte reprit la parole, et, pour vanter la simplicité de notre repas, il nous dit :]

XCIII. Le dieu qui devant nous, prodigue de ses soins,
Sema de quoi calmer le cri de nos besoins,
Partout offre à ma bouche ou la mûre sanglante,
Ou le chou plébéien, ou le fruit d'Atalante.
J'ai soif, le fleuve est près : sot qui n'y boirait pas !
Un bon feu brille ici : moquons-nous des frimas.
Le fer de la loi veille au seuil d'une adultère ;
La vierge dort en paix sous l'aile de sa mère.
Quand tous nos vœux sont purs, la nature y répond.
Que sont les vœux du luxe ? Un abîme sans fond.

Mais on fait fi des choses permises ; et l'imagination, que le faux goût a blasée, se passionne pour l'illicite......

D'un bien trop prompt j'hésite à me saisir :
Vaincre aisément, c'est vaincre sans plaisir.
Si le faisan, si la poule d'Afrique
Nous semble un mets d'une saveur unique,
C'est qu'il est rare ; et l'oison argenté,
Et le canard au riche et frais plumage,
Sentent le peuple et la rusticité.
Mais le sarget, le moindre coquillage
Que l'ouragan roule vers nos climats,
Flattent bien mieux les palais délicats.

1 Officieux, l'un des gardiens du vestiaire.

---

lum hospitem vidi, momento recepi. Ille, se ut in grabatum rejecit, viditque Gitona in conspectu ministrantem, movit caput, et, Laudo, inquit, Ganymedem : oportet, hodie bene sit. Non delectavit me tam curiosum principium, timuique, ne in contubernium recepissem Ascylti parem. Instat Eumolpus, et, cum puer illi potionem dedisset, Malo te, inquit, quam balneum totum : siccatoque avide poculo, negat sibi umquam acidius fuisse : Nam et, dum lavor, ait, pæne vapulavi, quia conatus sum circa solium sedentibus carmen recitare : et, postquam de balneo, tanquam de theatro, ejectus sum ; circuire omnes angulos cœpi, et clara voce Encolpion clamitare. Ex altera parte juvenis nudus, qui vestimenta perdiderat, non minore clamoris indignatione Gitona flagitabat. Et me quidem pueri, tanquam insanum, imitatione petulantissima deriserunt : illum autem frequentia ingens circumvenit cum plausu et admiratione timidissima. Habebat enim inguinum pondus tam grande, ut ipsum hominem laciniam fascini crederes. O juvenem laboriosum ! puto illum pridie incipere, postero die finire. Itaque statim invenit auxilium, nescio quis enim Eques Romanus, ut aiebant, infamis, sua veste errantem circumdedit, ac domum abduxit : credo, ut tam magna fortuna solus uteretur. At ego ne mea quidem vestimenta ab Officioso recepissem, nisi Notorem dedissem. Tanto magis impedit inguina quam ingenia fricare. Hæc Eumolpo dicente, mutabam ego frequentissime vultum : injuriis scilicet inimici nostri hilaris, commodis tristis. Utcumque tamen, tanquam non agnoscerem fabulam, tacui, et cœnæ ordinem explicui....

XCIII. Omnia, quæ miseras possunt finire querelas,
In promptu voluit candidus esse Deus.
Vile olus, et duris hærentia mora rubetis,
Pugnantis stomachi composuere famem.
Flumine vicino stultus sitit, et riget Euro,     5
Cum calidus tepido consonat igne rogus.
Lex armata sedet circum fera limina nuptæ,
Nil metuit licito fusa puella toro.
Quod satiare potest, dives natura ministrat,
Quod docet infrenis gloria, fine caret.     10

Vile est quod licet, et animus, errore lentus, injurias diligit...

Nolo, quod cupio, statim tenere,
Nec victoria mi placet parata.
Ales Phasiacis petita Colchis,
Atque Afræ volucres placent palato,
Quod non sunt faciles : at albus anser,     5
Et pictis anas enovata pennis,
Plebeium sapit. Ultimis ab oris
Attractus Scarus, atque arata Syrtis
Si quid naufragio dedit, probatur ;

Le surmulet n'obtient plus leur suffrage ;
Las d'une épouse, on veut d'autres appas.
Le cinnamome a détrôné la rose :
L'obstacle en tout fait le prix de la chose.

— Est-ce là, dis-je à Eumolpe, ce que vous m'aviez promis, de ne pas faire un vers de toute la journée ? Vous l'avez juré ; faites-nous grâce, à nous du moins qui ne vous avons jamais lapidé. Car si quelqu'un de ceux qui sont à boire sous ce même toit vient à flairer le nom seul de poëte, il fera insurger tout le voisinage, et nous serons tous assommés comme complices. Ayez pitié de nous, et souvenez-vous des scènes de la galerie et du bain. — Cette apostrophe m'attira le blâme de Giton, qui était la douceur même. — Il est mal à vous, me dit-il, de persifler un vieillard ; vous oubliez votre devoir d'hôte : la table que votre obligeance lui dressait, vous la renversez par l'insulte... — Et il ajouta maint autre conseil de modération et de convenance merveilleusement placé dans une si belle bouche.

XCIV. — Heureuse ta mère, s'écria Eumolpe, d'avoir mis au jour un fils tel que toi ! Courage, enfant ! Elle est si rare l'alliance de la beauté avec la sagesse ! Va, ne crois pas que tant de nobles paroles soient perdues : tu as trouvé en moi un ami passionné. Je veux remplir mes vers de tes louanges. Je serai ton précepteur, ton gardien : sans même que tu l'ordonnes, je te suivrai partout ; et Encolpe n'en recevra pas de préjudice : il aime ailleurs. — Bien lui prit à son tour à cet Eumolpe que le soldat m'eût enlevé mon épée ; autrement le même courroux que j'avais conçu contre Ascylte, je l'assouvissais dans le sang du poëte. Cela ne put échapper à Giton. Il quitta la chambre comme pour aller chercher de l'eau, et cette prudente disparition fit tomber le feu de ma colère. Elle s'attiédit donc quelque peu, de furibonde qu'elle était. — Eumolpe, dis-je, j'aime encore mieux que vous me parliez en vers que de vous entendre élever de pareilles prétentions. Je suis violent, et vous libertin : voyez combien nos caractères se conviennent peu. Figurez-vous donc que vous avez affaire à un furieux : cédez à un homme qui ne se possède pas, ou, pour mieux dire, sortez au plus vite. — Étourdi de la sommation, Eumolpe ne me demanda pas mes motifs ; mais de suite franchissant le seuil, il tire brusquement la porte après lui, m'enferme quand je m'y attends le moins, arrache la clef précipitamment, et court à la recherche de Giton. Demeuré captif, je résolus de me pendre, d'en finir avec la vie. J'avais déjà dressé le bois du lit contre le mur, j'avais attaché ma ceinture au châssis du matelas, et j'adaptais à mon cou le nœud fatal, quand la porte s'ouvrit. C'était Eumolpe avec Giton : il me rappelle des bords du tombeau à la lumière. Mais Giton surtout, que sa douleur exaspère jusqu'au délire, jette un cri perçant, et me poussant de ses deux mains me fait tomber sur le lit. — Encolpe, disait-il, quelle est votre erreur ? Croyez-vous qu'il vous soit possible de mourir avant moi ? Je vous avais devancé ; j'avais chez Ascylte cherché une épée ; et, si je ne vous eusse retrouvé, j'allais périr au fond d'un précipice. Apprenez que la mort n'est pas loin pour qui l'appelle, et soyez à votre tour témoin du spectacle que vous vouliez me donner. — Cela dit, il arrache au mercenaire d'Eumolpe un rasoir dont il se frappe jusqu'à deux fois sur la nuque ; puis il tombe sans force à nos pieds. Je m'écrie tout épouvanté, et, tombant comme lui sur le plancher, j'essaye de me donner la mort avec le même

---

Mullus jam gravis est. Amica vincit     10
Uxorem. Rosa cinnamum veretur.
Quidquid quæritur, optimum videtur.

Hoc est, inquam, quod promiseras, ne quem hodie versum faceres ? Per fidem, saltem nobis parce, qui te nunquam lapidavimus. Nam si aliquis ex his, qui in eodem synœcio potant, nomen Poetæ olfecerit, totam concitabit viciniam, et nos omnes sub eadem causa obruet. Miserere, et, aut pinacothecam, aut balneum cogita. Sic me loquentem objurgavit Giton, mitissimus puer, et negavit recte facere, quod seniori conviciarer : simulque obtus officii, mensam, quam humanitate posuissem, contumelia tollerem ; multaque alia moderationis verecundiæque verba, quæ formam ejus egregie decebant.

XCIV. O felicem, inquit, matrem tuam, quæ te talem peperit ! Macte virtute esto ! Raram facit misturam cum sapientia forma. Itaque, ne putes te tot verba perdidisse, amatorem invenisti. Ego laudes tuas carminibus implebo. Ego pædagogus, et custos, etiam quo non jusseris, sequar : nec injuriam Encolpius accipit, alium amat. Profuit etiam Eumolpo miles ille, qui mihi abstulit gladium ; alioquin, quem animum adversus Ascylton sumseram, eum in Eumolpi sanguinem exercuissem. Nec fefellit hoc Gitona. Itaque extra cellam processit, tanquam aquam peteret, iramque meam prudenti absentia extinxit. Paullulum ergo intepescente sævitia, Eumolpe, inquam, jam malo, vel carminibus loquaris, quam ejusmodi tibi vota proponas : et ego iracundus sum, et tu libidinosus ; vide, quam non conveniat his moribus. Putas igitur, me furiosum esse ? cede insaniæ, id est, ocius foras exi. Confusus hac denunciatione Eumolpus, non quæsiit iracundiæ caussam, sed, continuo limen egressus, adduxit repente ostium cellæ, meque, nihil tale exspectantem, inclusit, exemitque raptim clavem, et ad Gitona investigandum cucurrit. Inclusus ego, suspendio vitam finire constitui : et jam semicinctio stanti ad parietem spondæ me junxeram, cervicesque nodo condebam ; cum reseratis foribus intrat Eumolpus cum Gitone, meque a fatali jam meta revocat ad lucem. Giton præcipue, ex dolore in rabiem efferatus, tollit clamorem, me, utraque manu impulsum, præcipitat super lectum. Erras, inquit, Encolpi, si putas contingere posse, ut ante moriaris. Prior cœpi, in Ascylti hospitio gladium quæsivi. Ego, si te non invenissem, periturus per præcipitia fui : et, ut scias, non longe esse quærentibus mortem, specta invicem, quod me spectare voluisti. Hæc locutus, mercenario Eumolpi novaculam rapit, et, semel iterumque cervice percussa, ante pedes collabitur nostros. Exclamo ego attonitus, secutusque

fer. Mais Giton n'avait pas même l'ombre d'une égratignure, et moi je n'éprouvais aucune douleur. C'était en effet l'une de ces lames sans tranchant, que l'on émousse pour servir aux apprentis-raseurs et leur faire contracter l'assurance du maître. Bien mieux, elle était dans sa gaîne. Aussi le valet se l'était-il laissé prendre sans frayeur, et Eumolpe n'avait point mis obstacle à cette parodie de suicide.

XCV. Au milieu de ce drame joué par l'amour survient l'aubergiste, achevant un reste de soupé; et comme il nous voit tous deux rouler bien peu noblement sur la poussière : — Seriez-vous ivres par hasard, nous dit-il, ou prêts à déserter? ou est-ce l'un et l'autre? Qui a dressé ce lit contre le mur? Pourquoi ce remue-ménage à mon insu? Oui, par Hercule! pour ne pas payer le loyer de ma chambre, vous vouliez décamper cette nuit : mais ce ne sera pas impunément. Je vais vous faire voir que ce n'est pas ici la maison d'une femmelette, mais celle de Marcus Manicius. — Ah! s'écrie Eumolpe, à l'insulte tu joins la menace! — Et il détache à notre homme le soufflet le plus vigoureux. L'autre, qui devait son courage aux nombreuses rasades bues avec ses hôtes, lui lance une petite cruche de terre à la tête, le blesse au front, puis se sauve en le laissant crier. Eumolpe, indigné de l'outrage, saisit un chandelier de bois, poursuit le fuyard, et venge par une grêle de coups l'honneur de son sourcil. Toute la valetaille accourt avec la foule des ivrognes du logis. Moi, trouvant l'occasion d'une revanche, je laisse mon Eumolpe à la porte, la pareille est rendue à l'impudent, et je me vois sans rival, maître de ma chambre et de ma nuit. Ce-

pendant et marmitons et locataires houspillent le banni : l'un, armé d'une broche chargée de rôtis frémissants, menace de lui crever les yeux; un autre, saisissant un croc à suspendre les viandes, se met en posture de combat; et, mieux que tout cela, une vieille aux yeux chassieux, affublée du plus sale tablier, et montée sur deux sandales de bois inégales, s'en vient traînant par la chaîne un énorme dogue qu'elle agace contre Eumolpe. Mais lui, avec son chandelier, pare toutes les attaques.

XCVI. Nous pouvions tout voir par un trou que laissait à la porte le marteau récemment arraché, et j'applaudissais à la détresse du poëte. Giton, toujours compatissant, était d'avis de lui ouvrir, et de venir en aide à l'infortuné. Mais mon ressentiment durait encore : je ne pus me contenir, et je frappai d'une sèche et ferme chiquenaude l'oreille de l'obligeant défenseur. Il alla s'asseoir sur le lit en pleurant; et j'appliquai au trou de la porte tantôt un œil, tantôt l'autre, encourageant les assaillants; et c'était pour moi chose friande à savourer. En ce moment le chef-commissaire du quartier, Bargatès, qu'on a dérangé de son soupé, arrive au beau milieu de la lutte sur sa litière à deux porteurs : le malheureux était podagre. Après qu'il eut en beuglant et d'une voix barbare péroré contre les ivrognes et les locataires déserteurs, ses yeux s'étant portés sur Eumolpe : — Oh! s'écria-t-il, la fleur de nos poëtes, c'était vous? Et cette canaille de valets ne s'éloigne pas bien vite, et leurs mains insolentes ne vous respectent pas! — [Puis il se penche à l'oreille d'Eumolpe, et lui dit à mi-voix :] — Ma camarade de lit fait la bégueule avec moi.

labentem, eodem ferramento ad mortem viam quæro. Sed neque Giton ulla erat suspicione vulneris læsus, neque ego ullum sentiebam dolorem. Rudis enim novacula, et in hoc retusa, ut pueris discentibus audaciam tonsoris daret, instruxerat thecam. Ideoque nec mercenarius ad raptum ferramentum expaverat, nec Eumolpus interpellaverat mortem mimicam.

XCV. Dum hæc fabula inter amantes luditur, Deversitor cum parte famulæ intervenit, contemplatusque fœdissimam jacentium volutationem : Rogo, inquit, ebrii estis, an fugitivi, an utrumque? quis autem grabatum illum erexit? aut quid sibi vult tam furtiva molitio? Vos, me Hercules! ne mercedem cellæ daretis, fugere nocte in publicum voluistis; sed non impune. Jam enim faxo sciatis, non viduæ hanc insulam esse, sed M. Manicii. Exclamat Eumolpus, Etiam minaris? simulque os hominis palma excussissima pulsat. Ille, tot hospitum potionibus liber, urceolum fictilem in Eumolpi caput jaculatus est, solvitque clamantis frontem, et de cella se proripuit. Eumolpus, contumeliæ impatiens, rapit ligneum candelabrum, sequiturque abeuntem, et creberrimis ictibus supercilium suum vindicat. Fit concursus familiæ, hospitumque ebriorum frequentia. Ego autem, nactus occasionem vindictæ, Eumolpum excludo, redditaque scordalo vice, sine æmulo scilicet, et cella utor, et nocte. Interim coctores, insulariique mulceant

exclusum : et alius veru, extis stridentibus plenum, in oculos ejus intentat : alius, furca de carnario rapta, statum præliantis componit : anus præcipue lippa, sordidissima præcincta linteo, soleis ligneis imparibus imposita, canem ingentis magnitudinis catena trahit, instigatque in Eumolpum. Sed ille candelabro se ab omni periculo vindicabat.

XCVI. Videbamus nos omnia per foramen valvæ, quod paullo ante ansa ostioli rupta laxaverat, favebamque ego vapulanti. Giton autem, non oblitus misericordiæ suæ, reserandum ostium, succurrendumque periclitanti censebat. Ego, durante adhuc iracundia, non continui manum, sed caput miserantis stricto acutoque articulo percussi. Et ille flens quidem consedit in lecto : ego autem alternos opponebam foramini oculos, injuriæque Eumolpi advocationem commodabam, et veluti quodam cibo me replebam : cum Procurator insulæ, Bargates, a cœna excitatus, a duobus lecticariis in mediam rixam perfertur : nam erat etiam pedibus æger. Is, ut rabiosa barbaraque voce in ebrios fugitivosque diu peroravit, respiciens ad Eumolpum : O Poëtarum, inquit, disertissime, tu eras? et non discedunt ocius nequissimi servi, manusque continent a rixa?... Contubernalis mea, mihi fastum facit. Ita, si me amas, maledic illam versibus, ut habeat pudorem.

XCVII. Dum Eumolpus cum Bargate in secreto loqui-

Hein! si vous m'aimez, chantez-lui pouille dans vos vers, pour qu'elle ait honte de sa conduite. —

XCVII. Tandis qu'Eumolpe s'entretient à l'écart avec Bargatès, il entre dans l'auberge un crieur, suivi d'un valet de police et d'une foule assez considérable. Agitant une torche qui donnait plus de fumée que de lumière, il proclame le ban que voici :

*Un adolescent vient de s'égarer au bain public, âgé d'environ seize ans, chevelure frisante, mignon de son état, jolie figure, se nommant Giton. Celui qui voudra bien le rendre, ou faire savoir où il est, recevra mille sesterces.*

Non loin du crieur se tenait Ascylte en robe bariolée, portant devant lui sur un bassin d'argent le signalement et la somme promise. J'ordonne à Giton de se glisser vite sous le lit, de se cramponner des pieds et des mains aux sangles du cadre qui portait les couchages *où le matelas posait;* et, comme autrefois Ulysse collé au ventre d'un bélier, de s'allonger sous le grabat pour échapper aux mains qui le chercheraient. Giton n'hésite pas : il obéit, et en un clin d'œil il a passé ses mains sous les sangles : Ulysse est vaincu en souplesse par son imitateur. Moi, pour ne laisser nulle prise au soupçon, je couvre le lit de vêtements, et j'y figure l'enfoncement d'une seule personne de ma grandeur. Cependant Ascylte, qui avait fait sa ronde dans toutes les cellules avec le valet de police, arrive à la mienne, et conçoit un espoir d'autant plus fondé qu'il en trouve la porte soigneusement verrouillée. Le valet pour lors insinuant sa hache dans les jointures, le battant,

quoique solide, céda. Je me précipite aux genoux de mon rival, et par le souvenir de notre amitié, par notre association de misères, je le conjure de me laisser du moins voir Giton ; de plus, et pour mieux faire croire à mes feintes prières : — Ascylte, continuai-je, je sais que vous venez m'arracher la vie ; car pourquoi ces haches qui vous accompagnent? Eh bien! assouvissez votre courroux ; tenez, voici ma tête : que mon sang coule ; vos perquisitions ne sont qu'un prétexte, vous voulez mon sang. — Ascylte repousse l'odieux que je lui prête ; il répond qu'il ne cherche autre chose que son déserteur ; qu'il ne veut pas la mort d'un homme, d'un suppliant, de celui surtout qui depuis notre fatal démêlé était encore son plus cher ami.

XCVIII. Le valet de police, lui, ne procédait pas si mollement : il prit une canne des mains de l'aubergiste, la promena sous le lit, et sonda jusqu'aux moindres trous des murailles. Giton esquivait la rencontre du bâton : il retenait, tout transi de peur, son haleine, et les punaises même étaient en contact avec son visage. [Les deux inquisiteurs à peine sortis,] Eumolpe se précipite dans la chambre, la porte fracturée n'interdisant plus l'entrée à personne, et il s'écrie d'un air effaré : — Les mille sesterces sont à moi ; oui, je vais courir après le crieur ; je lui ferai voir que Giton est à sa disposition : vous méritez bien, traître, que je vous dénonce. — J'embrasse les genoux d'Eumolpe, il tient ferme : — Ne donnez pas le coup de grâce à des mourants! vous seriez en droit d'éclater, disais-je, si en le dénonçant vous pouviez représenter Giton. A l'heure qu'il est, il se

---

tur, intrat stabulum præco cum servo publico, aliaque sane non modica frequentia, facemque fumosam magis quam lucidam quassans, hæc proclamavit :

PUER IN BALNEO PAULLO ANTE ABERRAVIT, ANNORUM<br>
CIRCA XVI.<br>
CRISPUS, MOLLIS, FORMOSUS, NOMINE GITON<br>
SI QUIS EUM REDDERE, AUT COMMONSTRARE VOLUERIT,<br>
ACCIPIET NUMMOS MILLE.

Nec longe a præcone Ascyltos stabat, amictus discoloria veste, atque in lance argentea indicium, et fidem præferebat. Imperavi Gitoni, ut raptim grabatum subiret, annecteretque pedes et manus institis, quibus sponda culcitam ferebat : ac, sicut olim Ulyxes utero arietis adhæsisset, extentus infra grabatum, scrutantium eluderet manus. Non est moratus Giton imperium, momentoque temporis inseruit vinculo manus, et Ulyxem astu simillimo vicit. Ego, ne suspicioni relinquerem locum, lectulum vestimentis implevi, uniusque hominis vestigium ad corporis mei mensuram figuravi. Interim Ascyltos, ut pererravit omnes cum Viatore cellas, venit ad meam : et hoc quidem pleniorem spem concepit, quo diligentius oppessulatas invenit fores. Publicus vero servus, insertans commissuris secures, claustrorum firmitatem laxavit. Ego ad genua Ascylto procubui, et per memoriam amicitiæ, perque societatem miseriarum, petii, ut saltem ostenderet

fratrem ; imo, ut fidem haberent fictæ preces : scio, te, inquam, Ascylte, ad occidendum me venisse : quo enim secures attulisti? Itaque satia iracundiam tuam : præbeo, ecce! cervicem, funde sanguinem, quem sub prætextu quæstionis petiisti. Amolitur Ascyltos invidiam; et, Se vero nihil aliud, quam fugitivum suum, dixit, quærere; mortem nec hominis concupisse, nec supplicis; utique ejus, quem post fatalem rixam habuit carissimum.

XCVIII. At non servus publicus tam languide agit, sed raptam Cauponi arundinem subter lectum mittit, omniaque etiam foramina parietum scrutatur. Subducebat Giton ab ictu corpus, et, reducto timidissime spiritu, ipsos cimices ore tangebat..... Eumolpus autem, quia effractum ostium cellæ neminem poterat excludere, irrumpit perturbatus, et, Mille, inquit, nummos inveni : jam enim persequar abeuntem Præconem, et in potestate sua esse Gitonem, meritissima proditione monstrabo. Genua ego perseverantis amplector, ne morientes vellet occidere : et, Merito, inquam, excandesceres, si posses proditum ostendere. Nunc inter turbam puer fugit, nec, quo abierit, suspicari possum. Per fidem, Eumolpe, reduc puerum, et vel Ascylto redde. Dum hæc ego jam credenti persuadeo, Giton, collectione spiritus plenus, ter continuo ita sternutavit, ut grabatum concuteret. Ad quem motum Eumolpus conversus, salvere Gitona jubet. Remota etiam culcita, videt Ulyxem, cui vel esuriens Cyclops potuisset

sauve dans la foule, sans que je puisse imaginer quelle direction il a prise. Au nom du ciel, Eumolpe, ramenez-le, et rendez-le... même à Ascylte. — Il allait me croire, et je le persuadais, lorsque Giton, qu'une respiration longtemps comprimée suffoquait, éternua trois fois de suite à ébranler toute la couche. A cette secousse Eumolpe se retourne et fait à Giton le souhait d'usage. Puis écartant jusqu'à la paillasse, il vit notre Ulysse, dont le Cyclope même à jeun eût pu avoir pitié. Ce fut moi qu'il apostropha : — Qu'est cela, maître fripon? Lors même qu'on te démasque, tu ne peux prendre sur toi de dire la vérité. Enfin, si quelque divinité, arbitre des choses humaines, n'avait arraché à ce petit malheureux l'indice de son étrange position, je serais ta dupe, et j'irais courant de taverne en taverne. — Giton alors, bien plus insinuant que moi, commence par étendre une compresse de toiles d'araignées, imbibées d'huile, sur la plaie faite au sourcil d'Eumolpe; il échange son petit manteau contre la robe lacérée du poëte; puis le voyant radouci, l'embrasse, et lui prodigue le baume insidieux de ses baisers. — Cher papa, lui dit-il, nous nous plaçons, nous sommes sous votre sauvegarde. Si vous aimez votre Giton, daignez avant tout le sauver. Que ne suis-je moi seul englouti par les feux ennemis du Vésuve! que la mer avec ses tempêtes ne vient-elle fondre sur moi! C'est moi qui suis l'objet, qui suis la cause de tous les attentats. Ma mort réconcilierait deux ennemis. — [Eumolpe fut touché de mon triste état et de celui de Giton; les caresses de Giton surtout avaient fait leur impression : — Je vous trouve bien fous, dit-il, en vérité! doués de talents comme vous l'êtes, vous pourriez être heureux; et vous menez une misérable vie, et chaque jour vous vous torturez volontairement par de nouveaux chagrins.]

XCIX. Pour moi, tel fut toujours et partout mon plan d'existence : jouir du jour présent comme ne devant plus revenir, [c'est-à-dire vivre sans souci. Faites comme moi, bannissez toute pensée chagrine. Ascylte ici vous persécute : fuyez; suivez-moi dans un voyage que je dois faire en pays étranger.]

Ami, brave le sort! aux rives étrangères
S'en vont luire pour toi des destins plus prospères.
Que le sol qui voit naître ou mourir le soleil,
Que les frimas du nord, que l'orient vermeil,
Ou le paisible Nil, le Danube sauvage,
En toi d'un autre Ulysse admirent le courage.

[Je suis passager sur un vaisseau qui part cette nuit peut-être; on m'y connaît beaucoup, et nous serons fort bien accueillis. Ce conseil me parut sage et bon à suivre : je ne pus résister à tant de bonté; désespéré de mes mauvais procédés envers Eumolpe, j'eus regret de ma jalousie, et] tout baigné de larmes je le priai, je le conjurai de me rendre à moi aussi ses bonnes grâces. — Quand on aime, disais-je, on n'est pas maître de ses transports jaloux : je mettrai toutefois mes soins à ne rien dire ou faire désormais qui vous puisse offenser. Seulement bannissez tout souvenir irritant, vous qui professez de si nobles arts; effacez-en jusqu'aux cicatrices. Sur d'incultes et âpres régions les frimas séjournent longtemps; mais sitôt que la charrue vient dompter le sol aplani, en un moment le peu de neige qui reste a disparu. Ainsi la colère se fond au cœur de l'homme : tenace dans un naturel grossier, elle effleure les âmes éclairées. — Pour te prouver, répliqua Eumolpe, combien tu dis vrai, voici le baiser qui met fin à nos ressentiments. Eh bien donc, espérons bonne chance : tenez prêts vos petits bagages et suivez-moi, ou, si vous l'aimez mieux, soyez mes guides. — Il n'avait pas fini de parler, quand la porte fut poussée en dedans avec fracas; et nous vîmes s'arrêter sur le seuil un matelot à barbe effroyable. — Que tardez-vous donc, dit-il à Eumolpe; ne voyez-vous pas qu'il est presque jour? — Sans plus de délai, nous nous levons tous; Eumolpe réveille son mercenaire qui dormait depuis long-

---

parcere. Mox conversus ad me, Quid est, inquit, Latro? Ne deprehensus quidem ausus es mihi verum dicere? Imo, ni Deus quidam, humanarum rerum arbiter, pendenti puero excussisset indicium, elusus circa popinas errarem. Giton longe blandior, quam ego, primum araneis oleo madentibus vulnus, quod in supercillo factum erat, coarctavit; mox palliolo suo laceratam mutavit vestem, amplexusque jam mitigatum, osculis, tanquam fomentis, aggressus est : et, In tua, inquit, pater carissime, in tua sumus custodia. Si Gitona tuum amas, incipe velle servare. Utinam me solum inimicus ignis hauriret! utinam hibernum invaderet mare! Ego enim omnium scelerum materia : ego caussa sum. Si perirem, conveniret inimicis......

XCIX. Ego sic semper et ubique vixi, ut ultimam quamque lucem, tanquam non redituram, consumerem.....

Linque tuas sedes, alienaque littora quære,
O juvenis! major rerum tibi nascitur ordo.
Ne succumbe malis : te noverit ultimus Ister,

Te Boreas gelidus, securaque regna Canopi,
Quique renascentem Phœbum, cernuntque cadentem. 6
Major in externas Ithacus descendat arenas.....

Profusis ego lacrymis rogo, quæsoque, ut mecum quoque redeat in gratiam : neque enim in amantium esse potestate furiosam æmulationem : daturum tamen operam, ne aut dicam, aut faciam amplius, quo possit offendi. Tantum omnem scabitudinem animo, tanquam bonarum artium magister, deleret sine cicatrice. Incultis asperisque regionibus diutius nives hærent : ast, ubi ex aratro domefacta tellus nitet, dum loqueris, levis pruina dilabitur. Similiter in pectoribus ira considit : feras quidem mentes obsidet, eruditas prælabitur. Ut scias, inquit Eumolpus, verum esse quod dicis, ecce! etiam osculo iram finio. Itaque, quod bene eveniat! expedite sarcinulas, et vel sequimini me, vel, si mavultis, ducite. Adhuc loquebatur, cum crepuit ostium impulsum, stetitque in limine barbis horrentibus nauta : et, Moraris, inquit, Eumolpe, tanquam prope diem ignores? Haud mora, omnes consurgimus, et Eumolpus qui-

temps, et le fait sortir chargé de ses effets. Aidé de Giton, j'entasse en un paquet tout ce que nous pouvions avoir, je fais ma prière aux astres, et j'entre dans le navire. [Mais il nous fallut attendre encore qu'Eumolpe eût improvisé sur le rivage même l'invocation suivante :]

Toi qui ceins l'univers des replis de ton onde,
Océan, roi des eaux, modérateur du monde,
Si, borné par toi seul, ce globe suit ta loi;
Si les sources, les lacs, les mers naissent de toi,
Et si tout fleuve enfin salue en toi son père;
Si tu nourris la nue et fécondes la terre;
Si, de tes flancs d'azur touchant l'azur des cieux,
Tu reçois de Phébus les coursiers radieux,
Et de ton large sein leur livrés la pâture,
Cet éternel foyer des feux de la nature;
Si partout ton pouvoir s'étend illimité,
Moi, faible atôme aussi dans cette immensité,
Je t'invoque à mon tour. Sur la plaine orageuse
Où s'embarque aujourd'hui ma Muse voyageuse,
Dût le sort me jeter aux bords les plus lointains,
Daigne, ô dieu tout-puissant, protéger mes destins!
Que du profond abîme où couve la menace,
Seul un frisson léger crispe au loin la surface :
Que la voile, où frémit le souffle d'un vent frais,
Jusqu'au dernier moment laisse la rame en paix ;
Que les flots, assez forts pour chasser le navire,
Et se puissent compter, et nous viennent sourire,
Et de notre manœuvre équilibrent le cours.
Oui, mon père, appuyés de ton divin secours,
Mes compagnons et moi, si sur ce bois fragile
Du port tant désiré nous atteignons l'asile,
~~En retour de mes vœux pleinement exaucés,~~
~~Tes autels recevront mes tributs empressés.~~

~~[Moi qui savais la pauvreté du poëte, et que~~ ~~le dieu risquait fort de le trouver insolvable, j'au-~~ ~~rais pu concevoir de l'inquiétude et en tirer un~~ ~~mauvais présage.~~ Mais j'avais bien un autre souci :]

■ — Ce qui me tracasse, [pensais-je], c'est qu'Eumolpe soit épris de Giton. Eh bien quoi ? n'a-t-on pas en commun ce que la nature a créé de plus parfait? Le soleil luit pour tous. La lune, et les astres sans nombre qui forment sa cour, guident la brute elle-même à sa pâture. Est-il une plus belle chose que l'eau? Elle coule aussi pour tous les êtres. L'amour seul sera donc un bien qui se vole, plutôt qu'un prix à disputer? Non, non, je ne veux rien avoir à moi que la foule n'ait droit de m'envier. Un rival unique, un vieillard n'est pas fort à craindre : voulût-il même prendre quelque liberté, il échouera faute d'haleine. — Je mis donc ce soupçon sous mes pieds, je m'étourdis sur mes idées de méfiance, et me livrai, la tête enfoncée dans mon capuchon, à un sommeil peu franc. Mais tout à coup, comme si le sort eût résolu d'abattre ma constance, j'entendis sur le tillac une voix chagrine qui disait : — Il m'a donc joué! — C'était une voix d'homme, presque familière à mon oreille : mon cœur en palpita de saisissement. Ce n'est pas tout : une femme indignée aussi, mais que ses poignants souvenirs courrouçaient davantage, s'écria : — Si quelque dieu faisait tomber Giton dans mes mains, comme ce petit vagabond serait bien reçu! — Giton et moi, atterrés par le son de ces paroles si inattendues, nous n'avions plus de sang dans les veines. Moi surtout, il me semblait qu'un fiévreux cauchemar m'enveloppait de son linceul ; je fus longtemps à retrouver la parole. Enfin d'une main tremblante tirant Eumolpe, que le sommeil gagnait, par le pan de sa robe : — En conscience, lui dis-je, mon père, à qui est ce vaisseau? par qui est-il monté? Pouvez-vous nous le dire? — ~~In-terrompu~~ _Troublé_ dans son somme, il s'impatienta : —

---

dem mercenarium suum, jam olim dormientem, exire cum sarcinis jubet. Ego cum Gitone, quidquid erat, in altum compono, et adoratis sideribus, intro navigium.....

Undarum rector, genitor maris, arbiter orbis,
Oceane, o placido complectens omnia motu;
Tu legem terris moderato limite signas,
Tu pelagus quodcumque facis, fontesque, lacusque,
Flumina quin etiam norunt omnia patrem,                 5
Te potant nubes, ut reddant frugibus imbres;
Cyaneoque sinu cœli tu diceris oras
Partibus et cunctis immenso cingere nexu.
Tu fessos Phœbi recipis si gurgite currus,
Exhaustisque die radiis alimenta ministras,          10
Gentibus ut clarum referat lux aurea Solem:
Si mare, si terras, cœlum, mundumque gubernas,
Me quoque cunctorum partem, venerabilis, audi.
Alme parens rerum, supplex precor : ergo carinam
Conserves, ubicumque tuo committere ponto             15
Hanc animam, transire fretum, discurrere cursus
Æquoris horrisoni sortis fera jussa jubebunt.
Tende favens glaucum per lævia dorsa profundum;
Ac tantum tremulo crispentur cærula motu,
Quantum vela ferant, quantum sinat otia remis.       20
Sint fluctus, celerem valeant qui pellere puppim,
Quos numerare libens possim, quos cernere lætus.
Servet inoffensam laterum par linea libram,
Et sulcante viam rostro submurmuret unda.
Da, pater ut tute liceat transmittere cursum ;        25
Perfer ad optatos securo in littore portus
Me, comitesque eos; quod quum permiseris esse,
Reddam, quas potero, pleno pro munere grates.

C.... Molestum, quod puer hospiti placet. Quid autem, non commune est, quod natura optimum fecit? Sol omnibus lucet. Luna, innumerabilibus comitata sideribus, etiam feras ducit ad pabulum. Quid aquis dici formosius potest? in publico tamen manant. Solus ergo Amor furtum potius, quam præmium, erit? Imo vero nolo habere bona, nisi quibus populus inviderit. Unus, et senex, non erit gravis : etiam cum voluerit aliquid sumere, opus anhelitu perdet. Hoc ut infra fiduciam posui, fraudavique animum diffidentem, cœpi somnum, obruto tunicula capite, mentiri. Sed repente, quasi destruente Fortuna constantiam meam, ejusmodi vox super constratum puppis congemuit : Ergo me derisit? At hæc quidem virilis, et pæne auribus meis familiaris, animum palpitantem percussit. Ceterum eadem indignatione mulier lacerata ulterius excanduit : et, Si quis Deus manibus meis, inquit, Gitona imponeret, quam bene exulem exciperem! Uterque nostrum, tam inexpectato ictus sono, amiserat sanguinem. Ego præcipue, quasi somnio quodam turbulento circumamictus, diu vocem collegi, tremulisque manibus Eumolpi, jam in soporem labentis, laciniam duxi; et, Per fidem, inquam, Pater, cujus hæc navis est? aut quos vehat, dicere potes? Inquietatus ille, moleste tulit; et, Hoc erat, inquit, quod pla-

A _Je promets en retour au souverain des mers_
_Le seul tribut qu'hélas! je puis offrir, des vers._ —

C. [ _Une pareille offre, dont les hommes même ne_
_voulaient plus, pouvait me faire douter de la bonne_
_volonté du dieu. C'était déjà de mauvais augure._

Voilà donc pourquoi il vous a plu de nous faire occuper l'endroit le plus écarté du tillac! pour ne pas nous laisser reposer? Que vous importe quand je vous aurai dit que Lycas le Tarentin commande ce navire, qui mène à Tarente l'aventurière Thryphène? —

CI. Tout mon être frémit à ce coup de foudre écrasant; je tendis la gorge et m'écriai : — Enfin donc, ô Fortune! ton triomphe est complet. — Giton, renversé sur mon sein, avait perdu connaissance. Toutefois une abondante sueur nous rappelle à la vie; j'embrasse les genoux d'Eumolpe : — Ayez pitié, lui dis-je, de deux mourants; oui, au nom de notre fraternité littéraire, achevez-nous. Notre heure est venue; et, à moins que vous ne nous le refusiez, ce peut être un bienfait pour nous. — Suffoqué de mon odieux soupçon, Eumolpe jure par tous les dieux qu'il ne sait quel malheur est arrivé; que pas le moindre mauvais dessein n'est entré dans son esprit; que c'est le plus innocemment du monde et en toute bonne foi qu'il nous a fait monter avec lui sur ce navire, où lui-même depuis longtemps devait s'embarquer. — Mais quel piége y a-t-il donc ici? quel Annibal avons-nous à bord? Lycas le Tarentin, fort galant homme, outre ce vaisseau dont il est propriétaire et capitaine, possède plusieurs fonds de terre, une maison de commerce; il a frété son bâtiment pour un transport de marchandises : voilà le Cyclope, l'archipirate à qui nous devons le prix de la traversée. Avec lui est Tryphène, la plus belle des femmes, qui vogue de côté et d'autre pour son agrément. — Voilà justement, reprend Giton, ceux que nous fuyons. — Et il expose rapidement à Eumolpe ef-

frayé les motifs de leur haine et l'imminence du danger. Le vieillard, interdit et ne sachant que résoudre, nous demande à chacun notre avis :

— Figurons-nous que nous voici dans l'antre du Cyclope. Il faut chercher le moyen d'en sortir, si nous n'aimons mieux nous jeter à la mer, et nous mettre ainsi hors de tout péril. — Eh bien, dit Giton, engagez le pilote à relâcher dans quelque port, moyennant gratification, bien entendu; donnez-lui pour raison que vous avez un frère que le mal de mer met à l'extrémité. Vous pouvez colorer cette fable d'un air d'affliction et de quelques larmes, si bien que la pitié le détermine à vous complaire. — Impossible! répond Eumolpe; les grands navires n'entrent dans les ports qu'après de pénibles manœuvres : et puis que ce frère soit tout à coup tombé si bas, voilà une chose peu vraisemblable. Ajoutez que peut-être Lycas, par bienséance, croira devoir faire visite au malade. Voyez quelle visite opportune que celle de ce capitaine que vous voulez fuir! Mais supposez que le navire puisse se détourner de la route qu'il suit à pleines voiles, et que Lycas ne fasse pas tout au moins la ronde de ses malades, comment débarquer sans être vus de tout l'équipage? Serons-nous encapuchonnés, ou tête nue? Dans le premier cas, chacun voudra présenter la main aux valétudinaires; aller tête nue, serait-ce autre chose que nous livrer nous-mêmes? —

CII. Que n'avons-nous plutôt recours à l'audace? dis-je à mon tour; glissons-nous le long d'un câble dans l'esquif dont nous couperons l'amarre, et laissons faire à la fortune. Je ne prétends pas associer Eumolpe à nos périls. Pourquoi

cuerat tibi, ut super constratum navis, occuparemus secretissimum locum, ne nos patereris requiescere? Quid porro ad rem pertinet, si dixero, Lycam Tarentinum esse dominum hujusce navigii, qui Tryphœnam exulem Tarentum ferat?

CI. Intremui post hoc fulmen attonitus, juguloque detecto : Aliquando, inquam, totum me, Fortuna, vicisti. Nam Giton quidem, super meum pectus positus, animam egit. Deinde, ut effusus sudor utriusque spiritum revocavit, comprehendi Eumolpi genua : Miserere, inquam, morientium, id est, pro consortio studiorum commoda manum. Mors venit, quæ, nisi per te non licet, potest esse pro munere. Inundatus hac Eumolpus invidia, jurat per Deos Deasque, se neque scire quid acciderit; nec ullum dolum malum consilio adhibuisse, sed mente simplicissima, et vera fide in navigium comites induxisse, quo ipse jam pridem fuerit usurus. Quæ autem hic insidiæ sunt? inquit, aut quis nobis Hannibal navigat? Lycas Tarentinus, homo verecundissimus, et non tantum hujus navigii dominus, quod regit, sed fundorum etiam aliquot, et familiæ negotiantis, onus deferendum ad mercatum conduxit. Hic est Cyclops ille, et archipirata, cui vecturam debemus : et præter hunc Tryphæna, omnium feminarum formosissima; quæ voluptatis caussa huc atque illuc vectatur. Hi sunt, inquit Giton, quos fugimus : simulque

raptim caussas odiorum, et instans periculum trepidanti Eumolpo exponit. Confusus ille, et consilii egens, jubet quemque suam sententiam proponere : et, Fingite, inquit, nos antrum Cyclopis intrasse. Quærendum est aliquod effugium, nisi naufragium ponimus, et omni nos periculo liberamus. Imo, inquit Giton, persuade gubernatori ut in aliquem portum navem deducat, non sine præmio scilicet; et affirma ei, impatientem maris fratrem tuum in ultimis esse. Poteris hanc simulationem et lacrymis, et vultus confusione obumbrare, ut misericordia permotus gubernator indulgeat tibi. Negavit hoc Eumolpus fieri posse; quia magna navigia portibus se gravatim insinuant, nec tam cito fratrem defecisse verisimile erit. Accedit his, quod forsitan Lycas, officii caussa, visere languentem desiderabit. Vides, quam valde nobis expediat, ultro dominum ad fugientes accedere. Sed finge, navem ab ingenti posse cursu deflecti, et Lycam non utique circumiturum ægrorum cubilia : quomodo possumus egredi nave, ut non conspiciamur a cunctis? opertis capitibus, an nudis? Opertis? et quis non dare manum languentibus volet? Nudis? Et quid erit aliud, quam se ipsos proscribere?

CII. Quin potius, inquam ego, ad temeritatem confugimus, et per funem lapsi descendimus in scapham, præcisoque vinculo reliqua Fortunæ committimus? Nec ego

embarquer l'innocent dans le même risque que les coupables? Tout ce que je souhaite, c'est que le sort favorise notre descente dans l'esquif.—L'idée ne serait pas mauvaise, reprit Eumolpe, si elle était praticable. Mais vos mouvements n'échapperont à personne. Ils n'échapperont pas au pilote, qui la nuit, toujours éveillé, observe tout, jusqu'au cours des astres. Peut-être aurait-on, pour le tromper, la chance d'un instant de sommeil, si c'était par l'extrémité opposée du vaisseau qu'on tentât l'évasion; mais c'est par la poupe, par le gouvernail même, qu'il faut se glisser : car c'est là qu'est attachée l'amarre de l'esquif. Outre cela je m'étonne, mon cher, que vous n'ayez pas réfléchi qu'un matelot stationne continuellement, la nuit comme le jour, dans l'esquif, et qu'on ne peut le chasser de son poste qu'en le tuant, ou le jetant de vive force à la mer. Vous en sentez-vous capables? Interrogez votre courage. Pour ce qui est de vous accompagner, je ne me refuse à aucun péril qui offrirait un espoir de salut. Car hasarder sa vie sans motif et comme chose de néant, c'est une idée que même en ce cas-ci je ne vous suppose pas. Voyez si celle-ci vous convient. Je vais vous rouler dans deux porte-manteaux; et, serrés par les courroies pêle-mêle avec mes hardes, vous serez censés en faire partie; j'y ménagerai, bien entendu, quelques ouvertures par où vous puissiez et respirer et manger. Je crierai bien haut, après cela, que cette nuit mes esclaves, de peur d'un châtiment trop grave, se sont précipités à l'eau; puis, arrivé au port sans qu'on se doute de rien, je vous débarquerai comme mes autres bagages.—Oui-dà! répondis-je, vous nous emballerez comme des corps massifs qui ne sont pas sujets à d'incommodes besoins; ou comme

des gens qui n'éternuent ni ne ronflent jamais. Est-ce parce que l'expédient m'a une première fois si bien réussi? Supposez que pour un jour seulement on puisse tenir ainsi garrottés; et si nous sommes quelque temps arrêtés par un calme ou des vents contraires, que deviendrons-nous? Les étoffes même trop longtemps empaquetées se coupent dans leurs plis; les caractères des manuscrits se dénaturent sous une forte pression. Et nous, jeunes encore, si peu faits à la fatigue, nous resterions patiemment, en vrais simulacres, emmaillotés et ficelés? Cherchons encore : c'est une autre voie de salut qu'il nous faut. Examinez ce que moi j'ai conçu. Eumolpe, en qualité de littérateur, doit être muni d'encre. Servons-nous de cette préparation, et noircissons-nous de la tête aux pieds. Alors, soi-disant esclaves éthiopiens, nous serons à vos ordres, sans corrections humiliantes, avec notre gaieté d'hommes libres; et notre teint factice en imposera à nos ennemis. — Que ne nous circoncis-tu aussi, dit Giton; et nous passerons pour Juifs. Perce-nous les oreilles; nous ressemblerons à des Arabes. Blanchis-nous la face, et la Gaule nous prendra pour ses fils. Comme si la couleur seule pouvait changer tout l'aspect d'un visage! comme si une foule de choses ne devaient pas concourir à la fois pour compléter et soutenir l'illusion! Mais je veux que ce dégoûtant vernis puisse tenir assez longtemps sur la figure, qu'aucune goutte d'eau ne vienne faire tache sur quelque partie de notre corps, que l'encre ne se colle pas à nos vêtements, ce qui a souvent lieu, même sans mélange de gomme; voyons : pouvons-nous aussi gonfler nos lèvres en bourrelets bien noirs; nous rendre avec un fer les cheveux crépus; nous tail-

---

in hoc periculum Eumolpum arcesso. Quid enim attinet, innocentem alieno periculo imponere? Contentus sum, si nos descendentes adjuverit casus. Non imprudens consilium, inquit Eumolpus, si aditum haberet. Quis enim non euntes notabit? Utique gubernator, qui pervigil nocte siderum quoque motus custodit. Et utcumque imponi vel dormienti posset, si per aliam partem navis fuga quæreretur : nunc per puppim, per ipsa gubernacula delabendum est, a quorum regione funis descendit, qui scaphæ custodiam tenet. Præterea illud miror, Encolpi, tibi non succurrisse, unum nautam stationis perpetuæ, interdiu noctuque, jacere in scapha, nec posse inde custodem, nisi aut cæde expelli, aut præcipitari viribus. Quod an fieri possit? interrogate audaciam vestram. Nam, quod ad meum quidem comitatum attinet, nullum recuso periculum, quod salutis spem ostendit. Nam sine caussa quidem spiritum, tanquam rem vacuam, impendere, nec vos quidem existimo velle. Videte, numquid hoc placeat? Ego vos in duas jam pelles conjiciam, vinctosque loris inter vestimenta pro sarciniis habebo, apertis scilicet aliquatenus labris, quibus et spiritum recipere possitis, et cibum. Conclamabo deinde, nocte servos, pœnam graviorem timentes, præcipitasse se in mare : deinde, cum ventum fuerit in portum, sine ulla suspicione, pro sarcinis vos efferam. Ita vero, inquam ego,

tanquam solidos alligaturus, quibus non soleat venter injuriam facere; an tanquam eos, qui sternutare non soleamus, nec stertere? an quia hoc genus furti semel mihi feliciter cessit? Sed finge, una die vinctos posse durare : quid ergo? si diutius aut tranquillitas nos tenuerit, aut adversa tempestas, quid facturi sumus? Vestes quoque, diutius vinctas, ruga consumit, et cartæ alligatæ mutant figuram. Juvenes adhuc laboris expertes, statuarum ritu patiemur pannos et vincula? Adhuc aliquod iter salutis quærendum est. Inspicite, quod ego inveni. Eumolpus, tanquam litterarum studiosus, utique atramentum habet. Hoc ergo remedio, mutemus colores, a capillis usque ad ungues. Ita, tanquam servi Æthiopes, et præsto tibi erimus, sine tormentorum injuria hilares, et, permutato colore, imponemus inimicis. Quin tu, inquit Giton, et circumcide nos, ut Judæi videamur; et pertunde aures, ut imitemur Arabes; et increta facies, ut suos Gallia cives putet : tanquam hic solus color figuram possit pervertere, et non multa una oporteat consentiant, ut omni ratione mendacium constet. Puta, infectam medicamine faciem diutius durare posse : finge, nec aquæ asperginem imposituram aliquam corpori maculam, nec vestem atramento adhæsuram, quod frequenter, etiam non accersito ferrumine, infigitur : age, numquid et labra possumus tumore teterrimo implere? numquid et crines

lader, nous tatouer le front ; contourner nos jambes en cercle, marcher sur les talons, et figurer
sur nos mentons des barbes à la mode d'Afrique ?
Un teint artificiel salit le corps et ne le métamorphose pas. Écoutez ce que le désespoir m'inspire :
nouons nos robes autour de nos têtes, et ensevelis-
sons-nous dans l'abîme.

CIII. — Que ni dieux ni hommes ne permettent
pareille chose ! s'écrie Eumolpe ; cette ignomi-
nieuse fin ne sera pas la vôtre. Suivez plutôt ce
conseil-ci : mon mercenaire, vous le savez par
l'aventure du rasoir, est barbier ; il va vous raser
à tous deux les cheveux et jusqu'aux sourcils ;
moi ensuite je dessinerai adroitement sur vos
fronts une inscription qui fera croire qu'on vous
a infligé les stigmates. Ainsi tout à la fois ces marques détourneront les soupçons de ceux qui vous
cherchent, et déguiseront vos traits sous le masque
du châtiment. — Le stratagème est mis en œuvre
sans délai : nous gagnons furtivement le bord du
navire ; et là cheveux et sourcils sont livrés au
tranchant du rasoir. Eumolpe nous couvre tout le
front d'énormes caractères, et sa main libérale
imprime à grands traits sur nos figures le signalement ordinaire des valets déserteurs. Par malheur
un des passagers, penché sur le flanc du vaisseau,
soulageait son estomac travaillé du mal de mer :
il avise au clair de la lune le barbier qui exerçait
fort intempestivement son ministère ; et, maudis-
sant un augure qui rappelle trop l'offrande dernière des marins en détresse, il se rejette dans
son lit. Nous feignîmes de ne pas entendre l'impré-
cation de l'homme aux nausées ; mais nous retom-
bâmes dans le labyrinthe de nos perplexités, et,
gardant un silence circonspect, nous passâmes le
reste de la nuit dans un demi-assoupissement.

[Le lendemain, sitôt qu'Eumolpe put croire Tryphène levée, il entra chez Lycas. Là, après quelques
mots sur l'heureuse traversée que promettait un ciel
serein, Lycas adressa ainsi la parole à Tryphène :]

CIV. — Il m'est apparu pendant mon sommeil
le dieu Priape, qui me disait : Cet Encolpe que tu
cherches, apprends qu'il est sur ton navire, où je
l'ai conduit. — Tryphène tressaillit : — On dirait, s'écria-t-elle, que nous avons dormi sur le
même chevet ; car la statue de Neptune, où j'a-
vais marqué trois fois au stylet [le sacrifice que je
lui offris] à Baïes, m'est aussi apparue, et m'a
dit : C'est sur le vaisseau de Lycas que tu trou-
veras Giton. — A propos de rêves, interrompit
Eumolpe, savez-vous qu'Épicure est un homme
divin, qui fait justice de ces sortes de chimères
d'une façon très-piquante ?

Les songes, vain amas de formes voltigeantes,
De nos esprits troublés illusions changeantes,
Ne sont point à la terre envoyés par les cieux :
C'est ton œuvre, ô mortel ! et non celle des dieux ;
C'est du sommeil des sens l'âme qui se dégage,
Et des scènes du jour ressuscite l'image.
Celui qui, des cités farouche destructeur,
Fit courir devant lui la flamme et la terreur,
Rêve ennemis vaincus, rois morts ou dans les chaînes,
Et de fleuves de sang voit regorger les plaines ;
L'orateur, en dormant, redit son plaidoyer,
Et, pâle, attend l'arrêt qui le va foudroyer ;
Le pilote en péril se croit sauvé, puis l'onde
Engloutit le navire où son espoir se fonde ;
L'avare ensevelit, trouve ou perd un trésor ;
Le chasseur court les bois aux sons perçants du cor,
Et son chien près de lui, bruyant auxiliaire,
Poursuit d'un lièvre absent la trace imaginaire ;
La courtisane écrit à son amant jaloux ;
La vieille, l'or en main, marchande un rendez-vous :
A chacun sa misère, à chacun sa blessure,
Qui jusqu'au sein des nuits se r'ouvre et le torture.

Quoi qu'il en fût, Lycas fit pour le rêve de

---

calamistro convertere ? numquid et frontes cicatricibus
scindere ? numquid et crura in orbem pandere ? numquid
et talos ad terram deducere ? numquid barbam peregrina
ratione figurare ? Color, arte compositus, inquinat corpus,
non mutat. Audite, quid dementi succurrerit. Præligemus
vestibus capita, et nos in profundum mergamus.

CIII. Nec istud Dii hominesque patiantur, Eumolpus
exclamat, ut vos tam turpi exitu vitam finiatis. Imo potius facite, quod jubeo : Mercenarius meus, ut ex novacula comperistis, tonsor est : hic continuo radat utriusque
non solum capita, sed etiam supercilia. Sequar ego, frontes notans inscriptione sollerti, ut videamini stigmate esse
puniti. Ita eædem litteræ, et suspicionem declinabunt quæ-
rentium, et vultus umbra supplicii tegent. Non est dilata
fallacia ; sed ad latus navigii furtim processimus, capitaque
cum superciliis denudanda tonsori præbuimus. Implevit
Eumolpus frontes utriusque ingentibus litteris, et notum
fugitivorum epigramma per totam faciem liberali manu duxit. Unus forte ex vectoribus, qui, adclinatus lateri navis,
exonerabat stomachum, nausea gravem, notavit sibi ad
lunam tonsorem, intempestivo inhærentem ministerio,
exsecratusque omen, quod imitaretur naufragorum ultimum votum, in cubile rejectus est. Nos, dissimulata nau-
seantis devotione, ad ordinem tristitiæ redimus, silentioque

composito, reliquas noctis horas male soporati consumsi-
mus.....

CIV. Videbatur mihi secundum quietem, Priapus dicere : Encolpion, quem quæris, scito, a me in navem
tuam esse perductum. Exhorruit Tryphæna : et, Putes,
inquit, una nos dormiisse : nam et mihi simulachrum Neptuni, quod Baiis... ter stylo notaveram, videbatur dicere :
in navi Lycæ Gitona invenies. Hinc scies, inquit Eumolpus, Epicurum hominem esse divinum, qui ejusmodi ludibria facetissima ratione condemnat.

Somnia, quæ mentes ludunt volitantibus umbris,
Non delubra Deum, nec ab æthere numina mittunt ;
Sed sibi quisque facit. Nam, cum prostrata sopore
Urget membra quies, et mens sine pondere ludit :
Quidquid luce fuit, tenebris agit. Oppida bello          5
Qui quatit, et flammis miserandas sævit in urbes ;
Tela videt, versasque acies, et funera regum,
Atque exundantes profuso sanguine campos.
Qui caussas orare solent, legesque forumque,
Et pavido cernunt inclusum corde tribunal.          10
Condit avarus opes, defossumque invenit aurum.
Venator saltus canibus quatit. Eripit undis,
Aut premit eversam periturus navita puppim.
Scribit amatori meretrix. Dat adultera munus.
Et canis in somnis leporis vestigia latrat          15
In noctis spatio miserorum vulnera durant.

Tryphène une ablution expiatoire, et dit : — Qui nous empêche de visiter le bâtiment? N'ayons pas l'air de mépriser ce qu'une révélation céleste a fait pour nous. — Ici l'homme qui nous avait si déplorablement surpris dans notre opération nocturne, un nommé Hésus, éleva tout à coup la voix : — Mais quels sont donc ceux qui cette nuit se faisaient raser au clair de la lune? Détestable augure, par ma foi! car je me suis laissé dire qu'en mer il n'est permis à âme qui vive de se couper cheveux ni ongles, à moins que le vent ne soit en colère contre les flots.

CV. Lycas devient pâle de fureur; ces paroles l'ont bouleversé : — Est-il possible, dit-il, qu'on se soit coupé les cheveux à mon bord, et par la plus belle nuit du monde? Qu'on m'amène sur-le-champ les coupables, et sachons quelle tête doit tomber pour purifier mon vaisseau. — La chose s'est faite par mon ordre, dit Eumolpe : il est vrai qu'étant l'un des passagers, l'augure est aussi contre moi; mais mes coquins de valets avaient les cheveux longs et en désordre : je ne voulais pas faire d'un navire un cachot d'esclaves, et j'ai désiré les voir un peu décrassés, afin qu'en même temps les stigmates dont ils sont flétris, n'étant plus masqués par la chevelure, pussent se déchiffrer bien en plein. Entre autres tours qu'ils m'ont joués, n'ont-ils pas été manger mon argent chez une maîtresse commune, d'où je les ai arrachés la nuit d'avant-hier, ruisselants de vin et de parfums? Bref, ils sont encore à cuver le reste de mes écus. — Sur ce, comme expiation due à la patronne du vaisseau, on décida que quarante coups de corde nous seraient infligés à tous deux. Et, sans plus attendre, de fanatiques matelots

tombent sur nous armés de cordes, et s'évertuent à apaiser leur dieu tutélaire par l'effusion d'un sang abject. Pour mon compte, je digérai les trois premiers coups avec une dignité de Spartiate; mais Giton, au premier qu'il reçut, poussa un cri si perçant, qu'elle alla vibrer, cette voix trop connue, jusqu'aux oreilles de Tryphène. Non-seulement chez Tryphène l'émotion fut vive; mais toutes ses femmes, à cet accent familier pour elles, accoururent vers le fustigé. Déjà sa merveilleuse beauté avait désarmé les matelots : c'était là une prière muette qui agissait sur ces bourreaux, quand les femmes de Tryphène s'écrient toutes à la fois : — C'est Giton! c'est Giton! Arrêtez, barbares que vous êtes! C'est Giton! Madame, au secours! — Tryphène prête l'oreille; Tryphène, déjà trop portée à le croire, vole et se précipite. Lycas, qui me connaissait si bien, accourt aussi, comme s'il eût ouï ma voix; et ce ne furent ni mes mains ni mon visage qu'il considéra, mais tout d'abord baissant les yeux vers les mâles attributs qui me distinguaient, il me fit un geste des plus galants, et dit : — Salut à Encolpe! — Qu'on s'étonne maintenant que la nourrice du roi d'Ithaque ait après vingt ans reconnu la cicatrice qui révélait son maître, lorsqu'en homme expérimenté, quand tous mes traits, toute ma personne sont déguisés et confondus, un Lycas arrive si habilement au seul indice qui puisse trahir son fugitif! Tryphène pleurait, trompée par nos stigmates, de voir imprimé sur nos fronts ce qu'elle prenait pour des signes réels de servitude; et elle demandait à demi-voix dans quel cachot d'esclaves avaient pu tomber ces coureurs? quelle main assez barbare s'était acharnée sur eux à un tel supplice? Ils méritaient sans doute une leçon,

---

Ceterum Lycas, ut Tryphænæ somnium expiavit, Quis, inquit, prohibet navigium scrutari, ne videamur divinæ mentis opera damnare? Is, qui nocte miserorum furtum deprehenderat, Hesus nomine, subito proclamat : Ergo illi, qui sunt, qui nocte ad lunam radebantur: pessimo, me Dius Fidius, exemplo. Audio enim, non licere cuiquam mortalium in nave neque ungues, neque capillos deponere, nisi cum pelago ventus irascitur.

CV. Excanduit Lycas, hoc sermone turbatus; et, Itane, inquit, capillos aliquis in nave præcidit, et hoc nocte intempesta? attrahite ocius nocentes in medium, ut sciam, quorum capitibus debeat navigium lustrari. Ego, inquit Eumolpus, hoc jussi, nec non eodem futurus navigio, auspicium mihi feci : et quia nocentes horridos longosque habebant capillos, ne viderer de nave carcerem facere, jussi squalorem damnatis auferri : simul ut notæ quoque litterarum, non adumbratæ comarum præsidio, totæ ad oculos legentium accederent. Inter cetera apud communem amicam consumserunt pecuniam meam, a qua illos proxima nocte extraxi, mero unguentisque perfusos. Ad summam, adhuc patrimonii mei reliquias olent. Itaque, ut Tutela navis expiaretur, placuit, quadragenas utrisque plagas imponi. Nulla ergo fit mora. Aggrediuntur nos furentes nautæ cum funibus, tentantque vilissimo sanguine Tutelam placare.

Et ego quidem tres plagas Spartana nobilitate concoxi. Ceterum Giton, semel ictus, tam valde exclamavit, ut Tryphænæ aures notissima voce repleret. Non solum ergo turbata est, sed ancillæ quoque omnes, familiari sono inductæ, ad vapulantem decurrunt. Jam Giton mirabili forma exarmaverat nautas, cœperatque etiam sine voce sævientes rogare, cum ancillæ pariter proclamant : Giton est, Giton! inhibete crudelissimas manus; Giton est, Domina succurre! Deflectit aures Tryphæna, jam sua sponte credentes, raptimque ad puerum devolat. Lycas, qui me optime noverat, tanquam et ipse vocem audisset, accurrit : et, nec manus, nec faciem meam consideravit, sed continuo ad inguina mea luminibus deflexis, movit officiosam manum : et, Salve, inquit, Encolpi. Miretur nunc aliquis, Ulyxis nutricem post vicesimum annum cicatricem invenisse, originis indicem, cum homo prudentissimus, confusis omnibus corporis indiciorumque lineamentis, ad unicum fugitivi argumentum tam docte pervenerit. Tryphæna lacrymas effudit, decepta supplicio : vera enim stigmata credebat captivorum frontibus impressa, sciscitarique submissius cœpit : Quod ergastulum intercepisset errantes? aut cujus tam crudeles manus in hoc supplicium durassent? Meruisse quidem contumeliam aliquam fugitivos, quibus in odium bona sua venissent.

exemplaire les fugitifs dont ses bontés n'avaient fait que des ennemis! —

CVI. Lycas bondit de colère : — Simple que vous êtes, dit-il à Tryphène, de croire à ces plaies où, à l'aide d'un fer chaud, des lettres se seraient empreintes! Plût au ciel qu'ils se fussent appliqué sur le front de vraies flétrissures! Ce serait pour nous, si légère qu'elle fût, une satisfaction. Mais c'est une comédie, un piége qu'on nous tend : ils ont simulé ces stigmates pour nous jouer. — Tryphène inclinait à l'indulgence, voyant que tout n'était pas perdu pour le plaisir; mais Lycas avait toujours sur le cœur sa femme séduite, et les humiliations qu'il avait reçues sous le portique d'Hercule; il s'écria, les traits de plus en plus décomposés : — Les dieux immortels prennent soin des choses d'ici-bas, n'est-ce pas, vous le voyez, Tryphène : ils ont conduit ces misérables à leur insu jusque sur mon bord; et ce service, ils nous l'ont annoncé par l'exacte conformité de nos songes. Jugez s'il conviendrait de pardonner à des coupables que la divinité livre elle-même à notre justice. Moi personnellement je ne suis pas cruel; mais [*j'aurais peur, en leur faisant grâce, de payer pour eux.*] je craindrais de porter la peine dont je les aurais tenus quittes. — Ce langage de superstitieux changea les dispositions de Tryphène : elle dit qu'elle ne s'opposait plus à notre punition; que même elle s'associait à une vengeance bien légitime, et qu'elle avait reçu un outrage aussi sanglant que Lycas, un si galant homme, dont l'honneur avait été publiquement immolé.

A

La crainte a fait les dieux. Quand frappés par la foudre
On vit l'Athos en feu, des remparts mis en poudre;
Le soleil, désertant son humide prison,
Monter inattendu sur l'obscur horizon;
Nous mesurer les jours, et les mois, et l'année;

B

La lune, de sa cour marcher environnée,
Et, brillant dans les nuits d'une douce lueur,
De son disque amoindri réparer la splendeur;
L'erreur vint commander les premiers sacrifices.
Des nouvelles moissons Cérès eut les prémices;
De pampre et de raisins Bacchus fut couronné;
L'empire des troupeaux à Palès fut donné,
Dans son manoir liquide on relégua Neptune,
Et sur sa roue ailée on vit fuir la Fortune.
Tout succès vint des dieux; et tout législateur
Fit descendre du ciel son pouvoir imposteur.

[Eumolpe alors prit une attitude d'orateur, déclara qu'il allait plaider, et parla ainsi :]

CVII. — Comme je ne suis pas inconnu de vous, les accusés m'ont choisi pour leur avocat, et m'ont prié de les réconcilier avec ceux qui jadis étaient leurs meilleurs amis. Pouvez-vous croire en effet que le hasard ait fait tomber ces jeunes gens dans le piége, comme si le premier soin de tout passager n'était pas de s'enquérir à quel capitaine il va se confier? Laissez-vous donc fléchir et apaiser par cette démarche satisfactoire, et souffrez que des hommes libres arrivent sans mauvais traitements à leur destination. Les maîtres même les plus durs, les plus implacables, suspendent leur rigueur, si leurs esclaves fugitifs sont ramenés par le repentir; et l'ennemi qui se rend obtient grâce. Qu'exigez-vous de plus? que voulez-vous? Là, sous vos yeux, en posture suppliante, sont de jeunes citoyens de famille honnête, et, ce qui l'emporte sur ces deux titres, vos intimes amis d'autrefois. Oui, j'ose l'affirmer, s'ils avaient détourné à leur profit votre argent, violé traîtreusement leur foi, vous vous croiriez assez vengés par l'horrible état où vous les voyez. L'esclavage, regardez! est écrit sur leurs fronts, et ces visages d'hommes libres portent volontairement le sceau légal de l'ignominie. — Lycas interrompit cette remontrance tout humble : —

CVI. Concitatus iracundia, prosiliit Lycas, et, O te, inquit, feminam simplicem! tanquam vulnera, ferro præparata, litteras biberint. Utinam quidem hacse inscriptione frontis maculassent! haberemus nos extremum solatium. Nunc mimicis artibus petiti sumus, et adumbrata inscriptione derisi. Volebat Tryphæna misereri, quia non totam voluptatem perdiderat : sed Lycas, memor adhuc uxoris corruptæ, contumeliarumque, quas in Herculis porticu acceperat, turbato vehementius vultu proclamat : Deos immortales rerum humanarum agere curam, puto, intellexisti, o Tryphæna! nam imprudentes noxios in nostrum induxere navigium, et, quid fecissent, admonuerunt pari somniorum consensu. Ita vide, ut prosit illis ignosci, quos ad pœnam ipse Deus deduxit. Quod ad me attinet, non sum crudelis, sed vereor ne, quod remisero, patiar. Tam superstitiosa oratione Tryphæna mutata, negat se interpellare supplicium, imo accedere etiam justissimæ ultioni : nec se minus grandi vexatam injuria, quam Lycam, cujus pudoris dignitas in concione proscripta sit.

Primus in orbe deos fecit timor : ardua cœlo
Fulmina cum caderent, discussaque mœnia flammis,
Atque ictu flagraret Athos : mox Phœbus ad ortus,
Lustrata dejectus humo : Lunæque senectus
Et reparatus honos : hinc signa effusa per orbem,   5

Et permutatis disjunctus mensibus annus
Projecit vitium hoc : atque error jussit inani
Agricolam primos Cereri dare messis honores :
Palmitibus plenis Bacchum vincire : Palemque
Pastorum gaudere manu. Natat obrutus, omai
Neptunus demersus aqua : Pallasque Tabernas
Vindicat. Et voti reus, et qui condidit urbem,
Jam sibi quisque Deos avido certamine fingit.   10

CVII... Me, utpote hominem non ignotum, elegerunt ad hoc officium, petieruntque, ut se reconciliarem aliquando amicissimis. Nisi forte putatis, juvenes casu in has plagas incidisse, cum omnis vector nihil prius quærat, quam, cujus se diligentiæ credat. Flectite ergo mentes, satisfactione lenitas, et patimini, liberos homines ire sine injuria, quo destinant. Sævi quoque, implacabilesque domini crudelitatem suam impediunt, si quando pœnitentia fugitivos reduxit; et dedititiis hostibus parcimus. Quid ultra petitis? aut quid vultis? In conspectu vestro supplices jacent juvenes, ingenui, honesti, et, quod utroque potentius est, familiaritate vobis aliquando conjuncti. Si, me Hercules! intervortissent pecuniam vestram, si fidem proditione læsissent; satiari tamen potuissetis hac pœna, quam videtis. Servitia, ecce! in frontibus cernitis, et vultus ingenuos voluntaria pœnarum lege proscriptos. Inter-

A
*Si, perçu sous les flots de l'Occident lointain,
Le soleil reparaître aux portes du matin;
Et les mois, les saisons nous partager l'année;
Et la lune, réglant leur carrière éternée,
Tour à tour défaillir, renaître tour à tour;
Et tant d'astres des cieux parsemer le contour,*

B
*Dieu nageur, sous les mers on relégua Neptune;
Et Pallas des métiers fut la mère commune.*

N'embrouillez pas, dit-il, la question ; mais donnez à chaque chose son sens précis. Et avant tout, s'ils sont volontairement venus, pourquoi se faire raser la tête? Car changer ainsi sa figure annonce qu'on veut tromper, et non donner satisfaction. En second lieu, si rentrer en grâce par intercesseur était leur projet, d'où vient que vous avez tout fait pour tenir cachés vos clients? Il est évident que le hasard seul a fait tomber ces criminels dans nos filets, et que vous avez cherché un subterfuge pour les soustraire à l'explosion de nos ressentiments. Quant à l'odieux que vous appelez sur nous en faisant sonner haut les mots d'hommes libres et bien nés, prenez garde que cette prétention ne rende plus mauvaise votre cause. Que doivent faire des offensés, quand les offenseurs courent au châtiment tête baissée? — Mais ils furent nos amis! — Ils n'en sont que plus punissables. S'attaquer à des inconnus s'appelle brigandage ; à des amis, c'est presque un parricide. — Eumolpe voulut réfuter cette réplique si passionnée : — Je le conçois, reprit-il, ce qui charge le plus ces malheureux jeunes gens, c'est qu'ils se sont fait couper les cheveux pendant la nuit ; cela semble prouver qu'ils sont venus sur ce navire par hasard, et non pas d'eux-mêmes. Je souhaite que mon explication vous paraisse aussi franche que le fait a été simple! Ils voulaient, avant de s'embarquer, se débarrasser d'un volume de cheveux inutile et gênant ; mais le vent, s'étant levé trop vite, fit remettre à plus tard cette mesure de propreté. Ils n'ont pas cru toutefois que l'endroit fît rien à la chose, puisqu'elle était résolue d'avance ; d'ailleurs les augures et statuts des gens de mer leur étaient inconnus. — Mais, dit Lycas, à quoi bon, comme

suppliants, se raser le crâne? Une tête chauve serait-elle par hasard plus intéressante qu'une autre? Au reste, qu'ai-je affaire d'interprète pour découvrir la vérité? Qu'as-tu à dire, toi, brigand? quelle salamandre t'a rongé les sourcils? à quel dieu as-tu voué ta crinière? Charlatan, réponds donc. —

CVIII. Je demeurais stupide, terrifié par la crainte du supplice : trop évidemment convaincu pour trouver à répondre, confus de ma laideur, avec ma tête ignoblement dépouillée et des sourcils en outre aussi chauves que mon front, que pouvais-je faire ou dire de convenable? Mais lorsque Lycas, sans s'arrêter à mes pleurs, eut avec une éponge humide essuyé mon visage, et que, détrempée sur toute ma face, l'encre eut entièrement confondu mes traits sous un nuage couleur de suie, sa colère devint de la rage. Eumolpe proteste qu'il ne souffrira pas que personne, au mépris des lois divines et humaines, attente à notre dignité d'hommes libres ; il repousse les menaces de nos bourreaux non-seulement de la voix, mais de toute l'énergie du geste. Le mercenaire secondait le dévouement de son maître, ainsi que deux passagers des plus chétifs, appuis consolants pour notre cause plutôt qu'auxiliaires de combat. Moi, loin de supplier pour mon compte, je porte le poing sous les yeux de Tryphène, je m'écrie d'une voix haute et délibérée que je ferai contre elle usage de mes forces, si Giton n'est pas respecté par cette maudite femme, qui de tout l'équipage méritait seule les étrivières. Mon audace allume encore plus la fureur de Lycas, indigné qu'abandonnant ma propre cause je ne réclame que pour autrui. Tryphène insultée se déchaîne avec non moins de violence, et divise

pellavit deprecationem supplicis Lycas, et, Noli, inquit, caussam confundere, sed impone singulis modum. Ac primum omnium, si ultro venerunt, cur nudavere crinibus capita? vultum enim qui permutat, fraudem parat, non satisfactionem. Deinde, si gratiam a legato moliebantur, quid ita omnia fecisti, ut, quos tuebaris, absconderes? Ex quo apparet, casu incidisse noxios in plagas, et te artem quaesisse, qua nostrae animadversionis impetum eluderes. Nam, quod invidiam facis nobis, ingenuos, honestosque clamando, vide, ne deteriorem facias confidentia caussam. Quid debent laesi facere, ubi rei ad pœnam confugiunt? At enim amici fuerunt nostri? eo majora meruerunt supplicia. Nam, qui ignotos laedit, latro appellatur : qui amicos, paullo minus quam parricida. Resolvit Eumolpus tam iniquam declamationem, et, intelligo, inquit, nihil magis obesse juvenibus miseris, quam quod nocte deposuerunt capillos : hoc argumento incidisse in navem videntur, non venisse. Quod velim tam candide ad vestras aures perveniat, quam simpliciter gestum est. Voluerunt enim, antequam conscenderent, exonerare capita molesto et supervacuo pondere, sed celerior ventus distulit curationis propositum. Nec tamen putaverunt ad rem pertinere, ubi inciperent quod placuerat, ut fieret : quia nec omen, nec legem navigantium noverant. Quid, inquit Lycas, at-

tinuit supplices radere? nisi forte miserabiliores calvi solent esse. Quanquam quid attinet, veritatem per interpretem quaerere? Quid dicis tu, latro? quae Salamandra supercilia excussit tua? Cui Deo crinem vovisti? Pharmace, responde.

CVIII. Obstupueram ego, supplicii metu pavidus, nec, quid in re manifestissima dicerem inveniebam, turbatus, et deformis, praeter spoliati capitis dedecus, superciliorum etiam aequali cum fronte calvitie, ut nihil nec facere deceret, nec dicere. Ut vero spongia uda facies plorantis detersa est, et liquefactum per totum os atramentum omnia scilicet lineamenta fuliginea nube confudit, in odium se ira convertit. Negat Eumolpus, passurum se, ut quisquam ingenuos contra fas legemque contaminet, interpellatque saevientium minas, non solum voce, sed et manibus. Aderat interpellanti mercenarius comes, et unus, alterque infirmissimus vector, solatia magis litis, quam virium auxilia. Nec quidquam pro me deprecabar, sed, intentans in oculos Tryphaenae manus, usurum me viribus meis, clara liberaque voce clamavi, ni abstineret a Gitone mulier damnata, et in toto navigio sola verberanda. Accenditur audacia mea iratior Lycas, indignatusque, quod ego, relicta mea caussa, tantum pro alio clamo. Nec minus Tryphaena contumelia saevit accensa, totiusque navigii

tous les gens du navire en deux camps. D'un côté le barbier d'Eumolpe, armé lui-même, nous distribue les armes de son métier; de l'autre la valetaille de Tryphène s'est retroussé les manches. Il n'y eut pas jusqu'aux suivantes qui n'apportassent le renfort de leurs cris. Seul resté neutre, le pilote déclare qu'il abandonnera le gouvernail, si l'on ne cesse de s'acharner à propos de misérables libertins. Et néanmoins on persévère, la mêlée est aussi ardente : nos ennemis se battent pour la vengeance, nous pour notre vie. Déjà de chaque côté plus d'un champion tombe et fait le mort; beaucoup avec des plaies saignantes se retirent comme d'un vrai champ de bataille; et pourtant chez aucun la colère n'est prête à céder. Alors l'intrépide Giton, approchant de ses parties sexuelles le rasoir fatal, jure qu'il va trancher la racine de tant de calamités : Tryphène s'oppose à l'énorme attentat, et sans façon demande grâce pour l'objet en péril. Moi aussi à plusieurs reprises je portai le fer à ma gorge, sans avoir plus envie de me tuer que Giton de réaliser sa menace. Celui-ci toutefois jouait la tragédie avec plus d'assurance que moi ; il savait bien qu'il tenait le même rasoir dont il s'était déjà coupé le cou. Or les deux partis restant en présence, et l'affaire semblant devoir devenir sérieuse, le pilote, non sans peine, obtint que Tryphène, comme parlementaire, négociât une trève. En conséquence, la parole donnée et reçue de part et d'autre selon l'antique usage, Tryphène s'annonce par une branche d'olivier prise à la déesse tutélaire du vaisseau ; et osant dès lors entrer en conférence,

« Elle s'écrie : Au milieu de la paix

Quelle fureur vous fait courir aux armes?
D'une autre Hélène a-t-on ravi les charmes?
Pourquoi la guerre, et quels sont nos forfaits?
Voit-on ici Médée, et pour combattre un père
S'arme-t-elle en fuyant des membres de son frère?
Non : l'Amour a tout fait ; l'Amour, ce dieu jaloux,
Joint au péril des flots nos homicides coups.
Ah ! d'un double trépas redoutons l'infortune :
Pourquoi de notre sang grossir encor Neptune? »

CIX. Cette déclamation débitée d'un ton pathétique fut suivie d'un moment d'arrêt, et l'appel pacifique suspendit les hostilités. Profitant de ce retour à des dispositions meilleures, notre général Eumolpe commence par admonester vertement Lycas, puis il imprime son sceau sur les tablettes d'un traité dont voici la teneur :

« Sur votre honneur et votre conscience, vous, Tryphène, vous ne vous plaindrez pas d'avoir été offensée par Giton; à dater de ce jour, quoi qui se soit passé, tous reproches, représailles ou tracasseries quelconques vous sont interdits; vous n'exigerez rien de l'enfant par voie de contrainte, ni caresse, ni baiser, ni rapprochement de nature plus intime, sous peine, auxdits cas, de payer comptant cent deniers. Vous, Lycas, sur votre honneur et votre conscience, vous ne poursuivrez Encolpe ni de paroles ni de mines insultantes, et ne chercherez point à savoir où il couche; ou, si vous le faites, pour chaque infraction vous payerez deux cents deniers comptant. »

Les termes de la convention ainsi réglés, on met bas les armes; et, pour qu'il ne reste dans les âmes après le serment aucun levain d'animosité, on veut que tout le passé s'efface par des embrassades. A la sollicitation générale, les cœurs se dégonflent de leurs haines; et la table appor-

---

turbam diducit in partes. Hinc mercenarius tonsor ferramenta sua nobis, et ipse armatus, distribuit : illinc Tryphænæ familia nudas expedit manus. Ac ne ancillarum quidem clamor aciem destituit, uno tantum gubernatore, relicturum se navis ministerium, denunciante, si non desinat rabies, libidine perditorum collecta. Nihilominus tamen perseverat dimicantium furor; illis pro ultione, nobis pro vita pugnantibus. Multi ergo utrinque sine morte labuntur, plures cruenti vulneribus referunt, veluti ex prælio, pedem : nec tamen cujusquam ira laxatur. Tunc fortissimus Giton ad virilia sua admovit novaculam infestam, minatus, se abscissurum tot miserarum causam : inhibuitque Tryphæna tam grande facinus, non dissimulata missione. Sæpius ego cultrum tonsorium super jugulum meum posui, non magis me occisurus, quam Giton, quod minabatur, facturus. Audacius ille tamen tragœdiam implebat, quia sciebat se illam habere novaculam, qua jam sibi cervicem præciderat. Stante ergo utraque acie, cum appareret, futurum non tralatitium bellum, ægre expugnavit gubernator, ut, caduceatoris more, Tryphæna inducias faceret. Data ergo acceptaque, patrio more, fide, protendit ramum oleæ, a Tutela navigii raptum, atque in colloquium venire ausa :

Quis furor, exclamat, pacem convertit in arma?
Quid nostræ meruere manus? Non Troius hostis

PÉTRONE.

---

Hac in classe vehit decepti pignus Atridæ;
Nec Medea furens fraterno sanguine pugnat :
Sed contemtus Amor vires habet; et mihi fata
Hos inter fluctus quis raptis evocat armis ;
Cui non est mors una satis? Ne vincite pontum,
Gurgitibusque feris alios imponite fluctus.

CIX. Hæc ut turbato clamore mulier effudit, hæsit paullisper acies, revocatæque ad pacem manus intermisere bellum. Utitur pœnitentiæ occasione dux Eumolpus, et, castigato ante vehementissime Lyca, tabulas fœderis signat, queis hæc formula erat. Ex tui animi sententia, ut tu, Tryphæna, neque injuriam tibi factam a Gitone quereris, neque, si quid ante hunc diem factum est, objicies, vindicabisve, aut ullo alio genere persequendum curabis : ut tu imperabis puero repugnanti, non amplexum, non osculum, non coïtum Venere constrictum, nisi pro qua re præsentes numeraveris denarios centum. Item, Lyca, ex tui animi sententia, ut tu Encolpion nec verbo contumelioso insequeris, nec vultu; neque quæres, ubi nocte dormiat? aut si quæsieris, pro singulis injuriis numerabis præsentes denarios ducentos. In hæc verba fœderibus compositis, arma deponimus : et, ne residua in animis etiam post jusjurandum ira remaneret, præterita aboleri osculis placet. Exhortantibus universis, odia detumescunt; epulæque, ad certamen prolatæ, conciliant hilaritate convivium. Exsonat ergo cantibus totum navi-

tée sur le champ de bataille égaye et complète la réconciliation. Tout le navire ne retentit plus que de chants ; et un calme subit étant venu interrompre la marche du bâtiment, tel cherche à frapper du harpon les poissons bondissant sur l'onde ; tel autre, armé d'insidieux hameçons, enlève une proie qui se débat en vain. Voici même des oiseaux de mer qui s'abattent sur les antennes, et qu'un subtil oiseleur touche de ses baguettes de roseaux tressés. Empêtrés dans la glu dont elles sont couvertes, ils s'en viennent tomber dans nos mains. Leur duvet voltige enlevé par la brise, et les plumes tournoient sur la légère écume des flots. Déjà Lycas commençait à me rendre ses bonnes grâces, déjà Tryphène arrosait Giton des dernières gouttes restées dans sa coupe, lorsqu'Eumolpe, émancipé aussi par le vin, voulut décocher quelques traits sur les tondus et les stigmatisés. Il finit, ses froides gentillesses épuisées, par revenir à ses vers favoris, et improvisa sur nos chevelures ce bout d'élégie :

Ils sont tombés ces beaux cheveux
Qui si bien décoraient vos têtes !
Sur le printemps l'hiver a soufflé ses tempêtes ;
Et ce front hier si joyeux,
Aujourd'hui sans ombrage, et pleurant sa couronne,
Au plus léger zéphyr s'humilie et frissonne.
Ainsi leurs premiers dons, trésors fallacieux,
Sont toujours les premiers que reprennent les dieux.
Toi qui naguère éclipsais par ta grâce
Phébé la blonde et son frère Apollon,
De ton front ras la luisante surface
<s>Semble arrondie en triste champignon.</s>
Tu fuis, tu crains les mots piquants des belles :
Crois-moi, la mort étend sur toi ses ailes ;
Tes beaux cheveux sont déjà chez Pluton.

CX. Il allait, je pense, poursuivre sa pointe,

*Offre l'image, ô ciel ! d'un champignon.*

et enchérir sur ces impertinences ; mais une suivante de Tryphène emmena Giton sous l'entrepont du vaisseau, pour ajuster à sa tête une chevelure postiche de sa maîtresse. En outre elle tira de la boîte à toilette une paire de sourcils, qui, artistement appliqués sur la ligne primitive, rendirent à l'enfant toute sa beauté. Tryphène reconnut le véritable Giton ; elle en fut émue jusqu'aux larmes, et cette fois le baisa de tout son cœur. Moi, bien que satisfait de voir Giton recouvrer ses premiers attraits, je me cachais à tout instant le visage, car je me sentais défiguré d'une façon trop hideusement bizarre, puisque Lycas ne daignait même pas m'adresser la parole. L'officieuse suivante vint m'arracher à mon abattement ; elle me tira à l'écart, et me mit sur la tête une perruque non moins élégante, qui fit d'autant mieux ressortir l'éclat de ma figure que les cheveux en étaient blonds. Cependant Eumolpe, le défenseur des opprimés et le médiateur de la paix actuelle, ne voulant pas d'une gaieté silencieuse et sans historiettes, se mit à lancer mille sarcasmes sur la légèreté des femmes, leur facilité à s'amouracher, leur promptitude à oublier jusqu'à leurs fils pour leurs amants. — Il n'en est point, disait-il, si réservée qu'elle soit, qu'une passion illégitime ne puisse jeter dans les écarts les plus extravagants ; et, sans recourir aux anciennes tragédies, ou à des noms fameux dans le passé, c'est d'un souvenir contemporain que je vais vous entretenir, si vous voulez m'entendre. — Ayant par là concentré sur lui les yeux et l'attention de tous, il commença de la sorte :

CXI. Il y avait à Éphèse une dame en si grand

gium, et, quia repentina tranquillitas intermiserat cursum, alius exultantes quærebat fuscina pisces ; alius hamis blandientibus convellebat prædam repugnantem. Ecce ! etiam per antennam pelagiæ consederant volucres, quas textis arundinibus peritus artifex tetigit. Illæ, viscatis illigatæ viminibus, deferebantur ad manus. Tollebat plumas aura volitantes, pennasque per maria inani spuma torquebat. Jam Lycas redire mecum in gratiam cœperat ; jam Tryphæna Gitona extrema parte potionis spargebat, cum Eumolpus, et ipse vino solutus, dicta voluit in calvos stigmosososque jaculari : donec, consumta frigidissima urbanitate, rediit ad carmina sua, cœpitque capillorum elegidarion dicere.

Quod solum formæ decus est, cecidere capilli :
Vernantesque comas tristis abegit hiems.
Nunc umbra nudata sua, jam tempora mœrent,
Areaque attritis horret adusta pilis.
O fallax natura Deum ! quæ prima dedisti          5
Ætati nostræ gaudia, prima rapis.
Infelix, modo crinibus nitebas,
Phœbo pulchrior, et sorore Phœbi :
At nunc levior ære, vel rotundo
Horti tubere, quod creavit unda,          10
Ridentes fugis, et times puellas.
Ut mortem citius venire credas,
Scito jam capitis perisse partem.

CX. Plura volebat proferre, credo, et ineptiora præteritis ; cum ancilla Tryphænæ Gitona in partem navis inferiorem ducit, corymbioque dominæ pueri adornat caput. Imo supercilia etiam profert de pyxide, sciteque jacturæ lineamenta secuta, totam illi formam suam reddidit. Agnovit Tryphæna verum Gitona : lacrymisque turbata, tunc primum bona fide puero basium dedit. Ego, etiamsi repositum in pristinum decorem puerum, gaudebam, abscondebam tamen frequentius vultum, intelligebamque me non tralatitia deformitate esse insignitum, quem alloquio dignum nec Lycas quidem crederet. Sed huic tristitiæ eadem illa succurrit ancilla, sevocatumque me non minus decoro exornavit capillamento : imo commendatior vultus enituit, quia flavicomum corymbion erat. Ceterum Eumolpus, et periclitantium advocatus, et præsentis concordiæ auctor, ne sileret sine fabulis hilaritas, multa in muliebrem levitatem cœpit jactare : Quam facile adamarent ; Quam cito etiam filiorum obliviscerentur ; Nullamque esse feminam tam pudicam, quæ non peregrina libidine usque ad furorem averteretur ; Nec se tragœdias veteres curare, aut nomina seculis nota ; sed rem, sua memoria factam, expositurum se esse, si vellemus audire. Conversis igitur omnium in se vultibus, auribusque, sic exorsus est :

CXI. Matrona quædam Ephesi tam notæ erat pudicitiæ, ut vicinarum quoque gentium feminas ad sui spectacu-

renom de sagesse, que les femmes même des pays voisins la venaient voir comme une merveille. Or cette dame, ayant perdu son mari, ne se contenta pas, selon la mode vulgaire, de suivre le convoi les cheveux épars, de se découvrir et frapper la poitrine à la vue de tout le monde; elle accompagna le défunt jusqu'en son dernier gîte; et, le corps déposé dans l'hypogæum à la manière grecque, elle s'en fit la gardienne, elle passa des jours et des nuits dans les larmes. Ainsi désespérée et résolue à mourir de faim, ni son père, ni sa mère, ni ses proches n'avaient pu la dissuader. Les magistrats eux-mêmes, rebutés par elle, s'en étaient retournés; et tout Éphèse pleurait cette femme exemplaire et incomparable que déjà la cinquième aurore voyait languir sans nourriture. Compagne de sa douleur, une fidèle suivante lui prêtait le concours de ses larmes, comme aussi, chaque fois que s'éteignait la lampe du sépulcre, elle la rallumait. Par toute la ville donc il n'était bruit que de la veuve, seul vrai modèle de tendresse et de vertu qui eût jamais étonné le monde : les hommes de toute classe en tombaient d'accord. En ce même temps le gouverneur de la province fit mettre en croix quelques bandits, non loin du caveau où notre matrone pleurait sur la dépouille récente de son mari. La nuit d'après l'exécution, un soldat qui gardait les croix, de peur qu'on n'enlevât les corps pour les ensevelir, avisa dans l'intervalle des tombes une assez vive lumière et entendit des gémissements plaintifs. La maudite curiosité humaine le pousse à voir qui est là, ou ce qui s'y passe. Il descend donc dans la triste demeure; et, à l'aspect d'une femme merveilleusement belle, il croit d'abord à du surnaturel, à une apparition de mânes, et dans son trouble il reste immobile. Mais peu après ayant reconnu un cadavre, distingué des larmes et un visage que le désespoir a meurtri, il en conclut, comme de raison, que c'est quelque veuve inconsolable dans ses regrets. Il apporte au caveau son modeste souper, il exhorte l'affligée à ne point s'obstiner dans une douleur superflue, ni se briser la poitrine de sanglots qui ne remédient à rien; que si notre fin à tous est la même, tous aussi nous avons notre place sur terre; en un mot, ce qu'on peut dire pour rappeler à la raison les âmes ulcérées par le chagrin. Mais elle, à ces consolations qu'elle méconnaît et qui l'outragent, se déchire le sein de plus belle, et s'arrache des touffes de cheveux qu'elle dépose sur le corps de son époux. Le soldat ne se rebute point; il redouble d'instances pour faire prendre à cette femme quelque nourriture, tant qu'enfin la suivante, séduite, à coup sûr, par le fumet du vin, tendit au charitable auteur de l'invitation une main résignée; puis, réconfortée par la boisson et la nourriture, elle entreprit de fléchir l'opiniâtreté de sa maîtresse. — Que vous servira, disait-elle, de vous laisser consumer par la faim, de vous enterrer vive, et, avant que le sort vous y condamne, de rendre à la nature ce qu'elle ne vous redemande point?

Pensez-vous que, du sein de la nuit éternelle,
Une ombre exige encor que vous mouriez pour elle?

Ah! revenez à la vie; secouez ce préjugé de femme, et goûtez, le plus longtemps possible, les douceurs de l'existence. Ce corps même qui gît sous vos yeux doit vous avertir de vous conserver. — Ce n'est jamais à contre-cœur qu'on écoute l'ami qui nous presse de manger, de ne pas mourir. Ainsi la veuve, que plusieurs

---

lum evocaret. Hæc ergo, cum virum extulisset, non contenta, vulgari more, funus sparsis prosequi crinibus, aut nudatum pectus in conspectu frequentiæ plangere, in conditorium etiam prosecuta est defunctum, positumque in hypogeo, Græco more, corpus custodire, ac flere totis noctibus diebusque cœpit. Sic afflictantem se, ac mortem inedia persequentem, non parentes potuerunt abducere, non propinqui. Magistratus ultimo repulsi abierunt : complorataque ab omnibus singularis exempli femina, quintum jam diem sine alimento trahebat. Assidebat ægræ fidissima ancilla, simulque et lacrymas commodabat lugenti, et, quoties defecerat positum in monumento lumen, renovabat. Una igitur in tota civitate fabula erat; et solum illud affulsisse verum pudicitiæ amorisque exemplum, omnis ordinis homines confitebantur. Cum interim Imperator provinciæ latrones jussit crucibus affigi, secundum illam casulam, in qua recens cadaver matrona deflebat. Proxima ergo nocte, cum miles, qui cruces servabat, ne quis ad sepulturam corpora detraheret, notasset sibi et lumen, inter monumenta clarius fulgens, et gemitum lugentis audisset, vitio gentis humanæ, concupiit scire, quis, aut quid faceret? Descendit igitur in conditorium; visaque pulcherrima muliere, primo, quasi quodam monstro, infernisque imaginibus turbatus, substitit. Deinde, ut et corpus jacentis conspexit, et lacrymas consideravit, faciemque unguibus sectam, ratus scilicet, id quod erat, desiderium extincti non posse feminam pati, attulit in monumentum cœnulam suam, cœpitque hortari lugentem, ne perseveraret in dolore supervacuo, et nihil profuturo gemitu pectus diduceret : omnium eundem exitum esse, sed et idem domicilium; et cetera, quibus exulceratæ mentes ad sanitatem revocantur. At illa, ignota consolatione percussa, laceravit vehementius pectus, ruptosque crines super pectus jacentis imposuit. Nec recessit tamen miles, sed eadem exhortatione tentavit dare mulierculæ cibum, donec ancilla, vini, certum habeo, odore corrupta, primum ipsa porrexit ad humanitatem invitantis victam manum : deinde refecta potione et cibo, expugnare dominæ pertinaciam cœpit. Et, Quid proderit, inquit, hoc tibi, si soluta inedia fueris? si te vivam sepelieris? si, antequam fata poscant, indemnatum spiritum effuderis?

Id cinerem aut manes credis curare sepultos?

Vis tu reviviscere? vis tu, discusso muliebri errore, quamdiu licuerit, lucis commodis frui? ipsum te jacentis corpus commonere debet, ut vivas. Nemo invitus audit, cum cogitur aut cibum sumere, aut vivere. Itaque mulier, aliquot dierum abstinentia sicca, passa est frangi pertinaciam

jours d'abstinence avaient exténuée, laissa vaincre son obstination, et satisfit sa faim aussi avidement que la suivante, qui s'était rendue la première.

CXII. Or vous savez à quelles tentations est sujet presque tout mortel qui a bien soupé. Les mêmes séductions qui avaient obtenu de la matrone qu'elle consentirait à vivre furent mises en œuvre par le soldat pour attaquer sa sagesse. Il n'est pas mal, ni sans esprit, ce jeune homme, pensait notre prude; et la suivante s'entremettait pour lui, et revenait toujours à dire :

Combattrez-vous encore un penchant qui vous plaît?
~~Et ne songez-vous plus dans quel pays vous êtes?~~
*Songez-y: pour les morts ce visage est-il fait?*

Bref, sur l'article même de l'appétit charnel l'abstinence fut rompue, et le soldat eut une seconde fois le bonheur de persuader. Ils passèrent ensemble la nuit du nouvel hyménée; ils y passèrent le lendemain, le surlendemain encore, porte bien close, comme vous pensez, pour faire croire aux gens de connaissance ou autres, qui pouvaient venir, que l'épouse avait expiré sur le corps de l'époux, en vraie victime de sa fidélité. Cependant le soldat, charmé d'une si belle conquête et du mystère, achetait toutes les douceurs que lui permettaient ses moyens, et, sitôt la nuit tombante, il les portait au mausolée. Pour lors les parents de l'un des suppliciés, ayant remarqué du relâchement dans la surveillance, détachèrent nuitamment le pendu, et lui rendirent les derniers devoirs. Quand le soldat, dupe de ses longues absences, voit le lendemain l'une de ses croix sans cadavre, il a peur du supplice; il court exposer à son amie ce qui vient d'arriver. —

Et il n'attendra point la sentence du juge; et son propre glaive fera justice de sa négligence; qu'elle lui octroie seulement, à lui qui va mourir, un coin du caveau, et que le fatal monument réunisse l'amant au mari. Mais la veuve, dont le bon cœur valait bien la vertu : — Aux dieux ne plaise que l'un après l'autre et coup sur coup je voie périr deux hommes que j'ai tant chéris! J'aime mieux *sacrifier* le mort que *crucifier* le vivant. — Conformément à ce beau discours, elle veut que l'époux soit tiré de sa bière et cloué à la croix vacante. Le soldat ne se refusa point à l'expédient d'une femme si bien inspirée; et le lendemain les gens de se demander par quel miracle le défunt était monté à la place du pendu.

Livre ta barque aux vents, jamais ton cœur aux belles :
Car les vents et les flots sont moins perfides qu'elles.
Il n'en est point de bonne; ou, s'il en fut jamais,
Comment le mal en bien tourna-t-il? Je ne sais.

CXIII. Les rires des matelots accueillirent cette histoire : elle fit rougir beaucoup Tryphène, dont le visage se penchait amoureusement sur le cou de Giton. Mais Lycas était loin de rire; et secouant la tête d'un air indigné : — Si le gouverneur, dit-il, avait fait son devoir, le corps du défunt eût été reporté dans son sépulcre, et la femme clouée à la croix. — Sans doute l'injure faite à sa couche lui revenait à l'esprit, ainsi que les joyeux émigrants qui avaient pillé son vaisseau. Mais les clauses du traité lui défendaient de s'en souvenir, et la gaieté qui s'était emparée des esprits ne laissait point place au ressentiment. Cependant Tryphène, assise sur les genoux de Giton, tantôt lui couvrait la poitrine de baisers,

---

suam : nec minus avide se replevit cibo, quam ancilla, quæ prior victa est.

CXII. Ceterum scitis, quid tentare plerumque soleat humanam satietatem? Quibus blanditiis impetraverat miles, ut matrona vivere vellet, iisdem etiam pudicitiam ejus aggressus est. Nec deformis, aut infacundus juvenis castæ videbatur, conciliante gratiam ancilla, ac subinde dicente :

Placitone etiam pugnabis amori?
Nec venit in mentem, quorum consederis arvis? ✻

Quid diutius moror? ne hanc quidem partem corporis mulier abstinuit, victorque miles utrumque persuasit. Jacuerunt ergo una, non tantum illa nocte, qua nuptias fecerunt, sed postero etiam ac tertio die, præclusis videlicet conditorii foribus, ut, si quis ex notis ignotisque ad monumentum venisset, putasset expirasse super corpus viri pudicissimam uxorem. Ceterum delectatus miles et forma mulieris et secreto, quidquid boni per facultates poterat, coemebat; et prima statim nocte in monumentum ferebat. Itaque cruciarii unius parentes, ut viderunt laxatam custodiam, detraxerunt nocte pendentem, supremoque mandaverunt officio. At miles, circumscriptus dum residet, ut postero die vidit unam sine cadavere crucem, veritus supplicium, mulieri quid accidisset exposuit : nec se exspectaturum judicis sententiam, sed gladio

jus dicturum ignaviæ suæ : commodaret modo illa perituro locum, et fatale conditorium familiari ac viro faceret. Mulier non minus misericors, quam pudica : Nec istud, inquit, Dii sinant, ut eodem tempore duorum mihi carissimorum hominum duo funera spectem : malo mortuum impendere, quam vivum occidere. Secundum hanc orationem jubet corpus mariti sui tolli ex arca, atque illi, quæ vacabat, cruci affigi. Usus est miles ingenio prudentissimæ feminæ; posteroque die populus miratus est, qua ratione mortuus isset in crucem.

Crede ratem ventis, animum ne crede puellis;
Namque est feminea tutior unda fide.
Femina nulla bona est; vel, si bona contigit ulla
Nescio quo fato res mala facta bona est.

CXIII. Risu excepere fabulam nautæ, et erubescente non mediocriter Tryphæna, vultum suum super cervicem Gitonis amabiliter posuit. At non Lycas risit, sed iratum commovens caput. Si justus, inquit, Imperator fuisset, debuit patrisfamiliæ corpus in monumentum referre, mulierem affigere cruci. Non dubie redierat in animum cubile, expilatumque libidinosa migratione navigium. Sed nec fœderis verba permittebant meminisse : nec hilaritas, quæ præoccupaverat mentes, dabat iracundiæ locum. Ceterum Tryphæna, in gremio Gitonis posita, modo implebat osculis pectus, modo concinnabat spoliatum crini-

✻ *Arvis* veut-il signifier ici le *champ des morts*, aussi
bien que le *pays* où il est, tant le texan [?] que je
traduirais :
   Combattrez-vous encore un penchant qui vous plaît?
   Est ce l'usage ici, Madame? Y songez-vous?

tantôt s'occupait à rajuster sur ce front dépouillé la chevelure d'emprunt. Quant à moi, triste et impatient du nouveau traité, je ne pouvais ni manger ni boire, et je lançais obliquement des regards furieux au couple perfide. Tous leurs baisers me perçaient le cœur, tout, jusqu'aux moindres agaceries que cette femme impudique imaginait; et pourtant je ne savais encore auquel en vouloir le plus, à l'ami qui me volait une maîtresse, ou à la maîtresse qui me débauchait un ami. Tous deux offensaient cruellement mes regards : ma captivité d'autrefois avait été moins affreuse. Ajoutez que le ton de Tryphène avec moi n'était plus celui de l'intimité que m'avaient value des soins jadis si bien venus d'elle, et que Giton ne daignait pas seulement boire à ma santé, ou pour le moins m'adresser la parole comme à tout le monde, craignant, je pense, aux premiers moments de sa rentrée en grâce, de rouvrir chez elle une cicatrice à peine fermée. J'inondai mon sein de larmes provoquées par le dépit, et mes gémissements, que j'étouffais en soupirs, faillirent me suffoquer.

> Le noir vautour qui de sa proie
> Fouille le flanc et dévore le foie,
> N'est point celui que nous chanta l'erreur;
> Non : c'est la jalousie et le chagrin rongeur.

[A la fin cependant, soit coquetterie, soit pitié, Tryphène me regarda d'un œil plus doux. Lycas vit avec chagrin ce changement;] il essayait de se faire admettre en tiers de nos plaisirs, et n'affectait plus l'air sourcilleux du maître : c'était une complaisance d'ami qu'il sollicitait. [Je le repoussai; il menaça, et certes ce n'était pas en vain : je lui répondis avec plus d'audace que je n'avais de force à lui opposer, lorsqu'arriva Tryphène, qui protesta que, fût-elle réduite à elle seule, elle saurait le punir de la violation du traité. Comme ils s'interpellaient tous deux bruyamment, une des suivantes de Tryphène, avec laquelle j'avais été fort bien, vint me tirer à l'écart, et se prit à pleurer à chaudes larmes. Tout ému, je lui demandai la cause de son affliction;] elle hésita, puis laissa échapper ces paroles : — Si vous avez quelque délicatesse dans l'âme, vous ne ferez pas plus de cas de cette femme que d'une prostituée; si vous êtes un homme, vous n'irez pas avec cette vilaine. — Tout cela me tenait en grande perplexité; mais rien ne m'humiliait plus que la pensée qu'Eumolpe pourrait tout découvrir, et que l'impitoyable railleur se vengerait par de nouveaux vers de ce qu'il regarderait comme une infraction au traité. [Et justement nos éclats de voix inaccoutumés lui donnent l'éveil, et le voici qui, devinant le mystère, signifie que ni lui, ni les dieux vengeurs, ne laisseront impunies les lubriques tentatives de Lycas, et les amours de Tryphène et de Giton, qu'il voyait dès longtemps du plus mauvais œil.] Il le jure dans les termes les plus solennels.

CXIV. Durant tous ces pourparlers, la mer est devenue houleuse, et des nuages amassés de tous les points ont noyé le soleil dans les ténèbres. Les matelots courent à leurs postes avec l'activité de la peur, et dérobent les voiles à la tempête. Mais le vent ne donnait pas d'impulsion fixe; le pilote ne savait où diriger le gouvernail. Tantôt nous étions poussés vers la Sicile; plus souvent l'Aquilon, qui règne en souverain sur les côtes d'Italie, chassait en zigzag le navire tout à sa merci; et, chose plus dangereuse que les plus fortes bourasques, une obscurité si épaisse avait absorbé soudain toute clarté, que le pilote ne pouvait voir jusqu'à l'extrémité de la proue. Alors, faut-il le dire? la tempête étant à son plus haut point de violence, Lycas tout tremblant tend vers moi ses mains suppliantes : — C'est à vous, Encolpe, dit-il, à venir au secours de notre détresse; vous me comprenez : rendez la robe sacrée et le sis-

---

bus vultum. Ego mœstus, et impatiens fœderis novi, non cibum, non potionem capiebam, sed obliquis trucibusque oculis utrumque spectabam. Omnia me oscula vulnerabant, omnes blanditiæ, quascumque mulier libidinosa fingebat; nec tamen adhuc sciebam, utrum magis puero irascerer, quod amicam mihi auferret, an amicæ, quod puerum corrumperet. Utraque inimicissima oculis meis, et captivitate præterita tristiora. Accedebat huc, quod neque Tryphæna me alloquebatur, tanquam familiarem, et aliquando gratum sibi amatorem, nec Giton me aut tralatitia propinatione dignum judicabat, aut, quod minimum est, sermone communi vocabat : credo, veritus, ne inter initia coeuntis gratiæ recentem cicatricem rescinderet. Inundavere pectus lacrymæ dolore paratæ, gemitusque, suspirio tectus, animam pæne submovit.

> Qui vultur jecor intimum pererrat,
> Et pectus trahit, intimasque fibras,
> Non est quem lepidi vocant poetæ;
> Sed cordis mala, livor atque luctus.

..... In partem voluptatis tentabat admitti, nec Domini supercilium induebat, sed amici quærebat obsequium......

Dum ancilla restitans in hæc erupit : Si quid ingenui sanguinis habes, non pluris illam facies, quam scortum : si vir fueris, non ibis ad spurcam. Hæc animi pendentem angebant. Sed me nihil magis pudebat, quam ne Eumolpus sensisset, quidquid illud fuerat, et homo dicacissimus carminibus vindicaret creditam noxiam... jurat Eumolpus verbis conceptissimis.

CXIV. Dum hæc taliaque jactamus, inhorruit mare, nubesque undique adductæ obruere tenebris diem. Discurrunt nautæ ad officia trepidantes, velaque tempestati subducunt. Sed nec certos fluctus ventus impulerat : nec, quo destinaret cursum, gubernator sciebat. Siciliam modo ventus dabat, sæpissime Italici littoris Aquilo possessor convertebat huc illuc obnoxiam ratem : et, quod omnibus procellis periculosius erat, tam spissæ repente tenebræ lucem suppresserant, ut ne proram quidem totam gubernator videret. Itaque, Hercules! postquam tempestas convaluit, Lycas trepidans ad me supinas porrigit manus : et, Tu, inquit, Encolpi, succurre periclitantibus, id est : vestem illam divinam, sistrumque redde navigio. Per fidem, miserere, quemadmodum quidem soles. Et illum

tre à la patronne du vaisseau. En conscience, ayez pitié de nous ; vous avez toujours eu bon cœur. — Et comme il criait de toute sa force, un coup de vent le jette dans la mer ; il est assailli par la vague furieuse, tournoie un instant sur l'abîme, et s'engloutit. Tryphène, elle, enlevée en toute hâte par ses esclaves dévoués, est placée dans l'esquif avec la majeure partie de son bagage, et sauvée d'une mort infaillible. Moi, collé pour ainsi dire à Giton, je m'écriais en pleurant : — Tout ce que nous avions mérité des dieux, c'était que la mort seule nous unît ; et la cruelle fortune nous le refuse. Voici le flot qui va submerger notre navire ; voici la mer irritée qui vient rompre les embrassements de l'amitié. Eh bien, si tu as réellement aimé ton Encolpe, couvre-le de baisers tant que tu le peux encore : ravissons cette dernière jouissance aux destins impatients. — A cette prière, Giton se dépouille de sa robe, s'enveloppe dans ma tunique, d'où sa tête sort pour me baiser ; et pour que l'onde jalouse ne puisse rompre de si douces étreintes, il serre autour de nous deux sa ceinture, et dit : — Si toute autre chance est perdue, du moins flotterons-nous plus longtemps unis dans la mort ; et si la mer veut bien, par pitié, nous jeter sur le même rivage, le passant, comme l'exige la plus commune humanité, nous couvrira de quelques pierres ; ou bien, ce que ne refuse même pas Neptune en courroux, le sable selon son caprice nous ensevelira. — Cette ceinture, ce lien suprême, je l'accepte ; et, comme arrangé sur ma couche funèbre, j'attends un trépas qui ne m'effraye plus. Cependant, prompte exécutrice des arrêts du sort, la tempête emporte jusqu'aux derniers agrès du navire. Plus de mât, de gouvernail, de cor-

dage, ni de rame : il semble voir des matériaux bruts et informes qui roulent au gré de la tourmente. Arrivent alors des pêcheurs lestement équipés et en nacelles, dans des intentions de pillage ; mais voyant quelques-uns de nous prêts à défendre leur bien, ils changèrent ~~leurs projets d'attaque~~ *leur hostilité* en offres de ~~service~~ *secours*.

CXV. Nous entendîmes en ce moment un bruit étrange partant de dessous la chambre du pilote : on eût dit les hurlements d'une bête féroce qui veut sortir de sa loge. Suivant donc la direction de ce bruit, nous trouvons, quoi ? Eumolpe assis devant un immense parchemin qu'il couvrait de ses vers. Stupéfaits qu'un homme ait l'esprit assez libre en face de la mort pour versifier, nous le tirons de là en dépit de ses clameurs, et l'invitons à rentrer dans le bon sens. Mais lui, furieux d'être interrompu, criait : Laissez-moi compléter ma pensée ; je suis en travail du dénouement. — Je m'empare du frénétique, et prie Giton de me venir en aide pour traîner jusqu'au rivage le poëte mugissant. ~~Ce travail~~ *Cette besogne* enfin terminée non sans peine, nous entrâmes sous la hutte d'un pêcheur, l'abattement dans l'âme. Là, restaurés comme nous pûmes de vivres avariés, nous passâmes la plus triste des nuits, [ne cessant de nous entretenir de notre catastrophe ; sur quoi Eumolpe improvisa de la sorte :]

Le passager transi, qu'a dépouillé Neptune,
A d'autres naufragés conte son infortune ;
Celui qui vit ses blés par la grêle abattus,
Et périr en un jour les travaux d'une année,
Pleure avec ses voisins sa triste destinée ;
Deux pères désolés, dont les fils ne sont plus,
Rapprochés par la mort, confondent leurs misères
Et gémissent ensemble : un moment les rend frères.
Prions de même : on dit que pour fléchir les dieux
La prière en commun monte plus forte aux cieux.

quidem vociferantem in mare ventus excussit, repetitumque infesto gurgite procella circumegit, atque hausit. Tryphænam autem propere jam fidelissimi rapuerunt servi, scaphæque impositam, cum maxima sarcinarum parte, abduxere certissimæ morti. Ego, Gitoni applicitus, cum clamore flevi : et, Hoc, inquam, a Diis meruimus, ut nos sola morte conjungerent ; sed non crudelis Fortuna concedit. Ecce ! jam ratem fluctus evertet. Ecce ! jam amplexus amantium iratum dividet mare. Igitur, si vere Encolpion dilexisti, da oscula, dum licet, et ultimum hoc gaudium fatis properantibus rape. Hæc ut ego dixi, Giton vestem deposuit, meaque tunica contectus, exseruit ad osculum caput ; et, ne sic cohærentes malignior fluctus distraheret, utrumque zona circumvenienti præcinxit : et, Si nihil aliud, certe diutius, inquit, juncta nos mors feret ; vel, si voluerit, misericors, ad idem littus expellere, aut præteriens aliquis tralatitia humanitate lapidabit, aut, quod ultimum est, iratis etiam fluctibus, imprudens arena componet. Patior ego vinculum extremum, et, veluti lecto funebri aptatus, exspecto mortem jam non molestam. Peragit interim tempestas mandata fatorum, omnesque reliquias navis expugnat. Non arbor erat relicta, non gubernacula, non funis, aut remus : sed quasi rudis atque infecta materies ibat cum fluctibus. Procurrere piscatores,

parvulis expediti navigiis, ad prædam rapiendam : deinde, ut aliquos viderunt, qui suas opes defenderent, mutaverunt crudelitatem in auxilium.

CXV. Audimus murmur insolitum, et sub diæta magistri, quasi cupientis exire belluæ genitum. Persecuti igitur sonum, invenimus Eumolpum sedentem, membranæque ingenti versus ingerentem. Mirati ergo, quod illi vacaret in vicinia mortis, poema facere, extraximus clamantem, jubemusque bonam habere mentem. At ille interpellatus excanduit, et, Sinite me, inquit, sententiam explere ; laborat carmen in fine. Injicio ego phrenetico manum, jubeoque Gitona accedere, et in terram trahere Poetam mugientem. Hoc opere tandem elaborato, casam piscatoriam subimus mœrentes, cibisque, naufragio corruptis, utcumque curati, tristissimam exegimus noctem.....

Naufragus, ejecta nudus rate, quærit eodem
    Percussum telo, cui sua fata legat.
Grandine qui segetes et totum perdidit annum,
    In simili deflet tristia fata sinu.
Funera conciliant miseros, orbique parentes                    5
    Conjungunt gemitus, et facit hora pares.
Nos quoque confusis feriemus sidera verbis,
    Et fama est junctas fortius ire preces.

Postero die, cum poneremus consilium, cui nos region

Le lendemain, comme nous nous consultions pour savoir où nous hasarderions nos pas, tout à coup j'aperçus un corps humain que la lame faisait légèrement tournoyer en le poussant vers la côte. Je m'arrête frappé de tristesse, et j'interroge d'un œil humide le perfide élément. — Cet homme peut-être, m'écriai-je, est attendu sur quelque coin du globe par une épouse pleine de sécurité, par un fils qui ignore même s'il y a eu une tempête; peut-être enfin a-t-il quitté un père en lui donnant le baiser du départ. Voilà les projets des humains, les vœux démesurés de leurs ambitions; voilà comment l'homme dompte les flots. — Jusque-là je croyais ne m'apitoyer que sur un inconnu, quand, la vague retournant vers moi un visage dont rien n'avait altéré les traits, je reconnus celui qui me faisait trembler peu auparavant, l'implacable Lycas jeté pour ainsi dire à mes pieds. Oh! alors je ne pus retenir mes larmes, et je me frappai plusieurs fois la poitrine : — Qu'est devenue, disais-je, ton humeur emportée? qu'est devenu ton despotisme? Te voilà livré aux monstres de la mer et aux bêtes féroces; et toi qui tout à l'heure faisais sonner si haut les prérogatives de ton pouvoir, de ton immense vaisseau tu n'as pas même la planche du naufragé. Allez maintenant, mortels, gonflez vos cœurs de vastes espérances! allez avec vos ruses; et ces fortunes conquises par la fraude, arrangez-les pour mille ans de vie! Hélas! oui, hier encore il vérifiait l'état de son patrimoine; oui, et il rêvait dans sa pensée le jour précis où il reverrait sa patrie. Dieux puissants, qu'il est loin du but auquel il tendait! Mais ce n'est pas seulement la mer qui tient ses promesses de la sorte : le combattant est trahi par ses armes; tel qui offre un sacrifice aux dieux est enseveli sous la ruine de ses pénates; celui-ci glisse de son char, et rend subitement le dernier soupir; l'un s'étouffe de gloutonnerie, un autre meurt d'abstinence. Calculez bien, partout est le naufrage. — Mais l'homme que la mer engloutit n'obtient pas de sépulture. — Eh! qu'importe à ses périssables restes quelle force les consume, le feu, l'onde, ou le temps? Quoi qu'on fasse, chacun de ces moyens aboutit à même fin. — Si pourtant les bêtes déchirent ce cadavre? — Le feu du bûcher le traitera-t-il mieux, le feu, supplice le plus cruel qu'imagine un maître irrité contre son esclave? Quelle folie est-ce donc de tout faire pour que rien de nous ne demeure après les obsèques, puisque bon gré mal gré les destins en ordonnent ainsi? — Mais déjà la flamme enveloppait Lycas; et c'était la main de ses ennemis qui avait pièce à pièce élevé son bûcher. Eumolpe, qui de son côté faisait au mort une épitaphe, plongeait son regard dans l'espace pour appeler l'inspiration, [et ses lèvres par intervalles abandonnaient aux vents quelques vers dont je ne pus saisir que ceci :]

L'inflexible destin ici l'a fait descendre.
Mais le marbre ni l'or ne couvrent son tombeau;
Et cinq pieds seulement mesurent le caveau
    Où doit dormir sa noble cendre.

CXVI. Ce devoir pieusement accompli, nous prenons la route dont nous avions fait choix, et bientôt nous arrivons tout en sueur au haut d'une montagne, d'où nous découvrons une ville forte, assise sur une éminence prochaine. Nous ignorions quelle était cette ville, tant nous marchions à l'aventure, un campagnard nous apprit que c'était Crotone, cité des plus anciennes,

---

crederemus, repente video corpus humanum, circumactum levi vortice, ad littus deferri. Substiti ergo tristis, cœpique inventibus oculis maris fidem inspicere. Et, Hunc forsitan, proclamo, in aliqua parte terrarum secura exspectat uxor : forsitan ignarus tempestatis filius : aut patrem utique reliquit aliquem, cui proficiscens osculum dedit. Hæc sunt consilia mortalium; hæc vota magnarum cogitationum. En! homo quemadmodum natat? Adhuc tanquam ignotum deflebam, cum inviolatum os fluctus convertit in terram, agnovique terribilem paullo ante, et implacabilem Lycam, pedibus meis pæne subjectum. Non tenui igitur diutius lacrymas, imo percussi semel iterumque manu pectus; et, Ubi nunc est, inquam, iracundia tua? Ubi impotentia tua? Nempe piscibus belluisque expositus es, et, qui paullo ante jactabas vires imperii tui, de tam magna nave ne tabulam quidem naufragus habes. Ite nunc mortales, et magnis cogitationibus pectora implete. Ite cauti, et opes, fraudibus captas, per mille annos disponite. Nempe hic proxima luce patrimonii sui rationes inspexit; nempe diem etiam, quo venturus esset in patriam, animo suo finxit. Dii Deæque, quam longe a destinatione sua jacet! Sed non sola mortalibus maria hanc fidem præstant. Illum bellantem arma decipiunt : illum, Diis vota reddentem, Penatum suorum ruina sepelit : ille, vehiculo lapsus, properantem spiritum excussit. Cibus avidum strangulavit, abstinentem frugalitas. Si bene calculum ponas : ubique naufragium est. At enim fluctibus obruto non contingit sepultura. Tanquam intersit, periturum corpus quæ ratio consumat, ignis, an fluctus, an mora? Quidquid feceris, omnia hæc eodem ventura sunt. Feræ tamen corpus lacerabunt. Tanquam melius ignis accipiat; imo hanc pœnam gravissimam credimus, ubi servis irascimur. Quæ ergo dementia est, omnia facere, ne quid e nobis relinquat sepultura, quando etiam ita de invitis fata statuant? Et Lycam quidem rogus, inimicis collatus manibus, adolebat; Eumolpus autem dum epigramma mortuo facit, oculos ad arcessendos sensus longius mittit......

— Ineluctabile fatum.
At non exciso defossa est marmore petra.
Quinque pedum fabricata domus, qua nobile corpus
Exigua requievit humo.

CXVI. Hoc peracto libenter officio, destinatum carpimus iter, ac momento temporis in montem sudantes conscendimus, ex quo haud procul impositum arce sublimi oppidum cernimus. Nec, quod esset, sciebamus errantes,

et jadis la première de l'Italie. Nous nous informâmes curieusement quelle sorte de gens habitaient cette noble contrée, et quel genre de commerce y était le plus en vogue, après les guerres continuelles qui l'avaient appauvrie. — Mes braves étrangers, nous répondit-il, si votre état est le négoce, changez vos plans, et cherchez pour vivre d'autres moyens. Mais si vous êtes de cette classe mieux civilisée qui a le courage et l'habitude du mensonge, vous courez droit à la fortune. A Crotone, ce n'est pas la culture des lettres qui est en crédit : il n'y a point place pour l'éloquence; la frugalité, la pureté des mœurs n'y arrivent point par l'estime au profit; mais tout ce que vous y verrez d'hommes, sachez-le bien, se divise en deux catégories : les courtisés et les courtisans. A Crotone, personne n'élève de famille : car quiconque a des héritiers naturels se voit exclu et des soupers et des spectacles; tous les avantages de la société lui sont interdits, il reste perdu dans la canaille. Ceux au contraire qui n'ont jamais pris femme, ou qu'aucune proche parenté ne lie, parviennent aux plus hautes dignités : c'est-à-dire qu'ils ont seuls les talents militaires, qu'ils sont seuls braves, seuls innocents devant la justice. Vous verrez, ajouta-t-il, une ville pareille à ces champs où la peste n'a plus laissé que cadavres à demi dévorés et corbeaux dévorants. —

CXVII. Plus inventif que nous, Eumolpe réfléchit sur l'étrangeté de la chose, et avoua que cette façon de s'enrichir ne lui déplaisait pas. Je prenais cela pour une plaisanterie, une boutade du vieux poëte; mais lui : — Oh! si je pouvais me présenter sous des dehors plus larges, je veux dire en costume plus honnête, pour donner à mon stratagème de la vraisemblance! non, par Hercule! je ne porterais plus besace, je vous mènerais de ce pas à l'opulence. — Pour mon compte, je promets de souscrire à tout, s'il trouve à son gré le costume auxiliaire de nos expéditions, et tout ce que la maison de Lycurgue nous avait procuré de butin. Quant à l'argent qu'il faudrait pour le moment, la mère des dieux aurait la conscience d'y pourvoir. — Eh bien donc! dit Eumolpe, que tardons-nous? Fabriquons notre drame. Faites-moi votre maître, si l'affaire vous sourit. — Nul ne s'avisa d'improuver une fiction qui ne nous ôtait rien de notre droit. En conséquence, pour que l'artifice se soutînt sans risque de trahison d'aucun de nous, selon la formule d'usage prononcée par Eumolpe nous jurâmes de souffrir le feu, les chaînes, les étrivières, la mort, tout ce qu'il ordonnerait de nous; et, en gladiateurs volontaires, nous nous engageâmes à lui corps et âme de la manière la plus solennelle. Ensuite de la prestation du serment, esclaves de comédie nous saluons en chœur notre maître : Eumolpe (telle est la leçon apprise en commun) a enterré un fils, jeune homme de beaucoup d'éloquence et d'avenir, et l'infortuné vieillard s'est expatrié, ne voulant plus voir les clients ni les amis de ce fils, ni son tombeau, qui chaque jour renouvelait ses larmes. Pour surcroît d'affliction, il vient d'essuyer un naufrage où il a perdu plus de deux millions de sesterces : non que cette perte le touche, mais, privé de tout son domestique, rien ne lui rappelle la dignité de son rang. Il possède encore en Afrique trente millions de sesterces en terres

---

donec a villico quodam, Crotona esse, cognovimus, urbem antiquissimam, et aliquando Italiæ primam. Cum deinde diligentius exploraremus, qui homines inhabitarent nobile solum, quodve genus negotiationis præcipue probarent, post attritas bellis frequentibus opes. O mi, inquit, hospites, si negotiatores estis, mutate propositum, aliudque vitæ præsidium quærite. Sin autem, urbanioris notæ homines, sustinetis semper mentiri, recta ad lucrum curritis. In hac enim urbe non litterarum studia celebrantur, non eloquentia locum habet, non frugalitas sanctique mores laudibus ad fructum perveniunt, sed, quoscumque homines in hac urbe videritis, scitote, in duas partes esse divisos. Nam aut captantur, aut captant. In hac urbe nemo liberos tollit : quia, quisquis suos heredes habet, nec ad cœnas, nec ad spectacula admittitur; sed omnibus prohibetur commodis, inter ignominiosos latitat. Qui vero nec uxores unquam duxerunt, nec proximas necessitudines habent, ad summos honores perveniunt, id est, soli militares, soli fortissimi, atque etiam innocentes habentur. Videbitis, inquit, oppidum, tanquam in pestilentia campos, in quibus nihil aliud est, nisi cadavera quæ lacerantur, aut corvi qui lacerant.

CXVII. Prudentior Eumolpus convertit ad novitatem rei mentem, genusque divinationis sibi non displicere, confessus est. Jocari ego senem poetica levitate credebam, cum ille : Utinam quidem sufficeret largior schema, id est, vestis humanior, quæ præberet mendacio fidem. Non, me Hercules! peram istam differrem, sed continuo vos ad magnas opes ducerem. Atqui promitto quidquid exigeret, dummodo placeret vestis, rapinæ comes, et quidquid Lycurgi villa grassantibus præbuisset. Nam nummos in præsentem usum Deûm matrem pro fide sua reddituram. Quid ergo, inquit Eumolpus, cessamus minum componere? Facite ergo me dominum, si negotiatio placet. Nemo ausus est artem damnare, nihil auferentem. Itaque, ut duraret inter omnes tutum mendacium, in verba Eumolpi sacramentum juravimus, uri, vinciri, verberari, ferroque necari, et quidquid aliud Eumolpus jussisset, tanquam legitimi gladiatores, domino corpora animasque religiosissime addicimus. Post peractum sacramentum serviliter ficti, dominum consalutamus, elatumque ab Eumolpo filium pariter condiscimus, juvenem ingentis eloquentiæ et spei : ideoque de civitate sua miserrimum senem exiisse, ne aut clientes sodalesque filii sui, aut sepulcrum, quotidie caussam lacrymarum, cerneret. Accessisse huic tristitiæ proximum naufragium, quo amplius vicies sestertium amiserit. Nec illum jactura moveri, sed destitutum ministerio, non agnoscere dignitatem suam. Præterea habere in Africa trecenties sestertium fundis, nominibusque depositum. Nam familiam quidem tam

et argent placé. Pour des esclaves, il en a une telle foule disséminée dans ses domaines de Numidie, qu'avec eux il pourrait prendre Carthage. Conformément à cette donnée, nous recommandons à Eumolpe de tousser fréquemment; d'avoir pour le moins l'estomac délabré, de ne s'accommoder, devant le monde, d'aucune espèce de mets; de ne parler que d'or et d'argent, du peu de fond à faire sur les métairies, et de la perpétuelle stérilité des terres. Qu'on le voie en outre assis journellement devant ses registres; qu'à chaque nouveau-venu il retouche son testament; qu'enfin, pour compléter la mise en scène, chaque fois qu'il voudra appeler l'un de nous il prenne un nom pour un autre, et naturellement on croira que c'est qu'il n'oublie toujours point ceux de ses gens qui ne sont plus là. Les choses ainsi réglées, et après avoir demandé aux dieux bonne chance et succès, on se remet en route. Mais Giton ne pouvait tenir sous une charge insolite pour lui, et le mercenaire Corax, serviteur récalcitrant, déposait à chaque instant la sienne, et pestait contre la vitesse de notre marche, protestant qu'il allait tout jeter à terre, ou s'enfuir avec nos effets. — Comment donc! disait-il, me prenez-vous pour une bête de somme, ou pour un vaisseau de transport? Je me suis loué comme homme, non comme cheval. Je suis citoyen comme vous, quoique mon père m'ait laissé sans fortune. — Puis, non content de ces impertinences, par intervalles il levait la jambe, et le bruit et l'odeur les plus incongrus nous poursuivaient sur toute la route. Giton riait du dépit de Corax, et à chaque détonation faisait entendre un long bruit de bouche imitatif.

CXVIII. — Mes enfants, dit tout à coup Eumolpe, que de fausses vocations en poésie! Le premier venu, dès qu'il a fait tenir un vers sur ses pieds, et enchâssé dans un cercle de mots une idée plus ou moins délicate, croit avoir de plein saut escaladé l'Hélicon. Ainsi, las des luttes du barreau, maint praticien se réfugie dans le calme des Muses, comme en un port plus accessible, se figurant qu'une épopée est moins difficile à construire qu'un plaidoyer enluminé de petites sentences scintillantes. Mais un génie quelque peu élevé n'aime point ces colifichets; et l'imagination ne peut ni recevoir de germe ni porter de fruit, si une vaste littérature, si tout un fleuve n'est venu l'inonder. Il faut fuir dans les termes tout ce que j'appellerai bassesse, prendre ses expressions autre part que la foule, et savoir dire :

 Loin de moi, profane vulgaire!

En outre, il faut s'interdire ces sentences qui se détachent du corps de l'ouvrage et qui font saillie; qu'elles se fondent dans la trame du poëme, et brillent du même coloris. Voyez Homère, les Lyriques, et chez nous Virgile, et Horace si heureux, si savant dans ses hardiesses. Tous les autres, ou n'ont pas vu la route qui mène à la poésie, ou leur muse a craint de s'y engager. Et tenez : la Pharsale, œuvre immense, quiconque l'abordera sans un grand fonds d'études trébuchera sous le fardeau. Car il ne s'agit point de rédiger en vers une série de faits, les historiens s'en acquittent bien mieux que nous : il faut qu'à travers mille détours, et des interventions divines, et le merveilleux des machines et des conceptions, se précipite l'essor de notre enthousiasme, si bien qu'on reconnaisse plutôt le délire prophétique du poëte que la scrupuleuse véracité du narrateur, qui a ses garants. Telle serait, si vous l'approuvez, cette rapide esquisse, bien

magnam per agros Numidiæ esse sparsam, ut possit vel Carthaginem capere. Secundum hanc formulam imperamus Eumolpo, ut plurimum tussiat, ut sit modo solutioris stomachi, cibosque omnes palam damnet; loquatur aurum et argentum, fundosque mendaces, et perpetuam terrarum sterilitatem. Sedeat præterea quotidie ad rationes, tabulasque testamenti omnibus renovet; et, ne quid scenæ deesset, quotiescumque aliquem nostrum vocare tentasset, alium pro alio vocaret, ut facile appareret, dominum etiam eorum meminisse, qui præsentes non essent. His ita ordinatis, quod bene feliciterque eveniret! precati Deos, viam ingredimur. Sed neque Giton sub insolito fasce durabat, et mercenarius Corax, detrectator ministerii, posita frequentius sarcina, maledicebat properantibus, affirmabatque, se aut projecturum sarcinas, aut cum onere fugiturum. Quid vos, inquit, me jumentum putatis esse, aut lapidariam navem? hominis operas locavi, non caballi; nec minus liber sum quam vos, etsi pauperem pater me reliquit. Nec contentus maledictis, tollebat subinde altius pedem, et strepitu obsceno simul atque odore viam implebat. Ridebat contumaciam Giton, et singulos strepitus ejus pari clamore prosequebatur.

CXVIII. Multos, inquit Eumolpus, o juvenes, carmen decepit : nam, ut quisque versum pedibus instruxit, sensumque teneriorem verborum ambitu intexuit : putavit se continuo in Heliconem venisse. Sic forensibus ministeriis exercitati, frequenter ad carminis tranquillitatem, tanquam ad portum faciliorem, refugerunt, credentes facilius poëma exstrui posse, quam controversiam, vibrantibus sententiolis pictam. Ceterum neque generosior spiritus vanitatem amat, neque concipere, aut edere partum mens potest, nisi ingenti flumine litterarum inundata. Effugiendum est ab omni verborum, ut ita dicam, vilitate, et sumendæ voces a plebe submotæ, ut fiat,

 Odi profanum vulgus, et arceo.

Præterea curandum est, ne sententiæ emineant extra corpus orationis expressæ : sed intexto versibus colore niteant. Homerus testis, et Lyrici, Romanusque Virgilius, et Horatii curiosa felicitas. Ceteri enim aut non viderunt viam, qua iretur ad carmen, aut versu timuerunt calcare. Ecce! belli civilis ingens opus quisquis attigerit, nisi plenus litteris, sub onere labetur. Non enim res gestæ versibus comprehendendæ sunt, quod longe melius historici faciunt; sed per ambages, Deorumque ministeria, et fabulosum sententiarum tormentum, præcipitandus est liber spiritus, ut potius furentis animi vaticinatio appareat, quam reli-

qu'elle n'ait pas reçu encore la dernière main.

### LA GUERRE CIVILE, POEME.

CXIX. Sur la terre et les flots le Romain triomphant
Possédait l'univers de l'aurore au couchant,
Et, loin d'être assouvi, de rivage en rivage
Ses vaisseaux vont encor promener le pillage.
L'or germe-t-il aux flancs de quelque sol lointain,
Guerre au pays de l'or! on lui ravit soudain
Ce funeste aliment des discordes civiles.
La mollesse a proscrit les plaisirs trop faciles;
Le luxe a remplacé l'indigente vertu.
De la pourpre des rois le soldat revêtu.
Étale avec orgueil le rubis et l'opale;
On appelle à grands frais la soie orientale,
Du Numide insoumis les tissus précieux,
L'encens que l'Arabie enfanta pour les dieux.
Des spectacles sanglants nous charment plus encore :
Le tigre est entraîné loin du rivage maure;
Dans un palais splendide il a franchi les mers,
Et, devant la cité transportant les déserts,
Le monstre convié pour les plaisirs de Rome
Court, applaudi de tous, boire le sang de l'homme.
*[correction manuscrite : à un peuple maudit]*
O honte! ô de la paix sinistres passe-temps!
Pour prolonger la fleur de son trop court printemps,
Le fer dégrade l'homme, et la débauche impie
Ose tarir en lui les sources de la vie;
La nature se cherche, et ne se trouve pas.
Ce vénal Adonis, aux féminins appas,
Sourit à ses amants, et de sa robe impure
Fait flotter avec art l'étrangère parure.

Voyez cet arbre, enfant des déserts africains,
En table façonné par de savantes mains,
Le citre aux veines d'or! A travers les tempêtes
Il vient mêler son luxe à l'éclat de nos fêtes.
Sur ce vil bois, qu'entoure un cercle admirateur,
Abruti par l'ivresse un indigne préteur
Entasse impunément les dépouilles du monde.

Le sarget, arraché des abîmes de l'onde,
Arrive encor vivant; des rives du Lucrin
L'huître va du convive aiguillonner la faim;
Et le Phase, attristé sous ses muets ombrages,
N'entend plus les oiseaux qui peuplaient ses bocages.

Entrez au champ de Mars : l'or de nos corrupteurs,
Entraînant et le peuple et jusqu'aux sénateurs,
L'or, le seul souverain de ces âmes flétries,
Marchande sans pudeur les voix des centuries;
A ce suprême dieu tout succombe immolé;
La liberté n'est plus; par l'intrigue accablé,
Caton perd les faisceaux, mais en gardant sa gloire,
Et le peuple effrayé rougit de sa victoire :
Car repousser Caton, c'était proscrire en lui
Les mœurs, l'honneur public dont il restait l'appui.
Ainsi, vendue à tous, Rome désespérée
Par ses propres enfants périssait déchirée.
Traîné loin des foyers que sa main a bâtis,
Loin des champs paternels par l'usure engloutis,
Le débiteur aux fers, esclave sans patrie,
Pour venger sa ruine appelle l'anarchie :
Qui n'a plus rien à perdre est au-dessus des lois.
Telle, dans tous nos sens envahis à la fois,
La fièvre accroît, nourrit ses ardeurs dévorantes,
Et mine sourdement nos entrailles brûlantes.
CXX. Quand de maux si honteux l'empire était souillé,
De son fatal sommeil qui l'aurait éveillé?
Rien, que la soif du sang et les cris de Bellone.
A ~~Trois héros nous restaient, et la mort les moissonne :~~
~~Le Parthe de Crassus a tranché les destins;~~
~~Sur la mer libyenne, aux poignards africains~~
~~Pompée a vu livrer sa généreuse vie;~~
César périt dans Rome, immolé par l'envie;
Et, craignant de fléchir sous ces nobles fardeaux,
La terre a séparé leur chute et leurs tombeaux.

Dans le creux d'un vallon arrosé par l'Averne,
Entre Naple et Pouzzole, une sombre caverne
S'ouvre, et vomit dans l'air d'homicides poisons,

---

glosæ orationis sub testibus fides; tamquam si placet hic
impetus, etiamsi nondum recepit ultimam manum.

### CARMEN DE BELLO CIVILI.

CXIX. Orbem jam totum victor Romanus habebat,
Qua mare, qua terræ, qua sidus currit utrumque,
Nec satiatus erat. Gravidis freta pressa carinis
Jam peragebantur; si quis sinus abditus ultra,
Si qua foret tellus, quæ fulvum mitteret aurum,   5
Hostis erat : fatisque in tristia bella paratis,
Quærebantur opes; non vulgo nota placebant
Gaudia; non usu plebeio trita voluptas.
Assyria concham laudabat miles; in Inda
Quæsitus tellure nitor certas erat ostro;   10
Hinc Numidæ adtulerant, illinc nova vellera Seres :
Atque Arabum populus sua despoliaverat arva.
Ecce aliæ clades, et læsæ vulnera pacis!
Quæritur in sylvis Mauro fera, et ultimus Ammon
Afrorum excutitur; ne desit bellua, dente   15
Ad mortes pretiosa : fames premit advena classes,
Tigris et aurata gradiens spectatur in aula,
Ut libet humanum, populo plaudente, cruorem.
Heu! pudet effari, perituraque prodere fata!
Persarum ritu, male pubescentibus annis,   20
Subripuere viros, exsectaque viscera ferro
In Venerem fregere; atque ut fuga mobilis ævi
Circumscripta mora properantes differat annos :
Quærit se natura, nec invenit; omnibus ergo
Scorta placent, fractique enervi corpore gressus,   25
Et laxi crines, et tot nova nomina vestis,
Quæque virum quærunt. Ecce! Afris eruta terris
Ponitur, ac maculis imitatur vilibus aurum
Citrea mensa, greges servorum, ostrumque renidens!
Quæ turbant censum; hostile ac male nobile lignum   30

Turba sepulta mero circumvenit : omniaque orbis
Præmia, correptis miles vagus exstruit armis.
Ingeniosa gula est. Siculo scarus æquore mersus
Ad mensam vivus perducitur; atque Lucrinis
Eruta littoribus condunt conchylia cœnas,   35
Ut renovent per damna famem. Jam Phasidos unda
Orbata est avibus : mutoque in littore tantum
Solæ desertis aspirant frondibus auræ.
Nec minor in Campo furor est, emtique Quirites
Ad prædam strepitumque tueri suffragia vertunt;   40
Venalis populus, venalis curia Patrum.
Est favor in pretio. Senibus quoque libera virtus
Exciderat, sparsisque opibus conversa potestas,
Ipsaque majestas, auro corrupta, jacebat.
Pellitur a populo victus Cato : tristior ille est   45
Qui vicit, fascesque pudet rapuisse Catoni.
Namque hoc dedecori est populo; morumque ruina.
Non homo pulsus erat : sed in uno victa potestas,
Romanumque decus. Quare tam perdita Roma
Ipsa sui merces erat, et sine vindice præda.   50
Præterea gemino deprensam gurgite pridem
Fœnoris ingluvies, ususque exciderat æris.
Nulla est certa domus, nullum sine pignore corpus :
Sed veluti tabes, tacitis concepta medullis,
Intra membra furens curis latrantibus errat.   55
Arma placent miseris, detritaque commoda luxu
Vulneribus reparantur. Inops audacia tuta est.
CXX. Hoc mersam cœno Romam, somnoque jacentem
Quæ poterant artes sana ratione movere,
Ni furor, et bellum, ferroque excita libido?   60
Tres tulerat Fortuna duces, quos obruit omnes
Armorum strue diversa feralis Erinnys.
Crassum Parthus habet, Libyco jacet æquore Magnus;
Julius ingratam perfudit sanguine Romam;
Et, quasi non posset tot tellus ferre sepulcra,   65

*[note manuscrite :]*
A Trois héros nous restaient, la Parque les moissonne:
Tous trois en divers lieux sont tombés sous ta main.
Crassus meurt chez le Parthe; au rivage Africain,
Rebut des flots, Pompée est gisant et sans vie;

De son lac bouillonnant noires exhalaisons.
Là jamais du printemps la riante verdure
Ne charma les regards ; jamais de son murmure
L'harmonieux zéphyr n'éveilla les ormeaux ;
Mais sur un sol informe, image du Chaos,
Parmi des rocs affreux le cyprès solitaire
Balance tristement son ombre funéraire.
    Couvert de cendre un jour, et le front pâlissant,
Pluton de ces rochers s'élance menaçant :
— O Fortune! dit-il, viens venger mon outrage.
Des mortels et des dieux souveraine volage,
Déesse qu'importune un bonheur trop constant,
Qui répands au hasard tes faveurs d'un instant,
Eh quoi! Rome triomphe, et son orgueil te brave?
Iras-tu sous son joug courber ta tête esclave?
Ah! plutôt foule aux pieds ce colosse abattu.
Quand le Romain dément son antique vertu,
Quel bras de sa grandeur soutiendra l'édifice?
Qui t'arrête? Il est temps que l'abîme engloutisse
Ces fiers spoliateurs et leur faste odieux.
Vois leurs palais dorés se perdre dans les cieux ;
Au sein de leurs bosquets vois la mer enfermée
Quitter en frémissant sa rive accoutumée ;
Vois la nature enfin qu'attaquent leurs efforts,
Et moi-même tremblant pour l'empire des morts.
Oui, pour ravir le marbre au centre de la terre,
De l'éternelle nuit ils percent la barrière,
Ils forcent mon royaume ; et du fond de ma cour
Mon peuple ose espérer de voir encor le jour.
C'en est trop : punis-les d'un coupable délire,
Et des morts que j'attends enrichis mon empire.
Ma Tisiphone a soif, et trop longtemps ses sœurs
N'ont pu de sang romain rougir leurs bras vengeurs,
Du jour où de Sylla l'implacable courage
Couvrait le sol d'épis engraissés de carnage. —
CXXI. Il dit, marche vers elle, et vient presser sa main,
Et le roc s'est brisé pour lui faire un chemin.
La Fortune répond : — O roi du sombre empire,

Au livre des destins s'il m'est permis de lire,
Tes vœux s'accompliront. Oui, comme toi je hais
Et l'orgueil des Romains et mes lâches bienfaits.
La main qui l'éleva brisera leur puissance,
Et ma colère aussi veut servir ta vengeance.
Déjà je vois leurs chefs à Philippe expirants,
La Thessalie, en deuil et ses bûchers fumants ;
L'Espagnol s'est armé, l'Africain s'épouvante ;
Le Nil au sein des mers roule une onde sanglante ;
Et sous le vaste choc de deux puissants rivaux
D'Actium effrayé j'entends mugir les flots.
Va, retourne à ta cour ; ouvre tes noirs abîmes :
J'y vais précipiter des peuples de victimes,
Et bientôt, pour franchir le fleuve du trépas,
La barque de Caron ne leur suffira pas.
Toi, pâle Tisiphone, à ta rage altérée
Je puis enfin promettre une immense curée :
L'univers en lambeaux va descendre aux enfers. —
CXXII. A peine elle achevait, d'éblouissants éclairs
Ont du ciel tout à coup percé la nuit profonde.
Pluton pâlit au bruit de la foudre qui gronde ;
Il reconnaît son frère, et, craignant son courroux,
Sous la terre en tremblant se dérobe à ses coups.
    Pareils aux bruits lointains, précurseurs des orages,
Éclatèrent bientôt d'effroyables présages.
Phébé voile son front ; le soleil irrité
Aux coupables mortels retire sa clarté ;
Le Nil même refuse à l'Égypte éplorée
L'ordinaire tribut de son onde sacrée ;
Aux accents du clairon, organe des combats,
Se heurtent dans les airs d'invisibles soldats ;
L'Etna tonne, élargi sous sa croulante cime ;
Des spectres sans tombeaux, échappés de l'abîme,
Hurlent à notre oreille, épouvantent nos yeux ;
La pluie en flots de sang tombe du haut des cieux,
Et d'astres inconnus leur voûte au loin peuplée
Voit la comète en feu courir échevelée.
    Ainsi parlaient les dieux : docile à cette voix,

Divisit cineres. Hos gloria reddit honores.
Est locus, exciso penitus demersus hiatu,
Parthenopen inter magnaeque Dicarchidos arva,
Cocyta perfusus aqua : nam spiritus extra
Qui furit, effusus funesto spargitur æstu.                          70
Non hæc aut ulmo tellus viret, aut alit herbas
Cespite lætus ager : non verno persona cantu
Mollia discordi strepitu virgulta loquuntur :
Sed chaos, et nigro squallentia pumice saxa
Gaudent ferali circum tumulata cupressu.                          75
Has inter sedes Ditis pater extulit ora
Bustorum flammis, et cana sparsa favilla :
Ac tali volucrem Fortunam voce lacessit :
Rerum humanarum, divinarumque potestas,
Fors, cui nulla placet nimium secura potestas,                     80
Quæ nova semper amas, et mox possessa relinquis,
Ecquid Romano sentis te pondere victam?
Nec posse ulterius perituram extollere molem?
Ipsa suas vires odit Romana juventus,
Et, quas struxit opes, male sustinet. Adspice late                 85
Luxuriam spoliorum, et censum in damna furentem.
Ædificant auro, sedesque ad sidera mittunt.
Expelluntur aquæ saxis, mare nascitur arvis ;
Et permutata rerum statione rebellant.
En! etiam mea regna petunt. Perfossa dehiscit                      90
Molibus insanis tellus ; jam montibus haustis
Antra gemunt ; et, dum varius lapis invenit usum :
Inferni manes cœlum sperare jubentur.
Quare age, Fors, muta pacatum in prælia vultum,
Romanosque cie, ac nostris da funera regnis.                       95
Jam pridem nullo perfundimus ora cruore,
Nec mea Tisiphone sitientes perluit artus,
Ex quo Syllanus bibit ensis, et horrida tellus
Extulit in lucem nutritas sanguine fruges.
CXXI. Hæc ubi dicta dedit ; dextræ conjungere dextram            100
Conatus, rupto tellurem solvit hiatu.

Tum Fortuna levi defudit pectore voces :
O genitor, cui Cocyti penetralia parent,
Si modo vera mihi fas est impune profari,
Vota tibi cedent : nec enim minor ira rebellat                     105
Pectore in hoc, leviorve exarit flamma medullas.
Omnia, quæ tribui Romanis arcibus, odi ;
Muneribusque meis irascor : destruat istas
Idem, qui posuit, moles Deus. Est mihi cordi
Quippe armare viros, et sanguine pascere luxum.                    110
Cerno equidem gemina jam tristes morte Philippos,
Thessaliæque rogos, et funera gentis Iberæ.
Jam fragor armorum trepidantes personat aures ;
Et Lybiæ cerno, et tua, Nile, gementia claustra,
Actiacosque sinus, et Apollinis arma timentes.                     115
Pande, age, terrarum silientia regna tuarum,
Atque animas arcesse novas. Vix navita Porthmeus
Sufficiet simulacra virum traducere cymba ;
Classe opus est. Tuque ingenti satiare ruina,
Pallida Tisiphone, concisaque vulnera mande :                      120
Ad Stygios manes laceratus ducitur orbis.
CXXII. Vix dum finierat, cum fulgure rupta corusco
Intremuit nubes, elisosque abscidit ignes.
Subsedit pater umbrarum, gremioque reducto
Telluris, pavitans fraternos palluit ictus.                        125
Continuo clades hominum venturaque damna
Auspiciis patuere Deum ; namque ore cruento
Deformes Titan vultus caligine texit :
Civiles acies jam tum spirare putares.
Parte alia plenos exstinxit Cynthia vultus,                        130
Et lucem sceleri subduxit. Rupta tonabant,
Verticibus lapsis, montis juga, nec vaga passim
Flumina per notas ibant morientia ripas.
Armorum strepitu cœlum furit, et tuba martem
Sideribus transacta ciet : jamque Ætna voratur                     135
Ignibus insolitis, et in æthera fulmina mittit.
Ecce inter tumulos atque ossa carentia bustis,

César, pour nous combattre oubliant les Gaulois,
Et guidé désormais par la seule vengeance,
L'impatient César vers les Alpes s'élance.
Sur ces monts, hérissés de frimas éternels,
Qu'Alcide le premier vint ouvrir aux mortels,
Le dieu reçoit encor leurs vœux et leurs hommages.
L'hiver fixe son trône en ces climats sauvages
Que le soleil jamais n'adoucit de ses feux.
Le ciel semble s'asseoir sur ces rocs orgueilleux,
Et, sans être ébranlés dans leur base profonde,
Sans ployer sous le faix, ils porteraient le monde.
  Là va camper César; là, ses yeux attristés
De l'Hespérie au loin contemplant les cités,
Il lève au ciel les mains, il soupire, il s'écrie :
— Grand Jupiter! et vous, ô champs de ma patrie!
Vous qu'on vit applaudir à mes premiers succès,
Jadis fiers de mon nom, riches de mes bienfaits,
J'en jure ici par vous : une juste défense
Arme à regret César, qu'un peuple ingrat offense.
Dieux, tandis que mon bras teint du sang des Germains
Soumet le Rhin parjure à l'aigle des Romains;
Quand, des Alpes chassés, vos Brennus que j'immole
Vengent par leurs affronts l'honneur du Capitole,
Le triomphe est pour moi le chemin de l'exil;
Le triomphe est coupable! Eh! quel cœur assez vil
Prétendrait m'infliger cet étrange salaire?
Qui donc craint mes lauriers? qui décrète la guerre?
Quelques tribuns vendus, dans l'opprobre vieillis,
Qu'en me répudiant Rome adopte pour fils.
Ils expieront bientôt leur puissance usurpée:
J'en atteste le ciel, mon nom et mon épée!
Compagnons de César, vengez-moi, vengez-vous;
Que le glaive décide, et qu'il parle pour nous.
D'un insolent décret innocente victime,
Je n'ai pas vaincu seul : ma gloire est votre crime.
Le sort en est jeté, sa loi va s'accomplir :
La victoire avec vous n'oserait me trahir.

— Il dit, et du succès promis à leur courage
Un corbeau dans son vol apporte le présage;
De la profonde horreur des rochers et des bois
Sortent des feux subits, de prophétiques voix;
Et sur l'azur des cieux, où son disque étincelle,
Phébus s'est couronné d'une clarté nouvelle.
CXXIII. César n'hésite plus : fort de l'appui des dieux,
Plus fort de sa valeur, sur le roc périlleux
Intrépide il s'élance, et la glace immobile
Ouvre à ses premiers pas une route facile.
Mais bientôt, sous l'effort des hommes, des coursiers,
Le fragile cristal qui revêt ces sentiers
Gémit, se brise, éclate; et l'onde prisonnière
Par bonds précipités a franchi sa barrière.
Le flot court en grondant... puis soudain, étonné,
D'une main invisible il s'arrête enchaîné.
La hache attaque en vain cette voûte rebelle.
Alors vous eussiez vu, sur ce sol infidèle,
Armes, soldats, coursiers, ensemble renversés,
Rouler du haut des monts l'un sur l'autre entassés.
C'est peu : voilant le jour sous un nuage immense
L'ouragan à son tour et mugit et s'élance,
Des neiges, de la grêle appelle les torrents,
Et des pâles Romains bouleverse les rangs.
Le ciel a disparu; brisé par la tempête,
Le roc fuit sous leurs pieds ou menace leur tête;
D'une mer de frimas les mouvants tourbillons
De leur choc furieux fouettent les bataillons.
Contre tant de fléaux nul espoir, nul asile;
Tout frémit d'épouvante, et César est tranquille.
Superbe, le front calme, une lance à la main,
A travers les écueils César s'ouvre un chemin.
Du Caucase effrayé tel descendit Alcide;
Tel l'Olympe admira son monarque intrépide,
Quand sous leurs monts brûlants il vit du haut des airs
Les Titans foudroyés rouler dans les enfers.
  Mais déjà, devançant César et son armée,

---

Umbrarum facies diro stridore minantur.
Fax, stellis comitata novis, incendia ducit;
Sanguineoque rubens descendit Jupiter imbre.    140
Hæc ostenta brevi solvit Deus. Exuit omnes
Quippe moras Cæsar, vindictæque actus amore
Gallica projecit, civilia sustulit arma.
Alpibus aeriis, ubi Graio numine pulsæ,
Descendunt rupes, et se patiuntur adiri,    145
Est locus, Herculeis aris sacer; hunc nive dura
Claudit hiems, canoque ad sidera vertice tollit.
Cœlum illic sedisse putes; non solis adulti
Mansuescit radiis, non verni temporis aura :
Sed glacie concreta algens, hiemisque pruinis    150
Totum ferre potest humeris militantibus orbem.
Hæc ubi calcavit Cæsar juga, milite læto,
Optavitque locum, summo de vertice montis
Hesperiæ campos late prospexit, et ambas
Intentans cum voce manus ad sidera, dixit :    155
Jupiter omnipotens, et tu, Saturnia Tellus,
Armis læta meis, olimque onerata triumphis :
Testor, ad has acies invitum arcessere Martem,
Invitus me ferre manus, sed vulnere cogor.
Pulsus ab urbe mea, dum Rhenum sanguine tingo,    160
Dum Gallos, iterum Capitolia nostra petentes,
Alpibus excludo : vincendo certior exsul
Sanguine Germano; sexagintaque triumphis
Esse nocens cœpi. Quamquam quos gloria terret?
Aut qui sunt, qui bella jubent? mercedibus emtæ    165
Ac viles operæ! quorum est mea Roma noverca,
Ut reor, haud impune; nec hanc sine vindice dextram
Vinciet ignavus. Victores ite furentes,
Ite mei comites, et causam dicite ferro
Namque omnes unum crimen vocat, omnibus una    170
Impendet clades. Reddenda est gratia vobis :
Non solus vici. Quare, quia pœna tropæis
Imminet, et sordes meruit victoria nostra,

Judice Fortuna, cadat alea. Sumite bellum,
Et tentate manus. Certe mea causa peracta est.    175
Inter tot fortes armatus nescio vinci.
Hæc ubi personuit : de cœlo Delphicus ales
Omina læta dedit, pepulitque meatibus auras.
Nec non horrendi nemoris de parte sinistra
Insolitæ voces flamma sonuere frequenti.    180
Ipse nitor Phœbi, vulgato latior orbe,
Crevit, et aurato præcinxit fulgure vultus.
CXXIII. Fortior ominibus, movit Mavortia signa
Cæsar, et insolito gressus prior occupat ausu.
Prima quidem glacies, et cana cincta pruina    185
Non pugnavit humus, mitique horrore quievit.
Sed postquam turmæ nimbos fregere ligatos,
Et pavidus quadrupes undarum vincula rupit :
Incaluere nives; mox flumina montibus altis
Undabant modo nata; sed hæc quoque (jussa putares,)
Stabant, et vincta fluctus stupuere ruina,    191
Et paullo ante lues jam concidenda jacebat.
Tum vero malefida prius vestigia lusit,
Decepitque pedes, passim turmæque, virique,
Armaque, congesta strue, deplorata jacebant.    195
Ecce! etiam rigido concussæ flumine nubes
Exonerabantur, nec rupto turbine venti
Deerant, ac tumida confractum grandine cœlum
Ipse jam nubes ruptæ super arma cadebant,
Et concreta gelu, ponti velut, unda ruebat.    200
Victa erat ingenti Tellus nive, victaque cœli
Sidera, victa suis hærentia flumina ripis;
Nondum Cæsar erat : sed magnam nixus in hastam,
Horrida securis frangebat gressibus arva.
Qualis Caucasea decurrens arduus arce    205
Amphitryoniades, aut torvo Jupiter ore,
Cum se verticibus magni demisit Olympi,
Et periturorum dejecit tela Gigantum,
Dum Cæsar tumidas iratus deprimit arces;

Sur le mont Palatin l'agile Renommée
Vient abattre son vol : là sa terrible voix
Du vainqueur des Germains proclame les exploits :
Elle a vu du héros la foudre qui s'apprête ;
Des Alpes en triomphe il a franchi le faîte,
Et la mer a blanchi sous ses nombreux vaisseaux.

Rome à ces mots croit voir la guerre, les assauts
Et le fer et le feu jusque dans ses entrailles
Porter l'embrasement, semer les funérailles
Tout tremble, tout s'enfuit. Tel cherche sur les flots
Quelque lointain abri qu'habite le repos,
Et les flots sont pour lui plus sûrs que la patrie ;
Tel a saisi son glaive... Inutile furie !
Vieillards, femmes, enfants, guerriers, de toutes parts
De Rome par torrents désertent les remparts ;
Et l'empire, agité d'un vertige funeste,
Se débat vainement sous la haine céleste.
L'ami, loin d'un ami privé de ses adieux,
S'exile avec ses fils, et sa mère, et ses dieux,
Regarde en frémissant sa maison délaissée,
Et du sang de César enivre sa pensée.
L'épouse désolée embrasse son époux ;
Pieusement courbé sous un fardeau si doux,
Le fils, nouvel Énée, emporte son vieux père ;
L'avare quitte en vain une infidèle terre ;
Au vainqueur qu'il croit fuir il conduit ses trésors.
Ainsi, quand l'Aquilon redoublant ses efforts
Soulève au sein des mers la vague mugissante,
L'art du pilote est vain, la rame est impuissante :
L'un dérobe la voile au souffle des autans ;
L'autre cherche un rivage où sommeillent les vents ;
L'autre, las de braver la tempête ennemie,
Abandonne au destin et sa barque et sa vie.

Mais que vois-je ? Un héros de l'Hydaspe vainqueur,
Et des tyrans des mers heureux triomphateur,
Qui, trois fois dans nos murs fêté par la Victoire,
Fit pâlir Jupiter alarmé de sa gloire,
Qui dompta le Bosphore, enchaîna l'Orient,
Et du maître des eaux disputa le trident,

Le rival de César, désertant son armée,
O honte ! a pu trahir sa belle renommée ;
Et, pour mieux assurer les projets inhumains,
Fortune, tu vis fuir le plus grand des Romains.
CXXIV. Les dieux ont des mortels partagé l'épouvante :
De ces hôtes sacrés la troupe bienfaisante,
Loin de nos bords maudits, au crime abandonnés,
Délaisse en gémissant ses autels profanés.
La Paix, la blanche Paix, qui s'envole effrayée,
Voile sous l'olivier sa tête humiliée ;
Et la Foi, la Concorde et la Justice en pleurs
Aux champs élysiens vont cacher leurs douleurs.
L'enfer s'entr'ouvre alors, et vomit sur la terre
De ses divinités la horde sanguinaire.
Érinnys, et Mégère avec ses noirs flambeaux,
De l'affreuse Bellone escortent les drapeaux.
La pâle Mort les suit, la Terreur les devance ;
La Rage impitoyable à leurs côtés s'élance.
Sous un casque de fer son regard furieux,
Son front sanglant menace et la terre et les cieux ;
Un vaste bouclier charge sa main puissante
De l'autre elle brandit sa torche dévorante.
Déja l'horrible essaim partout s'est répandu.
Ici-bas à son tour l'Olympe descendu
Ébranle au loin le monde, et les astres sans guide
Roulent désordonnés dans les plaines du vide.
Vénus s'arme, en faveur du premier des Césars,
Des conseils de Minerve et du glaive de Mars ;
Mais Diane et son frère, et l'enfant de Cyllène, *
S'unissent pour Pompée au vaillant fils d'Alcmène.

Hideuse, échevelée, aux appels du clairon
La Discorde accourait des bords de l'Achéron.
Un sang noir, épaissi dans sa bouche cruelle,
Souille ses dents d'airain ; sa sinistre prunelle
De loin brille dans l'ombre et lance mille feux,
Pour robe des lambeaux, des serpents pour cheveux,
C'est elle ; elle s'élance, elle apporte la guerre,
Et, la flamme à la main, court ravager la terre.
Du haut de l'Apennin planant sur l'univers,

<br>

* *Mercure.*

Interea volucer, motis conterrita pennis,                     210
Fama volat, summique petit juga celsa Palati :
Atque hoc Romanos tonitru ferit : omnia signa,
Jam classes fluitare mari, totasque per Alpes
Fervere Germano perfusas sanguine turmas.
Arma, cruor, cædes, incendia, totaque bella                   215
Ante oculos volitant : ergo pulsata tumultu
Pectora, perque duas scinduntur territa causas.
Huic fuga per terras, illic magis unda prolatur ;
Et patria est pontus jam tutior. Est, magis arma
Qui tentata velit ; fatisque jubentibus actus,               220
Quantum quisque timet, tanto fugit ocior. Ipse
Hos inter motus populus, (miserabile visu !)
Quo mens icta jubet, deserta ducitur urbe.
Gaudet Roma fuga, debellatique Quirites
Rumoris sonitu mœrentia tecta relinquunt.                    225
Ille manu trepida natos tenet : ille Penates
Occultat gremio, deploratumque relinquit
Limen, et absentem votis interficit hostem.
Sunt, qui conjugibus mœrentia pectora jungant ;
Grandævosque patres oneris non gnara juventus,              230
Et pro quo metuit, tantum trahit. Omnia secum
Hic vehit imprudens, prædamque in prælia ducit !
Ac velut ex alto cum magnus inhorruit Auster,
Et pulsas evertit aquas, non arma ministris,
Non regimen prodest : ligat alter pondera pinus,            235
Alter tuta sinu, tranquillaque littora quærit :
Hic dat vela fugæ, Fortunæque omnia credit.
Quid tam parva queror ? Gemino cum Consule Magnus,
Ille tremor Ponti, sævique repertor Hydaspis,
Et piratarum scopulus : modo quem ter ovantem               240
Jupiter horruerat, quem fracto gurgite Pontus,
Et veneratus erat submissa Bosporus unda,
Proh pudor ! Imperii deserto nomine, fugit,
Ut, Fortuna levis, Magni quoque terga videres.
CXXIV. Ergo tanta lues Divum quoque numina vidit ?          245
Consensitque fugæ cœli timor ? Ecce ! per orbem
Mitis turba Deum, terras exosa furentes
Deserit, atque hominum damnatum avertitur agmen.
Pax prima ante alias niveos pulsata lacertos,               250
Absconditque olea vinctum caput, atque relicto
Orbe fugax, Ditis petit implacabile regnum.
Huic comes it submissa Fides, et, crine soluto,
Justitia, ac mœrens lacera Concordia palla.
At contra, sedes Erebi qua rupta dehiscit,
Emergit late Ditis chorus, horrida Erinnys,                 255
Et Bellona minax, facibusque armata Megæra,
Letumque, Insidiæque, et lurida Mortis imago.
Quas inter Furor, abruptis ceu liber habenis,
Sanguineum late tollit caput, oraque mille
Vulneribus confossa cruenta casside velat.                  260
Hæret detritus lævæ Mavortius umbo,
Innumerabilibus telis gravis : atque flagranti
Stipite dextra minax terris incendia portat.
Sentit terra Deos, mutataque sidera pondus
Quæsivere suum : namque omnis Regia cœli                    265
In partes diducta ruit : primumque Dione
Cæsaris acta sui ducit. Comes additur illi
Pallas, et ingentem quatiens Mavortius hastam.
Magnum cum Phœbo Soror, et Cyllenia proles
Excipit, ac totis similis Tirynthius actis.                 270
Infremuere tubæ, ac scisso Discordia crine
Extulit ad superos Stygium caput. Hujus in ore
Concretus sanguis, contusaque lumina flebant :
Stabant ærati scabra rubigine dentes,
Tabo lingua fluens, obsessa draconibus ora,                275
Atque inter torto lacerans in pectore vestem,
Sanguineam tremula quatiebat lampada dextra.

D'un regard elle embrasse au loin les vastes mers,
Et tous ces bataillons qui couvrent leurs rivages,
Pareils aux flots roulants poussés par les orages.
— Aux armes, nations! Courez de toutes parts
Embraser les cités, foudroyer les remparts.
Malheur à qui veut fuir! La vieillesse, l'enfance,
Que tout s'arme, se lève, et marche à la vengeance.
Marcellus! du sénat fais respecter les lois;
Poursuis, ô Lentulus! tes rapides exploits,
Du Romain assoupi réveille le courage,
Curion! Toi, César! achève ton ouvrage;
Viens, renverse ces murs : à tes heureux efforts
D'une ingrate cité je livre les trésors.
Et toi, Pompée, et toi, l'espoir de l'Italie,
Tu fuis! Ah! cours du moins aux champs de Thessalie
Combattre ton rival et défendre tes droits.
— La Discorde a parlé : tout s'embrase à sa voix.

Eumolpe ayant ainsi largement exhalé sa bile, nous entrâmes enfin à Crotone, où nous nous restaurâmes dans une chétive auberge. Le lendemain, comme nous cherchions un hôtel de plus riche apparence, nous tombâmes au milieu d'une bande de quêteurs d'héritages, lesquels nous demandèrent qui nous étions et d'où nous venions. Selon le plan arrêté en commun, nous satisfîmes à leur double question avec une intarissable volubilité de paroles, et nous obtînmes pleine croyance. A l'instant même ce fut à qui jetterait sa fortune à la tête d'Eumolpe : tous à l'envi sollicitèrent sa bienveillance à force de présents.

CXXV. Depuis longtemps nous menions cette vie à Crotone, et Eumolpe, ivre de prospérité, oubliait la misère de son premier état au point de se vanter aux siens que nul ne pouvait résister à son crédit, et que l'impunité, s'ils commettaient quelque délit dans la ville, leur était assurée par la protection de ses amis. Moi cependant, qui au sein d'une abondance toujours croissante gagnais journellement en embonpoint, et qui pensais que le Sort avait détourné de moi ses yeux d'Argus, je ne laissais pas de réfléchir maintefois tant à ma condition nouvelle qu'à son origine. — Et que devenir, me disais-je, si, plus fin que les autres, un de nos coureurs de testament envoyait aux informations en Afrique, et découvrait notre imposture? Et si le valet d'Eumolpe, las de son bonheur présent, donnait l'éveil à ses camarades; si, traîtreusement jaloux, il démasquait toute l'intrigue? Il faudra donc fuir de nouveau, et cette misère dont nous avions enfin triomphé, la subir encore et tendre la main? Grands dieux! qu'on est mal à l'aise quand on vit en dehors des lois! La peine qu'on a méritée, on l'attend sans cesse. Mais quoi! tout le monde presque ne joue-t-il pas, à ce qu'il semble, la comédie? — [Tout plein de ces idées, je me trouvais un jour sur la promenade publique, quand je vis venir à moi une jeune fille assez pimpante qui m'appela Polyénos, nom de théâtre que j'avais pris le jour de notre travestissement. Elle m'annonça que sa maîtresse désirait pouvoir me parler.] — Vous vous méprenez, lui dis-je avec trouble, je suis un esclave étranger, et fort peu digne d'une telle faveur. — C'est à vous-même que l'on m'envoie, reprit-elle.]

CXXVI. Connaissant vos moyens de plaire, vous en concevez de l'orgueil et mettez à prix vos tendresses, au lieu d'en faire un échange. Car pourquoi cette chevelure que le peigne a si bien bouclée? pourquoi ce teint tout pétri de fard, et ces œillades d'une langueur si provocante? Que veut dire cette ~~démarche prudemment~~ *allure discrète* calculée, et ce pas qui ne s'écarte jamais de la mesure qu'il

---

Hæc ut Cocyti tenebras, et Tartara liquit,
Alta petit gradiens juga nobilis Apennini,
Unde omnes terras, atque omnia littora posset     280
Aspicere, ac toto fluitantes orbe catervas :
Atque has erupit furibundo pectore voces :
Sumite nunc gentes, accensis mentibus, arma;
Sumite, et in medias immittite lampadas urbes !
Vincetur, quicumque latet; non femina cesset,     285
Non puer, aut ævo jam desolata senectus.
Ipsa tremat Tellus, lacerataque tecta rebellent.
Tu legem, Marcelle, tene : Tu concute plebem,
Curio : Tu fortem neu supprime, Lentule, Martem.
Quid porro Tu, Dive, tuis cunctaris in armis?     290
Non frangis portas? non muris oppida solvis?
Thesaurosque rapis? Nescis tu, Magne, tueri
Romanas arces? Epidauria mœnia quære,
Thessalicosque sinus humano sanguine tinge.
Factum est in terris, quidquid Discordia jussit.     295

Cum hæc Eumolpus ingenti bile effudisset, tandem Crotona intravimus : ubi quidem parvo deversorio refecti, postero die amplioris fortunæ domum quærentes, incidimus in turbam heredipetarum sciscitantium, quod genus hominum, aut unde veniremus? Ex præscripto ergo consilii communis, exaggerata verborum volubilitate, unde? aut qui essemus? haud dubie credentibus indicavimus. Qui statim opes suas summo cum certamine in Eumolpum con-

gesserunt. Certatim omnes ejus gratiam muneribus sollicitant.

CXXV. Dum hæc magno tempore Crotone aguntur, et Eumolpus felicitate plenus, prioris fortunæ esset oblitus statum, adeo ut suis jactaret, neminem gratiæ suæ ibi posse resistere, impuneque suos, si quid deliquissent in ea urbe, beneficio amicorum laturos. Ceterum ego, etsi quotidie magis magisque superfluentibus bonis saginatum corpus impleveram, putabamque, a custodia mei removisse vultum Fortunam : tamen sæpius tam consuetudinem meam cogitabam, quam caussam. Et quid, aiebam, si callidus Captator exploratorem in Africam miserit, mendaciumque deprehenderit nostrum? Quid, si etiam mercenarius, præsenti felicitate lassus, indicium ad amicos detulerit, totamque fallaciam invidiosa proditione detexerit? Nempe rursus fugiendum erit, et tandem expugnata paupertas nova mendicitate revocanda. Dii, Deæque, quam male est extra legem viventibus! Quidquid meruerunt, semper exspectant. Totus fere mundus mimum videtur implere....

CXXVI.... Quia nosti venerem tuam, superbiam captas, vendisque amplexus, non commodas. Quo enim spectant flexæ pectine comæ? quo facies medicamine attrita, et oculorum quoque mollis petulantia? Quo incessus tute compositus, et ne vestigia quidem pedum extra mensuram

s'est faite, sinon que vous affichez votre bonne mine, qu'elle est à vendre? Regardez-moi bien : je n'entends rien aux augures, et nos astrologues ni leur ciel ne m'occupent guère; néanmoins je lis sur la physionomie des gens leurs habitudes : je n'ai qu'à vous voir marcher, et votre pensée je la sais. Voyons : si vous vendez ce que je vous demande, l'acheteur est tout prêt; si, ce qui est plus galant, vous le prêtez, qu'un bon procédé fasse de moi votre redevable. Nous dire, Je suis esclave, je ne suis rien, c'est enflammer plus encore celle qui brûle pour vous. Eh! oui : il y a des femmes qui prennent leurs amours dans la fange, et dont les sens ne s'éveillent qu'à la vue d'un esclave, d'un valet de pied à robe retroussée. D'autres raffolent d'un gladiateur, d'un muletier poudreux, d'un histrion qui étale publiquement ses grâces sur la scène. Ma maîtresse est de ce nombre-là : elle franchit les gradins du sénat, les quatorze bancs des chevaliers, et va chercher au plus haut de l'amphithéâtre l'objet de ses feux plébéiens. — Cette déclaration toute charmante me combla de joie : — De grâce, dis-je à la jeune fille, cette personne qui m'aime, n'est-ce point vous? — Elle rit beaucoup d'une si gauche apostrophe. — Non, reprit-elle, ne vous flattez pas à ce point : jusqu'ici jamais esclave ne m'a *subjuguée*; et aux dieux ne plaise que mes embrassements s'adressent à qui peut demain monter sur une croix! Libre aux matrones qui baisent amoureusement la marque des étrivières; moi, simple suivante, je ne *fraye* qu'avec des chevaliers.

Les goûts sont différents, le caprice en dispose;
Et j'ai vu pour l'épine abandonner la rose.

— Je m'étonnai d'une telle opposition d'humeurs, et dus noter comme un phénomène qu'une servante eût les prétentions d'une dame comme il faut, et celle-ci les humbles inclinations d'une servante. Comme cet entretien plaisant se prolongeait, je priai mon officieuse d'amener sa maîtresse dans l'allée des platanes. Elle approuva la proposition, et, relevant lestement sa robe, elle disparut dans un bosquet de lauriers qui tenait à la promenade. Après une courte absence, elle ressortit avec sa dame du mystérieux feuillage, et fit asseoir à mes côtés une beauté plus parfaite que tous les chefs-d'œuvre de l'art. Il n'y a pas d'expression pour décrire tant de charmes : tout ce que je pourrais dire serait trop au-dessous. Ses cheveux, qui frisaient d'eux-mêmes, inondaient entièrement ses épaules; son front, d'une exquise petitesse, repoussait en arrière les touffes qui l'ombrageaient; ses sourcils, dont la courbe fuyait jusqu'où se dessinent les joues, se confondaient presque au point opposé, en se rapprochant de ses yeux, de ses yeux plus brillants que les étoiles en l'absence de Phébé. Elle avait le nez légèrement aquilin, la bouche mignonne, et telle que Praxitèle l'imagina pour Diane. Un menton, un cou, des mains, des pieds d'albâtre qu'emprisonnaient les souples liens d'or de sa chaussure, tout cela eût effacé le marbre de Paros. Oh! alors pour la première fois Doris, mon ancienne passion, ne fut plus rien pour moi. —

Quoi! Jupiter!sans foudre, hélas et sans amour,
Tu dors, muette idole au milieu de ta cour!
Viens, d'un beau cygne encore emprunte la figure,
Ou d'un jeune taureau l'agaçante encolure;
Vois : Danaé t'appelle; ivre de tant d'appas,
Sous le feu du désir tu vas fondre en ses bras. —

CXXVII. Elle fut enchantée, et sourit si délicieusement que je crus voir la reine des nuits,

---

aberrantia, nisi quod formam prostituis, ut vendas? Vides me? nec auguria novi, nec Mathematicorum cœlum curare soleo : ex vultibus tamen hominum mores colligo; et, cum spatiantem vidi, quid cogites, scio. Sive ergo nobis vendis, quod peto; mercator paratus est : sive, quod humanius est, commodas, effice ut beneficium debeam. Nam, quod servum te et humilem fateris, accendis desiderium æstuantis. Quædam enim feminæ sordibus calent, nec libidinem concitant, nisi aut servos viderint, aut Statores altius cinctos. Arenarius aliquas accendit, aut perfusus pulvere Mulio, aut Histrio, scenæ ostentatione traductus. Ex hac nota Domina est mea : usque ab orchestra quatuordecim transilit, et in extrema plebe quærit, quod diligat. Itaque oratione blandissima plenus, Rogo, inquam, nunquid illa, quæ me amat, tu es? Multum risit ancilla post tam frigidum schema, et, Nolo, inquit, tibi tam valde placeas : ego adhuc servo nunquam succubui, nec hoc Dii sinant, ut amplexus meos in crucem mittam. Viderint Matronæ, quæ flagellorum vestigia osculantur : ego, etiamsi ancilla sum, nunquam tamen, nisi in Equestribus sedeo.

Invenias quod quisque velit. Non omnibus unum est
Quod placet : hic spinas colligit, ille rosas.

Mirari equidem tam discordem libidinem cœpi, atque inter monstra numerare, quod ancilla haberet Matronæ superbiam, et Matrona ancillæ humilitatem. Procedentibus deinde longius jocis, rogavi ancillam, ut in platanona duceret Dominam. Placuit puellæ consilium : itaque collegit altius tunicam, flexitque se in eum daphnona, qui ambulationi hærebat. Nec diu morata, Dominam producit e latebris, laterique applicat meo mulierem, omnibus simulacris emendatiorem. Nulla vox est, quæ formam ejus possit comprehendere : nam, quidquid dixero, minus erit. Crines, ingenio suo flexi, per totos sese humeros effuderant : frons minima, et quæ apices capillorum retroflexerat : supercilia usque ad malarum scripturam currentia, et rursus confinio luminum pæne permixta. Oculi clariores stellis, extra Lunam fulgentibus : nares paullulum inflexæ : et osculum, quale Praxiteles habere Dianam credidit. Jam mentum, jam cervix, jam manus, jam pedum candor, intra auri gracile vinculum positus, Parium marmor exstinxerat. Itaque tunc primum Dorida vetus amator contemsi.

Quid factum est, quod tu, projectis, Jupiter, armis,
Inter cœlicolas fabula muta taces?
Nunc erat a torva submittere cornua fronte;
Nunc pluma canos dissimulare tuos.
Hæc vera est Danae : tenta modo tangere corpus;
Jam tua flammifero membra calore fluent.

CXXVII. Delectata illa risit tam blandum, ut videretur

perçant les nuages, dévoiler sa face radieuse. Puis avec cette pantomime de doigts qui semble guider les paroles : — Si vous ne dédaignez pas, dit-elle, une femme d'un certain rang, qui l'année dernière était vierge encore, accueillez-la, jeune homme, comme *sœur et favorite*. Vous avez déjà un *frère-favori*; j'ai pris soin de m'en assurer : mais qui vous empêche d'adopter aussi une sœur? C'est au même titre que je me présente : daignez seulement, quand tel sera votre désir, éprouver ~~si j'aime aussi bien que lui.~~ *aussi ma façon d'aimer.* — Ah! m'écriai-je, c'est moi qui vous conjure par vos beautés de ne pas dédaigner d'admettre un pauvre étranger parmi vos adorateurs : vous trouverez en lui un zèle fervent, si vous souffrez l'hommage de son culte. Et ne croyez pas que j'aborde gratuitement vos autels : je vous sacrifie mon frère. — Quoi! votre frère! celui sans qui vous ne sauriez vivre, aux baisers duquel votre existence est suspendue, pour qui vous avez l'affection que je voudrais vous voir pour moi? — Tandis qu'elle parlait, un tel prestige venait se joindre aux accents de sa voix, une si douce harmonie vibrait dans l'air, qu'on eût dit ouïr à travers l'espace chanter le chœur des Sirènes. Et dans mon extase, ébloui de je ne sais quelle clarté plus vive que toutes celles de l'Olympe, je voulus savoir de quel nom ma divinité s'appelait. — Comment! fit-elle, ma suivante ne vous a pas dit que Circé est mon nom? Je ne suis pas, il est vrai, la fille du Soleil, et ma mère ne suspendait point à son gré le cours des révolutions célestes; je me croirai néanmoins privilégiée du ciel, si les destins nous unissent l'un à l'autre. Oh! oui, sans que je la puisse définir, la mystérieuse volonté d'un dieu agit sur nous. Il y a une raison pour que Circé aime Polyénos : le même astre brille entre ces deux noms. Soyez donc heureux, si vous voulez l'être. Vous n'avez pas de jaloux à craindre : votre frère est loin d'ici. — Elle dit; et m'enlaçant dans ses bras plus moelleux que le duvet, elle m'entraîna sur une pelouse toute parsemée de fleurs diverses.

Quand sur le mont Ida le souverain des dieux
S'embrasa pour Junon de légitimes feux,
Fleurs du myrte et du lis, violettes et roses
Entouraient l'heureux couple et naissaient tout écloses ;
Ainsi, d'un doux gazon nous prêtant le secours,
La terre autour de nous fleurissait embaumée,
Et d'un jour plus vermeil la nature charmée
    Semblait sourire à nos amours.

Sur cette pelouse, dans les bras l'un de l'autre, nous préludions par mille baisers, avant-coureurs d'un plaisir plus solide; [mais, saisi d'une faiblesse subite, je trompai l'attente de Circé.]

CXXVIII. — D'où vient ceci? dit-elle. Est-ce que mes caresses vous repoussent? Mon haleine, à jeun, serait-elle moins fraîche? Quelque négligence de toilette choque-t-elle en moi votre odorat? S'il n'est rien de tout cela, est-ce de Giton que vous avez peur? — L'extrême rougeur de mon visage me trahit; le peu de forces qui pouvaient me rester m'abandonna : c'était comme un relâchement de tout mon être. — Ma reine, dis-je à Circé, je vous en conjure, n'insultez pas à ma détresse. Je suis frappé de sortilége. — [Cette excuse ne réussissant point, j'essayai pour gagner du temps, mon seul espoir de salut, d'obtenir d'elle qu'elle se radoucît; je tentai de prolonger encore ces caresses enflammées qui devaient vaincre l'envieux destin. J'osai même lui dire :]

Qu'est le bonheur des sens? Grossière volupté,
    Court moment, qui, trop tôt goûté,
    Rassasie et lasse aussi vite.

---

mihi plenum os extra nubem Luna proferre. Mox, digitis gubernantibus vocem, Si non fastidis, inquit, feminam ornatam, et hoc primum anno virum expertam, concilio tibi, o juvenis, sororem. Habes tu quidem et fratrem, neque enim me piguit quærere : sed quid prohibet et sororem adoptare? Eodem gradu venio : tu tamen dignare et meum osculum, cum libuerit, cognoscere. Imo, inquam ego, per formam tuam te rogo, ne fastidias hominem peregrinum inter cultores admittere : invenies religiosum, si te adorari permiseris. Ac ne me judices ad hoc templum Amoris gratis accedere, dono tibi fratrem meum. Quidni? inquit illa, donas mihi eum, sine quo non potes vivere? ex cujus osculo pendes? quem sic tu amas, quemadmodum ego te volo? Hæc ipsa cum diceret, tanta gratia conciliabat vocem loquentis, tam dulcis sonus pertentabat aera, ut putares inter auras canere Sirenum concordiam. Itaque miranti, et toto mihi clarius cœlo, nescio quid relucente, libuit Deæ nomen quærere. Ita, inquit, non dixit tibi ancilla mea, Circen me vocari? Non sum quidem Solis progenies; nec mea mater, dum placuit, labentis mundi cursum detinuit : habebo tamen quod cœlo imputem, si nos fata conjunxerint. Imo jam nescio quid tacitis cogitationibus Deus agit. Nec sine caussa Polyænon Circe amat. Sed inter hæc nomina fax surgit. Sume ergo amplexum, si placet. Neque est, quod curiosum aliquem extimescas : longe ab hoc loco frater est. Dixit hæc Circe, implicitumque me brachiis mollioribus pluma, deduxit in terram, vario gramine indutam.

Idæo quales fudit de vertice flores
Terra parens, cum se confesso junxit amori
Jupiter; et toto concepit pectore flammas :
Emicuere rosæ, violæque, et molle cyperon,
Albaque de viridi riserunt lilia prato     5
Talis humus Venerem molles clamavit in herbas,
Candidiorque dies secreto favit amori.

In hoc gramine pariter compositi, mille osculis lusimus, quærentes voluptatem robustam.....

CXXVIII. Quid est, inquit, numquid te osculum meum offendit? numquid spiritus jejunio marcet? numquid alarum negligens, sudore puteo? Si hæc non sunt : numquid Gitona times? Perfusus ego rubore manifesto, etiam, si quid habueram virium, perdidi; totoque corpore velut laxato, Quæso, inquam, Regina, noli suggillare miserias. Veneficio contactus sum...

Fœda est in coitu et brevis voluptas,
Et tædet Veneris statim peractæ.
Non ergo, ut pecudes libidinosæ,

Comme la brute, aux aveugles désirs,
Ne forçons point d'une attaque subite
Le sanctuaire des plaisirs :
Un tel amour est un éclair qui passe.
Mais laisse-moi, laisse-moi sur ton cœur
Lentement mériter ma grâce,
Et de tes longs baisers savourer la douceur.
Craindrais-tu d'en être prodigue?
Dans un baiser nulle fatigue;
Un baiser ne fait pas rougir,
Et quand il est cueilli, peut encor se cueillir :
Inépuisable jouissance
Qui jamais ne finit et toujours recommence.

[Elle détourna dédaigneusement les yeux, et s'adressant à sa suivante :] — Dis-moi, Chrysis, mais dis vrai : je ne suis donc pas bien ainsi? Ma toilette est sans goût? ou quelque défaut naturel fait ombre à ma beauté? Ne trompe pas ta maitresse : j'ai des torts sans doute, mais lesquels?— Chrysis se taisait; Circé lui prend vivement des mains un miroir; et, après avoir essayé toutes les mines, qui entre amants s'échangent avec une si douce gaieté, elle secoue sa robe qu'a froissée le gazon, puis gagne brusquement un temple de Vénus, voisin de la promenade. Et moi maudit, frissonnant comme au sortir de quelque vision, je me demande si en conscience ce n'est pas un rêve que ce bonheur qui vient de m'échapper.

Ainsi la nuit, heureux en songe,
Je crois déterrer un trésor,
Et ma main qu'à l'instant j'y plonge,
Ma main avide s'emplit d'or.
Tournant et retournant ma proie,
Je goûte une coupable joie
Qui bientôt cède à la frayeur :
L'homme au trésor sur mon passage
M'attend peut-être?.. Et la sueur
Inonde à longs flots mon visage.
Je me réveille : tout a fui; ,
Adieu l'espoir qui m'avait lui.
Mon esprit d'une erreur si chère
Se détache, en la regrettant,

Cæci protinus irruamus illuc :
Nam languescit amor, periitque flamma :   5
Sed sic, sic sine fine feriati,
Et tecum jaceamus osculantes;
Hic nullus labor est, roborque nullus;
Hoc juvit, juvat et diu juvabit;
Hoc non deficit, incipitque semper.   10

... Dic Chrysis, sed verum : numquid indecens sum? numquid incompta? numquid ab aliquo naturali vitio formam meam excæco? noli decipere Dominam tuam : nescio quid peccavimus. Rapuit deinde tacenti speculum, et, postquam omnes vultus tentavit, quos solet inter amantes risus frangere, excussit vexatam solo vestem, raptimque ædem Veneris intravit. Ego contra damnatus, et quasi quodam visu in horrorem perductus, interrogare animum meum cœpi, an vera voluptate fraudatus essem?

Nocte soporifera veluti quum somnia ludunt
Errantes oculos, effossaque protulit aurum
In lucem tellus, versat manus improba furtum,
Thesaurosque rapit, sudor quoque perluit ora.
Et mentem timor altus habet, ne forte gravatum   5
Excutiat gremium secreti conscius auri.
Mox ubi fugerunt elusam gaudia mentem,



Et caresse encor la chimère
Qui fit sa joie et son tourment.

[Je m'en fus de là droit à la maison, où je me jetai sur mon lit. Peu après Giton entra dans ma chambre; et se voyant accueilli assez froidement et par un seul baiser, désappointé dans son attente, il me dit qu'il avait remarqué dès longtemps et d'une manière non équivoque que je portais ailleurs le tribut de mes feux. — Que dis-tu, mon ami? lui répondis-je; mes sentiments ont toujours été les mêmes à ton égard : mais la raison pour aujourd'hui l'emporte sur l'amour, et arrête la fougue de mes sens.] — Aussi ai-je mille grâces à vous rendre, me dit-il, d'être aimé de vous avec un désintéressement socratique. Alcibiade n'était pas plus respecté quand il partageait la couche de son précepteur. —

CXXIX. Crois-moi bien, frère, lui répondis-je, je ne me reconnais plus homme, je ne me sens plus. Elle est morte, cette partie de mon être qui faisait de moi un Achille.

Tu sais : parfois de la machine humaine
Un froid de glace engourdit les ressorts :
Cet air captif, qui veut fuir au dehors,
Torture l'homme et court de veine en veine;
Un long frisson glisse jusqu'en nos os.
Il faut suer : alors finit la gêne;
On redevient souple, frais et dispos. —

— Giton, qui craignait d'ailleurs, s'il était surpris seul avec moi, de donner prise aux caquets, s'esquiva au plus vite, et s'enfuit dans l'intérieur de la maison. Comme il sortait, Chrysis entra, et me remit de la part de sa dame des tablettes écrites, dont voici la teneur : —

CIRCÉ A POLYÉNOS, SALUT.

Si j'étais femme à tempérament, je me plaindrais d'avoir été déçue; loin de là, je rends grâce à votre défaillance : elle a prolongé l'illusion de plaisir ou

Veraque forma redit, animus quod perdidit optat,
Atque in præterita se totus imagine versat.

.... Itaque, hoc nomine tibi gratias ago, quod me Socratica fide diligis. Non tam intactus Alcibiades in præceptoris sui lectulo jacuit.
CXXIX. Crede mihi, frater, non intelligo me virum esse, non sentio. Funerata est pars illa corporis, qua quondam Achilles eram.

Sic et membra solent auras includere venis,
Quæ penitus mersæ, cum rursus abire laborant,
Verberibus rimantur iter : nec desinit ante
Frigidus, adstrictis qui regnat in ossibus, horror,
Quam tepidus laxo manavit corpore sudor.

Veritus puer ne, in secreto deprehensus, daret sermonibus locum, proripuit se, et in partem ædium interiorem fugit. Cubiculum autem meum intravit Chrysis, codicillosque mihi Dominæ reddidit, in queis erant scripta :

CIRCE POLYÆNO SALUTEM.

Si libidinosa essem, quererer decepta : nunc etiam languori tuo gratias ago. In umbra voluptatis diutius lusi. Quid tamen agas, quæro, et, an tuis pedibus perveneris

je me berçais. Mais qu'êtes-vous devenu? Je voudrais le savoir, et si vos jambes vous ont ramené chez vous : car les médecins prétendent que sans muscles on ne peut avancer. C'est moi qui vous le dis, jeune homme, gare la paralysie! Je n'ai jamais vu malade en si grand péril. D'honneur! vous êtes *en partie* un homme mort. Si la léthargie a gagné les genoux et les mains, vous pouvez mander les pleureuses. Mais voyons : bien que j'aie reçu un cruel affront, dans votre misérable état je ne vous refuserai pas un remède. Désirez-vous guérir? priez Giton de le vouloir bien; oui, vigueur vous sera rendue, si durant trois nuits vous faites lit à part. Pour mon compte, je ne crains pas de trouver de plus tièdes serviteurs que vous. Ni mon miroir ni ma renommée ne m'en font accroire.

Portez-vous bien, si vous pouvez. —

Quand Chrysis s'aperçut que j'avais fini de lire tout ce persiflage : — Votre accident, me dit-elle, est fort commun, surtout en ce pays, où nos magiciennes font descendre la lune du ciel. Eh bien, on verra aussi à *soigner cette affaire.* Tâchez seulement d'adoucir madame, et par une lettre franche et polie remettez-la en belle humeur. Car il faut vous dire vrai : depuis l'affront qu'elle a reçu, elle n'est plus à elle. J'obéis de grand cœur à la messagère, et je traçai sur les tablettes cette réponse :

### CXXX. POLYÉNOS A CIRCÉ, SALUT.

J'en conviens, madame, j'ai souvent failli; car je suis homme, et jeune encore : jamais pourtant jusqu'à ce jour la mort du délinquant n'avait dû suivre. Vous avez, n'est-ce pas, l'aveu du coupable? Quoi que vous m'infligiez, je le

mérite. J'ai commis une trahison, un homicide; j'ai profané le sanctuaire : contre tous ces forfaits cherchez un supplice. Est-ce mon trépas que vous voulez? Mon glaive est là, je vous l'apporte. Si la peine du fouet vous suffit, me voici dépouillé aux pieds de ma souveraine. Seulement rappelez-vous que ce n'est pas moi, que ce sont mes organes qui ont failli. Soldat prêt à bien faire, mes armes m'ont manqué. Qui me les a dérobées? Je l'ignore. Peut-être l'imagination a devancé la nature trop lente; peut-être l'excès même du désir a fait trop vite évaporer mes feux. Je ne puis comprendre ce qui s'est passé. Et vous me faites craindre une paralysie! comme s'il m'en pouvait arriver une pire que celle qui m'ôta les moyens de vous voir toute à moi! Je résume du reste ma défense en deux mots : je serai digne de vous, si vous m'admettez à réparer ma faute. Adieu. —

Chrysis congédiée avec ces belles promesses, je pris un soin tout spécial de mon coupable corps; et, m'abstenant du bain, je me bornai à une légère friction; je pris une nourriture plus stimulante, telle que des oignons, des têtes d'escargots sans leur jus, et une dose de vin modérée. Puis avant le sommeil une courte promenade rafraîchit mes sens, et je me mis au lit sans Giton. Je tenais tant à n'être point troublé, que j'appréhendais jusqu'au moindre contact de mon ami.

Pour nous mieux préparer au calme heureux des nuits,
D'un vin bu sobrement égayons nos ennuis.
Tout excès, ô Morphée, amoindrit ton domaine;
Des sottises du jour la nuit porte la peine :
La nuit par la douleur tient tout l'homme éveillé,
Lorsque d'impurs ébats le jour s'est vu souillé.

**CXXXI.** Le lendemain je me lève, aussi frais

---

domum? negant enim Medici sine nervis posse ire. Narrabo tibi, adolescens, paralysin cave. Nunquam ego ægrum tam magno periculo vidi. Medius Fidius! jam peristi. Quod si idem frigus genua manusque tentaverit tuas, licet ad Tubicines mittas. Quid ergo est? etiamsi gravem injuriam accepi, homini tamen misero non invideo medicinam. Si vis sanus esse, Gitonem roga; recipies, inquam, nervos tuos, si triduo sine fratre dormieris. Nam, quod ad me attinet, non timeo ne quis inveniatur cui minus placeam. Nec speculum mihi, nec fama mentitur. [Vale, si potes.] Ut intellexit Chrysis, me perlegisse totum convicium: Solent, inquit, hæc fieri, et præcipue in hac civitate, in qua mulieres etiam Lunam deducunt. Itaque hujus quoque rei cura agetur : rescribe modo blandius Dominæ, animumque ejus candida humanitate restitue. Verum enim fatendum est : ex qua hora injuriam accepit, apud se non est. Libenter quidem parui ancillæ, verbaque codicillis talia imposui.

CXXX. POLYÆNOS CIRCÆ SALUTEM.

Fateor me, Domina, sæpe peccasse; nam et homo sum, et adhuc juvenis. Nunquam tamen ante hunc diem usque ad mortem deliqui. Habes, inquam, confitentem reum. Quidquid jusseris, merui. Proditionem feci, ho-

minem occidi, templum violavi. In hæc facinora quære supplicium. Sive occidere placet : ferro meo venio; sive verberibus contenta es; curro nudus ad Dominam. Id tantum memento, non me, sed instrumenta peccasse. Paratus miles arma non habui. Quis hæc turbaverit, nescio. Forsitan animus antecessit corporis moram; forsitan, dum omnia concupisco, voluptatem tempore consumsi. Non invenio quod feci. Paralysin tamen cavere jubes; tanquam major fieri possit, quæ abstulit mihi, per quod etiam te habere potui. Summa tamen excusationis meæ hæc est : Placebo tibi, si me culpam emendare permiseris. Vale. Dimissa cum ejusmodi pollicitatione Chryside, curavi diligentius noxiosissimum corpus, balneoque præterito, modica unctione usus, mox cibis validioribus pastus, id est, bulbis, cochlearumque sine jure cervicibus, hausi parcius merum. Hinc ante somnum levissima ambulatione compositus, sine Gitone cubiculum intravi. Tanta erat placandi cura, ut timerem ne latus meum frater convelleret.

Ut placidus noctu tibi Morpheus adsit, oportet
    Ut faciant lætum sobria vina diem.
Qui læsere diem, læsere tyrannida somni :
    Hic furias, quo se vindicet ultor, habet.
Casta placent somno; mala sunt insomnia præsto,      5
    Ebria lux fœdis cum fuit acta jocis.

de corps que d'esprit ; je me rends dans la même allée de platanes, bien qu'un lieu de si triste augure m'effrayât, et me voilà sous les arbres, attendant Chrysis, qui sera mon guide. Après avoir fait quelques pas, je m'étais assis au même endroit que le jour précédent, lorsqu'elle parut, en compagnie d'une petite vieille qu'elle traînait après elle. Et dès qu'elles m'eurent toutes deux salué : — Eh bien! dit-elle, dégoûté personnage, êtes-vous un peu *en veine* à présent? — Chrysis n'avait pas achevé, que tout à coup

Cette vieille au teint aviné,
Le corps sec et ratatiné,
La tête et les lèvres tremblantes,

porte hardiment la main sur moi. Elle tire de son sein un réseau tout bigarré, de fils retors, qu'elle attache autour de mon cou. Ensuite elle pétrit avec sa salive de la poussière qu'elle prend sur le doigt du milieu, et malgré ma répugnance mon front en est stigmatisé.

— Tant que tu vis, espère ; et toi, dieu des jardins,
Viens nous favoriser de tes talents divins !

— Son invocation terminée, elle m'ordonne de cracher trois fois, de jeter par trois fois dans mon sein de petits cailloux qu'elle a magiquement préparés et enveloppés de pourpre ; puis ses mains viennent interroger la vigueur de mes facultés amoureuses. Plus prompt que la parole, le nerf priapique obéit à l'appel, et remplit les mains de la vieille de son énorme soubresaut. Elle alors, tressaillant de joie : — Tu vois, ma chère, tu vois ; mais c'est pour d'autres que j'ai fait lever le lièvre.

Tiens, mon travail m'a valu gerbe pleine.

[Le charme avait réussi. Prosélénos me remet aux mains de Chrysis, toute ravie d'avoir recouvré le trésor que sa maîtresse avait perdu. Elle m'emmène donc chez elle au plus vite, et m'introduit au fond d'un riant bosquet où la nature étale aux yeux toutes ses grâces.]

Contre les feux brûlants du jour
Le platane y prête à l'amour
Le frais de son mobile ombrage ;
Cyprès et lauriers sont autour ;
Les pins couronnent le bocage.
~~Sur un sable d'or se jouant,~~ *Un ruisseau sous l'herbe, écumant*
~~Un ruisseau porte à l'aventure~~ *Se joue, et roule à l'aventure*
~~Ses longs détours, son onde pure~~ *Son sable d'or, son onde pure*
Et son plaintif gazouillement.
Vénus, c'est là ton digne asile :
Là vient Philomèle au doux chants;
~~Là Progné de son vol agile~~ *Triste, aux bois sa douleur l'exile,*
~~Effleure le gazon naissant.~~ *Là Progné, sans quitter la ville, / Trouve le vert gazon des champs.*

Circé, mollement étendue sur des coussins à franges d'or où s'appuyait son cou d'albâtre, agitait en guise d'éventail une branche de myrte fleuri. Dès qu'elle me vit, elle rougit légèrement : l'injure de la veille, on peut le croire, n'était pas oubliée ; ensuite, lorsqu'elle eut fait retirer toutes ses femmes, et qu'invité par elle je me fus assis à ses côtés, elle me couvrit les yeux de sa branche de myrte ; et dès lors, enhardie comme si un mur nous eût séparés : — Eh bien! dit-elle, paralytique, êtes-vous venu aujourd'hui tout entier ? — Vous le demandez! répondis-je, quand la preuve est sous votre main. — Et me précipitant dans ses bras qui ne me repoussaient point, quelles délices n'épuisai-je pas sur cette bouche enivrante !

CXXXII. Les charmes seuls de son beau corps m'appelaient d'eux-mêmes au plaisir. Déjà du choc répété de nos lèvres s'échappaient des baisers sonores ; déjà ~~mes mains entreprenantes~~ *nos mains, dans leur jeu croisé,* avaient imaginé tous les genres d'agacerie amoureuse ; déjà une mutuelle étreinte unissait nos

---

CXXXI. Postero die, cum sine offensa corporis animique consurrexissem : in eundem platanona descendi, etiamsi locum inauspicatum timebam ; cœpique inter arbores ducem itineris exspectare Chrysidem. Nec diu spatiatus, consederam ubi hesterno die fueram, cum illa intervenit, comitem aniculam trahens. Atque, ut me consalutavit, Quid est, inquit, fastose, ecquid bonam mentem habere coepisti?

Anus recocta vino,
Trementibus labellis

de sinu licium protulit varii coloris, filis intortum, cervicemque vinxit meam. Mox turbatum sputo pulverem medio sustulit digito, frontemque repugnantis signat.

Dum vivis, sperare licet : tu rustice custos,
Huc ades, et nervis tente Priape, fave.

Hoc peracto carmine, ter me jussit exspuere, terque lapillos conjicere in sinum, quos ipsa præcantatos purpura involverat, admotisque manibus tentare cœpit inguinum vires. Dicto citius nervi paruerunt imperio, manusque aniculæ ingenti motu repleverunt. At illa, gaudio exsultans, Vides, inquit, Chrysis mea, vides, quod aliis leporem excitavi?

Juverunt segetes meum laborem.....

Mobilis æstivas platanus diffuderat umbras,
Et baccis redimita Daphne, tremulæque cupressus,
Et circumtensæ trepidanti vertice pinus.
Has inter ludebat, aquis errantibus, amnis
Spumeus, et querulo versabat rore lapillos.       5
Dignus amore locus, testis sylvestris Aedon,
Atque urbana Progne : quæ circum gramina fusæ,
Et molles violas, cantu sua rura colebant.

Premebat illa resoluta marmoreis cervicibus aureum torum, myrtoque florenti quietum verberabat. Itaque, ut me vidit, paullulum erubuit, hesternæ scilicet injuriæ memor : deinde ut, remotis omnibus, secundum invitantem consedi, ramum super oculos meos posuit, et, quasi pariete interjecto, audacior facta : Quid est, inquit, paralytice, ecquid hodie totus venisti? Rogas, inquam ego, potius, quam tentas? totoque corpore in amplexum ejus immissus non deprecantis, usque ad satietatem osculis fruor.

CXXXII. Ipsa corporis pulchritudine me ad se vocante trahebat ad Venerem. Jam pluribus osculis collisa labra crepitabant ; jam implicitæ manus omne genus amoris invenerant ; jam alligata mutuo ambitu corpora, animarum quoque mixturam fecerant..... Manifestis Matrona contumeliis verberata, tandem ad ultionem decurrit, vocatque cubi-

---

* *mentem* est ici pour son diminutif *mentulam.*

corps et jusqu'à nos âmes confondues; [mais, au milieu de si doux préliminaires, survint un second et *brusque* anéantissement qui m'empêcha d'atteindre à la suprême félicité.] Deux affronts de suite, si flagrants, exaspèrent la fière matrone : elle court enfin à la vengeance, elle appelle ses valets de chambre, et donne ordre qu'on me fustige. Puis, non contente d'un si cruel traitement, elle convoque en masse les plus viles servantes, la plus sale valetaille; elle leur enjoint de me cracher au visage. Je porte mes mains à mes yeux, et, sans me répandre aucunement en supplications (je savais trop tout ce que je méritais), moulu de coups et couvert de crachats, je suis jeté à la porte. On chasse même Proségénos, Chrysis est battue, et tous les domestiques affligés *chuchottent* entre eux, et se demandent ce qui a si fort altéré la gaieté de madame. Cette compensation de disgrâces me remit un peu : je cachai adroitement les marques du bâton, de peur d'égayer Eumolpe par ma déconvenue, ou d'attrister Giton. Je ne pouvais, pour sauver l'amour-propre, que prétexter une indisposition; je le fis, et, m'étant plongé dans mon lit, je tournai exclusivement l'ardeur de mon courroux contre l'auteur de toutes mes infortunes.

> Trois fois ma main se saisit d'un couteau;
> Mais lui, plus mou, plus rampant qu'un roseau,
> Il m'arracha trois fois l'arme terrible.
> Moi qui voulais... tout me fut impossible.
> Sous mille plis demi-mort et glacé,
> Jusqu'en mon sein par la peur enfoncé,
> Le traître aux coups a dérobé sa tête;
> Et, n'osant plus, le fer trompé s'arrête.
> A ma vengeance il reste un seul recours,
> Et je l'exhale en foudroyants discours.

Appuyé sur le coude, j'apostrophe le contumace

à peu près en ces termes : — Qu'as-tu à dire, opprobre des hommes et des dieux? Car enfin, rien que te nommer parmi les choses sérieuses est une inconvenance. Avais-je mérité de toi d'être précipité des délices du ciel aux enfers; et que tu flétrisses ma jeunesse dans l'éclat de sa première vigueur, pour faire peser sur moi l'épuisement de la caducité? Eh bien donc, délivre-moi mon brevet d'invalide. — Ainsi éclatait mon ressentiment :

> Mais immobile, et l'œil attaché sur la terre,
> Il est sourd aux accents de ma juste colère :
> Tel, brûlé par Phébus, tombe un pavot naissant;
> Tel le saule pleureur penche un front languissant.

Néanmoins, cette ignoble sortie achevée, le regret me prit de ce que j'avais pu dire, et je rougis intérieurement d'avoir oublié le respect de moi-même, pour me compromettre de paroles avec cette partie du corps humain que les hommes d'une morale quelque peu sévère n'admettent même pas au droit d'intervention. Puis quand je me fus bien frotté le front : — Après tout, me dis-je, quel mal ai-je fait en soulageant mon dépit par des reproches si naturels? Pourquoi enfin, entre autres parties de soi-même, maudit-on son estomac, sa bouche ou sa tête, quand on y souffre trop souvent? Et Ulysse, ne fait-il pas le procès à son cœur? Et les héros tragiques ne gourmandent-ils pas leurs yeux, comme s'ils en étaient entendus? Le goutteux peste, soit contre ses jambes, soit contre ses mains; le chassieux maudit ses yeux; souvent même l'homme qui se blesse aux doigts d'une main s'en prend à ses pieds de toute la douleur qu'il éprouve.

> Tristes Catons, pourquoi ce front sévère?
> Pourquoi flétrir un langage sincère?

cularios, et me jubet catomidiare. Nec contenta mulier tam gravi injuria mea, convocat omnes quasillarias, familiæque sordidissimam partem, ac me conspui jubet. Oppono ego manus oculis meis, nullisque precibus effusis, quia sciebam quid meruissem, verberibus sputisque extra januam ejectus sum. Ejicitur et Proselenos, Chrysis vapulat, totaque familia tristis inter se mussat, quæritque, quis Dominæ hilaritatem confuderit. Itaque pensatis vicibus animosior, verberum notas arte contexi, ne aut Eumolpus contumelia mea hilarior fieret, aut tristior Giton. Quod solum igitur, salvo pudore, poteram confingere, languorem simulavi, conditusque lectulo, totum ignem furoris in eam converti, quæ mihi omnium malorum causa fuerat.

> Ter corripui terribilem manu bipennem,
> Ter languidior coliculi repente thyrso,
> Ferrum timui, quod trepido male dabat usum.
> Nec jam poteram, quod modo conficere libebat.
> Namque illa metu frigidior rigente bruma,                               5
> Confugerat in viscera mille operta rugis.
> Itu non potui supplicio caput aperire :
> Sed furciferæ mortifero timore lusus,
> Ad verba, magis quæ poterant nocere, fugi.

Erectus igitur in cubitum, hac fere oratione contumacem vexavi : Quid dicis, inquam, omnium hominum

Deorumque pudor? nam nec nominare quidem te inter res serias, fas est. Hoc de te merui; ut me in cœlo positum ad inferos traheres, ut traduceres annos primo florentes vigore, senectæque ultimæ mihi lassitudinem imponeres? Rogo te, mihi apodixin defunctoriam redde. Hæc ut iratus effudi,

> Illa solo fixos oculos aversa tenebat,
> Nec magis incepto vultus sermone movetur,
> Quam lentæ salices, lassove papavera collo.

Nec minus ego, tam fœda objurgatione finita, pœnitentiam agere sermonis mei cœpi, secretoque rubore perfundi, quod, oblitus verecundiæ meæ, cum ea parte corporis verba contulerim, quam ne ad cognitionem quidem admittere severioris notæ homines solent. Mox perfricata diutius fronte, Quid autem ego, inquam, mali feci, si dolorem meum naturali convicio exoneravi? aut quid est, quod in corpore humano ventri maledicere solemus, aut gulæ, capitique etiam, cum sæpius dolet? quid? non et Ulyxes, cum corde litigat suo? Et quidem Tragici oculos suos, tamquam audientes, castigant. Podagrici pedibus suis maledicunt, chiragrici manibus, lippi oculis; et, qui offenderunt sæpe digitos, quidquid doloris habent, in pedes deferunt.

> Quid me spectatis constricta fronte, Catones,

A la morale, aux sérieux discours
Je prends peu goût, et des mœurs de nos jours
Je peins au vrai l'histoire familière.
Qui ne connaît Vénus et ses plaisirs?
Qu'un lit propice éveille les désirs,
Et qu'on y cède, est-ce un grand mal, un crime?
Non; l'inventeur de toute vérité,
Épicure l'a dit : Dans leur repos sublime,
Les dieux, tout comme nous, fêtent la volupté.

~~Rien n'est plus faux que les sots préjugés du~~ *hommes ; tout ce qu'il y a de plus faux ; leur* ~~monde ; rien n'est plus sot qu'une sévérité~~ hypo-crite. *sévérité, ce qu'il y a de plus sot.*

CXXXIII. Cette déclamation terminée, j'appelai Giton, et lui parlai ainsi : — Dis-moi, mon ami, mais en conscience, cette nuit où Ascylte te vint dérober de mes bras, a-t-il été, dans sa coupable veille, jusqu'au dernier outrage? ou s'est-il contenté d'une nuit chaste et pure? — L'enfant jura, la main sur ses yeux, et du ton le plus solennel, qu'Ascylte ne lui avait fait aucune violence. [Cette réponse équivoque, je n'osai trop l'approfondir; je ne savais plus, comme on dit, à quel dieu me vouer. A la fin pourtant j'eus l'idée d'aller au temple de Priape; et] à tout hasard, feignant l'espoir sur mon visage, et m'agenouillant sur le seuil, j'adressai au dieu l'hymne suivant, où je n'épargnais pas les titres :

Compagnon de Bacchus et des Nymphes volages,
   Fils de Vénus, protecteur de Lesbos,
Toi qui donnes des lois à la verte Thasos;
   Toi qui, roi de nos frais bocages,
Dans Hypèpe reçois l'encens des Lydiens,
   Entends ma voix, Priape, viens
   Exaucer mon humble prière.
Je ne suis point souillé du sang d'un père,
   Ni des autels maudit profanateur;
Mais, sans arme et sans force, au combat de Cythère
   Si j'ai failli, ce n'est point par le cœur.
   Qui pèche ainsi n'est-il pas moins coupable?

Damnatisque novæ simplicitatis opus?
Sermonis puri non tristis gratia ridet,
   Quodque facit populus, candida lingua refert;
Nam quis concubitus, Veneris quis gaudia nescit?   5
   Quid vetat in tepido membra calere toro?
Ipse pater veri doctos Epicurus in arte
   Jussit, et hanc vitam dixit habere Deos.

Nihil est hominum inepta persuasione falsius, nec ficta severitate ineptius.

CXXXIII. Hac declamatione finita, Gitona voco, et, Narra mihi, inquam, frater, sed tua fide : ea nocte, qua te mihi Ascyltos subduxit, usque in injuriam vigilavit, an contentus fuit vidua pudicaque nocte? Tetigit puer oculos suos, conceptisque juravit verbis, sibi ab Ascylto nullam vim factam...

Ut ut res haberet, spem vultu simulavi, positoque in limine genu, sic deprecatus sum Numina versu :

Nympharum, Bacchique comes, quem pulchra Dione
Divitibus sylvis numen dedit, inclita paret
Cui Lesbos, viridisque Thasos, quem Lydus adorat
Vestifluus, templumque tuis imponit Hypæpis.
Huc ades, o Bacchi tutor, Dryadumque voluptas,   5
Et timidas admitte preces : non sanguine tristi
Perfusus venio; non templis impius hostis
Admovi dextram, sed inops, et rebus egenus
Attritis, facinus non toto corpore feci.
Quisquis peccat inops, minor est reus. Hac prece quæso.   10

Pardonne à ma prière une faute excusable,
Si Vénus, grâce à toi, me sourit de nouveau
*Je veux, en souvenir de* ~~Pour fêter~~ cette heure prospère,
Je veux qu'à tes autels tombe sous le couteau
Un bouc bien encorné, père et chef du troupeau,
Et les fils d'une laie aussi blancs que leur mère.
Le vin de l'an dernier rougira ta patère;
Et trois fois les buveurs des hameaux d'alentour
De ton temple en dansant viendront faire le tour.

Comme j'achevais mon hymne, épiant d'un œil attentif la partie défunte, je vis entrer Prosélénos les cheveux en désordre, habillée de noir, toute hideuse. Elle mit la main sur moi, elle m'entraîna hors du vestibule, et je m'attendis à tout.

CXXXIV. — Quels vampires, me dit-elle, ont pu te ronger de la sorte? Sur quelle ordure *expiatoire as-tu marché la nuit dans un carrefour, sur quel* ~~de carrefour, sur quel cadavre as-tu marché la nuit?~~ *cadavre* Tu n'as pas même pu soutenir ton honneur auprès de Giton; mais, mou, débile, essoufflé comme une rosse qui grimpe une côte, ta peine et tes sueurs ont été perdues. Non content de ta propre honte, tu as attiré sur moi la colère des dieux, et je ne te le ferais pas payer! — Puis me ressaisissant, elle m'emmena sans nulle résistance dans la cellule de la prêtresse, me poussa sur un lit, s'empara du bâton de derrière la porte, et m'en frappa. Je ne soufflais mot; et si le bâton ne se fût brisé au premier coup et n'eût ralenti la fureur de l'impitoyable vieille, elle m'aurait peut-être cassé bras et tête. Je gémis profondément, surtout quand je me sentis provoqué par sa dégoûtante main; des ruisseaux de larmes coulèrent de mes yeux, et je me penchai sur le chevet du lit, voilant de mes mains mon visage. Elle aussi, pleurante et toujours plus laide, s'assit à l'autre bout de la couche, et se plaignit, d'une

Exonera mentem, culpæque ignosce minori.
Et, quandoque mihi Fortunæ arriserit hora,
Non sine honore tuum patiar decus : ibit ad aras,
Sancte, tuas hircus, pecoris pater, ibit ad aras
Corniger, et querulæ fœtus suis, hostia lactens;   15
Spumabit pateris hornus liquor : et ter ovantem
Circa delubrum gressum feret ebria pubes.

Dum hæc ago, solertique cura deposito meo caveo; intravit delubrum anus laceratis crinibus, atraque veste deformis; extraque vestibulum me injecta manu duxit cuncta timentem :

CXXXIV. Quæ striges comederunt nervos tuos? aut quod purgamentum nocte calcasti in trivio, aut cadaver? Nec a puero quidem te vindicasti : sed mollis, debilis, lassus, tanquam caballus in clivo, et operam et sudorem perdidisti : nec contentus ipse peccare, mihi Deos iratos excitasti, ac pœnas mihi nullas dabis? Ac me iterum in cellam Sacerdotis nihil recusantem perduxit, impulitque super lectum, et arundinem ab ostio rapuit, iterumque nihil respondentem mulcavit. Ac, nisi primo ictu arundo quassata impetum verberantis minuisset, forsitan etiam brachia mea caputque fregisset. Ingemui ego, utique propter masturbationem, lacrymisque ubertim manantibus, obscuratum dextra caput super pulvinar inclinavi. Nec minus illa, fletu confusa, altera parte lectuli sedit, ætatisque longæ moram tremulis vocibus cœpit accusare,

voix chevrotante, d'avoir trop longtemps vécu. A la fin parut la prêtresse : — Que venez-vous faire ici? dit-elle; vous croyez-vous en face d'un bûcher? Et cela par un jour de fête, où l'on voit rire la tristesse même! — O Énothée, reprit l'autre, ce jeune homme que vous voyez est né sous une fâcheuse étoile : ni garçon ni fille ne peuvent rien conclure avec lui. Vous n'avez jamais trouvé d'être aussi disgracié; c'est un cuir détrempé, ce n'est plus un homme. Enfin, que pensez-vous d'un malheureux qui sort des bras de Circé sans avoir connu le plaisir? — A ces mots Énothée s'assit entre nous deux, et, branlant la tête à plusieurs reprises : — Cette maladie-là, dit-elle, il n'y a que moi qui la sache guérir. Et, pour vous faire voir que je ne biaise point, je demande que le jeune homme couche une nuit avec moi, si je ne ~~parvions à~~ le lui rend**rai** aussi dur qu'une corne.

A
~~L'univers m'est soumis. Je parle, et la nature~~
~~Voit sécher tout à coup sa brillante parure,~~
Ou verse à pleines mains ses plus riches présents ;
De l'aride rocher jaillissent des torrents ;
~~Charmé par moi~~ le tigre a suspendu sa course ;
Les fleuves ~~étonnés~~ remontent vers leur source ;
Les mers courbent sous moi leurs flots humiliés,
Et l'aquilon muet vient mourir à mes pieds.
B
~~Mais que dis-je? A ma voix sur la terre tremblante~~
~~Descend du ciel désert la lune obéissante;~~
Je fais pâlir Phébus : son char épouvanté
Recule, et fuit sans guide au hasard emporté,
Tant mon art est puissant! C'est par lui qu'une femme
Dompta ces ~~fiers~~ *noirs* taureaux qui vomissaient la flamme,
Par lui que de Circé les filtres souverains
De leur forme à son choix dépouillaient les humains.
Moi, j'enverrais les monts des mers combler l'abîme,
Ou les mers à leur tour des monts noyer la cime.

**CXXXV.** Je frissonnai ~~de terreur~~ au merveil-

leux de ces promesses *terrifiantes* et me mis à considérer ~~cette~~ *la* vieille avec plus d'attention. — Il est temps! se dit-elle à voix haute; Énothée, prépare tes puissants mystères. — Et, s'étant lavé soigneusement les mains, elle se penche sur le lit, et me baise une et deux fois. Ensuite elle place au centre de l'autel une table usée par l'âge, qu'elle couvre de charbons ardents; là, les débris d'une écuelle, *autre injure des ans*, sont rajustés au moyen de poix liquéfiée. Puis le clou qui avait suivi sa main décrochant l'écuelle de bois, est restitué à la muraille enfumée; et, les flancs ceints d'un tablier carré, elle présente au foyer un énorme coquemar. A l'aide d'une fourchette elle tire du garde-manger un lambeau d'étoffe où était serrée sa provision de fèves, avec un vieux reste de bajoue de porc percé de mille trous. Elle délie ce sac; et une partie du légume ayant roulé sur la table, je reçois l'ordre d'éplucher cela minutieusement. J'obéis à l'injonction, et, grain par grain, tous ceux dont l'enveloppe est moisie sont scrupuleusement mis de côté. Mais elle, gourmandant ma lenteur, s'empare de ce que je mettais au rebut, et avec ses dents en détache habilement les peaux, qu'elle crache à terre aussi drues que mouches. Merveilleux génie de la pauvreté, et dans les détails de la vie quel savoir-faire tout spécial!

L'ivoire incrusté d'or, le marbre en mosaïque
N'avaient point décoré cet asile rustique.
Pour meuble, un vil grabat de jonc entrelacé,
Couvert d'un peu de paille en un coin ramassé ;
Un seau d'où fuit toujours l'onde en vain prisonnière ;
Des corbeilles d'osier, et ces vases de terre
Que façonne sans art une grossière main ;
Un vieux flacon rougi par la trace du vin,

---

donec intervenit Sacerdos, et, Quid vos, inquit, in cellam meam, tanquam ante recens bustum, venistis? utique die feriarum, quo etiam lugentes rident. O, inquit, o Œnothea! hunc adolescentem, quem vides, malo astro natus est : nam neque puero, neque puellæ, bona sua vendere potest. Nunquam tu hominem tam infelicem vidisti. Lorum in aqua, non inguina habet. Ad summam, qualem putas esse, qui de Circes toro sine voluptate surrexit? His auditis, Œnothea inter utrumque consedit, motoque diutius capite : Istum, inquit, morbum sola sum, quæ emendare scio. Et, ne putetis perplexe agere, rogo ut adolescentulus mecum nocte dormiat, nisi illud tam rigidum reddidero, quam cornu.

Quidquid in orbe vides, paret mihi. Florida tellus,
Cum volo, siccatis arescit languida succis,
Cum volo, fundit opes scopulis; atque horrida saxa
Niliacas jaculantur aquas. Mihi pontus inertes
Submittit fluctus, Zephyrique tacentia ponunt          5
Ante meos sua flabra pedes. Mihi flumina parent;
Hircanæque tygres, et jussi stare dracones.
Quid leviora loquor? Lunæ descendit imago,
Carminibus deducta meis : trepidusque furentes
Flectere Phœbus equos revoluto cogitur orbe.          10
Tantum dicta valent! Taurorum flamma quiescit,
Virgineis extincta sacris; Phœbeia Circe
Carminibus magicis socios mutavit Ulyxis :
Proteus esse solet, quidquid libet. His ego callens,

Artibus Idæos frutices in gurgite sistam,          15
Et rursus fluvios in summo vertice ponam

CXXXV. Inhorrui ego, tam fabulosa pollicitatione conterritus, animumque inspicere diligentius cœpi. Ergo, exclamat, o Œnothea! imperio para te : detersisque curiose manibus, inclinavit se in lectulum, ac me semel iterumque basiavit. Œnothea mensam veterem posuit in medio altari, quam vivis implevit carbonibus, et camellam, etiam vetustate ruptam, pice temperata refecit. Tum clavum, qui detrahentem secutus cum camella lignea fuerat, fumoso parieti reddidit : mox incincta quadrato pallio, cucumam ingentem foco apposuit, similique pannum de carnario detulit furca, in quo faba erat ad usum reposita, et sincipitis vetustissima particula mille plagis dolata. Ut solvit ergo licio pannum, partem leguminis super mensam effundit, jussitque me diligenter purgare. Servio ego imperio, granaque, sordidissimis putaminibus vestita, curiosa manu segrego. At illa, inertiam meam accusans, improba tollit, dentibusque folliculos perite spoliat, atque in terram, veluti muscarum imagines, despuit. Mirabile quidem paupertatis ingenium, singularumque rerum quædam artes.

Non Indum fulgebat ebur, quod inhæserat auro,
Nec jam calcato radiabat marmore terra,
Muneribus delusa suis : sed crate saligna
Impositum Cereris vacuæ nemus, et nova terræ

A
*L'Univers m'obéit, je commande, et la terre*
*Perd sa fleur et ses fleurs, et n'est plus que poussière,*

B
*Que dis-je? A mes accents dont la vertu l'étonne*
*Descend au ciel désert la fille de Latone;*

C'était tout : de limon et de chaume formée
Plus d'un clou hérissait la muraille enfumée,
Et sur ces clous errant, le magique bâton
Marquait le jour fatal où nous attend Pluton.
Puis au lambris poudreux s'enlaçaient en couronne
La sorbe, les raisins, humbles dons de Pomone,
La sarriette odorante, aux secrètes vertus.
Telle, et plus pauvre encor, par le fils de Battus, *
Digne Hécalès, tu vis presque divinisée
La hutte hospitalière où tu reçus Thésée.

CXXXVI. Ensuite Énothée ~~se mit à ronger~~ *rongea une parcelle de sa bajoue de porc;* ~~un peu de la chair du crâne~~ puis elle allait avec sa fourchette remettre dans le garde-manger cet ~~reste de tête~~ *te relique* qui datait d'aussi loin qu'elle, quand l'escabeau vermoulu qui servait à la hausser se brise, et l'envoie, entraînée par le poids de son corps, tomber sur le foyer. La voilà qui casse le haut du coquemar, étouffe la flamme naissante, se brûle le coude sur un tison, et fait voler un nuage de cendre, dont toute sa face est barbouillée. Je me lève tout ému et remets en pied la vieille, non sans rire. Au même instant, afin que rien ne retarde ses opérations, elle court dans le voisinage pour rétablir son feu. Comme alors je m'avançais sur la porte de la cellule, tout à coup trois oies sacrées, qui venaient, je pense, à l'heure accoutumée de midi, demander leur pitance à la vieille, font irruption sur moi, et avec leurs ignobles cris, leurs voix stridentes et quasi enragées, m'assiégent à me faire bondir d'impatience. L'une met en pièces ma tunique; l'autre dénoue et tiraille les cordons de ma chaussure; le troisième assaillant, chef et directeur de l'expédition, a l'audace de me déchirer la jambe avec la scie dont son bec est armé. Ne songeant plus pour

lors à plaisanter, j'arrache à la table un de ses pieds, dont j'assomme le belliqueux animal; et, non content d'un faible et premier coup, la mort de l'oie complète ma vengeance.

> Je me figure Alcide, au bruit de la timbale
> Chassant de leurs marais les monstres du Stymphale;
> Ainsi de Céléno l'immonde et noir essaim,
> Qui du fils d'Agénor profanait le festin,
> Fuit devant Calaïs, et de ses cris funestes
> Fit monter la terreur jusqu'aux voûtes célestes.

Je ~~la laissai gisante et inanimée~~ *laissai l'oie pelotonnée sur elle-même:* les autres avaient pillé une à une les fèves qui venaient de rouler sur tout le plancher. Démoralisées, j'imagine, par la perte de leur chef, elles étaient rentrées dans le temple. Pour moi, satisfait tout ensemble de ma proie et de ma vengeance, je jette derrière le lit mon ennemi sans vie, et baigne de vinaigre la blessure peu profonde de ma jambe. Puis, redoutant des imprécations, je prends la résolution de m'éloigner, je ramasse mon manteau, et me mets en devoir de sortir. Je n'avais pas effleuré le seuil, que j'avisai ma prêtresse qui revenait avec un tesson chargé de feu. Je rebroussai tout court, et, jetant bas le manteau, je feignis d'attendre avec impatience, et me tins sur la porte. Énothée fit un amas de charbons sur des roseaux secs qu'elle couronna de plusieurs bûchettes, en s'excusant d'avoir tant tardé : son amie ne l'avait pas laissée partir qu'elle n'eût bu les trois coups obligés. — Mais à propos! qu'avez-vous fait en mon absence? Et où sont mes fèves? — Moi, qui croyais avoir fait une œuvre au fond méritoire, je lui exposai

* *Le Poëte Callimaque.*

      Pocula, quæ facili vilis rota finxerat actu.						5
      Hinc mollis stillæ lacus, et de caudice lento
      Vimineæ lances, maculataque testa Lyæo :
      Et paries circa palea satiatus inani,
      Fortuitoque luto; clavus numerabat et annos;
      Et viridi junco gracilis pendebat arundo.					10
      Præterea quas, fumoso suspensa tigillo,
      Conservabat opes, humilis casa, mitia sorba
      Inter odoratas pendebant texta coronas,
      Et thymbræ veteres, et passis uva racemis.
      Qualis in Actæa quondam fuit hospita terra,					15
      Digna sacris Hecales, quam Musa loquentibus annis,
      Battiades veteri mirandam tradidit ævo.

CXXXVI. Tum illa carnis etiam paullulum delibat : et dum coæquale natalium suorum sinciput in carnarium furca reponit, fracta est putris sella, quæ statnræ altitudinem adjecerat, animæque suo pondere dejectam, super focum mittit. Frangitur ergo cervix cucumæ, ignemque modo convalescentem extinguit : vexat cubitum ipsa stipite ardente, faciemque totam excitato cinere perfudit. Consurrexi equidem turbatus, animæque non sine risu erexi : statimque, ne res aliqua sacrificium moraretur, ad reficiendum ignem in vicinia cucurrit. Itaque ad casæ ostiolum processi, et ecce! tres anseres sacri, qui, ut puto, medio die solebant ab anni diaria exigere, impetum in me faciunt, fœdoque ac veluti rabioso stridore circumsistunt trepidantem : atque alius tunicam meam lacerat, alius vincula calceamentorum resolvit, ac trahit : unus etiam, dux ac magister sævitiæ, non dubitavit crus meum

serrato vexare morsu. Oblitus itaque nugarum, pedem mensulæ extorsi, cœpique pugnacissimum animal armata elidere manu; nec satiatus defunctorio ictu, morte me anseris vindicavi.

      Tales Herculea Stymphalidas arte coactas
      Ad cœlum fugisse reor, sanieque fluentes
      Harpyias, cum Phineo maduere veneno
      Fallaces epulæ. Tremuit perterritus æther
      Planctibus insolitis, confusaque regia cœli				5
      Visa suas moto transcurrere cardine metas.

Jam reliqui resolutam, passimque per totum effusam pavimentum collegerant fabam, orbatique, ut existimo, duce, redierant in templum, cum ego præda simul, atque hac vindicta gaudens, post lectum occisum anserem mitto, vulnusque cruris haud altum aceto diluo. Deinde convicium verens, abeundi formavi consilium : collectoque cultu meo, ire extra casam cœpi. Nec dum libaveram cellulæ limen, cum animadverto Œnotheam, cum testo ignis pleno venientem. Reduxi igitur gradum, projectaque veste, tanquam exspectarem morantem, in aditu steti. Collocavit illa ignem, cassis arundinibus collectum, ingestisque super pluribus lignis, excusare cœpit moram, quod amica se non dimisisset, tribus nisi potionibus e lege siccatis. Quid porro tu, inquit, me absente, fecisti? aut ubi est faba? Ego, qui putaveram me rem laude etiam dignam fecisse, ordine illi totum prælium exposui; et, ne diutius tristis esset, jacturæ pensionem anserem obtuli. Quem

en détail toute l'histoire du combat, et, pour couper court à son chagrin, je lui promis une oie en place de celle qu'elle venait de perdre. Mais à l'aspect de la victime, elle poussa un cri si perçant et si imitatif, qu'on eût dit qu'une seconde bande d'oies avait franchi le seuil. Étourdi de ce vacarme, et stupéfait de la nouveauté de mon crime, je demandai qui l'exaspérait tant, et pourquoi elle avait plus pitié de cette bête que de moi —.

CXXXVII. Elle alors, frappant des mains : — Maudit que tu es! s'écria-t-elle, tu oses parler! Tu ne sais pas quel énorme attentat tu as commis! Tu viens de tuer le favori de Priape, l'oiseau le mieux reçu de toutes nos dames. Ah! ne va pas croire que tu n'as rien fait : si les magistrats l'apprennent, c'est la croix qui t'attend. Tu as souillé d'un meurtre mon domicile jusqu'ici pur et sans tache; et par ton fait, celui de mes ennemis qui le voudra me fera chasser du sacerdoce. — Elle dit, et en même temps

> De sa tête blanchie arrache ses cheveux,
> Se meurtrit le visage, et des pleurs de ses yeux
> Roulent comme un torrent qu'à travers les vallées
> Grossissent les glaçons, les neiges écoulées,
> Lorsqu'aux premiers beaux jours, le souffle du midi
> Fait fondre les frimas sur le sol attiédi.
> Ainsi coule à pleins bords le fleuve de ses larmes,
> Et rien ne peut calmer ses bruyantes alarmes.

— Tout beau! lui dis-je, n'allez pas crier : en place de votre oie, je vous donnerai une autruche. — Elle demeurait assise sur le lit, moi toujours étonné; et comme elle déplorait la fin tragique de son oie, Prosélénos arrive avec le matériel du sacrifice. Elle voit l'animal sanglant, demande la cause de tout ce chagrin, se met elle-même à pleurer bien plus fort, et me plaint comme si j'avais tué mon père, au lieu d'une de ces volailles qui courent les rues. A la fin ennuyé, excédé : — De grâce, leur dis-je, ne puis-je expier mon crime à prix d'argent, vous eussé-je même violées, eussé-je commis un homicide? Tenez : voici deux pièces d'or : avec cela vous pourrez acheter et des dieux et des oies. — A la vue de l'or : — Ah! pardon, mon enfant, s'écrie Énothée. Je n'étais inquiète que pour vous : c'était une preuve d'affection, et non de mauvais vouloir. Aussi aurons-nous soin que pas une âme ne le sache. Quant à vous, priez seulement les dieux qu'ils vous pardonnent. —

> Quiconque a des écus, sur la foi des zéphyrs
> Peut voguer, peut régler les destins à sa guise;
>     Danaé cède à ses désirs;
>     Pour Ganymède il aurait même Acrise;
> Poëte, il porte au front un laurier toujours vert :
>     Il peut braver mètre et cadence;
> Avocat triomphant, jurisconsulte expert,
>     Nul ne sait mieux dire : *Il appert :*
> Servius, Labéon, il vous prime en science.
> On n'a qu'à souhaiter, dès qu'on a l'or en main.
>     Qu'un coffre-fort est un meuble divin!
> C'est Jupiter armé de sa toute-puissance.

Cependant l'active prêtresse place sous mes mains une gamelle remplie de vin, me fait écarter tous les doigts également, et les purifie en les frottant de poireaux et de persil; elle jette des avelines dans le vase, en marmottant quelques mots mystiques, et, selon qu'elles surnagent ou s'enfoncent, elle en tire ses pronostics. Mais il ne m'échappait pas qu'à coup sûr les noisettes creuses, et remplies d'air au lieu d'amandes, restaient à la surface, et que les pleines, celles dont le fruit était intact, devaient tomber au fond. Ce fut ensuite le tour de l'oie : elle l'éventra, et en tira un énorme foie

---

anus ut vidit, tam magnum æque clamorem sustulit, ut putares iterum anseres limen intrasse. Confusus itaque, et novitate facinoris attonitus, quærebam, quid excanduisset, aut quare anseris potius, quam mei misereretur?

CXXXVII. At illa, complosis manibus, Scelerate, inquit, et loqueris? Nescis quam magnum flagitium admiseris. Occidisti Priapi delicias, anserem omnibus matronis acceptissimum. Itaque, ne te putes nihil egisse, si Magistratus hoc scierint, ibis in crucem. Polluisti sanguine domicilium meum, ante hunc diem inviolatum; fecistique, ut me, quisquis voluerit inimicus, sacerdotio pellat.

> Hæc ait, et tremulo deduxit vertice canos,
> Consecuitque genas, oculis nec defuit imber;
> Sed qualis rapitur per valles improbus amnis,
> Cum gelidæ periere nives, et languidus Auster
> Non patitur glaciem resoluta vivere terra :                5
> Gurgite sic pleno facies manavit, et alto
> Insonuit gemitu turbatum murmure pectus.

Tum, ego, Rogo, inquam, noli clamare : ego tibi pro ansere struthiocamelum reddam. Dum hæc, me stupente, in lectulo sedet, anserisque fatum complorat, interim Proselenos cum impensa sacrificii venit, visoque ansere occiso, sciscitata caussam tristitiæ, et ipsa flere vehementius cœpit, meique misereri, tanquam patrem meum, non publicum anserem, occidissem. Itaque tædio fatigatus, Rogo, inquam, expiare manus pretio licet, si vos provocassem, etiam si homicidium fecissem? Ecce! duos aureos pono, unde possitis et Deos, et anseres emere. Quos ut vidit Œnothea, Ignosce, inquit, adolescens, sollicita sum tua caussa : amoris est hoc argumentum, non malignitatis. Itaque dabimus operam ne quis hoc sciat. Tu modo Deos roga, ut illi facto tuo ignoscant.

> Quisquis habet nummos, secura naviget aura,
>     Fortunamque suo temperet arbitrio.
> Uxorem ducat Danaen, ipsumque licebit
>     Acrisium jubeat credere, quod Danaen.
> Carmina componat, declamet, concrepet, omnes             5
>     Et peragat caussas, sitque Catone prior.
> Jurisconsultus, PARET, NON PARET, habeto,
>     Atque esto quidquid Servius et Labeo.
> Multa loquor; quidvis, nummis præsentibus, opta :
>     Et veniet. Clausum possidet arca Jovem.             10

Interea hæc satagens, infra manus meas camellam vini posuit, et, cum digitos pariter extensos porris apioque lustrasset, avellanas nuces cum precatione mersit in vinum : et, sive in summum redierant, sive subsederant, ex hoc conjecturam ducebat. Nec me fallebat, inanes scilicet, ac sine medulla ventosas, nuces in summo humore

sur lequel elle me prédit l'avenir. Enfin, pour qu'il ne reste plus trace de mon crime, elle découpe toute la volatile par tranches qu'elle embroche, et s'apprête à m'en faire un délicat festin, à moi que tout à l'heure elle vouait elle-même à la mort. En même temps les rasades de vin pur vont leur train.

CXXXVIII. Alors elle me fait voir un phallus de cuir dont elle frotte le contour d'huile, de poivre en poudre, de graine d'ortie pilée, et elle me l'insinue par le revers de la partie peccante. Son impitoyable main me graisse aussi le dedans des cuisses de la même drogue. Elle mêle du suc de cresson avec de l'aurone dont elle enduit mon viril appareil; puis, prenant un bouquet d'orties vertes, elle m'en fouette doucement tout le bas-ventre jusqu'au nombril. Sentant les orties me cuire, je me sauve : les deux vieilles essoufflées me poursuivent. Quoique étourdies d'ivresse et de luxure, elles se risquent dans la même direction, et enfilent quelques rues sans quitter ma trace. — Arrêtez le voleur ! criaient-elles. — J'échappai toutefois, non sans m'être mis les pieds tout en sang dans ma course précipitée.

[A mon retour, Giton m'annonce un nouveau sujet de perplexité.] — Chrysis, me dit-il, qui d'abord faisait fi de ta condition, prétend, même au péril de sa tête, s'associer à toutes tes chances. —

[Que me veut-elle donc, me disais-je, avec ses poursuites obstinées? Elle m'aurait séduit par sa beauté; sa présomption m'a glacé pour toujours.]

> Ce n'est pas assez d'être belle ;
> Il est un don plus précieux :
> Car de charmer ses propres yeux,
> La mode en est vulgaire, et surtout peu nouvelle.
> Mots heureux, gai sourire, affable et doux regard,

Font plus qu'un beau visage, une froide peinture. Pour lui donner la vie il faut quelque peu d'art : Un cœur aimant, voilà le seul charme qui dure.

[D'ailleurs je suis tout à Circé; ce qui n'est pas elle ne m'est rien.]

Ariadne ou Léda eurent-elles rien de comparable à tant de charmes? Que serait auprès d'elle une Hélène, une Vénus? Oui, si Páris, que trois déesses eurent la fantaisie de prendre pour juge, avait, durant son examen, vu l'éblouissant éclat de ses yeux, il lui eût sacrifié et son Hélène et les trois déesses. Si du moins il m'était permis de baiser cette bouche, de presser sur mon sein les formes célestes de ma divinité, mes facultés reprendraient peut-être leur énergie, et je verrais se réveiller ce qu'un sortilége tient, je crois, assoupi. Aucune humiliation ne me rebute. Si l'on m'a battu, je n'en sais plus rien; si l'on m'a chassé, je veux croire que ce fut un jeu : qu'on me laisse seulement mériter ma grâce.

> Astres qui brillez dans ses yeux,
> Cou de lis parsemé de roses,
> Or flottant de ses blonds cheveux,
> Lèvres de pourpre demi-closes,
> Globes voluptueux, dont un sang jeune et pur
> Court nuancer l'albâtre en longs filets d'azur,
> Non, vous n'annoncez point une simple mortelle;
> Les Grâces volent sur ses pas,
> Vénus même est moins belle,
> Et cède à tant d'appas.
> Ta blanche main, Circé, quand ton art se déploie
> Sur ces riches tissus où tu vas te jouant,
> Combien j'aime à la voir mêler l'or à la soie !
> Mais pourrais-tu, dis-moi, fouler impunément
> Des cailloux du chemin l'inégale surface?
> Quel crime, s'il osait blesser ton pied mignon,
> Ce pied qui, s'il le veut, sans y marquer sa trace,
> Des lis courbés à peine effleure la moisson !
> Va, laisse à la beauté vulgaire
> Ses colliers et ses diamants ;

---

consistere, graves autem et plenas integro fructu ad ima deferri. Tum ad anserem appellens sese, recluso pectore extraxit fortissimum jecur, et inde mihi futura prædixit. Imo, ne quod vestigium sceleris superesset, totum anserem laceratum verubus confixit, epulasque etiam lautus, paullo ante, ut ipsa dicebat, perituro paravit. Volabant inter hæc potiones meracæ.

CXXXVIII. Profert Œnothea scorteum fascinum, quod, ut oleo et minuto pipere, atque urticæ trito circumdedit semine, paullatim cœpit inserere ano meo. Hoc crudelissima anus spargit subinde humore femina mea. Nasturcii succum cum abrotono miscet, perfusisque inguinibus meis, viridis urticæ fascem comprehendit, omniaque infra umbilicum cœpit lenta manu cædere. Urticis ustum, fuga subductum, exæstuantes consectantur aniculæ. Quamvis solutæ mero ac libidine essent, eandem viam tentant, et per aliquos vicos secutæ fugientem, Prehende furem ! clamant. Evasi tamen, omnibus digitis inter præcipitem decursum cruentatis.....

Chrysis, quæ priorem fortunam tuam oderat, hanc vel cum periculo capitis persequi destinat....

Non est forma satis; nec, quæ vult bella videri.
  Debet vulgari more placere sibi.
Dicta, sales, lusus, sermonis gratia, risus,

Vincunt naturæ candidioris opus.
Condit enim formam, quidquid consumitur artis,     6
  Et, nisi velle subest, gratia tota perit.

....Quid huic formæ aut Ariadne habuit, aut Leda simile? Quid contra hanc Helene, quid Venus posset? Ipse Paris, Dearum libidinantium judex, si hanc in comparatione vidisset tam petulantibus oculis, et Helenen huic donasset, et Deas. Saltem, si permitteretur osculum capere, si illud cœleste ac divinum pectus amplecti, forsitan rediret hoc corpus ad vires, et resipiscerent partes veneficio, credo, sopitæ. Nec me contumeliæ lassant. Quod verberatus sum, nescio; quod ejectus sum, lusum puto; modo redire in gratiam liceat.

Candida sidereis ardescunt lumina flammis,
Fundunt colla rosas, et cedit crinibus aurum,
Mellea purpureum depromunt ora ruborem,
Lacteaque admixtus sublimat pectora sanguis,
Ac totus tibi servit honor, formaque Dearum     5
Fulges, et Venerem cœlesti corpore vincis.
Argento stat facta manus, digitisque tenellis
Serica fila trahens, pretioso stamine ludis.
Planta decens modicos nescit calcare lapillos,
Et dura lædi scelus est vestigia terra :     10
Ipsa tuos cum ferre velis per lilia gressus,
Nulli sternuntur leviori pondere flores.

*Ce n'est pas assez d'être belle,*
*Et de charmer ses propres yeux,*
*Chose vulgaire et peu nouvelle.*
*Mots heureux, doux sourire où l'âme se révèle,*

*De la grâce, un peu d'art en captivent bien mieux ;*
*Ainsi peut s'embellir la plus belle figure :*
*Et, sans un cœur aimant, point de charme qui dure.*

A force d'art elle veut plaire,
Toi seule plais sans ornements.
Rien, dit-on, n'est parfait : ah! qui l'ose prétendre
N'a jamais pu te voir, n'a jamais pu t'entendre.
Tu chantes, tout se tait, les Sirènes tes sœurs,
La lyre même de Thalie;
Et le miel de ta voix, sa suave harmonie,
Sont les traits dont l'amour pénètre tous les cœurs.
Le mien saigne d'une blessure
Que le fer ne saurait guérir :
Ton baiser seul, recette bien plus sûre,
En chasserait le mal qu'il s'obstine à nourrir,
Du sort qui m'a brisé réparerait l'injure,
Et ta victime alors n'aurait plus à mourir.
Car je me meurs : déjà la chaleur m'est ravie;
Un baiser seulement! ou, pour toute faveur,
Qu'à mon cou tes beaux bras s'enlacent, et la vie
Va reparaître en moi brillante de vigueur.

CXXXIX. Et je fatiguais ma couche de mes transports multipliés, et j'embrassais dans mon délire une Circé imaginaire.

Mais quoi! suis-je le seul qu'un dieu, que le destin
Ait poursuivi de sa vengeance?
Bien d'autres ont plié sous la fatale main :
Alcide, qui des cieux porta la voûte immense;
Et Télèphe son fils, dont l'inique trépas
De deux divinités assouvit la rancune;
Le roi Laomédon, l'infâme Pélias;
Et cet Ulysse enfin qui, jouet de Neptune,
Pâle, voyait surgir la mort à chaque pas.
Ainsi, Priape, ainsi sur les flots, sur la terre,
Tu m'accables partout du poids de ta colère.

[J'appelai Giton dans ma chambre,] et le priai de me dire si personne ne m'avait demandé. — Non; pas aujourd'hui, me dit-il : mais dans la journée d'hier une femme assez bien mise est entrée chez nous. Après un long entretien et d'indiscrètes questions dont elle m'excéda, elle finit par m'annoncer que vous aviez mérité une puni-

tion, et que vous subiriez le châtiment des esclaves, si la personne lésée donnait suite à sa plainte. [Cette nouvelle me mit au désespoir, et je m'emportai de nouveau contre la fortune.]

Je n'étais pas au bout de mes invectives, lorsque Chrysis survint, et m'embrassant avec l'effusion la plus étouffante : — Enfin je te tiens tel que je t'avais espéré, toi mon seul désir, mes délices : jamais tu n'éteindras ma flamme qu'avec le plus pur de ton sang. — En même temps un des nouveaux valets d'Eumolpe accourut, et m'assura que le maître était furieux de ce que depuis deux jours j'avais manqué à mon service; qu'en conséquence je ferais sagement de tenir prêt quelque motif d'excuse valable. Car il était presque impossible que cette furieuse colère se dissipât sans bastonnade.

[Je fus beaucoup moins inquiet de ces menaces, dont je savais bien tout le mensonge, que satisfait de me voir délivré par l'arrivée de l'esclave des obsessions de Chrysis. Je me hâtai donc de me rendre auprès d'Eumolpe, où je trouvai certaine visiteuse qui donna à mes idées un autre cours.]

CXL. Une matrone des plus respectées, nommée Philumène, qui, grâce aux complaisances de sa jeunesse, avait escroqué plus d'un testament, après que l'âge eut flétri ses charmes prodiguait son fils et sa fille aux vieillards sans postérité, et soutenait par ces successeurs l'honneur de son premier métier. Cette femme donc s'en vint chez Eumolpe; et la voilà qui invoque pour ses enfants sa sage tutelle, et qui s'abandonne à sa bienveillance, elle, et ses espérances les plus chères : il était le seul homme au monde qui pût par des préceptes journaliers inculquer à cet âge avant toute chose une saine morale; enfin elle

---

Guttura nunc aliæ magnisve monilibus ornent,
Aut gemmas aptent capiti : tu sola placere,
Vel spoliata, potes. Nulli laudabile totum,   15
In te cuncta probat, si quisquam cernere possit.
Sirenum cantus, et dulcia plectra Thaliæ
Ad vocem tacuisse reor, quæ mella propagas
Dulcia, et in miseros telum jacularis amoris.
Cor grave vulnus alit, nullo sanabile ferro,   20
Sed tua labra meo sævum de corde dolorem
Depellant, morbumque animæ medicaminis hujus
Cura fuget, nec tanta putres violentia nervos
Dissecet, atque tuæ moriar pro crimine caussæ.
Sed, si hoc grande putas, saltem concede precanti,   25
Ut jam defunctum niveis ambire lacertis
Digneris, vitamque mihi post fata reducas.

CXXXIX. Torum frequenti tractatione vexavi, amoris mel quasi quandam imaginem... Sic pervicax

Non solum me Numen, et implacabile Fatum
Persequitur; prius Inachia Tirynthius ira
Exagitatus, onus cœli tulit : ante profanus
Junonem Pallas sensit : tulit inscius arma
Laomedon : gemini satiavit Numinis iram   5
Telephus : et regnum Neptuni pavit Ulyxes.
Me quoque per terras, per cani Nereos æquor
Hellespontiaci sequitur gravis ira Priapi.

Quærere a Gitone meo cœpi, num aliquis me quæsisset?

Nemo, inquit hodie : sed hesterno die mulier quædam haud inculta januam intravit : cumque diu mecum esset locuta, et me arcessito sermone lassasset, ultimo cœpit dicere, te noxam meruisse, daturumque serviles pœnas, si læsus in querela perseverasset.....

Nondum querelam finieram, cum Chrysis intervenit, amplexuque effusissimo me invasit, et, Teneo te, inquit, qualem speraveram : tu desiderium meum, tu voluptas mea, nunquam finies hunc ignem, nisi sanguine extinxeris. Unus ex novitiis servulis subito accucurrit, et, mihi dominum iratissimum esse, 'affirmavit, quod biduo jam officio defuissem; recte ergo me facturum, si excusationem aliquam idoneam præparassem. Vix enim posse fieri, ut rabies irascentis sine verbere considat......

CXL. Matrona inter primas honesta, Philumene nomine, quæ multas sæpe hereditates officio ætatis extorserat, tum anus et floris extincti, filium filiamque ingerebat orbis senibus, et per hanc successionem artem suam perseverabat extendere. Ea ergo ad Eumolpum venit, et commendare liberos suos ejus prudentiæ, bonitatique credere se et vota sua. Illum esse solum in toto orbe terrarum, qui præceptis etiam salubribus instruere juvenes quotidie posset. Ad summum, relinquere se pueros in domo Eumolpi, ut illum loquentem audirent, quæ sola posset hereditas juvenibus dari. Nec aliter fecit, ac dixerat, filiamque spe-

laissait ses enfants dans la maison d'Eumolpe, pour qu'ils écoutassent ses leçons, seul héritage qu'elle pût léguer à cette jeunesse. Elle le fit comme elle le disait : la fille, très-jolie, et le fils, bel adolescent, restèrent dans la chambre du vieillard ; la mère alla soi-disant au temple demander au ciel d'exaucer ses vœux. Eumolpe, ce chaste personnage, qui malgré ma barbe m'eût pris encore pour un Ganymède, sans balancer invita la petite à sacrifier à Vénus Callipyge. Mais il avait dit à tout le monde qu'il était goutteux et perclus des reins ; et, s'il ne soutenait complètement l'illusion, tout l'échafaudage du drame, pour ainsi dire, risquait de s'écrouler. Afin donc de conserver à la fable sa vraisemblance, il prie l'ingénue de venir s'asseoir sur cette bienveillance invoquée tout à l'heure, puis commande à Corax de se glisser sous le lit où lui-même est couché, et de s'appuyer des mains sur le parquet, pour soulever son maître avec ses reins. L'ordre est d'aller doucement : il obéit, et répond par des mouvements égaux à ceux de l'habile écolière. Cependant l'exercice touche à sa fin, Eumolpe crie au mercenaire de presser la mesure ; et, ainsi balancé entre la nymphe et Corax, il semble jouer à l'escarpolette. Eumolpe avait fourni une et deux fois la carrière au milieu de nos fous rires, que lui-même partageait. Comme à mon tour je craignais que l'inaction n'achevât de me rouiller, tandis que le frère admire à travers la cloison la souple gymnastique de sa sœur, je m'approchai pour voir s'il souffrirait quelque hardiesse. Il ne repoussait pas mes caresses, en garçon bien appris qu'il était ; mais lui aussi fit l'expérience de la rancune que me gardait Priape. [Cette impuissance toutefois ne dura pas tant que les autres ; car tôt après je redevins ce que j'avais cessé

d'être, et, fier de ma vigueur nouvelle, je m'écriai tout d'un coup :] — C'est à des dieux d'un ordre supérieur que je dois ma résurrection complète. Oui, Mercure, qui emmène les âmes et qui les ramène, a eu l'obligeance de me rendre ce qu'une main ennemie m'avait retranché. Voyez : ne suis-je pas mieux gratifié que Protésilas ou tout autre héros antique ? — Ce disant, je lève ma tunique, et me fais voir à Eumolpe dans toute ma gloire. D'abord il recula de surprise ; ensuite, pour se convaincre davantage, il vint palper des deux mains le gage de la faveur divine.

> O piété ! qu'à bon droit l'on te nomme
> La plus belle vertu, le bouclier de l'homme !

[Il y eut pour lors un instant de gaieté, après lequel revenant au sérieux, et saisissant l'occasion de raisonner sur l'état présent de nos affaires, je représentai à Eumolpe combien était chanceuse notre situation, et qu'à défaut d'autre péril, la moindre indiscrétion du moindre de ses valets pouvait nous perdre.]

> On tiendrait un charbon dans sa bouche allumé,
> Plutôt que dans son âme un secret enfermé.
> Est-il au sein des cours quelque honteux mystère
> Qui ne perce les murs, et par toute la terre
> N'aille de ville en ville ameuter les censeurs ?
> Puis vient la calomnie aux savantes noirceurs,
> Chargeant de son venin le trait qui déshonore.
> Le plus muet roseau prend une voix sonore,
> Et, d'un autre barbier confident indiscret,
> Du malheureux Midas livre à tous le secret.

[Toutes nos actions, ajoutai-je, doivent être réglées sur la prudence.] Socrate, que les Dieux et les hommes jugèrent le plus sage des mortels, se glorifiait souvent de n'avoir jamais permis à ses regards de s'arrêter sur de riches boutiques, ni sur les grandes réunions d'hommes : tant il n'est rien de plus sûr que d'avoir toujours la sagesse pour conseil ! Tout cela est incontestable ; et nul ne doit tomber plus vite dans l'infortune que ceux

---

ciosissimam cum fratre ephebo in cubiculo reliquit, simulavitque se in templum ire ad vota nuncupanda. Eumolpus, qui tam frugi erat, ut illi etiam ego puer viderer, non distulit puellam invitare ad Pygisiaca sacra. Sed et podagricum se esse, lumborumque solutorum, omnibus dixerat, et, si non servasset integram simulationem, periclitabatur totam pæne tragœdiam evertere. Itaque, ut constaret mendacio fides, puellam quidem exoravit, ut sederet supra commendatam bonitatem, Coraci autem imperavit ut lectum, in quo ipse jacebat, subiret, positisque in pavimento manibus, dominum lumbis suis commoveret. Ille lento parebat imperio, puellæque artificium pari motu remunerabat. Cum ergo res ad effectum spectaret, clara Eumolpus voce exhortabatur Coraca, ut spissaret officium. Sic inter mercenarium amicamque positus senex, veluti oscillatione ludebat. Hoc semel iterumque ingenti risu, etiam suo, Eumolpus fecerat. Itaque ego quoque, ne desidia consuetudinem perderem, dum frater sororis suæ automata per clostellum miratur, accessi tentaturus, an pateretur injuriam. Nec se rejiciebat a blanditiis doctissimus puer, sed numen inimicum ibi quoque invenit....

Dii majores sunt, qui me restituerunt in integrum. Mercurius enim, qui animas ducere et reducere solet, suis

beneficiis reddidit mihi, quod manus irata præciderat ; ut scias me gratiosiorem esse quam Protesilaum, aut quemquam alium antiquorum. Hæc locutus, sustuli tunicam, Eumolpoque me totum adprobavi. At ille primo exhorruit : deinde, ut plurimum crederet, utraque manu Deorum beneficia tractat.

> . . . . . . . . . . . .O maxima rerum,
> Et merito pietas homini tutissima virtus !

> . . . . . . . . . . . . . . . . . . . . . . . .
> Nam citius flammas mortales ore tenebunt,
> Quam secreta tegant. Quidquid dimittis in aula,
> Effluit, et subitis rumoribus oppida pulsat.
> Nec satis est, vulgasse fidem : simulatius exit
> Proditionis opus, famamque onerare laborat.
> Sic commissa verens avidusque referre minister,
> Fodit humum, regisque latentes prodidit aures.
> Concepit nam terra sonos, calamique loquentes
> Insonuere Midam, qualem narraverat index.

....Socrates, Deorum hominumque judicio sapientissimus, gloriari solebat, quod nunquam neque in tabernam conspexerat, nec ullius turbæ frequentioris concilio oculos suos crediderat. Adeo nihil est commodius, quam semper cum sapientia loqui. Omnia ista vera sunt : nec illi enim celerius homines incidere debent in malam fortunam,

qui visent à dépouiller autrui. Et puis de quoi les charlatans, de quoi les courtiers de débauche vivraient-ils, s'ils n'avaient de petites bourses, de petits sacs d'argent bien sonnants, pour jeter comme hameçons à la multitude? Comme au plus stupide animal il faut un appât qui l'allèche; de même les hommes ne se laisseraient point prendre à l'espérance, s'ils ne trouvaient quelque chose à mordre.

CXLI Le vaisseau d'Afrique, qui, selon vos promesses, doit apporter et vos trésors et vos esclaves, n'arrive pas. Vos héritiers en expectative s'épuisent, et ont rabattu de leur libéralité. Ou je me trompe fort, ou la fortune, cette banale maîtresse, commence à se repentir encore de ses faveurs. — Il ne faut pas, répondit Eumolpe, se fier beaucoup à la prudence humaine; la Fortune aussi a sa sagesse. [D'ailleurs, j'ai imaginé un stratagème qui va bien mettre dans l'embarras nos solliciteurs. — Et il tira d'une valise des tablettes où il nous lut, entre autres choses, cette disposition] : — Tous ceux qui ont des legs sur mon testament, sauf mes affranchis, ne recueilleront qu'à une condition ce que je leur donne : c'est qu'ils couperont mon corps par morceaux, et en feront publiquement un repas. Pour qu'ils ne s'effarouchent pas plus que de raison, je leur rappelle que chez certaines nations une loi qui s'observe encore veut que les défunts soient mangés par leurs proches; si bien même qu'on reproche souvent aux malades de faire perdre à leur chair de sa qualité. J'avertis par là ceux qui m'aiment de ne pas se refuser à mes volontés; du même cœur qu'ils maudiront mon âme, ils n'auront qu'à dévorer mon corps. — [Comme il lisait les premiers articles, quelques-uns des prétendants les plus assidus entrèrent, et, lui voyant en main les tablettes de son testament, le prièrent de leur en donner aussi lecture. Il les prit au mot, et leur lut tout d'un bout à l'autre.

Quand ceux-ci virent qu'il s'agissait de manger un cadavre, ils accueillirent par une triste grimace cette extraordinaire proposition.] Mais la renommée des immenses richesses d'Eumolpe aveuglait, étourdissait ces misérables. L'un d'eux, Gorgias, était prêt à exécuter la clause, [pourvu qu'on ne le fit pas trop attendre.] — Oh! toi, dit Eumolpe, la répugnance de ton estomac n'est pas ce qui m'inquiète; il t'obéira docilement, si tu lui fais entrevoir, rien que pour une heure de dégoût, des monceaux d'or en compensation. Tu n'as qu'à fermer les yeux, et te figurer qu'au lieu des entrailles d'un homme c'est un million de sesterces que tu avales. Ajoute aussi que nous trouverons quelques assaisonnements pour relever la fadeur du mets. Car enfin aucune chair n'a de goût par elle-même; il faut que l'art l'altère d'une certaine façon, et la fasse accepter aux antipathies de l'estomac. Que si tu veux des exemples pour autoriser ma proposition, les Sagontins, mis aux abois par Annibal, mangèrent de leurs compatriotes; et ils n'avaient pas un héritage en perspective. Les Pérusiens firent de même, dans une extrême disette; et ils ne cherchaient, par ce genre de repas, qu'à ne pas trop souffrir de la faim. Lorsque Scipion prit Numance, on trouva des mères qui tenaient dans leurs bras le corps à demi rongé de leurs enfants. [Tu vois par là que la volonté de l'homme peut l'emporter sur ses instincts même les plus naturels, qui d'ailleurs trop souvent nous abusent.]

> L'œil est menteur, les sens nous en imposent :
> Eux seuls pourtant de la raison disposent.
> Vers cette tour j'avance, elle grandit;
> Plus près encor, je la trouve carrée :
> L'angle s'efface et la tour s'arrondit,
> Par le lointain presque défigurée.
> Le miel est fade au sortir d'un repas,
> Et les parfums toujours ne plaisent pas.
> Si de nos sens les rapports infidèles
> N'entretenaient leurs luttes éternelles,

---

quam qui alienum concupiscunt. Unde plani autem, unde lenatores viverent, nisi aut locellos, aut sonantes aere sacellos pro hamis in turbam mitterent? Sicut muta animalia cibo inescantur, sic homines non caperentur spe, nisi aliquid morderent.

CXLI. Ex Africa navis, ut promiseras, cum pecunia tua, et familia tua non venit. Captatores jam exhausti liberalitatem imminuerunt. Itaque aut fallor, aut Fortuna communis cœpit redire ad pœnitentiam suam.... Non multum oportet consilio credere, quia suam habet Fortuna rationem..... Omnes, qui in testamento meo legata habent, præter libertos meos, hac conditione percipient, quæ dedi, si corpus meum in partes conciderint, et, adstante populo, comederint. Ne plus æquo exhorrescant, apud quasdam gentes scimus adhuc legem servari, ut a propinquis suis consumantur defuncti, adeo quidem, ut objurgentur ægri frequenter, quod carnem suam faciant pejorem. His admoneo amicos meos, ne recusent quæ jubeo, sed, quibus animis devoveant spiritum meum, eisdem etiam corpus consumant..... Excæcabat ingens fama oculos, animosque miserorum; Gorgias paratus erat exsequi .... De stomachi sui

recusatione non habeo quod timeam : sequetur imperium, si promiseris illi, pro unius horæ fastidio, multorum bonorum pensationem. Operi modo oculos, et linge, te non humana viscera, sed centies sestertium comesse. Accedet huc, quod aliqua inveniemus blandimenta, quibus saporem mutemus. Neque enim ulla caro per se placet, sed arte quadam corrumpitur, et stomacho conciliatur averso. Quod si exemplis vis quoque probari consilium, Saguntini oppressi ab Annibale, humanas edere carnes : nec hereditatem exspectabant. Perusii idem fecerunt in ultima fame, nec quidquam aliud in hac epulatione captabant, nisi tantum ne esurirent. Cum esset Numantia a Scipione capta, inventæ sunt matres, quæ liberorum suorum tenerent semesa in sinu corpora......

> Fallunt nos oculi, vagique sensus,
> Oppressa ratione, mentiuntur.
> Nam turris, prope quæ quadrata surgit,
> Attritis procul angulis rotatur.
> Hyblæum refugit satur liquorem,
> Et naris casiam frequenter odit.
> Hoc ille negis, aut minus, placere,

Jamais mortel ne changerait de goût,
N'aimerait moins, ou plus, ou point du tout.

— [Nos gens se retirèrent sans mot dire; et leurs méfiances, éveillées depuis longtemps, s'accrurent chaque jour de plus en plus. Peu après, j'ignore par quelle voie toute notre ruse fut découverte; et, avertis par Chrysis, Giton et moi nous nous sauvâmes à Rome, où nous voici au milieu de vous, paisibles narrateurs de nos dernières infortunes. Nous ne pûmes emmener Eumolpe, qui, malheureusement pour lui, était absent. Il fut sur-le-champ cité en justice pour fait de *dol* et de *dommage.* En vain voulut-il prétendre qu'il n'avait fait que suivre la route commune; que] le monde presque tout entier se compose de comédiens; [en vain prodigua-t-il les séductions de sa poésie : les oreilles étaient sourdes; à la fin il essaya de cette dialectique :] — Qu'est-ce que le *dol*, citoyens juges? Un acte,

Non posset, nisi, lite destinata,
Pugnarent dubio tenore sensus.

....Totus fere mundus exerceat histrioniam...
Quid est, judices, dolus? Nimirum, ubi aliquid factum est, quod legi dolet. Habetis dolum, accipite nunc malum....

n'est-il pas vrai, que la loi voit avec *douleur.* Voilà le dol. Veut-on savoir ce qu'on appelle *dommage?* — [Tu nous l'as fait savoir de reste à nos dépens, interrompit l'un des accusateurs au milieu des rires universels. Et Eumolpe interdit s'arrêta tout court. Que vous dirai-je? Condamné tout d'une voix, il fut traité à la mode de Marseille.] A Marseille, chaque fois qu'on était affligé de la peste, un pauvre se dévouait, à condition que la ville le nourrît une année entière des mets les plus délicats. L'année révolue, couronné de verveine et revêtu d'habits consacrés, on le promenait dans toute l'enceinte de la cité, on le chargeait d'imprécations, pour faire retomber sur sa tête les fléaux publics; et on le précipitait ainsi du haut d'un rocher.

Massilienses quoties pestilentia laborabant, unus se ex pauperibus offerebat, alendus anno integro publicis et purioribus cibis. Hic postea, ornatus verbenis et vestibus sacris, circumducebatur per totam civitatem cum execrationibus, ut in ipsum reciderent mala civitatis : et sic de rupe projiciebatur.

⦿⦿⦿⦿⦿⦿⦿⦿⦿⦿⦿⦿⦿⦿⦿⦿⦿⦿⦿⦿⦿⦿⦿⦿⦿⦿⦿⦿⦿⦿⦿⦿⦿⦿⦿⦿⦿⦿⦿⦿⦿⦿⦿⦿

# PIÈCES DE VERS DÉTACHÉES.

Ta femme, c'est ton bien : tu lui dois tes amours.
— Eh! qui peut de son bien se contenter toujours?

De parfum, de mets, de bouteille,
De tout, ami, j'aime à changer.
Le taureau de nos prés, l'industrieuse abeille
De la plaine aux forêts aiment à voyager;
Tout change dans le monde, et de l'aube nouvelle
Si le doux éclat nous séduit,
C'est qu'elle succède à la nuit,
Et que le jour vient après elle.

Vois la lune au front radieux
Croître, s'emplir, décroître encore,

### FRAGMENTA POETICA.

Uxor legitimus debet quasi census amari.
— Nec censum vellem semper amare meum.

Nolo ego semper idem capiti suffundere costum,
Nec noto stomachum conciliare mero.
Taurus amat gramen mutata carpere valle;
Et fera mutatis sustinet ora cibis.
Ipsa dies ideo nos grato perluit haustu,
Quod permutatis mane recurrit equis.

Triplici vides ut ortu
Triviæ rotetur ignis,

Et Phébus lancer dans les cieux
Son char, que devance l'Aurore....

Ainsi, comme oubliant les lois de la nature,
Le corbeau niche encor quand la moisson est mûre,
Ainsi grandit l'oursin par sa mère léché;
Ainsi, sans que l'amour de ses feux l'ait touché,
Le poisson isolé fraye et se perpétue,
Et le soleil fait seul éclore la tortue.
L'abeille vierge, ainsi, mère de fils nombreux,
Pousse hors de son camp leur vol aventureux;
Et dans ses changements la nature infinie
Par le contraste même entretient l'harmonie.

Volucrique Phœbus axe
Rapidum pererret orbem....

Sic, contra rerum naturæ munera nota,
Corvus maturis frugibus ova refert;
Sic format lingua fœtum, quum protulit, ursa,
Et piscis, nullo junctus amore, parit.
Sic Phœbeia chelys, vinclo resoluta parentis,
Lucinæ tepidis naribus ora fovet.
Sic sine concubitu textis apis excita ceris
Fervet, et audaci milite castra replet.
Non uno contenta valet natura tenore,
Sed permutatas gaudet habere vices.

Aux oreilles de l'âne, à ses rauques accents,
Au porc, son dieu, le Juif prodigue en vain l'encens;
S'il n'a de son prépuce offert le sacrifice,
Et de l'organe impur dégagé l'orifice,
Honni des siens, vers Naple il se voit rejeté,
Et du sabbat sans lui le grand jeûne est fêté.
Mais il est noble et pur, dès lors qu'il se décide
A porter sur lui-même une main intrépide.

———

Jadis errante et voyageuse,
Jouet des vents, jouet des flots,
Délos allait fuyant sur la plaine orageuse,
Sans jamais trouver le repos.

A la fin, l'île de Latone
S'arrêta, fixe au sein des mers :
Car une main divine à Gyare, à Mycone,
L'unit par d'invincibles fers.

Enfant, aux autels il amène
Le chœur des vierges de Memphis.
La Nuit, dont il semble le fils,
De son front envierait l'ébène.
Ses mains, sa danse vont parler.....

———

Églé se farde en vain pour déguiser son âge :
Églé perd à la fois son fard et son visage.

———

Ici dort l'aimable Sylvie,
Elle dont le pied gracieux
Vient de glisser aux sombres lieux
Dès ses premiers pas dans la vie.

A peine au huitième printemps,

Judæus licet et porcinum numen adoret,
Et cilli summas advocet auriculas,
Ni tamen et ferro succiderit inguinis oram,
Et nisi nudatum solverit arte caput,
Exemtus populo, Graiam migrabit ad urbem,
Et non jejuna sabbatha lege premet.
Una est nobilitas, argumentumque coloris
Ingenui, timidas non habuisse manus.

———

Delos, jam stabili revincta terra,
Olim purpureo mari natabat,
Et moto levis hinc et inde vento,
Ibat fluctibus inquieta summis.
Mox illam geminis deus catenis
Hac alta Gyaro ligavit, illac
Constanti Mycono dedit tenendam.

Memphitides puellæ,
Sacris Deum paratæ;
Tinctus colore noctis,
Manu puer loquaci,
Ægyptias choreas...

———

* Dum sumit cretam in faciem Sertoria, cretam
Perdidit illa, simul perdidit et faciem.

———

Hic jacet exutis Dyonisia flebilis annis,

* Ainsi traduit par Boufflers :
 D'une blanche teinture Iris en vain se teint;
 Elle perd à la fois sa teinture et son teint.

Sa naissante coquetterie
Des coups d'œil, des airs agaçants
Essayait la friponnerie.

Ah! si l'inflexible trépas
N'avait clos ta jeune paupière,
Jamais l'Amour n'eût ici-bas
Formé plus habile écolière.

Ton ombre encor doit nous charmer,
Et sur la tombe où tu reposes,
Comme fleurs de toi-même écloses,
Les ris, les grâces vont germer.

———

On m'apporte en ton nom, ô maîtresse adorée,
La châtaigne épineuse et la pomme dorée;
Et ces dons, Martia, me font bien des jaloux;
Mais par toi-même offerts qu'ils me seraient plus doux!
Offerte de ta main, la pomme encore acide
Serait le miel d'Hymette à mon palais avide.
Reviens : quitte un moment tes fleurs, tes orangers;
Ou que leurs beaux fruits d'or m'apportent tes baisers.

———

Tout le jour je t'appelle, et durant mon sommeil
Sur le duvet désert j'embrasse ton image;
Je l'embrasse, elle fuit. Viens toi-même, ô volage!
Mieux qu'un rêve menteur viens charmer mon réveil.

———

Quel bruit mystérieux résonne à mon oreille?
De cette faible voix qui chaque nuit m'éveille
Je n'ai pu retenir les fugitifs accents.
— Mais quoi! ce bruit si doux, cette voix qui t'appelle,
Quelle autre que Délie... — Ah! nul doute, c'est elle.
De ce souffle léger que les sons frémissants

Extremum tenui quæ pede rupit iter,
Cujus in octava lascivia surgere mense
Cœperat, et dulces fingere nequitias.
Quod si longa tuæ mansissent tempora vitæ,
Doctior in terris nulla puella foret.
Si fructus proprio subdit de germine tellus,
Si reparat sparsis debita seminibus,
Nascentur tumulo formæ, nova messis, honores,
Et lepor, et suavis gramina nequitiæ.

———

Aurea mala mihi, dulcis mea Martia, mittis,
Mittis et hirsutæ munera castaneæ.
Omnia grata putem : sed si magis ipsa venires,
Ornares donum, pulchra puella, tuum.
Tu licet adportes stringentia mala palatum,
Tristis mandenti est melleus ore sapor.
At si dissimules multum, mihi cara, venire,
Oscula cum pomis mitte, vorabo lubens.

———

Te vigilans oculis, animo te nocte requiro,
Victa jacent solo cum mea membra toro.
Vidi ego me tecum falsa sub imagine somni :
Somnia tu vinces, si mihi vera venis.

———

Garrula quid totis resonas mihi noctibus auris?
Nescio quem dicis nunc meminisse mei.
— Hic quis sit quæris? Resonant tibi noctibus aures,
Et resonant totis? Delia te loquitur.
— Non dubie loquitur me Delia : mollior aura

Viennent avec mollesse agiter tous mes sens!
Délie ainsi parfois, d'une bouche timide,
Interrompait des nuits le silence discret;
Ainsi, pressant mon front contre sa lèvre humide,
Délie entre mes bras vers mon oreille avide,
Craintive, de ses feux épanchait le secret.
C'est sa voix! Un amant pourrait-il s'y méprendre?
Accents délicieux pour qui sait vous comprendre,
Ah! que par vous mon cœur soit toujours caressé!
A toute heure, en tous lieux je voudrais vous entendre;
Et déjà je me plains que vous ayez cessé.

—

Le silence et la nuit descendaient sur la terre,
Et le sommeil à peine avait clos ma paupière,
Soudain un dieu cruel m'arrache au doux repos.
J'ai reconnu la voix de l'enfant de Paphos:
— Eh quoi! mille beautés à l'envi t'ont su plaire,
Et sur un lit oiseux tu t'endors solitaire!
Est-ce ainsi qu'à mes lois mon esclave obéit? —
De ma couche à ces mots je m'élance interdit.
Nu-pieds, demi-vêtu, je cours... par quelle route?
Je ne sais. Je veux fuir, je m'arrête, j'écoute:
Tout dort dans les cités, tout se tait dans les bois;
Du dogue vigilant je n'entends plus la voix;
Moi seul je veille encore: à ta loi souveraine
Je m'abandonne, Amour, et je porte ta chaîne.

—

Aux fureurs de Bellone incessamment livrée,
Et par ses propres mains à la fin déchirée,
Cédant, faible victime, à son destin cruel,
La Grèce a vu sa tombe érigée en autel,
Monument triste et vain d'une si belle histoire,

Et n'a plus rien de grand que le bruit de sa gloire.
Toi dont l'œil reconnaît sur ces bords désolés
Des remparts de Cécrops les débris écroulés,
Est-ce là, diras-tu, cette cité sacrée
Que remplissait des dieux la présence adorée?
Tu diras, à l'aspect des murs d'Agamemnon:
Vainqueurs comme vaincus n'ont gardé que leur nom;
Et cette noble Grèce, aujourd'hui dépeuplée,
De tout ce qu'elle fut n'est que le mausolée.

—

Non, le bonheur n'est point, veuillez m'en croire,
De voir briller à ses doigts maint rubis,
De posséder une couche d'ivoire.
Foulez en roi ces fastueux tapis,
Tissus moelleux qu'a façonnés l'Asie;
Buvez dans l'or; sur la pourpre accoudé,
Des plus doux mets savourez l'ambrosie,
Et qu'à vous seul les dieux aient accordé
Tous les trésors qu'on moissonne en Libye,
Vous n'aurez point le bonheur. Mais du sort
Braver les coups; mais fuir du rang suprême
L'honneur si vain, le périlleux abord;
Mais sans pâlir envisager la mort,
D'un noble cœur c'est là l'heureux effort,
C'est détrôner la fortune elle-même.

—

Ces murs que Babylone exhaussa follement,
Et ces palais, de marbre énorme entassement;
Ce Mausolée, hélas! où la main d'une épouse
Crut disputer sa proie à la Parque jalouse;
Ces tombeaux du désert, géants audacieux,
Qui de leurs fronts aigus s'en vont toucher aux cieux.

Venit, et exili murmure dulce fremit.
Delia non aliter secreta silentia noctis
    Submissa ac tenui rumpere voce solet;
Non aliter, teneris collum complexa lacertis,
    Auribus admotis condita verba dare.
Agnovi, veræ venit mihi vocis imago;
    Blandior arguta tinnit in aure sonus.
Ne cessate, precor, longos gestare susurros;
    Dum loquor hæc, jam vos obticuisse queror.

Lecto compositus vix prima silentia noctis
    Carpebam, et somno lumina victa dabam,
Quum me sævus Amor prensum sursumque capillis
    Excitat, et lacerum pervigilare jubet.
Tu famulus meus, inquit, ames cum mille puellas,
    Solus, iò, solus, dure, jacere potes?
Exsilio, et pedibus nudis tunicaque soluta,
    Omne iter impedio, nullum iter expedio.
Nunc propero, nunc ire piget, rursumque redire
    Pœnitet, et pudor est stare via media.
Ecce tacent voces hominum, strepitusque viarum,
    Et volucrum cantus, turbaque fida canum.
Solus ego ex cunctis careo somnoque toroque;
    Et sequor imperium, magne Cupido, tuum.

Græcia bellorum longa concussa ruina
    Concidit, immodice viribus usa suis.
Fama manet, fortuna perit: cinis ipse jacentis
    Visitur, et tumulo nunc quoque sacra suo.
Exigua ingentis retinet vestigia famæ,

Et magnum, infelix! nil nisi nomen habet.
Quisquis Cecropias hospes cognoscis Athenas,
    Quæ veteris famæ vix tibi signa dabunt:
Has-ne Dii, dices, cœlo petiere relicto?
    Regnaque partitis hæc fuit una Deis?
Idem Agamemnonias, dices, quum videris arces:
    Heu! victrix victa vastior urbe jaces!
Hæ sunt, quas merito quondam est mirata vetustas.
    Magnarum rerum magna sepulchra vides.

Non est, falleris, hæc beata non est
Quam vos creditis esse vita, non est
Fulgentes manibus videre gemmas,
Aut testudineo jacere lecto,
Aut pluma latus abdidisse molli,
Aut auro bibere, et cubare cocco,
Regales dapibus gravare mensas,
Et quidquid Libyco secatur arvo
Non una positum tenere cella;
Sed nullos trepidum timere casus,
Nec vano populi favore tangi,
Et stricto nihil æstuare ferro:
Hoc quisquis poterit, licebit illi
Fortunam moveat loco superbus.

Hæc, urbem circa, stulti monumenta laboris,
    Quasque vides moles, Appia, marmoreas;
Et Mausolæum, miseræ solatia mortis,
    Intulit æternum quo Cleopatra virum;
Pyramidasque ausas vicinum attingere cœlum,

Seront poussière un jour : plus leur orgueil domine,
Plus le temps qu'ils bravaient les entame et les mine.
Le poëte lui seul ne subit point sa loi :
Homère, l'avenir n'épargnera que toi !

Rappelons-nous longtemps cette nuit fortunée
   Où dans mes bras, pour la première fois,
   En rougissant tu tombas enchaînée,
   Où d'un amant tu m'accordas les droits.
   Rappelons-nous ce tendre et doux murmure,
Ces silences plus doux, ces renaissants désirs,
Et ce lit si discret, foulé par nos plaisirs :
A tes serments d'alors ne deviens point parjure.
Nos amours avec nous peuvent encor vieillir,
Peuvent charmer encore une trop courte vie ;
   Ne faisons point dire à l'envie :
Ce qu'un jour a vu naître, un jour l'a vu mourir.

C'est Anna qui broda ces bouquets si jolis
Qu'autour d'un sein charmant sa jeune main dispose ;
Et je la vois sourire à deux festons de rose
   Embrassant deux globes de lis.

Pour orner dignement ses célestes appas,
Anna va de sa main se faire une parure.
Ah! sans doute Minerve après tant de combats
Veut avec Cythérée oublier son injure,
   Puisque Vénus, pour broder sa ceinture,
   A pris l'aiguille de Pallas.

### LA ROSE A ASPASIE.

A la pourpre de Tyr mariant mes couleurs,
Je brille à ta ceinture, ô divine Aspasie !

Pyramidas, medio quas fugit umbra die,
Concutiet sternetque dies ; quoque altius extat
   Quodque opus, hoc illud carpet edetque magis.
Carmina sola carent fato, mortemque repellunt :
   Carminibus vives semper, Homere, tuis.

Sit nox illa diu nobis dilecta, Nealce,
   Quæ te prima meo pectore composuit ;
Sit torus, et lecti genius, secretaque lingua
   Queis tenera in nostrum veneris arbitrium.
Ergo age, duremus, quamvis adoleverit ætas,
   Utamurque annis quos mora parva tenet.
Fas et jura sinunt veteres extendere amores ;
   Fac cito quod cœptum est non cito desinere.

Hoc sibi losit opus de stamine floricolore
   Hesperie, teretes officiosa manus ;
Et pulchro pulchras strophio producta papillas,
   Gaudet utrumque sui pectoris esse decus.

Hesperie lateri redimicula nectit eburno
   Facta suis manibus pectore digna suo.
Jam veteres iras Venus et Tritonia ponunt,
   Pectora nam Veneris Palladis ambit opus.

#### DE ROSA AD HESPERIEM.

Intertexta rosa Tyrii subtemine fuci
   Involvit quoties mobile zona latus.

Là, près d'un double mont parfumé d'ambrosie,
   Plus que jamais je suis reine des fleurs.

Les bains, le vin, Vénus, détruisent la santé :
Sans tout cela pourtant, adieu vie et gaieté.

   Qu'elle est belle, mais qu'elle est sage!
   Que de froideur, mais aussi que d'appas!
    De Vénus elle a le visage,
   Et veut avoir la vertu de Pallas.
Ah! si tu crains, Phyllis, de te voir enchaînée
A l'un des mille amants qui composent ta cour,
   Si tu fuis le dieu d'hyménée,
   Ne saurais-tu souffrir l'Amour ?

### A UN NEPTUNE QUI ÉPANCHAIT LES EAUX D'UNE FONTAINE.

Ton urne vaut bien mieux que le trident des mers ;
Et l'eau douce a du charme après les flots amers.

### SUR UN CUPIDON PLACÉ AU HAUT D'UNE FONTAINE.

L'enfant qui de ses feux brûle et charme le monde
Dépose ici sa torche, et nous verse cette onde.

### SUR UNE FONTAINE CREUSÉE AU SOMMET D'UN MONT.

   Si du flanc pierreux des montagnes
   L'art fait jaillir l'eau dans les airs,
Qui ne croirait qu'un jour le sable des déserts
Aura ses frais ruisseaux et ses vertes campagnes ?

De sa propre beauté Narcisse est amoureux,

Ambrosium gemino potabit ab ubere rorem,
   Et vere roseo fiet odore rosa.

Balnea, vina, Venus corrumpunt corpora sana ;
   Et vitam faciunt balnea, vina, Venus.

Pulchrior et nivei cum sit tibi forma coloris,
   Cuncta pudicitiæ jura tenere cupis.
Mirandum est quali naturam lege gubernes,
   Moribus ut Pallas, corpore Cypris eas.
Te neque conjugii libet excepisse levamen,
   Sæpius exoptans nolle videre mares.
Hæc tamen est animo quamvis exosa voluptas,
   Numquid non mulier, cum paris, esse potes ?

#### DE NEPTUNO MARMOREO AQUAS FUNDENTE.

Quam melior, Neptune, tuo sors ista tridente !
   Post pelagus dulces hic tibi dantur aquæ.

#### DE SICILLO CUPIDINIS AQUAS FUNDENTIS.

Igne salutifero Veneris puer omnia flammans,
   Pro facibus proprias arte ministrat aquas.

#### DE PUTEO EXCAVATO IN MONTIS JUGO.

Hunc quis non ipsis credat dare Syrtibus amnes,
   Qui dedit ignotas visere montis aquas ?

Invenit propriis Narcissus fontibus ignes ;

Et c'est de son miroir que partent tous ses feux.

Qui donc égale Homère, ou s'en est approché ?
Apollon l'a bien dit, sans avoir tant cherché :
Si j'ai pu naître un jour, moi qui fus ton seul maître,
Quelque jour ton rival, Homère, pourra naître.

### A UN BEL ADOLESCENT.

O visage divin, où rayonnent des traits
Dignes du blond Phébus et du fils de Sémèle !
Quel œil impunément pourrait voir tant d'attraits ?
Ne trahissez-vous point quelque jeune immortelle,
Doigts de pourpre et de lis, contours légers et frais,
Doux trésors dont mon âme, hélas ! est idolâtre ?
Heureuse la beauté qui sur ce cou d'albâtre
Imprime de sa dent l'innocente fureur ;
Qui sur son cœur ému sent palpiter ton cœur,
Qui t'apprend du baiser la douceur savoureuse
Et, du choc répété de sa langue amoureuse
Embarrassant la tienne, expire de bonheur !

Si tu veux me fixer, Élise,
    Écoute : le nœud qui nous joint,
    S'il est trop serré, je le brise ;
    Trop lâche, il ne m'arrête point.
    Doux et fort, car c'est là le point,
    Que sous les fleurs il se déguise.

Non : d'un si grand forfait je n'étais point capable :
Un pouvoir invisible a rompu mes serments.
Le destin a tout fait : de mes égarements
Quelque dieu fut l'auteur, lui seul est le coupable,
O Délie ! ou plutôt par un triste retour

Et sua deceptum torret imago virum.

Mæonio vati qui par aut proximus esset
    Consultus Pæan risit, et hæc cecinit :
Si potuit nasci quem tu sequereris, Homere,
    Nascetur qui te possit, Homere, sequi.

### AD FORMOSUM ADOLESCENTEM.

O sacros vultus, Baccho vel Apolline dignos,
    Quos vir, quos tuto femina nulla videt !
O digitos, quales pueri, vel virginis esse,
    Vel potius credas virginis esse deæ !
Felix si qua tuum conrodit femina collum :
    Felix quæ labris livida labra facit !
Quæque puella tuo cum pectore pectora ponit,
    Et linguam tenero lassat in ore suam !

Sic me custodi, Cosconia, neve ligata
    Vincula sint nimium, neve soluta nimis.
Effugiam laxata nimis, nimis aspera rumpam ;
    Sed neutrum faciam, commoda si fueris.

Nescio quo stimulante malo pia fœdera rupi :
    Non capiunt vires crimina tanta meæ.
Institit, et stimulis ardentibus impulit actum,
    Sive fuit fatum, seu fuit ille Deus.
Arguimus quid vana Deos ? vis, Delia, verum ?
    Qui tibi me dederat, me tibi ademit amor.

PÉTRONE.

L'amour seul a défait l'ouvrage de l'amour.

Dans son casque un soldat trouva deux blancs ramiers
        Avec leur couvée endormie ;
    On voit que du dieu des guerriers
    Vénus est la constante amie.

### SUR DES ORANGES.

Pour elles Atalante eût cessé de courir,
Et Pâris à Vénus aurait pu les offrir.
Voyez ce jaune vif, ces teintes naturelles :
L'or le plus éclatant pâlirait devant elles.

### LES FUNAMBULES.

Sur quatre pieux croisés une corde est tendue :
Entre le ciel et nous hardiment suspendue,
Là monte une danseuse au signal des concerts ;
Là, rival de l'oiseau, l'homme court dans les airs.
De ses bras qu'il balance, appuyé sur le vide,
Il règle, il affermit son essor intrépide.
Dédale, nous dit-on, loin d'un geôlier cruel,
Franchit d'un vol heureux les campagnes du ciel ;
De tels danseurs du moins feraient croire au prodige :
La corde les soutient, le zéphyr les dirige.

### LE PANTOMIME.

Homme ou femme à son gré, sur sa mâle poitrine
Un sein de jeune fille à nos yeux se dessine.
Il approche, il salue, et son geste expressif
Sans effort sait tout dire au regard attentif ;
Que le chœur chante, ému de crainte ou d'espérance,
Ce que chante le chœur, il le peint par sa danse.

Militis in galea nidum fecere columbæ :
    Apparet Marti quam sit amica Venus.

### DE MALIS MATIANIS.

Hæc poterant celeres pretio tardare puellas,
    Hæc fuerant Veneri judice danda Phryge.
Nam sic ingenuo flavescunt mala colore
    Ut superent auro verà metalla suo.

### DE FUNAMBULIS.

Stupea suppositis tenduntur vincula lignis,
    Quæ fidu ascendit docta puella gradu ;
Quæ super aerius prætendit crura viator,
    Vixque avibus facili tramite currit homo.
Brachia distendens gressum per inane gubernat,
    Ne lapsa e facili planta rudente cadat.
Dædalus astruitur terras mutasse volatu,
    Et medium pennis prosecuisse diem ;
Præsenti exemplo firmatur fabula mendax :
    Ecce hominis cursus funis et aura ferunt.

### DE PANTOMIMO.

Mascula femineo derivans pectora flexu,
    Atque aptans lentum sexum ad utrumque latus,
Ingressus scenam populum saltator adorat,
    Solertique parat prodere verba manu.
Nam cum grata chorus diffundit cantica dulcis,
    Quæ resonat cantor, motibus ipse probat.
Pugnat, ludit, amat, bacchatur, vertitur, adstat ;

Il joue, aime, combat, tourne, vole, s'enfuit ;
Plus beau que le vrai même, il effraye et séduit.
Tout est voix dans cet homme, admirable interprète
Qui nous parle du corps quand sa bouche est muette.

#### LE PERROQUET.

L'Inde fut mon berceau, bords sacrés que l'aurore
De ses rayons de pourpre illumine et colore,
Où partout l'encens croît et fume pour les dieux.
Du langage romain les sons mélodieux
M'ont d'un chant étranger désappris la rudesse ;
Et vos cygnes chéris, doux échos du Permesse,
De louer Apollon me vont céder l'emploi :
Car vos cygnes chéris ne sont rien devant moi.

#### SUR LE SOCLE D'UNE STATUE DE CUPIDON.

Le soleil brûle de ma flamme ;
De ma flamme en ses eaux Neptune est tourmenté ;
J'ai fait filer Alcide aux genoux d'une femme ;
J'ai mis aux fers Bacchus, dieu de la liberté.

Sœur d'Apollon, si tu l'es, à ton frère
Porte, Diane, et transmets ma prière :
De beau marbre, ô Phébus, j'ai décoré tes murs ;
Tes roseaux t'ont redit mes vœux simples et purs.
Entends-moi, si tu peux, grand devin, sois mon guide :
Où trouver des écus quand notre bourse est vide ?

#### ÉPITAPHE D'UNE JEUNE FEMME.

Je meurs dans mon printemps ; joignez, destins plus doux
Les jours qui m'étaient dus aux jours de mon époux.

Je vous semble fou, mes amis,

Illustrat verum, cuncta decore replet.
Tot linguæ quot membra viro. Mirabilis ars est
Quæ facit articulos ore silente, loqui.

#### PSITTACUS.

Indica purpureo genuit me littore tellus,
Candidus accenso qua redit orbe dies.
Hic ego divinos inter generatus odores
Mutavi Latio barbara verba sono.
Jam dimitte tuos, Pæan o Delphice, cycnos :
Dignior hæc vox est quæ tua templa colat.

#### SUB STATUA CUPIDINIS.

Sol calet igne meo ; flagrat Neptunus in undis ;
Pensa dedi Alcidæ ; Bacchum servire coëgi,
Quamvis Liber erat....

Si Phœbi soror es, mando tibi, Delia, causam,
Scilicet ut fratri quæ peto verba feras :
Marmore Sicanio struxi tibi, Delphice, templum,
Et levibus calamis candida verba dedi.
Nunc si nos audis atque es divinus Apollo,
Dic mihi, qui nummos non habet, unde petat.

#### MULIERCULÆ EPITAPHIUM.

Immatura peri : sed tu felicior annos
Vive tuos, conjux optime, vive meos.

Et certes ne m'en défends guère ;
Mais voyons pourquoi je le suis ?
— L'amour est ton unique affaire ;
Tu n'eus jamais d'autres soucis.
— Bons dieux ! si c'est là ma folie,
Laissez-la-moi toute ma vie.

Oui, je vous semble fou : dans mes vers il n'est rien
Qui puisse dérider un front patricien ;
Ajax, qui vit sa cause à l'intrigue immolée,
Ne s'y rencontre pas plus que Penthésilée,
Pas plus que l'âge d'or du naissant univers,
Pélops, son char, Hercule et ses travaux divers ;
Ni sous les coups d'Achille Ilion qui chancelle,
Près de mourir, Hector, de ta chute mortelle.
Vents et mer en courroux, vous brave qui voudra ;
Sur de paisibles lacs mon esquif glissera.

Adieu sagesse ! adieu trop chaste muse !
Je vais conter les doux larcins d'amour,
Ses jeux lascifs, et la blonde Aréthuse,
Tantôt parée et tantôt sans atour,
Toujours charmante ; et cet obscur détour
Par où, la nuit, mon intrépide amante
A pas muets visite mon séjour.
Que je la voie à mon cou languissante
S'entrelacer, et de ses charmes nus,
Dont l'attitude à chaque instant varie,
Me retracer la lubrique série
Des doux tableaux tant chéris par Vénus.
Qu'elle ose tout, et de rien ne rougisse :
Mieux que moi-même experte en volupté,
Aux chocs d'amour que ma souple beauté
Sous le plaisir et s'agite et bondisse.

Insanus vobis videor, nec deprecor ipse
Quo minus hoc videar. Cur tamen hoc videor
Dicite nunc : — Quod semper amas, quod semper amasti.
— Hic furor ? hic Superi, sit mihi perpetuus !

Esse tibi videor demens quod carmina nolim
Scribere Patricio digna supercilio ;
Quod Telamoniaden non æquo judice victum
Præteream, et pugnas, Penthesilea, tuas ;
Quod non aut magni scribam primordia mundi,
Aut Pelopis currus, aut Diomedis equos ;
Aut ut Achilleis infelix Troja lacertis
Quassata, Hectoreo vulnere conciderit.
Vos mare tentetis, vos detis lintea vento :
Me vehat in tutos parva carina lacus.

Jam libet ad lusus lascivaque furta reverti :
Ludere, Musa, juvat ; Musa severa, vale.
Nunc mihi narretur rutilis Arethusa capillis,
Nunc adstricta comas, nunc resoluta comas ;
Et modo nocturno pulsans mea limina signo,
Intrepidos tenebris ponere docta pedes ;
Nunc, collo molles circum diffusa lacertos,
Et flectat niveum semisupina latus,
Inque modos omnes, dulces imitata tabellas,
Transeat, et lecto pendeat illa meo.
Nec pudeat quidquam : sed me quoque nequior ipsa,
Exsultet toto non requieta toro.

D'autres diront Troie et son dernier jour,
Hector vaincu... Moi je chante Aréthuse.
Adieu sagesse! adieu, trop chaste muse!
Je vais conter les doux larcins d'amour.

—

Viens, ma Lydie, oh! viens, ma bien-aimée,
Toi qui des lis effaces la blancheur,
Et près de qui la rose parfumée
Verrait pâlir sa vermeille fraîcheur!
Viens! à loisir laisse ma main folâtre
Suivre en jouant l'or de ces blonds cheveux,
Qui vont baiser un cou voluptueux
Et caresser deux épaules d'albâtre.
Longtemps sur moi daigne arrêter ces yeux
Plus éclatants que les flambeaux des cieux,
Ces yeux si bien couronnés par l'ébène.
O doux regards! délicieuse haleine!
Approche encor, Lydie, au nom des dieux!
Plus près de moi, colombe langoureuse,
Imprime enfin sur ma bouche amoureuse
De tes baisers l'enivrante saveur;
Et nos ramiers envieront mon bonheur.
Mais quoi! je sens sous tes lèvres de flamme
Fondre mon être et s'échapper mon âme;
Tu bois mon sang, tu m'arraches le cœur.
Acre baiser, foudroyante caresse.
Suspens, Lydie, ah! suspens mon ivresse:
Ces frais boutons, ces deux pommes d'amour
Au doux parfum qui dans l'air s'évapore,
Cache-les-moi: leur riche et blanc contour
Me fait trop mal, me brûle, me dévore...
Mais non: reviens plutôt, demeure encore,
Cruelle! Arcas te provoque à son tour;

Non deerit Priamum qui defleat, Hectora narret.
  Ludere, Musa, juvat; Musa severa, vale

—

Lydia, bella puella, candida
Quæ bene superas lac et lilium,
Albamque simul rosam rubidam,
Aut expolitum ebur Indicum;
Pande, puella, pande capillulos
Flavos, lucentes ut aurum nitidum.
Pande, puella, collum candidum,
Productum bene candidis humeris.
Pande, puella, stellatos oculos,
Flexaque super nigra cilia.
Pande, puella, genas roseas,
Perfusas rubro purpuræ Tyriæ.
Porrige labra, labra corallina;
Da columbatim mitia basia:
Sugis amentis partem animi;
Cor mihi penetrant hæc tua basia:
Quid mihi sugis vivum sanguinem?
Conde papillas, conde gemipomas
Compressi lactis quæ modo pullulant.
Sinus expansa profert cinnama:
Undique surgunt ex te deliciæ.
Conde papillas quæ me sauciant
Candore et luxu nivei pectoris.
Sæva, non cernis quod ego langueo?
Sic me destituis jam semi-mortuum?

—

Oui, rends la vie à l'amant qui t'implore.

—

Si je ne t'ai longtemps priée et prévenue,
Si je n'arrive au jour, à l'heure convenue,
    Tu ne peux te livrer à moi.
Ah! le brûlant désir n'accepte point ta loi.
Plaisir qu'un froid billet à jour fixe autorise
    Vaut-il jamais plaisir qui s'improvise?

—

Quoi! toujours en toilette et toujours élégante,
Toujours tes blonds cheveux bouclés coquettement;
Toujours fard et pommade, et maint ajustement
Qu'un art profond combine et pour toi seule invente!
Ah! je hais tout cela! Je veux une beauté
Qui brille d'abandon et de simplicité.
Ses cheveux n'ont point peur du souffle de Zéphyre;
Elle offre, au lieu de fard, le miel de son sourire.
Tes apprêts, tes calculs font injure à l'amour;
Et l'on plaît d'autant mieux que l'on plaît sans atour.

Veuve à seize ans d'un jeune et vigoureux mari,
A vingt j'épouse Hylas, vieux, usé, rabougri.
Le désir dans mes sens n'aurait su trouver place,
Hymen, quand tu m'offrais tes plaisirs les plus doux.
Maintenant je désire, et tu n'es plus que glace:
Rends-moi mon premier âge, ou mon premier époux.

SUR UN BEL ADOLESCENT.

    Joli garçon, fille jolie,
    Lequel était-ce? Je ne sais.
C'était lui, c'était elle: à sa marche, à ses traits,
D'un sexe à l'autre errant, j'affirme et puis je nie.
Dans mon doute forcé j'admire, et je me tais;

Ante dies multos nisi te, Basilissa, rogavi,
    Et nisi præmonui, te dare posse negas.
Ut subito crevere, solent ex tempore natæ,
    Quam scriptæ, melius cedere deliciæ.

—

Semper munditias, semper, Basilissa, decores,
    Semper compositas arte decente comas,
Et comptos semper cultus unguentaque semper,
    Omnia sollicita compta videre manu
Non amo: neglectim mihi quæ se comit amica,
    Hæc et inornata simplicitate valet.
Vincula ne cures capitis discussa soluti,
    Nec ceram in faciem: mel habet illa suum.
Fingere se semper non est confidere amori.
    Quid, quod sæpe decor, quum prohibetur, adest?

—

Impubes nupsi valido, nunc firmior annis
    Exsucco et vetulo sum sociata viro.
Ille fatigavit teneram, hic ætate valentem
    Intactam tota nocte jacere sinit.
Dum nollem, licuit; nunc, dum volo, non licet uti.
    O Hymen! aut annos, aut mihi redde virum.

DE FORMOSO PUERO.

Seu puerum vidi formosum, sive puellam
    Formosam, sit uter sexus enim dubito.
Inter utrumque decus formæ dubitare coactus,
    Contra grammaticos ne faciam vereor.

7.

De nos grammairiens je crains trop le purisme :
  Si par malheur je me trompais,
On pourrait t'accuser, muse, de solécisme.

—

Nymphe de ce vallon d'où mon onde s'élance,
Son murmure sacré me caresse et m'endort ;
Du sonore bassin toi qui tentes l'abord ,
Respecte mon sommeil , et te baigne en silence.

### SUR UNE GALATÉE GRAVÉE AU MILIEU D'UN PLAT.

Distraits par les beautés de ce corps trop charmant ,
Voyez-vous s'allumer les regards des convives ?
Arrosez-nous ce mets bien vite et largement ;
  Cachez-nous ces formes lascives.

—

### AUTRE , SUR LA MÊME.

Sur ta table, Cosmus, comme en un lac d'argent ,
La Nymphe semble encor se jouer en nageant ;
Plus de mets , le plat seul ! Servez-moi le plat vide ,
Et j'oublierai ma faim , tant mon œil est avide.

—

Je saluais le jour qu'Apollon faisait naître ,
Quand je vis Roscius comme un astre apparaître.
O puissances du ciel , pardonnez cet aveu :
Le mortel me sembla plus charmant que le dieu.

—

De deux beaux yeux le vif et doux langage
Va droit au cœur, et séduit le plus sage ;
Oui , c'est là que Vénus et le volage Amour,
Et la volupté même, ont fixé leur séjour.

—

Sin pulcher, seu pulchra mihi dicatur et errem ,
  Musa solœcismi nostra futura rea est

—

Hujus Nympha loci, sacri custodia fontis
  Dormio, dum blandæ sentio murmur aquæ.
Parce meum, quisquis tangis cava marmora somnum
  Rumpere ; sive bibas , sive lavere, tace.

—

### DE GALATEA IN VASE SCULPTA.

Fulget , et in patinis ludit pulcherrima Nais,
  Prandentum inflammans ora decore suo.
Congrua non tardus diffundat jura minister,
  Ut lateat positis tecta libido cibis.

—

### DE EADEM.

Ludere sueta vadis privato Nympha natatu ,
  Exornat mensas membra venusta movens ;
Cosme , has nolo dapes : vacuum mihi pone boletar :
  Quod placet aspiciam, rennuo quod saturat.

—

Constiteram, exorientem Auroram forte salutans,
  Cum subito a læva Roscius exoritur.
Pace mihi liceat, Cœlestes, dicere vestra :
  Mortalis visu'st pulchrior esse Deo.

—

  O blandos oculos et inquietos,
  Et quadam propria nota loquaces !
  Illic et Venus et leves Amores,

### LE SATYRE ET L'ENFANT.

Du regard , de la main , un satyre effronté
Caresse un bel enfant qui fuit épouvanté.
Qui ne serait ému par ce groupe de pierre
  Tout palpitant de désirs, de terreurs !
  On croit ouïr l'amoureuse prière ;
  On voit presque jaillir des pleurs.

—

### A DEUX SŒURS, CORINNE ET LYCORIS.

Couple enchanteur qui savez tout charmer,
Vous que Vénus et le dieu d'harmonie
Également se plurent à former ;
Je voudrais bien , épuisant mon génie ,
Vous souhaiter un mérite nouveau,
S'il en est un que chez vous l'on ignore.
J'ai beau creuser mon stérile cerveau :
Vous avez tout ; que trouverais-je encore ?

—

### A UNE JEUNE FILLE SACHANT BIEN PEINDRE ET BIEN SE CONTREFAIRE.

  On dit que ton heureux pinceau
  Rivalise avec la nature ;
  Eh quoi ! ta céleste figure
  N'est-elle aussi qu'un vain tableau ,
  Et tes beaux yeux qu'une peinture ?

—

### A CHLOÉ , SUR SA BELLE VOIX.

Oui , jusqu'ici du dieu de l'harmonie
J'ai peu compris les trop savants accords ;
Mais tes chants ont séduit mon oreille ennemie,
Et je vois bien qu'Orphée a pu charmer les morts.

—

Atque ipsa in medio sedet voluptas.

—

### SATYRUS ET PUER.

Blanditur puero satyrus vultuque manuque :
  Nolenti similis rettrahit ora puer.
Quem non commoveant quamvis de marmore ? Fundit
  Pene pieces satyrus, pene puer lacrymas.

—

### AD CORINNAM ET LYCORIN SORORES.

Germanæ Charites , facile quibus omnia cedunt
  Corda , Venus ditat quas, et Apollo docet ;
Vellem equidem ingenio depromere quæ nova possint
  In vos tam mites fundere dona Dii.
Deficit ingenium ; sterili nil fronte repertum est :
  Quod vestrum non sit jam nihil invenio.

—

### AD PUELLAM PINGENDI PERITAM ET SIMULANDI.

Arte tua cum vis naturam imitarier, ecce
  Natura , ut perhibent, vincitur arte tua.
Sic, mihi cœlestes quoties das cernere vultus,
  Num pictos oculos oraque falsa putem ?

—

### AD CHLOEN PULCHRE CANTANTEM.

Phœbeo voluit quisquis me tangere cantu,
  Et cithara vanos duxit et ore sonos ;
At tibi voce datum est aurem mulcere rebellem :
  Orphea nunc Manes quis recreasse neget ?

—

A UN ZOÏLE  SUR SES ÉLOGES OUTRÉS ET
MALADROITS.

Toujours le fiel qui te dévore
De ton cœur passe en tes écrits ;
Tu mords si bien quand tu médis,          [core.
Qu'il semble en nous louant que tu veux mordre en-

—

~~Toute femme en soi cache un venin corrupteur :~~
~~Le miel est sur sa lèvre, et le fiel dans son cœur.~~

—

De tes soucis que Bacchus te délivre :
Comme un nuage vain chasse tous tes regrets.
Les chagrins que le jour lui livre,
La nuit les alimente et double leurs effets.
Enivre-les, voilà le plus sûr des secrets.

Consuls et proconsuls, de l'urne de la loi
Ces noms-là sortent chaque année ;

IN ZOILUM MALE ET NIMIS LAUDANTEM.

Tanta bile tibi fervet jecur et stylus, ut nec
Cum laudare velis, carpere didiceris.

Omnis mulier intra pectus celat virus pestilens.
Dulce de labris loquuntur, corde vivunt noxio.

Vince mero curas, et quidquid forte remordet
Comprime, deque animo nubila pelle tuo.
Nox, curam si prendit, alit : male creditur illi
Cura, nisi multo marcida facta mero.

Consules fiunt quotannis et novi proconsules :
Solus aut rex aut poeta non quotannis nascitur.

*Oui, toute femme en soi cache un venin cruel :*
*Le miel est sur sa lèvre, et dans son cœur le fiel.*

Plus rare est la naissance, autre est la destinée
D'un grand poëte ou d'un grand roi.

—

Fi des gens d'outre-mer, hâbleurs, fourbes, pirates !
Le Romain seul est franc, intègre, de bon ton ;
Et j'aime mieux un Caton
Que deux ou trois cents Socrates.

—

Quand je plantai ce pommier jeune encore,
J'y gravai le doux nom de celle que j'adore.
Dès lors n'a plus cessé mon amoureux ennui :
L'arbre croît tous les jours, et ma flamme avec lui,
*Et l'écorce envahit le nom d'Éléonore !*

Apollon et Bacchus au feu doivent naissance,
Et du feu créateur ils conservent l'essence :
L'un par ses rayons d'or, l'autre avec son doux fruit,
Du ciel et de nos cœurs viennent chasser la nuit.

Sperne mores transmarinos : mille habent offucias.
Cive Romano per orbem nemo vivit rectius.
Quippe malim unum Catonem quam trecentos Socratas.

—

Quando ponebam novellas arbores mali et piri,
Cortici summæ notavi nomen ardoris mei :
Nulla fit exinde finis vel quies cupidinis.
Crescit arbor, gliscit ardor, ramus implet litteras.

—

Sic Apollo, deinde Liber sic videtur ignifer.
Ambo sunt flammis creati, prosatique ex ignibus ;
Ambo de comis calorem vite et radio conserunt :
Noctis hic rumpit tenebras, hic tenebras pectoris.

# NOTES

## SUR LE SATYRICON.

I. *Succisi poplites.* On coupait les jarrets aux prisonniers de guerre pour les empêcher de servir plus tard.

II. *Pudica oratio.* Ainsi imité par Marmontel, Disc. sur
l'éloq :

On prétend la réduire au manége de l'art !
Chaste fille du ciel, Uranie est sans fard :
Laissez-lui sa candeur. Quoi ! des fleurs et des voiles
A celle dont le front est couronné d'étoiles !
Qu'elle soit toujours nue et belle innocemment,
Et que sa majesté soit son seul vêtement.

*Compendiariam.* Passage obscur et jusqu'ici mal ex-
pliqué. Nous croyons que Pétrone entend par là une mé-
thode abrégée d'étudier et de pratiquer l'art, qui évitait
des études longues et pénibles. On sait que les statuaires
égyptiens ne travaillaient guère que les masses, sans s'at-
tacher aux détails.

III. *Rarissimum est bonam mentem.*

En dépit de son nom le sens commun est rare.
(ANDRIEUX.)

*Cum insanientibus furere.* Lopez de Véga, traduit par
Voltaire, se plaint presque dans les mêmes termes du
faux goût de son temps :

L'abus règne, l'art tombe, et la raison s'enfuit.
Qui veut écrire avec décence,
Avec art, avec goût, n'en recueille aucun fruit ;
Il vit dans le mépris et meurt dans l'indigence.
Je me vois obligé de servir l'ignorance,
D'enfermer sous quatre verroux
Sophocle, Euripide et Térence.
J'écris en insensé, mais j'écris pour des fous.

VII. *Titulos.* Écriteaux indiquant le nom et le prix
des courtisanes. Le traducteur italien nous apprend que
cet usage existe encore dans son pays.

VIII. *Protaloque peculio.* Jeu de mots, double sens, comme on en verra beaucoup dans le reste de l'ouvrage. *Peculium* veut dire *mentula* et *pecunia.*

*Satyrion hibisse.* Les Grecs, pour désigner en général un aphrodisiaque quelconque, se servent du mot satyrion. ( Plin. l. xxvi. c. 63. ) *Satirione* est le nom d'un philtre connu en Italie; voy. *Clizia*, coméd. de Machiavel.

IX. *Arena dimisit.* On condamnait souvent les adultères et les homicides à la condition de gladiateurs. Ceux-là devaient se battre jusqu'à la mort. Du reste, tout ceci fait allusion à des faits qui se trouvaient sans doute dans l'œuvre complète de Pétrone, et que Nodot, dans ses interpolations apocryphes, a oublié d'expliquer.

*Frater fui.* Terme pris dans un sens analogue à celui de *soror* au ch. 127. V. aussi *passim.*

XVI. *Sera delapsa. Sera* ne signifiait pas ce que nous entendons par serrure : c'était une barre de bois ou de fer, soit à demeure, soit portative, qui s'ajustait dans une gâche ou dans un anneau.

XVII. *Tam præsentibus plena numinibus.* Calembour ironique, roulant sur la double signification de *præsentibus.*

*Facilius deum quam hominem.*

Empereurs, favoris, Antinoüs lui-même,
Par décret du sénat entreront dans les cieux,
Et les hommes seront plus rares que les dieux.
(Louis Racine. *la Relig.*, c. iii.)

XXIV. *Embasicœtam.* Sorte de coupe faite pour circuler à la ronde, ou bien encore (ce qui donne lieu au quiproquo volontaire) un débauché *qui passe de lit en lit.*

*Post asellum.* Nouvelle équivoque. *Asellus* veut dire *piscis delicatus* et *homo bene vasatus*, *asini instar.* [V. aussi Not. du C. XXXI.]

XXV. *Virginem fuisse.* Voy. *l'Alix* de Marot, liv. vi. des Épigr. C'est une imitation de Pétrone, renforcée de gravelures.

XXVI. *Osculis verberabat.* Ici, au lieu du remplissage de Nodot, nous avons comblé la lacune de notre auteur par le spirituel fragment publié en 1800 à Strasbourg par Marchena, plaisanterie qui fut prise au sérieux par plusieurs savants, jusqu'à ce que l'inventeur eût lui-même avoué que sa découverte était supposée.

*Liberæ cœnæ.* Ces mots veulent dire ou un festin dans lequel on n'élit point de roi, ou un festin sans gêne, ou que toutes sortes de gens y sont admis, ou que les affranchis y dominent, ou que l'on doit y affranchir, ou enfin que les esclaves même sont *libres* d'y prendre place. Ces divers sens peuvent se justifier d'après le récit qui va suivre. Peut-être que l'Amphytrion du souper, suivant ses habitudes de langage, avait choisi à dessein cette dénomination de *liberæ cœnæ* comme une équivoque et une surprise de plus ajoutée à celles dont il régalera ses convives.

*Trimalchio.* C'est-à-dire triplement voluptueux, comme *Trissotin* trois fois sot.

*Horologium.* Cette horloge, qu'il ne faut pas confondre avec la clepsydre ni avec le cadran solaire, est une machine hydraulique inventée par Ctésibius, l'an 613 de Rome, et qui marquait par ses mouvements les différentes heures du jour; elle était fort en vogue, mais très-chère.

XXVII. *Soleatus.* Les sandales n'étaient en usage que dans les bains. Selon Aulu-Gelle, il était indécent de se montrer en public avec une telle chaussure.

XXVIII. *Ad frigidam.* C'était manquer, par raffinement, à l'usage ordinaire. On ne devait aller de l'étuve au *frigidarium* qu'après avoir passé par le *tepidarium.*

XXX. *Gaius noster.* Nom de tendresse, de joie et de flatterie, dit Valérius le grammairien. C'est le nom qu'on avait donné à Jules César.

XXXI. *Asellus cum bisaccio.* Un esturgeon, *asellus*, qui veut dire aussi *ânon*, avec un bât. Trimalchion fait ainsi un calembour en action.

*Glires.* Des loirs. Mets encore estimé de nos jours en Italie.

XXXIV. *Æquum Mars amat.* Dicton à forme équivoque, selon que l'on entend *æquum* ou *equum.*

*Quam totus homuncio nil est !* Ce bel hémistiche rappelle l'exclamation de Bossuet : «Ah! que nous ne sommes rien! »

XXXV. *Hoc est jus cœnæ.* Calembour qui signifie à la fois *le droit*, et *la sauce*, ou la partie la plus exquise des mets.

XXXVI. *Hydraule cantante.* L'orgue hydraulique, instrument de musique mû par l'eau, encore en usage chez les Italiens, se plaçait dans les grandes enceintes, au cirque, pour animer les athlètes par la puissance de ses sons; au théâtre, où il accompagnait et réglait le jeu des pantomimes.

XXXVII. *In rutæ folium conjiciet.* Dans le langage des fleurs, la rue est chez les Turcs l'emblème de l'indignation et du mépris. C'était chez les anciens une plante de mauvais augure. La phrase de l'auteur indique l'extrême terreur qu'inspirait Trimalchion à ses esclaves.

XXXVIII. *Lac gallinaceum.* Pour dire ce qu'il y a de plus rare, de plus introuvable. C'est un proverbe italien : *vi troveresti il latte di gallina, se tu il volessi.*

*Incuboni pileum rapuisset.* Un incube était un lutin qui gardait les trésors cachés. En lui prenant son chapeau, on le forçait à indiquer où ils étaient.

XL. *Latus apri percussit.* Cela s'appelait *sanglier à la Troyenne*, par allusion au cheval de Troie, qui portait des guerriers dans ses flancs. On y cachait souvent un jeune chevreuil, dans le chevreuil un lièvre, dans le lièvre une perdrix, et enfin un rossignol, qui était le morceau d'honneur.

XLII. *Cum mulsi pultarium obduxi.* Ainsi Molière a dit :

Et, pour fermer chez vous l'entrée à la douleur,
De vingt verres de vin entourez votre cœur.
*Sganarelle.* Act. ii. sc. i.

XLIV. *Piper, non homo.* Locution encore toute napolitaine : *è tutto pepe.*

*Ita meos fruniscar.* Les Napolitains disent de même : *mal n'aggia l'anima de morti tui!* que l'âme de vos morts ne soit pas malheureuse! ou *ben' abbia l'anima...* heureuse soit...

XLVIII. *Quid est pauper ?* Chamfort, dans son éloge de Molière, cite ce trait comme étant du plus haut comique.

*Vinum bonum faciatis.* C'est dans le même sens que Boileau a dit :

Et fait, en bien mangeant, l'éloge des morceaux.
*Vinum tu facies bonum bibendo.* Martial, l. v, ép. 79.

LI. *Fuit tamen faber...* Conte populaire et absurde, rapporté sérieusement par Pline, Dion Cassius et Isidore de Séville. La science a prouvé que la nature du verre répugne à la malléabilité. Peut-être que ce verre flexible et malléable dont il est question était de la lune cornée, qui quelquefois prend l'œil d'un beau verre jaunâtre, et peut se travailler au marteau.

LII. *Aquam foras, vinum intro.* C'est probablement un dicton à double sens, *urbanitatem jocantis*, un jeu de mots d'ivrogne : *aquam* pour *urinam.*

LIII. *Urbis acta*, autrement dits *acta diurna*, ou

*diaria*, comme aujourd'hui *Diario di Roma*, journaux. Il est constant qu'il a existé chez les Romains diverses sortes de journaux, au moins depuis le premier consulat de César, l'an de Rome 694. Voy. le Mém. de M. Vict. le Clerc sur les Journ. chez les anc. Romains.

*Ventum textilem... nudam in nebula linea.* C'est ce que Varron appelait *vitreas togas.* On peut rendre ainsi ces deux derniers vers d'une manière plus concise :

Un nuage de lin, une vapeur tissue
Doit-elle en la couvrant la laisser toujours nue?

Ce morceau de Syrus a été imité par Sénèque, *de Benef.* l. VII, c. 9 ; et par A. Chénier, *Art d'aimer :*

Ce tissu transparent, ce réseau de Vulcain,
Qui, perfide et propice à l'amant incertain,
Lui semble *un voile d'air, un nuage liquide,*
Où Vénus se dérobe et fuit son œil avide.

LVII. *Si circumminxero illum.* Suivant les circonstances, les anciens attribuaient différents effets magiques à un cercle tracé en urinant. Voy. plus bas, chap. LXII.

*Bis prande, bis cœna.* C'est le proverbe français : *Si tu es riche, mange deux miches.*

LVIII. *Terrœ tuber.* Terme de mépris. A Naples, dit le traducteur italien, on se sert du mot *tartufo,* truffe.

*Quando vicesimam numerasti ?* C'est-à-dire, depuis quand t'es-tu racheté d'esclavage? L'esclave qui s'affranchissait au moyen de son pécule payait au préteur le vingtième du prix qu'il avait coûté à son maître.

LIX. *In hac re qui vincitur, vincit.* Belle pensée qui se retrouve dans Sénèque, *de Ira,* II, 34.

Le vainqueur doit rougir en ce combat honteux,
Et les premiers vaincus sont les plus généreux,
(RACINE, *les Frères ennemis,* act. IV, sc. 3.)

LXV. *Matleœ.* De μάσσω ou μάττω, je pétris. Les mattées étaient un mélange des viandes les plus délicates, mises en hachis sous diverses formes, et relevées de force assaisonnements pour ranimer l'appétit déjà fatigué.

*Ova pilenta.* Œufs chaperonnés, c'est-à-dire fendus vers l'un des bouts, de manière que le jaune et le blanc ressortissent mélangés en forme de *crête* ou *pileus.* Expression répétée au c. LXVI.

*Amictus veste alba.* Il y avait une grossière inconvenance à se présenter vêtu de blanc à un festin. L'ami de Trimalchion ne pouvait pas être moins impertinent que lui.

*Nudos pedes.* On ôtait sa chaussure de table avant de s'accouder sur les lits, pour ne pas les salir.

LXVII. *Ex millesimis Mercurii.* C'est-à-dire du millième de mes bénéfices. On le consacrait ordinairement à Mercure ; mais Trimalchion avoue impudemment qu'il en a fait banqueroute au dieu.

*Fabam vitream.* On a trouvé à Herculanum une boucle d'oreille qui avait la forme d'une fève ; les Napolitaines des environs de Portici portent encore aujourd'hui de semblables boucles d'oreilles. (*Antiquit.* de Caylus.) Si nous rappelons ces détails et d'autres de ce genre, c'est pour corroborer l'opinion, qui fut contestée, que le lieu de la scène choisi par Pétrone est la ville de Naples.

LXVIII. *Ex lapide speculari.* La pierre spéculaire, ou sélénite transparente, qui remplaçait le verre, très-rare aux fenêtres chez les anciens, fait partie des sulfates de chaux. Les rognures même en sont utiles, dit Pline, et l'on en sème le grand cirque à l'époque des jeux, ce qui le rend d'une blancheur éblouissante. (Hist. N. l. XXXVI, c. 45.)

*Secundas habetis mensas.* Secondes tables et dessert étaient synonymes. On n'avait apporté encore que les tables ; et Trimalchion joue platement sur le mot, pour faire craindre aux convives d'être privés de la chose.

LXXI. *Et servi homines sunt.* De toute la littérature romaine, ce beau passage, et un autre de Sénèque tout analogue, sont les seuls qui respirent pleinement et annoncent la charité, la fraternité chrétiennes. *Etiam si illos malus fatus oppressit,* ajoute Pétrone. Ainsi Sénèque, ép. 47 : « Ce sont des esclaves ! non, ce sont des hommes. Des esclaves ! dis plutôt *des amis malheureux...* Songe donc que cet homme que tu dis ton esclave est né du même limon que toi, qu'il jouit du même ciel, qu'il respire le même air, qu'il vit et meurt comme toi. Tu peux le voir libre, il peut te voir esclave! » Il fallait que ces idées d'égalité fussent bien répandues dès lors, pour que l'impérieux Trimalchion (voy. c. 37 et 48) lui-même les proclamât si haut devant ses esclaves, et en même temps les appliquât par le fait.

*Aquam liberam gustabunt.* C'est-à-dire le vin, boisson des hommes libres, par opposition à ce qu'on appelait *servam aquam,* l'eau, boisson des esclaves.

LXXIII. *Cantica Menecratis.* Les valets baigneurs avaient, dit Athénée, une chanson particulière; mais il n'était point honnête à ceux qui se baignaient de chanter ; et Théophraste, dans son portrait de l'homme grossier, le représente chantant dans le bain.

LXXIV. *Gallus cantavit.* Le chant du coq, entendu de trop bonne heure, était de mauvais augure.

LXXV. *Amasiuncula, experieris cerebrum meum.* Ainsi, dans *le Médecin malgré lui,* Sganarelle dit à sa femme : « Ma mie, votre peau vous démange à votre ordinaire ; ma chère moitié, vous avez envie de me dérober quelque chose ; doux objet de mes vœux, je vous frotterai les oreilles. »

LXXVII. *Assem habeas, assem valeas; habes, habeberis.* Qui n'a pas, n'est pas, disent les Italiens. *Chi non hà, non è.*

*Profer vitalia.* Par euphémisme, pour *funebria vestimenta.* De même on disait *fuit, vixit,* au lieu de *mortuus est.* Le superstitieux Trimalchion va plus loin : ses habits de mort, il les nomme ses habits de vie. *Pourveu que ce soit vie,* aurait observé Montaigne, *soit-elle passée, ils se consolent.*

LXXIX. *Cruentos pedes.* C'est qu'ils n'avaient que leur chaussure de table, qui ne protégeait les pieds qu'imparfaitement, *soleas.*

*Ego sic perire cœpi. A force de bonheur je me sentais mourir.* Voltaire, qui trouve ces vers heureux et qui les a traduits, blâme néanmoins la pensée finale, faute de l'avoir comprise. Voici sa traduction :

Quelle nuit ! ô transports ! ô voluptés *touchantes !*
Nos corps entrelacés et *nos âmes* errantes
Se confondaient ensemble, et *mouraient* de plaisir.
C'est ainsi qu'un mortel commença de périr.
(*Volum. de Poés. div.*)

« Le dernier vers, dit-il, (Pyrrhon. de l'hist., c. XIV) traduit mot à mot, est plat, incohérent, ridicule; il ternit toutes les grâces des précédents; il présente l'idée funeste d'une mort véritable. » Cela est vrai dans sa version, mais non dans l'original.

LXXX. *Vera redit facies, assimulata perit.*

Le masque tombe, l'homme reste,
Et le héros s'évanouit. (J.-B. Rouss., *Odes.*)

Ces deux comparaisons des échecs et du théâtre sont employées par Cervantes, *Don Quichotte,* deuxième partie, c. X.

LXXXII. *Ponere jussit arma.* Sous les empereurs, il était défendu aux citoyens de sortir avec des armes.

On peut comparer avec ce chap. et la fin du précédent ce passage de Molière :

SCANARELLE.

Ma colère à présent est en état d'agir ;
Dessus ses grands chevaux est monté mon courage,
Et si je le rencontre on verra du carnage.
Oui, j'ai juré sa mort, rien ne peut l'empêcher :
Où je le trouverai, je veux le dépêcher.
Au beau milieu du corps il faut que je lui donne...

LÉLIE.

A qui donc en veut-on ?

SCANARELLE.

Je n'en veux à personne.

LÉLIE.

Pourquoi ces armes-là ?

SCANARELLE·

C'est un habillement
Que j'ai pris pour la pluie. ( *A part.* ) Ah! poltron! dont
Lâche! vrai cœur de poule...                    LJ'enrage ;

LXXXIII. *Apellis Monochromon.* Peinture d'une seule couleur rouge, ou cinabre indien. (Plin. l. xxxiii, c. 7.) On voit à Naples un tableau monochrome de Thésée tuant le Minotaure, regardé comme ce que l'antiquité nous a laissé de plus parfait en peinture. Le statuaire Canova l'a imité. Ces sortes de camaïeux se composaient aussi de noir sur un fond blanc, ou de blanc sur un fond noir. Telles sont les Nymphes si gracieuses trouvées à Herculanum.

*Animorum esse picturam.*

L'art ne se montrait pas ; c'est la nature même,
La nature embellie : et, par de doux accords,
L'âme était sur la toile aussi bien que le corps.

(VOLT., *les trois Manières*, conte.)

*Ego, inquit, poeta sum.* Noris nos, inquit, docti sumus. Horat. l. ii, s. 9. Voy. aussi Regnier, sat. ii.

LXXXIV. *Romuleamque casam.* La hutte de paille sous laquelle avait été élevée Romulus fut toujours réparée et conservée religieusement jusqu'au temps de Néron. Nouvelle preuve que le *Satyricon* n'est pas postérieur à ce prince.

LXXXIX. *Jacet sacerdos inter aras victima.* Le prêtre en holocauste est tombé sur l'autel. Ainsi Racine : (*Iphigén.*) Et le prêtre sera la première victime.

XCII. *Hominem laciniam fascini crederes.* Trait qui rappelle le mot de Cicéron : *Qui est-ce qui a attaché mon gendre à cette épée?*

XCIII. *Nec victoria mi placet parata.* « C'est le combat qui nous plaît, et non pas la victoire. On aime à voir les combats des animaux, non le vainqueur acharné sur le vaincu. Que voulait-on voir, sinon la fin de la victoire? Et dès qu'elle est arrivée, on en est soûl... Nous ne cherchons jamais les choses, mais la recherche des choses. » (PASCAL, *Pensées.*)

XCV. *Soleis ligneis.* La classe indigente avait des chaussures de bois ou des sabots, que portaient aussi les condamnés pour crime de parricide. (*Auc. ad Herenn.* i, c. 13; *De Invent.* l. ii, 50.)

XCVIII. *Salvere Gitona jubet.* La formule du salut chez les Grecs, quand on éternuait, était Ζεῦ σῶσον, ce qui répond tout à fait à notre *Dieu vous bénisse!* Or nous sommes dans une cité grecque par les usages, à Naples.

CII. *Præligemus vestibus capita.* Les Romains se voilaient la tête en signe de désespoir, en présence d'un péril de mort, ou au moment de se précipiter dans les flots. ( Horat. l. ii, sat. 3; Tit. Liv. iv, 12.) C'est ce que fit César, assassiné dans le sénat; Pompée, lors de sa fin tragique en Égypte, etc.

CIII. *Stigmate puniti.* Les esclaves fugitifs, ou voleurs, étaient marqués au front au moyen d'un fer chaud. *Inexpiabilique litterarum nota per summam oris contumeliam inustus.* (Val. Max. vi, 9, 7.)

CIV. *Somnia quæ mentes ludunt.* Ce morceau, l'un des plus connus de Pétrone, est imité de Lucrèce l. iv, et l'a été par Claudien. ( vi, consulat Honor. )

CVI. *Primus in orbe Deos fecit timor.* Hémistiche célèbre, que Stace a emprunté depuis à Pétrone, *Theb.* l. iii, v. 661.

El par ses désirs et ses craintes
L'homme aveuglé compta ses dieux.

(LA MOTTE, *le Fanatisme.*)

La crainte fit les dieux, l'audace a fait les rois.

(CRÉBILLON, *Xerxès*, act. 1.)

Bailly l'astronome a dit, avec plus de vérité peut-être, *Le premier autel fut érigé par la reconnaissance.*

CVII. *Quæ salamandra...* Le sang de salamandre, dit Dioscoride, fait tomber les poils et les cheveux.

*Cui Deo crinem vovisti?* On sacrifiait sa chevelure aux morts, en signe de deuil. ( Voy. plus bas, c. cxi. ) Et quelquefois on l'offrait aux dieux, notamment à Apollon Delphien, à Esculape, à Bacchus.

CIX. *Jam capitis perisse partem.* Allusion au cheveu fatal que devait couper Proserpine au moment de la mort : *Nondum illi flavum Proserpina vertice crinem abstulerat.* (VIRG.)

CXI. *Matrona quædam Ephesi.* Ce conte célèbre de la matrone d'Éphèse, si bien imité par la Fontaine, faisait partie de ces fables Milésiennes qui ont couru le monde. Le plus piquant des *Contes chinois* traduits par Abel Remusat n'est qu'une reproduction de cette anecdote. On la retrouve dans nos anciens fabliaux, dans Brantôme ( *Dames galantes*, disc. 4), dans les nouvelles Fables attribuées à Phèdre, dans les contes de Musæus, etc. On en a fait plusieurs imitations au théâtre.

CXII. *Scitis quid tentare soleat humanam satietatem.* Ceci rappelle les jolis vers de Voltaire :

Un bon dîner fait couler dans vos veines
Des passions les semences soudaines... etc.

*Malo mortuum impendere, quam vivum occidere.* Il y a une réserve d'expression et une finesse de prude dans ce mot à double sens, *impendere.* Selon qu'on fait brève l'avant-dernière syllabe, ou qu'on la fait longue, il signifie *livrer* ou *pendre.* Nous croyons avoir rendu dans notre version l'intention de l'auteur, au moyen de l'allitération.

*Fœminea tutior unda fide.* Ainsi imité par Malherbe :

La femme est une mer en naufrages fatale;
Rien ne peut aplanir son humeur inégale;
Ses flammes d'aujourd'hui seront glaces demain.
Et s'il s'en rencontre une à qui cela n'advienne,
Fais compte, cher esprit, qu'elle a, comme la tienne,
Quelque chose de plus qu'humain.

(*Aux ombres de Damon*).

CXVIII. *Multos carmen decepit... ut quisque versum instruxit...* Ce morceau, très-souvent cité, était sans doute présent à la pensée de Boileau, quand il disait :

N'allez pas sur des vers sans fruit vous consumer,
Ni prendre pour génie une ardeur de rimer.
Souvent l'auteur altier de quelque chansonnette
Au même instant prend droit de se croire poète...

*Forensibus ministeriis exercitati.* Allusion à Lucain dont ce chap. fait la critique, et à Silius Italicus, qui, n'ayant pas réussi au barreau, s'étaient faits poètes de profession.

*Horatii curiosa felicitas.* ✻

Voyez Horace......
D'un mode à l'autre il s'élève, il s'abaisse,
Vrai dans sa fougue, et sage en son ivresse.

(MARMONTEL, *Ép. aux Poètes.*)

*Per ambages et fabulosum sententiarum....*

D'un air plus grand encor la poésie épique,
Dans le vaste récit d'une longue action,
Se soutient par la fable, et vit de fiction.

(BOILEAU, *Art poét.*, c. iii.)

✻      *Ces trésors du génie,*
*Ces mots audacieux qu'il prodigue avec choix.*

*(Lebrun. Ode sur Pindare)*

CXIX. *Ut bibat humanum populo plaudente cruo-*
*rem.* Vers aussi beau de style et plus louable dans la bouche d'un païen, que celui de Prudence, bien postérieur :

> ... *Pectusque jacentis*
> *Virgo modesta jubet converso pollice rumpi.*

*Quærit se natura, nec invenit.*
> Maintenant je me cherche, et ne me trouve plus.
>
> (Racine, *Phèdre.*)

*Citrea mensa.* Le *citrus* ou *citrum* n'a aucun rapport
avec le *citronnier* des modernes. Il abondait sur le mont
Atlas, et acquérait, d'après Pline, au delà de quatre pieds
de diamètre. On pense que c'est le *thuya articulata*.
Peut-être encore est-ce le cèdre, certains MSS. portant
*cedrus* là où d'autres donnent *citrus*.

CXXI. *Vix... Sufficiet... cymba; Classe opus est.* Exa-
gération poétique, outrée encore par Lucain :

> *Præparat innumeras puppes Acherontis avari*
> *Portitor...* L. III, v. 16.

et répétée par Lucien, XVII<sup>e</sup> dial. des morts.

CXXIII. *Qualis Jupiter.* Comparaison qui se retrouve
dans le poëme de Fontenoi, de Voltaire.

CXXVI. *Histrio scenæ ostentatione traductus.* C'est
ce que rend fort bien la Bruyère, chap. des Femmes : « Je
vous plains, Lélie, si vous avez pris par contagion ce
nouveau goût qu'ont tant de femmes romaines pour ce
qu'on appelle des hommes publics, et exposés par leur condition à la vue des autres. »

*Ab orchestra.* A Rome, les places les plus voisines de
la scène, *l'orchestra*, étaient pour les sénateurs ; puis
venaient les quatorze bancs des chevaliers ; le peuple occupait le reste des gradins de l'amphithéâtre ; et les plus
élevés, comme étant les moins commodes, étaient ré-
servés à la populace.

*In equestribus sedeo.* Mot à mot : je ne m'asseois qu'au
banc des chevaliers. Mais, d'après le *succubui* qui pré-
cède, je soupçonne ici un sens pareil à celui du vers de
Martial : *Hectoreo quoties sederat uxor equo.* Id est,
viro inequitaverat.

*Frons minima.* Les anciens raffolaient des petits
fronts.. *Insignem tenui fronte Lycorida.* (Hor.) Les mé-
dailles de Sapho la représentent avec un petit front, et le
galant Ovide l'appelle *fronte brevis.*

> .... L'opinion, changeante et vagabonde,
> Soumet la beauté même, autre reine du monde.
> Croirons-nous qu'autrefois un petit front serré,
> Un front aux cheveux d'or, fût à Rome adoré.
>
> (Rulhières, *les Disputes.*)

CXXVII. *Invenies religiosum, si te adorari permi-*
*seris.* Parmi les traits de galanterie vraiment française qui
abondent dans Pétrone plus que chez tout autre ancien,
et qui l'ont fait nommer par Palissot le *Crébillon ro-*
*main*, celui-ci est un des plus remarquables. Racine, dans
une des lettres de sa jeunesse, raconte qu'il était tenté d'a-
dresser cette prière amoureuse à chacune des beautés
qu'il rencontrait dans une certaine foire du midi de la
France.

*Nec sine caussa Polyænon Circe amat.* Allusion au
vers d'Homère, *Odyss.* XII, 184, où les Sirènes surnom-
ment Ulysse πολύαινος. On sait d'ailleurs qu'Ulysse aima
Circé.

*Nescio quid... Deus agit... Inter hæc nomina fax*
*surgit.* Ce passage semble avoir inspiré Montaigne, par-
lant de son ami la Boétie : « Il y a au delà de tout mon
discours *je ne sçay quelle force inexplicable et fatale*,
médiatrice de ceste union. Nous nous cherchions avant
que de nous estre veus ; je croy, *par quelque ordon-*
*nance du ciel. Nous nous embrassions par nos noms.*

> De l'Amitié, l. I, c. 27.

*Riserunt lilia prato... talis humus.*

> Durant que son bel œil ces lieux embellissoit,
> L'agréable printemps sous ses pieds florissoit,
> Tout rioit auprès d'elle, et la terre parée
>     Étoit enamourée.          (Regnier.)

CXXVIII. *Inter amantes risus frangere.* Telle est la
vraie leçon, et non pas *nisus* ni *fingere.* Ainsi André
Chénier :

> Enfin tous ces détours dont le charme ingénu
> Force un rire amoureux, vainement retenu.
>
> (Fracu. *Art d'aimer.*)

*Intactus Alcibiades.* On aime à voir Pétrone, plus
équitable que Juvénal et Boileau, justifier Socrate du seul
reproche qu'on ait osé lui faire.

CXXIX. *Circe Polyæno salutem.* Cette lettre et la
réponse ont été imitées en vers par Regnier (IV<sup>e</sup> élégie, et
traduites ou imitées par Bussy-Rabutin et Chaulieu.)

*Hujus rei cura agetur. Cura*, cure médicale, et souci.
Il y a double sens.

*Myrtoque florenti quietum verberabat.* Passage non
compris jusqu'ici. Après *quietum* est sous-entendu *æra*,
et non pas *torum* : ainsi on dit, sans substantif, *sudum*,
*serenum.*

CXXXII. *Quid dicis, inquam...* L'analogue de ces
étranges scènes se trouve dans Ovide, *Amor.* III, él. 7,
et surtout dans l'élég. 5 de Gallus.

*Ulysses cum corde litigat suo.* Voy. *Odyss.* l. XX,
v. 13.

*Tragici oculos suos castigant.* Entre autres Sophocle
dans son *Œdipe*, et Sénèque dans plus d'une de ses
tragédies, où il abuse, en déclamateur, de cette sorte
d'apostrophe. Il y a ici une intention maligne contre Sénèque, dont Pétrone était ennemi, surtout comme cour-
tisan, bien qu'il l'ait visiblement imité en maint endroit
de son livre. *Rauti Corn. le Cid: Pleurez, pleurez, mes yeux...*

*Sermonis puri non tristis gratia ridet.*

> Une morale nue apporte de l'ennui.
>
> (La Fontaine, l. VI, f. 1.)

CXXXIII. *Spumabit... hornus liquor.* Le vin le plus
récemment fait, le vin de l'année, dont on faisait spéciale-
ment hommage aux dieux.

> *De patera novum fundens liquorem.*
>
> (Hor. ad Apollod., od. 31.)
> *Vina novum fundam calathis Arvisia nectar.*
>
> (Virg., *Eglog.*)

*Deposito meo caveo.* Ceci pourrait signifier *offrande*
*déposée sur l'autel*; mais, outre qu'il n'a pas été précé-
demment question d'offrande de la part d'un indévot
comme Encolpe, nous croyons devoir prendre ce mot
*depositus* pour *in ultimo positus, desperatæ salutis*,
à l'article de la mort, désespéré. Ovid., *Trist.* III, 3, 40, et
*Pont.* II, 2, 47, appuie ce dernier sens.

CXXXIV. *Arundinem ab ostio rapuit.* Les portiers
tenaient un bâton à la main, comme signe extérieur de
leurs fonctions, et pour écarter les chiens et les impor-
tuns.

CXXXVII. *Priapi delicias, anserem matronis ac-*
*ceptissimum.* L'oie, dont la vigilance avait sauvé le Capitole, méritait à ce seul titre d'être le favori du dieu
qui nuit et jour était la sentinelle des jardins. Ce rapprochement que nous hasardons peut expliquer le *Priapi*
*delicias.* Mais pourquoi *matronis acceptissimum ?* L'oie
était consacrée à Isis : et l'on sait ce qu'étaient les mystères de la Bonne Déesse. L'oiseau y jouait sans doute un
rôle analogue à celui du cygne de Léda, qui, selon Pausa-
nias, ne fut autre chose qu'une oie. L'auteur du *Ciris*
dit aussi : *Formosior ansere Ledæ.* D'après Buffon, l'oie
est au cygne ce que l'âne est au cheval, une espèce se-

conde, dégénérée, mais digne de notre intérêt par son intelligence qui dément le proverbe, et par le singulier attachement dont elle est susceptible. Le mâle, ajoute-t-il, est tellement pourvu de l'organe générateur, que les anciens avaient consacré l'oie à Priape. Enfin Procope dit de l'impératrice Théodora, « Cum nuda in scenam prodiret, *servi, quorum hoc erat negotium, inguinibus ejus hordei grana superinjiciebant, quæ anseres ad id parati rostris singulatim excerpentes comederent.*

*Duos aureos, quibus possitis et Deos et anseres emere.* Plaisanterie voltairienne pour le fond, et qui pour la forme rappelle ces vers de la *Pucelle :*

> L'enfant malin qui tient sous son empire
> Le genre humain, les ânes et les dieux...

Antiphane, auteur comique, dit dans Athénée : « Au moyen d'un léger sacrifice de quelques oboles, j'achète la bienveillance de la cour céleste; et avec dix bonnes drachmes je ne puis me procurer une anguille! »

*Quisquis habet nummos...* Ne dirait-on pas que ces vers pleins de sel ont fourni à Boileau les principaux traits du passage si connu :

> Quiconque est riche est tout : sans sagesse il est sage, etc.

CXL. *Protesilaum.* Laodamie aimait Protésilas : elle obtint, dit Lucien, sa résurrection pour trois jours.

*Socrates nunquam in tabernam conspexerat. Que de choses dont je n'ai pas besoin!* disait-il en passant devant une boutique pleine de riches inutilités.

CXLI. *Suam habet Fortuna rationem.* « Tant c'est chose vaine et frivole que l'humaine prudence! et au travers de tous nos projects, conseils et precautions, la Fortune maintient tousjours la possession des evenements. » (Montaigne, l. r, c. 23.)

*Quid est dolus ? quod legi dolet.* Cette étymologie nous semble plus subtile que vraie. Saint Augustin, se souvenant sans doute de ce passage, en donne une moins exacte encore : « Le véritable Israélite est celui dans lequel il n'y a point de dol; *dol* n'est pas *douleur; dol* s'est dit de la *duplicité* du cœur. » (*Tract. in Joann.* 5.) Isidore, l. v, *Etymolog.* c. 27, dit avec plus de vraisemblance : *Dolus* est mentis calliditas, ab eo quod *deludat.* Aliud enim agit, et aliud simulat. Petronius aliter existimat...

*Nolo ego semper idem...* Pag. 93. Ainsi imité par Amadis Jamin, contemporain de Ronsard :

> La nature se plaist en cent nouvelles choses;
> Tantôt elle produit violettes et roses,
> Tantôt jaunes épis, belle en diversité.
> Qui ne veut point faillir doit suivre la nature :
> On ne se paist tousjours d'une mesme pasture;
> Rien ne donne plaisir comme la nouveauté.

V. aussi Collin d'Harleville, *l'Inconstant*, act. II, sc. 9.

*Judæus... porcinum numen adoret.* Les anciens, dans leur ignorant mépris pour les Juifs, ont cru que ceux-ci ne s'abstenaient de la chair du porc que parce qu'ils l'adoraient comme un de leurs dieux.

*Et cilli... advocet auriculas.* On ne sait trop pourquoi ce culte de l'âne était attribué aux Juifs. Brottier prétend que la malignité des Égyptiens voulait désigner par cet emblème l'ignorance de ce peuple. Ou bien cela tenait-il à des souvenirs bibliques mal interprétés? Tertullien, *Apol.* 16, dit que les chrétiens, que l'on confondait alors avec les Juifs, étaient appelés injurieusement *asinarii*, et leur dieu ὀνοχοίτης. Minucius Félix réfute énergiquement ces calomnies. (V. les conject. des sav. Mém. de l'Acad. des inscr, t. II, p. 366.)

*Non est... hæc beata, non est...* Pag. 95. Réminiscence de ce chœur de Sénèque le tragique :

> *Regem non faciunt opes,*
> *Non vestis Tyriæ color,*
> *Non frontis nota regiæ...*
> *Rex est qui posuit metus...*
>
> (*Thyest.*, act. II, v. 345.)

*Seu puerum... sive puellam...* Page 99. Cette jolie épigramme a pu donner à Ausone l'idée de son charmant distique :

> *Dum dubitat Natura marem, faceret-ne puellam,*
> *Factus es, o pulcher, pene puella, puer.*

Ovide avait dit, avant Pétrone :

> *Talis erat cultu facies, quam dicere vere*
> *Virgineam in puero, puerilem in virgine posses.*
> (*Métam.* VIII, 822.)

Et Anacréon, Fragm. 63 :

> Ω παῖ παρθένιον βλέπων...
> *[.'O puer puellariter intuens..*